BORIS KOCH

Das KANINCHEN RENNEN

Das Buch

»Auf die Pfoten. Fertig. Los!«

Seit ein kleines Kaninchen vor vierhundert Jahren das Städtchen Niederrhode gerettet hat, findet zum Andenken jährlich das Große Kaninchenrennen statt. Auch Tim darf wie alle Zehnjährigen daran teilnehmen. Doch plötzlich steckt er im größten Schlamassel seines Lebens – denn er kommt wieder einmal zu spät und zieht so ausgerechnet das dreibeinige Kaninchen aus dem Lostopf! Als sich Tim dann auch noch mit seinem besten Freund Carsten zerstreitet, Ärger mit dem fiesesten Rüpel der Schule bekommt und mit seinem lahmen Kaninchen zum Gespött der ganzen Stadt wird, scheint alles verloren. Aber Tim gibt nicht auf. In Pascal, noch neu in der Stadt, und der kämpferischen Lissy findet er gute Freunde. Gemeinsam beschließen die drei, alten Vorurteilen und allen Widrigkeiten die Stirn zu bieten. Denn auch wenn Tims Kaninchen nur drei Beine hat, es ist ein wahrer Kämpfer …

Der Autor

Boris Koch, Jahrgang 1973, wuchs auf dem Land auf, leistete Zivildienst in einer Augsburger Kinderpsychiatrie und studierte Alte Geschichte und Neuere Deutsche Literatur in München. Heute lebt er als freier Autor in Berlin. Neben seiner Erfolgssaga *Der Drachenflüsterer* und dem preisgekrönten Jugendkrimi *Feuer im Blut* ist bei Heyne fliegt zuletzt *Vier Beutel Asche* erschienen, das von der der Deutschen Akademie für Kinder- und Jugendliteratur zum Buch des Monats gekürt wurde. Das Kaninchen, das Boris Koch als Zehnjähriger besaß, hieß Bobby.

BORIS KOCH

Das Kaninchen Rennen

ROMAN

HEYNE

MIX
Papier aus verantwortungsvollen Quellen
FSC® C014496

Verlagsgruppe Random House FSC® N001967
Das für dieses Buch verwendete
FSC®-zertifizierte Papier *EOS*
liefert Salzer Papier, St Pölten, Austria.

Redaktion: Martina Vogl und Catherine Beck
Umschlaggestaltung und Innenillustrationen:
Das Illustrat, München
Satz: Leingärtner, Nabburg
Druck und Bindung: GGP Media GmbH, Pößneck
Printed in Germany 2014

ISBN: 978-3-453-26940-8

www.heyne-fliegt.de

Für Bobby,
mit dem ich damals durch den Garten gerannt bin,
und für Ben,
dem ich das gemeinsame Rennen hiermit ankündige.

Morgenstund hat Gold im Mund

Sieben Tage nach seinem zehnten Geburtstag träumte Tim Köhler vom Ende des Regenbogens. Von schillernden Farben umgeben stand er über einer Schatztruhe, wie sie Piraten in Filmen vergruben. Die Truhe war aus dunklem Holz gezimmert, mit Eisenbeschlägen verstärkt und hatte zwei massive Schlösser. Schwarze Erde klebte auf dem Deckel und an den Tragegriffen. Tim wusste, dass darin mehr war als nur ein Haufen Gold – darin befand sich pures Glück! Und er hielt einen tellergroßen rostigen Ring mit neunundneunzig Schlüsseln in der Hand, zwei davon würden passen. Doch bevor er die Truhe öffnen und nachsehen konnte, wie pures Glück aussah, wurde er grob aus dem Schlaf gerissen. Irgendwer rüttelte an seiner Schulter.

»Tim!«, knurrte die tiefe Stimme seines Opas.

»Was?«

»Aufwachen!« Opa klang so ernst, als würde das Haus brennen oder die Welt untergehen. Draußen war es noch immer dunkel, nur das gedämpfte Licht der Straßenlaterne drang durch die dünnen Vorhänge.

»Was ist los?«, fragte Tim. Er konnte kein Feuer riechen und keine Sirenen hören. Trotzdem wartete er darauf, dass Opa *Waldbrand* sagte. Oder *Vulkanausbruch*. Oder *Überschwemmung*.

Aber Opa antwortete nur: »Training!«

Einen verschlafenen Moment lang wusste Tim damit nichts anzufangen. Eben noch hatte er beinahe pures Glück fassen können, und jetzt blinzelte er ins Dunkel. Die Erinnerung an die Truhe verblasste schon. Wegen *Training*.

Müde fragte er: »Wie spät ist es?« Von draußen konnte er kein Geräusch hören, nicht einmal die ersten Vögel hatten zu singen begonnen.

»Vier Uhr.«

»Vier?«

»Kurz davor. Also raus aus den Federn.« Ohne Gnade zog Opa ihm die Decke weg.

»Hey!«

»Pst! Weck Oma nicht. Es ist Samstag, da kann sie ausschlafen.«

»Und ich? Warum darf ich nicht ausschlafen?«

»Morgenstund hat Gold im Mund.«

»Morgenstund ist erst in zwei Stunden«, brummte Tim, stand jedoch auf. Er wusste, dass es keinen Zweck hatte zu protestieren. Müde rieb er sich den Schlaf aus den Augen und schlüpfte in die Sporthose und das T-Shirt, das Opa ihm in die Hand drückte. Erst zog er das Shirt linksherum an, dann verwechselte er vorn und hinten. Als er auch das gedreht hatte, schlichen sie die Treppe hinunter.

»Sportlerfrühstück«, sagte Opa in der Küche, nachdem er die Tür geschlossen hatte, und machte Licht. Im Schein der Lampe stellte Tim fest, dass er auch die Hose linksherum angezogen hatte. Er wendete sie und setzte sich auf die Bank hinter dem Esstisch. An der Wand über ihm hing eine Kaninchenuhr, die Opa selbst gebaut hatte, als er noch Uhrmacher gewesen war. Sie zeigte vier Uhr, und ein weißes Kaninchen schnellte aus der Doppeltür unter dem Zifferblatt, schlug vier Haken und verschwand wieder im Gehäuse. Anders als bei einer Kuckucksuhr war eine Kaninchenuhr nicht zu hören, aber Kaninchen riefen nun einmal nicht ständig ihren Namen in die Welt hinaus.

Opa war ein großer, schlanker Mann mit dünnem silbergrauem Haar und sehnigen Armen. Seine Nase war krumm wie ein Papageienschnabel, die Augen groß und sommermeerblau. Mit seiner Stimme konnte er alle Märchenfiguren der Welt nachahmen, aber das tat er nur noch selten. Seit er Tim trainierte, klang er wie der rote Korsar, wenn der den Befehl zum Entern gab. Heute trug er seinen blauen Trainingsanzug, und eine glänzend schwarze Trillerpfeife baumelte um seinen Hals. Mit einer Hand schlug er lässig drei rohe Eier in einen Bierkrug und stellte ihn vor Tim auf den Tisch. Auch sich selbst machte er einen.

Zweifelnd sah Tim in den Krug, das Eigelb schwappte hin und her.

»Magst du Salz und Pfeffer dazu?«, fragte Opa. »Oder scharfen Tabasco? Senf?«

»Wäh, nein!«

»Dann runter damit. In einem Zug.« Opa stieß mit dem Krug gegen Tims und trank. So gern er sonst lachte, bei allem, was mit dem Großen Kaninchenrennen zu tun hatte, verstand er keinen Spaß. Und seit Tims zehntem Geburtstag hatte für Opa alles mit dem Rennen zu tun.

Tim stellte sich das ekligste Essen vor, das ihm einfiel – in Hundehaaren frittierte Nacktschnecken mit versalzener Kohlrabimarmelade – und kippte die rohen Eier mit

3

geschlossenen Augen hinunter. Im Vergleich dazu schmeckten sie gar nicht so übel. Nur ein bisschen schleimig, und deshalb musste er wieder an die Schnecken denken, und ihm wurde flau im Magen.

»Ah!« Opa wischte sich mit dem Handrücken den Mund ab. »Die stärksten Boxer der Welt trinken das täglich.«

Das gefiel Tim, er wäre gern einer der stärksten Boxer der Welt. Trotzdem stürzte er zur Spüle und trank hastig aus dem Wasserhahn, um den glibberigen Geschmack loszuwerden. Das nächste Mal würde er nicht mehr an Schnecken denken, sondern an das Leckerste, was er sich vorstellen konnte. Natürlich war er nicht wild auf ein nächstes Mal, ganz bestimmt nicht, aber bei Opas Besessenheit vom Rennen würde es sicher eins geben. Vielleicht auch hundert nächste Male. Bei dem Gedanken daran hängte er sich gleich noch einmal unter den Hahn.

»So ist es recht«, sagte Opa. »Immer viel trinken, wenn man viel schwitzt. Und Salz essen, das verliert man auch.«

»Später«, sagte Tim, bevor Opa noch auf die Idee kam, ihm einen Teelöffel Salz zu verabreichen.

»Dann zieh dir die Schuhe an und los«, sagte Opa.

Die Kaninchenuhr zeigte fünf Minuten nach vier.

Niederrhode lag in einem abseitigen Tal, umgeben von dicht bewaldeten Hügeln und nahe den Bergen. In klaren Nächten leuchteten die Sterne über der Stadt heller als überall sonst im Land, und deshalb sagten die meisten Niederrhoder, hier sei man dem Himmel näher als anderswo.

»Da können die Damen und Herren Wissenschaftler noch so viel messen und zahlengescheit daherreden, das ist so«, sagte der alte Fabian Duncelwert immer. »Basta!«

»Der Himmel ist unendlich weit, niemand kann da näher dran sein, das ist unlogisch«, hielt Pascal Hansen aus Tims Klasse dagegen, aber Pascal war neu in der Stadt und ein elender Klugscheißer, also was wusste der schon? In der Pause hatte er einmal zu Arno Messmann, dem Bürgermeistersohn, gesagt: »Wenn man hinter dem Ort, an dem sich Fuchs und Hase gute Nacht sagen, noch drei Kilometer weiterfährt, kommt man nach Niederrhode.«

Arno, sein bester Kumpel Jakob Alexander Grützmacher und ein paar andere hatten ihn wieder als Klugscheißer beschimpft und ihn dafür verdreschen wollen, und das so gründlich, dass Pascal sehr viele Sterne sehen könne, und zwar unendlich nah. Aber dann hatte es zum Pausenende geläutet, und alle waren zurück ins Klassenzimmer gegangen. Ob sie Pascal nach der Schule erwischt hatten, wusste Tim nicht, Pascal war ziemlich schnell. Wahrscheinlich musste man das als Klugscheißer einfach sein.

Tim waren seine dummen Sprüche egal. Niederrhode lag nun mal so weit abseits der großen Straßen und Zugstrecken, dass sich der Rest der Welt nicht um das Städtchen kümmerte. Na und? Niederrhode kümmerte sich auch nicht groß um den Rest der Welt, und damit fuhren beide – die Welt und Niederrhode – recht gut.

Als Tim und sein Großvater jetzt vor die Tür traten, war kein einziger Stern zu sehen, tief hängende Wolken hatten alle verschluckt. Erste schwere Regentropfen fielen zu Boden. Das hatten sie nun davon, dachte Tim missmutig, wo der Himmel näher war, mussten ja auch die Wolken näher sein.

»Es regnet«, murrte Tim. Es war ein letzter halbherziger Versuch, dem Training zu entkommen.

»Das kann es beim Rennen auch.« Entschlossen setzte Opa seine graue Schirmmütze auf.

Tim hatte keine Mütze eingesteckt. »Aber das Rennen ist tagsüber, da ist es nicht dunkel.«

»Man weiß nie, ob nicht eine Sonnenfinsternis kommt.«

»Doch«, protestierte Tim. »Astronomen können das voraussagen.«

»Bist du ein Astronom?«

»Nein, aber ...«

»Dann lauf!« Was das Rennen betraf, verstand Opa einfach keinen Spaß.

Langsam setzte sich Tim in Bewegung. Kalt prasselten die Tropfen auf sein Gesicht. Seine Kleidung und die Haare sogen sich voll Nässe. Wind kam auf, und über Tims nackte Arme breitete sich Gänsehaut aus. Es war Mitte März und auch in trockenen Nächten noch kühl.

Tim joggte den schmalen Dreizehnlindenweg hinab, der nur aus zwölf Häusern bestand. Niemand baute die dreizehn, es war schon genug, die Unglückszahl im Straßennamen zu haben, doppelt wollte sie keiner riskieren. Tim wohnte in der Nummer acht. Opa radelte hinter ihm her und rief: »Schneller, Junge, schneller!« Das Wasser perlte von seinem imprägnierten Trainingsanzug ab.

Tim beschleunigte und schimpfte lautlos vor sich hin. Wasser spritzte unter seinen Füßen, als er in den Erlenweg abbog. Das Licht der Laternen spiegelte sich auf der nassen Straße, und das von Opas Fahrradlampe hüpfte zwischen Tims Füßen hin und her wie ein betrunkenes Irrlicht. Wie ein hakenschlagendes Kaninchen, das von Tim durch die Nacht getrieben wurde, so wie er von Opa.

Weiter!, feuerte Tim es in Gedanken an und versuchte, darauf zu treten. Vergeblich.

Irgendwo schuhute eine Eule.

Opa scheuchte ihn den kurzen, steilen Kirchberg hinauf und wieder hinunter. Und noch mal hinauf und hinunter. In der verlassenen Parkbucht vor der Werkstatt des alten Schwarzenbacher ließ Opa ihn anhalten und zwanzig Liegestütze machen. Ausgerechnet hier. Der alte Schwarzenbacher hatte dreiunddreißig Jahre lang in den Schauerwerken am Stadtrand gearbeitet, die Geisterbahnen auf der ganzen Welt ausrüsteten. Immer wenn ein Kunde ein besonders schreckliches Monster bestellte, eine Spezialanfertigung, dann war das seine Aufgabe gewesen. Niemand wusste, ob er im Monsterbauen so gut war, weil er selbst wie eines aussah, oder ob er so aussah, weil er drei Jahrzehnte nichts anderes gemacht hatte. Tim hatte ihn noch nie lächeln sehen. Seit seiner Entlassung sammelte er Schrott und hämmerte und schraubte hinter den stets verschlossenen Toren seiner Werkstatt. Niemand aus Tims Klasse blieb hier freiwillig stehen. So schnell wie möglich brachte er die Liegestütze hinter sich.

»Noch zehn«, verlangte Opa, als Tim fertig war. »Und diesmal berührst du mit der Nase den Boden. Wir machen keine halben Sachen.«

Der Wind heulte, aber vielleicht war es auch gar nicht der Wind. Das Heulen kam von Schwarzenbachers Haus her.

Der nasse Stein unter Tims Händen war kalt, ein kleiner Kiesel bohrte sich in seine Haut. Und mit jeder Zahl, die Opa hochzählte, wurde das Rennen für Tim unwichtiger.

»Vier.«

3

Natürlich wollte er gewinnen, aber ...

»Fünf.«

Wie alle zehnjährigen Jungen und Mädchen durfte er zum Großen Kaninchenrennen antreten, alle mit den Kaninchen, die sie zur Kaninchenweihe feierlich überreicht bekamen. Wie alle wollte er gewinnen und gefeiert werden, wollte, dass sein Name in der jahrhundertealten Siegerliste auf dem Marktplatz verewigt wurde, doch in diesem Moment hatte Tim einfach keine Lust mehr.

»Sechs.«

Die Beine waren schwer, und seine Arme zitterten.

»Sieben.«

Wieder hatte er den Geschmack nach schlabbriger Eierschnecke auf der Zunge, sein Magen drehte sich.

»Acht.«

Sollte doch irgendwer gewinnen, er wollte keine Liegestütze mehr machen. Nicht vor dem Sonnenaufgang und auch nicht danach, und schon gar nicht im Regen.

»Neun.«

Zu dem Heulen gesellte sich ein Knirschen und Schaben, ein Kratzen, als würde etwas die alte Regenrinne hinaufhuschen. Oder von dem schwarzen Giebel herab zu Tim.

»Und zehn«, zählte Opa. »Weiter.«

Tim sprang auf, und obwohl er nicht mehr wollte, lief er los, nur fort von hier. Über asphaltierte Straßen und durch alte gewundene Gassen mit ausgetretenen Pflastersteinen lief er bis hinaus an den Stadtrand zum Herbsthof, der die Tiere des ehemaligen Zirkus Stella aufgenommen hatte. Ein schwaches Fauchen drang herüber, als hätte der altersschwache Löwe Rex schlechte Träume.

»Jetzt ein Spurt bis zur übernächsten Laterne!«, rief Opa,

als es wieder hangaufwärts ging und die Straßenbeleuchtung spärlicher wurde.

Tim rannte los und keuchte schwer, als er die Laterne endlich erreichte.

»Vier Schritte lang einatmen, vier Schritte lang ausatmen«, riet ihm Opa. »Damit du kein Seitenstechen bekommst.«

»Mach ich ja!«, rief Tim, obwohl er überhaupt keine Schritte zählte. Doch im Unterschied zu seinem radelnden Opa machte er wenigstens welche.

»Immer locker bleiben.«

Tim lief weiter und weiter, vorbei an der Singenden Villa, an den Schauerwerken und am Stadion hinter der Schule, am Rathaus und an hundert anderen Häusern. Inzwischen war er vollkommen durchnässt und spürte den Regen nicht mehr. Er fror auch nicht mehr, das Laufen hielt ihn warm. Alle Fenster waren dunkel, nur beim Bäcker Sedlmayr brannte schon Licht. Es kam ihm vor, als würde Niederrhode nur ihm und Opa gehören. Plötzlich durchströmte ihn ein warmes Glücksgefühl. Kein anderer hatte Eltern, die mit ihm so früh trainierten. Nur Opa nahm sich die Zeit. Tim lachte und ballte die Faust, setzte über eine unsichtbare Hürde hinweg und lachte wieder. Übermütig streckte er dem Regen die Zunge heraus, das bisschen Wasser konnte ihm nichts anhaben, er war nicht aus Zucker. Doch dann bekam er Seitenstechen und bremste ab. Langsam ging er neben Opa her und atmete vier Schritte ein und vier aus, obwohl es jetzt zu spät war.

»Früher mussten wir bei Seitenstechen zur Strafe zwanzig Liegestütze machen«, sagte Opa und stieg vom Rad. Genüsslich schob er sich einen Kaugummi in den Mund.

3

Glaubte man seinen Geschichten, hatten die Leute früher immer und überall Liegestütze gemacht. Tim befürchtete also das Schlimmste, aber Opa fuhr fort: »Das habe ich immer gehasst. Und besser wurde es davon auch nicht.«

»Krieg ich auch einen Kaugummi?«, fragte Tim.

»Du willst einen Kaugummi, weil du Seitenstechen hast?« Opa schüttelte den Kopf. »Früher wurde man für alles bestraft, und heute will man für alles belohnt werden. Ich weiß nicht, was schlimmer ist.«

»Nein, ich will einen Kaugummi, weil ich einen Kaugummi will.«

Opa stutzte kurz, dann lachte er und gab ihm einen. Das Papier war feucht vom Regen, aber der scharfe Zimtgeschmack unverdünnt.

»Du warst gut heute«, sagte Opa. »Nur das mit dem Seitenstechen darf dir im Rennen nicht passieren.«

»Wird es nicht.«

»Gut.« Opa nickte. »Komm, ich zeig dir was.«

Nebeneinander schlenderten sie Richtung Zentrum. Aus einem der Häuser drang lautes Schnarchen, ansonsten blieb alles ruhig. Kein einziges Auto fuhr an ihnen vorbei, nur eine Katze huschte über den Weg.

Sie erreichten den Marktplatz und gingen direkt auf das Denkmal des unbekannten Kaninchens zu. Der Sockel bestand aus einem drei Meter hohen, länglichen Marmorblock. Auf ihm setzte ein Kaninchen aus Bronze über ein unsichtbares Hindernis hinweg. Das Tier war doppelt so groß wie ein ausgewachsener Mann, und die Spitze des rechten Ohrs fehlte, denn die hatte einst der Räuberhauptmann mit einem Pfeil abgeschossen. Der Sprung wirkte leichtfüßig und kraftvoll, das riesige Kaninchen beherrschte den ganzen Platz. Als sie sich näherten, glitzerte die blank polierte Bronze im Licht von Opas Rad, Tropfen perlten über das spiegelglatte Fell. Es war so glatt, dass man selbst bei Sonnenschein ohne Leiter nicht hinaufklettern konnte, und mit Leiter sollte man sich nicht erwischen lassen. Im Dreißigjährigen Krieg hatte das Kaninchen ganz Niederrhode gerettet, es war ein Held, kein Spielplatz.

Auf dem weißen Marmorsockel waren beinahe achthundert Namen verewigt, knapp vierhundert Jungen und ebenso viele Kaninchen. Die Gewinner des Großen Kaninchenrennens seit 1628.

Opa stellte sein Rad so ab, dass das Licht auf die Einträge der letzten vierzig Jahre fiel. Er deutete auf eine Zeile rechts oben und fragte: »Was für ein Name steht dort?«

Tim streckte sich auf die Zehenspitzen und versuchte, keinen Schatten zu werfen. Laut las er: »Ferdinand Joseph Müller und Rih.«

Gleichzeitig dachte er: *komischer Kaninchenname.* Laut der Jahreszahl hatten die beiden das Rennen vor zweiunddreißig Jahren gewonnen. Eigentlich sollte er das aus der Schule wissen, doch die einzelnen Müllers und Meiers und Schmidts brachte er manchmal durcheinander, zu viele von denen hatten schon gewonnen.

»Und welcher Name müsste dort eigentlich stehen?«, fragte Opa.

Tim zuckte mit den Schultern und riet: »Möller?« Ein Ü und ein Ö konnte man leicht einmal verwechseln.

»Welcher Möller?«

»Keine Ahnung. Ich weiß ja nicht einmal, welcher Müller das ist.«

»Ihm gehört der Werkzeugladen in der Hauptstraße. Er ist der Vorstand vom Gewerbeverein.«

Tim nickte. *Der Schraubenmüller.*

»Dein Vater«, sagte Opa nach einer Pause. »Hier müsste der Name deines Vaters stehen.«

Tim starrte Opa an, dessen Gesicht so reglos war wie die Bronze. Tims Eltern waren beim Absturz eines Gasballons gestorben, als er zwei gewesen war; er konnte sich kaum an sie erinnern. An dem Tag hatten Opa und Oma Köhler auf ihn aufgepasst, und nach dem Unglück hatten sie ihn bei sich behalten. Als er älter wurde, hatten sie ihm von seinen Eltern erzählt und ihm zahlreiche Fotos gezeigt. Fotos, auf denen sie lachten und fröhlich waren, auf denen seine Mutter ein Baby hielt oder sein Vater einem kleinen Jungen hinterherrannte – ihm. Er schien glücklich gewesen zu sein, aber erinnern konnte er sich nicht.

Alle sagten, er habe die schmale Statur und die Ohren seiner Mutter geerbt, klein und mit angewachsenen Ohrläppchen. *Hexenohren* sagte Oma augenzwinkernd dazu, wenn sie ihn necken wollte. Aber als er gefragt hatte, ob seine Mutter dann eine Hexe gewesen war, hatte Oma lachend den Kopf geschüttelt. Von seinem Vater hatte er die rötlich blonden Haare und tiefbraunen Augen, wie dunkler Bernstein. Tim fand, dass er keinem von beiden ähnlich sah. Er vermisste sie, aber weil er sich kaum erinnerte, wusste er nicht genau, was er vermisste. Viele Geschichten über seinen Vater hatte er mehr als einmal gehört – aber nie, dass sein Name bei den Gewinnern hätte stehen müssen! Warum hatte ihm das bisher niemand gesagt?

»Er hatte ein wundervolles Kaninchen bekommen«, erzählte Opa. »Den größten Brocken der letzten sieben Jahre, ein wahrer Riese, und so hat er ihn Rübenzahl genannt. Mit einem N in der Mitte, weil er immer mehr als eine Rübe gefuttert hat. Rübenzahl war ein aufgeweckter Bursche mit langen, kräftigen Hinterbeinen und der größten Neugier, die je ein Kaninchen besessen hat. Den ganzen Tag hat sich dein Vater um Rübenzahl gekümmert, fütterte ihn, bevor er selbst aß, und er hat jede freie Minute mit ihm trainiert. Wenn man die beiden miteinander sah, wirkte es, als verstünde Rübenzahl jedes Wort und dein Vater jeden Blick und jedes noch so leise Fiepen. Niemals zuvor hatte ich ein schnelleres und ausdauernderes Kaninchen gesehen, und auch dein Vater konnte wetzen wie mit Siebenmeilenstiefeln.

Doch dann, etwa eine Woche vor dem Großen Rennen, kam er mit blutiger Nase und tief aufgeschürften Knien nach Hause, den verschreckten Rübenzahl fest an sich gepresst. Er erzählte von einem furchtbaren Sturz, bei dem er Rübenzahl beinahe zerquetscht hatte. Von da an weigerte er sich, am Rennen teilzunehmen. Ich versuchte mit aller Macht, ihn umzustimmen, aber vergebens. *Ich will nicht, dass Rübenzahl was passiert,* hat er immer wieder gesagt, als würde er beim Rennen ganz sicher wieder stürzen und dieses Mal ganz sicher auch auf das Kaninchen drauf. Das Ansehen, das man mit dem Rennen gewinnen konnte, war ihm egal, der Spott der anderen auch. *Kneifer* haben sie ihn noch Jahre später gerufen, weil er in ihren Augen gekniffen hatte. Aber er hat die Zähne zusammengebissen und seine Zeit mit Rübenzahl verbracht.«

Plötzlich waren die Regentropfen viel schwerer und kälter als zuvor, sie krochen Tim wieder unter die Haut. Nie hätte er gedacht, dass jemand seinen Vater als Kneifer

2

bezeichnet hatte. Für ihn war er immer der fröhliche Mann auf den Fotos gewesen, jemand, den man in Niederrhode gemocht und geschätzt hatte. Wut stieg in Tim auf: Er wollte nicht anders von seinem Vater denken und begann, diesen Ferdinand Joseph Müller mit aller Kraft zu hassen. *Sieger* durfte der sich nennen, obwohl er es nicht verdient hatte. Er hatte doch nur gewonnen, weil Tims Vater und Rübenzahl nicht angetreten waren!

Gekniffen hatte, sagte eine kleine Stimme in seinem Kopf, aber das wollte Tim nicht hören. Das stimmte nicht! Sein Vater hatte sich nur um Rübenzahl gesorgt, und das war nichts Schlechtes. Und der Müller stolzierte durch Niederrhode, als hätte er etwas geleistet, dabei hatte er nur das Pech eines anderen ausgenutzt. Nur als Sieger wurde man Vorstand vom Gewerbeverein, aber er hatte unverdient gewonnen. Das war nicht fair!

»Und deshalb möchte ich, dass du das Rennen gewinnst«, sagte Opa mit rauer Stimme. »Verstehst du das? Ich will nicht, dass auch du Kneifer genannt wirst oder Loser oder sonst was. Ich will, dass du es den verdammten Großmäulern zeigst. Verstanden?«

Tim nickte. Er durfte nie jemanden ein verdammtes Großmaul nennen.

»Gut.«

Tim schaute wieder auf den Sockel des Denkmals. Ein Regentropfen rann über das M von Müller und tropfte zu Boden. »Können wir unser Werkzeug ab jetzt nicht mehr beim Müller kaufen?«

»Ich habe mein Werkzeug noch nie dort gekauft, Junge. Nicht einen einzigen Nagel.«

»Gut«, flüsterte Tim.

Als die Kirchenuhr halb sechs schlug, machten sie sich auf den Heimweg. Tim rannte so schnell er konnte bis zur Haustür, obwohl die Füße stolpern wollten, die Beine vor Erschöpfung zitterten und er Seitenstechen bekam. Doch darauf konnte er keine Rücksicht mehr nehmen. Er musste trainieren wie verrückt, denn er musste das Rennen gewinnen, koste es, was es wolle. Für seinen Vater.

Der Klügere gibt nach

»Du bist zu spät!« Carsten Wendebrück pickte mit dem gekrümmten Zeigefinger mehrmals auf die Armbanduhr, die groß und glänzend um sein linkes Handgelenk schlackerte. »Ganz genau siebzehn Minuten und fünfunddreißig Sekunden zu spät.«

»In New York wäre ich fast fünfeindreiviertel Stunden zu früh«, sagte Tim grinsend und drängte sich an ihm vorbei unter das Dach.

»Wir sind aber nicht in New York. Und du bist immer zu spät.«

»Opa hat mich zehnmal die Treppe rauf und runter gescheucht, bevor ich gehen durfte. Und dreißig Liegestütze musste ich auch noch machen.«

»Das dauert keine siebzehn Minuten und fünfunddreißig Sekunden. Oder bist du so lahm?«

Nein, das war er nicht. Nur hatte Tim zehn zusätzliche Liegestütze gemacht, weil er unbedingt das Rennen gewinnen wollte. Weil er davon durstig geworden war, hatte er schnell noch zwei Gläser Saft getrunken. Und das Lied aus dem Küchenradio fertig gehört, weil es cool war. Kein Grund für Carsten, so herumzunörgeln. Doch seit Carsten die neue Armbanduhr mit den hunderttausend Sonderfunktionen zu seinem zehnten Geburtstag bekommen hatte, wollte er alles messen und bestimmen: Wer schneller in die Schule radelte und wer schneller wieder nach Hause, wer schneller auf die Kastanie an der Bushaltestelle kletterte, wie lang seine Schwester Jenny am Morgen im Bad brauchte und wann in Bangkok die Sonne unterging. Carsten war groß und schlaksig, hatte dünnes braunes Haar und große Ohren. Mit denen hörte er richtig gut, leider auch auf jede Regel, die er kannte.

Sein Vater war Fahrlehrer, und Carsten hatte schon im Kindergarten mit alten Fahrprüfungen und der Straßenverkehrsordnung das Lesen gelernt. Sein Lieblingswort war *Paragraf*. Er fand, dass es schön klang, und ihm gefiel das geschwungene Zeichen dafür. Er behauptete, es sehe aus wie Supermans S, das einen Schatten warf: Der § war Supermans Schatten. Tim hielt es eher für das doppelte S von Superspinner. Trotzdem war Carsten seit dem ersten Schultag sein bester Freund. Damals hatten sie sich zufällig nebeneinander gesetzt und beide keinen anderen besten Freund gehabt.

Weil Bernd Hasensteiger, den alle nur Bene nannten, der zweitbeste Freund von Carsten war, war er irgendwie auch Tims zweitbester Freund, und so trafen sie sich meist zu dritt bei ihm in der alten Scheune.

Vor ein paar Jahren hatten Benes Eltern ihren Bauernhof aufgeben müssen, weil die Konkurrenz durch große Betriebe zu stark war. Sie hatten den Kuhstall und die alte Scheune zu einem Pferdestall umgebaut und verdienten nun ihr Geld damit, fremde Pferde unterzustellen und zu füttern. Die früheren Felder nutzten sie als Koppeln.

2

»Wieso lässt dein Opa dich Liegestütze machen, wenn du schneller werden willst? Läufst du mit den Armen?«, fragte Bene lachend. »Das versteh ich echt nicht.«

Bene war klein und kräftig – bestimmt, weil er seinen Eltern häufig helfen musste. Er musste Streu in die Boxen verteilen, die Pferdefüße halten, wenn der Hufschmied kam, und abends die Tiere füttern. Er hatte hellgrüne Augen und die Narbe von einem Huftritt auf der Stirn. Meistens trug er irgendwo eine Schramme, ein Pflaster oder einen Verband, weil er einfach nicht vorsichtig sein wollte. Vorsicht klang für ihn immer nach Langeweile.

»Natürlich nicht«, antwortete Tim. »Aber wenn wir schon bei *nicht verstehen* sind: Weißt du, was ich nicht verstehe? Wenn deine Eltern dich Bernd genannt haben, warum rufen sie dich dann Bene?«

»Weil mein Vater auch Bernd heißt, und so bringt meine Mutter uns nicht durcheinander.«

»Warum haben sie dich dann überhaupt Bernd genannt?«

»Weil mein Vater so heißt.«

Tim stutzte einen Moment, dann fragte er: »Und dein Großvater? Heißt der auch Bernd?«

»Nein, Bernhard. Sein älterer Bruder und mein Urgroßvater hießen Bernd. Aber Urgroßvater wurde auch immer nur Bene gerufen.«

»Vielleicht solltet ihr Nummern einführen, so wie früher die Könige. Oder wie Päpste. Dann bist du ab jetzt Bernd der Dritte.«

»Oder Bene der Zweite«, schlug Carsten vor.

»Dann bin ich aber auch König und darf bestimmen.«

»Vergiss es!«, riefen Tim und Carsten gleichzeitig. Sie würden sich nicht von jemandem herumscheuchen lassen, nur weil der eine Nummer trug, um sich von seinem Vater zu unterscheiden. Für einen kurzen Augenblick empfand Tim Mitleid mit den Prinzen von früher, weil sie von ihren Eltern nicht einmal einen eigenen Namen bekommen hatten, sondern nur eine Nummer. Sie waren einfach nur der Nächste in einer Reihe von Karls, Ludwigs oder Heinrichs. Andererseits lebten sie in Burgen und Schlössern, und vielleicht glich es das irgendwie aus.

Sie stiegen die wacklige Holzleiter zum Heuboden hinauf. Die staubige Luft kribbelte in Tims Nase. Ganz hinten zwischen den letzten Heuballen und der Außenwand hatten sie sich ein schmales, langes Versteck eingerichtet. Tagsüber fiel durch acht durchsichtige Dachziegel Licht herein. Hier trafen sie sich, um Pläne zu schmieden, Comics zu lesen und Karten zu spielen. Nach Fasching hatte Bene die Totenkopffahne von seinem Piratenkostüm an die Wand gehängt. Pferde schnaubten unter ihnen in den Boxen, manchmal wieherte eins oder klopfte mit dem Huf gegen die Tür. Regen prasselte auf das Dach, und während sie drei Runden *Hau den Kaninchenfänger* spielten, ging draußen die Sonne unter. Im Versteck wurde es dunkel, und sie konnten die Karten nicht mehr genau erkennen.

»Kommt, wir schauen uns die ausgewählten Kaninchen an«, schlug Tim vor, obwohl er wusste, dass man das nicht durfte.

»Das ist verboten«, sagte Carsten auch sofort.

»Hältst du dich immer an alle Regeln?«, fragte Tim, obwohl er die Antwort schon kannte.

Und so wunderte er sich nicht, als Carsten mit rotem Gesicht antwortete: »Ja, und? Dafür sind Regeln schließlich

2

da, oder? Außerdem sehen wir die Kaninchen nächstes Wochenende sowieso.«

»Da können wir sie aber nicht laufen lassen«, sagte Tim.

Carsten und Bene starrten ihn an. Nächsten Samstag war der Tag der Ersten Beschnupperung. Da wurden alle Zehnjährigen in die Singende Villa geführt, in der die jungen Rennkaninchen untergebracht waren. Sie alle waren Nachfahren des unbekannten Kaninchens, darauf achteten die städtischen Züchter seit fast vier Jahrhunderten. Keines von ihnen war reinrassig, bei auswärtigen Züchtern hätten sie nie eine Chance, prämiert zu werden. Aber das kümmerte hier niemanden, die Niederrhoder Kaninchen waren schneller, schlauer und robuster als alle anderen auf der Welt. Die ausgewählten Rennkaninchen stammten immer aus den ersten Würfen des Jahres im Januar, und niemand bekam sie vor der Ersten Beschnupperung zu Gesicht. Niemand gab ihnen einen Namen. Dann durften alle Zehnjährigen in die nummerierten Ställe hineinsehen, aber weder die Tiere streicheln noch sie herausholen, um zu schauen, wie schnell sie rannten. Man durfte sich nur gegenseitig betrachten und beschnuppern. Dabei verließen sich die Menschen mehr auf ihre Augen und die Kaninchen auf ihre feinen Nasen.

Eine Woche später, am Tag der Kaninchenweihe, durfte sich dann jeder Zehnjährige eine Stallnummer wünschen. Wurde eine Nummer doppelt oder mehrfach genannt, was bei besonders großen und schönen Kaninchen natürlich häufig geschah, entschied das Los.

»Wenn wir uns heute in die Villa schleichen, können wir sie heimlich laufen lassen«, erklärte Tim. »Das ist viel besser, als ihnen nur beim Rumsitzen und Mümmeln zuzusehen.«

»Aber man darf sie nicht im Laufen sehen«, wandte Carsten ein.

»Am Tag der Ersten Beschnupperung darf man das nicht«, sagte Tim. Wenn er für seinen Vater gewinnen wollte, musste er seine Chancen mit allen Mitteln erhöhen. Dazu gehörte es auch, manche Regeln nicht allzu wörtlich zu nehmen und andere genau das: wortwörtlich. Richtiger Betrug wurde bestraft und verachtet, schlitzohriges Verhalten hatte dagegen schon immer dazugehört. »Vom Wochenende davor ist in den Regeln nicht die Rede. Zumindest nicht ausdrücklich.«

»Das stimmt!«, jubelte Bene, der ständig Piratengeschichten verschlang. Piraten hatten immer nach ihren eigenen Gesetzen gelebt. »Lasst uns Kaninchen gucken gehen!«

»Gut«, sagte Tim. »Dann los. Zwei gegen einen, das ist Demokratie.«

»Aber meine Eltern ...«, fing Carsten an.

Sofort fiel ihm Tim ins Wort. »Sind die gegen Demokratie?«

»Nein. Aber gegen Einbrüche.«

»Das ist kein *richtiger* Einbruch«, rief Bene, seine Augen blitzten unternehmungslustig. »Das ist nur ein Stall. Und wir sehen die neuen Kaninchen, denk mal daran. Bist du nicht gespannt, wie die aussehen?«

»Ja, schon, aber ...«

»Außerdem sagt deine Mutter immer, der Klügere gibt nach«, entgegnete Tim. »Und sie will doch einen klugen Sohn haben, oder?«

»Ja, schon, aber ...«, fing Carsten noch einmal an.

»Kein aber. Willst du klug sein oder nicht?« Tim und Bene sprangen lachend auf. »Dann gib nach.«

Carsten folgte ihnen nur zögernd, aber er folgte ihnen.

Wenig später huschten sie durch die Dunkelheit, kühler Nieselregen fiel vom Himmel. Die Scheinwerfer vorbeifahrender Autos glitzerten auf dem nassen Asphalt. Als sie in die schmale Dunkelgasse einbogen, ließen sie alle Autos hinter sich. Die Gasse war so schmal, dass nur Fußgänger und Zweiräder Platz hatten. Eigentlich hieß sie Freiherr-von-Eich-Gasse, aber so nannte sie niemand. Jeder sprach von der Dunkelgasse, weil ihre fünf Laternen nicht funktionierten. Tauschte man die Lampen aus, brannten auch die neuen spätestens bis zur nächsten Mitternacht durch. Die einen hielten die Gasse für verflucht, die anderen die Kabel für veraltet. Einig waren sich nur alle, dass es keinen Sinn hatte, neue Lampen einzuschrauben, und so ließ man es bleiben.

Alle Eltern verboten ihren Kindern, nach Sonnenuntergang die Dunkelgasse zu nehmen, aber es war nun einmal der beste Weg zur Rückseite der Singenden Villa, wenn man nicht entdeckt werden wollte.

»Ich weiß nicht, ob das wirklich das Klügste ist«, murmelte Carsten wieder und wieder vor sich hin.

»Jetzt mach dir nicht in die Hose. Denk an die Kaninchen«, sagte Bene, und kurz darauf: »Wisst ihr, was ich mich schon immer gefragt habe? Wenn man aus Schaden klug wird, wie es heißt, warum bleiben die Leute dann nicht lieber dumm und verzichten auf den Schaden?«

Tim lachte. Carsten schaute verwirrt und sagte: »Das ist doch jetzt egal. Der Hasenhieber hat Hunde!«

»O ja.« Bene klang eher beeindruckt als verängstigt. »Drei Nachfahren von Orthos.«

»Was?«, entfuhr es Carsten.

Alle in Niederrhode hatten schon von Orthos gehört, einem sagenhaften, mächtigen Schäferhund, der vor fast hundert Jahren hier in der Gegend gelebt hatte. Er trieb nicht nur seine Herde, sondern auch den Schäfer über die Wiesen, bis der ihn aus Angst an den Huberbauern verkaufte. Sein stets geiferndes Gebiss war gewaltig, die Eckzähne furchterregend groß, die anderen schief und spitz. Als die Schauerwerke damals ihren ersten Werwolf bauten, nahmen sie sein Maul zum Vorbild, weil es schrecklicher war als das von echten Wölfen, Hyänen und Löwen.

»Ja.« Bene nickte. »Wusstet ihr, dass alle Nachbarn des Huberbauern schlimme Albträume bekamen, wenn Orthos in der Nacht laut mit den Zähnen knirschte?«

»Das ist doch Blödsinn!«, rief Carsten. Seine Stimme zitterte.

»Nein, es ist wahr. Und jeder, der das schaurige Knirschen am Tag gehört hat, bekam sofort eine Gänsehaut.«

»Da geh ich nicht rein!« Carsten blieb einfach stehen. »Ihr seid doch verrückt!«

»Aber weißt du, was das Beste an ihnen ist?«, fragte Bene mit einem Grinsen und blieb ebenfalls stehen.

»Was?«, blaffte Carsten.

»Um die Uhrzeit sind die oben im Haus eingesperrt. Die kommen uns nicht in die Quere.«

»Idiot!«

»Komm weiter.« Lachend legte Bene Carsten den Arm um die Schulter und zog ihn mit.

2

Tim lief neben ihnen her und dachte an Oma. Sie durfte auf keinen Fall von ihrem Einstieg in der Villa erfahren.

Das hier ist den anderen gegenüber nicht fair, hörte er ihre Stimme in seinem Kopf. Sie wollte immer, dass man die anderen verstand, dabei verstand sie selbst überhaupt nicht, um was es bei dem Großen Kaninchenrennen eigentlich ging. Sie glaubte tatsächlich, es sei in Ordnung, Zweiter, Dritter oder sogar Vierter zu werden. Aber bloß weil er die anderen verstehen sollte, musste er ihnen nicht gleich den Vortritt lassen. Das taten die doch auch nicht! Die anderen waren nur zu feige, um in die Villa einzusteigen, nicht zu fair.

»Kneifst du etwa auch?«, wurde er manchmal gefragt, aber bis vor Kurzem hatte er nicht gewusst, worauf die Frage anspielte. Seit ihm Opa das von seinem Vater erzählt hatte, erinnerte er sich an mehrere solcher Situationen. Einmal hatten Mitschüler in seiner Nähe gekichert, als einer sagte: »Kneif mich mal, ob ich träume.«

Oder: »Du siehst heute ziemlich verkniffen aus.«

Oder: »Gib mir mal die Kneiferzange«, statt *Kneifzange.*

Das und einige andere Beispiele waren ihm inzwischen eingefallen, und das war auch nie fair gewesen. Warum sollte er also fair sein? Außerdem war eine List nicht unfair, schließlich durfte sich jeder eine einfallen lassen.

Als sie die Mauer erreichten, die den kleinen Park der Villa umgab, schob Tim diese Gedanken beiseite. Sie war aus unverputzten mattgelben Ziegeln und so hoch, dass sie ihnen die Sicht auf die Villa versperrte, nur das Dach war zu sehen. Der Schein der Straßenlampen von der Vorderseite spiegelte sich auf den feuchten Ziegeln der sieben Türmchen. Alles andere war im Dunkeln nur als Schemen zu erkennen, auch die neunundvierzig Kaninchenfiguren, die mit Flöten und Tröten im Maul über die Dächer turnten.

Den bronzenen Kaninchen verdankte die Villa ihren Namen, denn bei Wind konnten sie tatsächlich Töne von sich geben, wenn man ihre Ventile öffnete. Dafür musste man die alte Orgel im Dachboden spielen. Für jedes der neunundvierzig Kaninchen hatte sie eine eigene Taste. Auf ihr konnte man den Winden sanfte und den Stürmen wilde Melodien entlocken, die dann über die Dächer Niederrhodes wehten. Hielt man alle Tasten gleichzeitig gedrückt, wurde aus jedem Wind ein vielstimmiges Heulen, das früher bei drohenden Feuersbrünsten und plündernden Räuberhorden angeschlagen wurde. Herrschte Windstille, mussten Zimmermannslehrlinge und Dachdecker auf den First hinaufklettern und Sturmlaken aus dicken Stoffen schütteln. Heutzutage gab es für Notfälle ein elektrisches Gebläse, das jedoch nur selten benötigt wurde. In den Wäldern gab es keine Räuberhorden mehr.

Im Dunkeln war es nicht zu sehen, doch die Türmchen und Erker und das dunkelrote Dach waren hier und da mit Moos bewachsen, das Gebälk dunkel von der Witterung und rissig. Nur die weißen Wände strahlten hell im Sonnenlicht – sie wurden regelmäßig neu gestrichen. Die Fenster waren groß und immer geputzt. Weil sich Kaninchen als dämmerungsaktive Tiere bei wenig Licht am wohlsten fühlten, hingen dünne Gardinen vor den Scheiben. Jetzt am Abend waren auch die dicken Vorhänge zugezogen. In einem Erker und zwei anderen Fenstern im obersten Stock brannte Licht.

»Der Hasenhieber ist daheim«, raunte Carsten.

1

»Das war zu erwarten«, sagte Tim.

»Und ihr seid sicher, dass die Hunde drinnen sind?«

Mit angehaltenem Atem lauschten sie sekundenlang, konnten jedoch nichts Verdächtiges hören.

»Mach eine Räuberleiter«, verlangte Tim. »Wir schauen hinüber.« Über Carstens verschränkte Hände und Schulter schwang er sich auf die Mauerkrone. Von dort starrte er angestrengt in den kleinen Park, konnte jedoch keine Bewegung erkennen.

»He, ihr Köter«, raunte er und stieß einen kurzen Pfiff aus. Noch immer rührte sich nichts.

»Die Luft ist rein«, flüsterte er, und Bene half Carsten hinauf. Dann zogen Tim und Carsten Bene hinterher. Seine Knie schlugen mehrmals gegen die Mauer, aber das störte ihn nicht.

Auf der anderen Seite ließen sie sich nebeneinander hinabhängen und dann fallen. Das Gras war knöchelhoch und nass. Tims Herz klopfte aufgeregt, aber kein Hund kam angerannt. Carsten atmete erleichtert durch, Bene tönte: »Hab ich's nicht gesagt?«

Während sie Richtung Villa schlichen, saugte sich die Nässe in Hosenbeine und Socken. Die Hälfte des Parks wurde von weitläufigen und rundum vergitterten Freigehegen eingenommen. In ihnen fanden sich die unterschiedlichsten Hindernisse – aufgetürmte Steine, Tunnel, Brücken, Wippen, Laufräder und vieles mehr. Sogar ein kleiner künstlicher Bach plätscherte durch die Gehege hindurch. Hinter ihnen erstreckte sich eine kleine Rennstrecke, die nach der Kaninchenweihe allen zum Üben zur Verfügung stand. Nur Kaninchen entdeckten sie kein einziges, bei Kälte und Dunkelheit waren sie meist drinnen.

»Also rein«, sagte Bene. »Ich kann's kaum erwarten, sie zu sehen.«

»Ich glaub nicht, dass das klug ist«, jammerte Carsten. »Wenn der Hasenhieber uns erwischt, prügelt der uns windelweich.«

»Das darf er nicht«, ahmte Bene Carsten nach.

»Wir dürfen das hier auch nicht und tun es trotzdem«, erwiderte Carsten.

Willi Hieber, der städtische Züchter, wurde von allen nur der Hasenhieber genannt, zumindest dann, wenn er nicht zuhörte. Niemand wusste, wie alt er war. Er hauste allein mit den Kaninchen in der Singenden Villa und war inzwischen fast selbst zu einem geworden. Nicht dass seine Schneidezähne so riesig waren, doch wie er ständig mit der Nase zuckte und sich mit der Hand hinter den Ohren kratzte und wie er sich duckte, wenn er erschrak – das alles schien er sich von den Tieren abgeschaut zu haben, mit denen er Tag und Nacht zusammen war.

Doch anders als die Tiere war er meist mies gelaunt und ruppig, wenn er auf andere Menschen traf.

»Das liegt daran, dass die meisten Kaninchen irgendjemandem gegeben werden, aber nie jemand nach *seiner* Nummer fragt«, hatte Oma mal mit schalkhaft blitzenden Augen gesagt.

»Warum sollte das auch jemand tun?«, hatte Tim gefragt. »Man darf beim Rennen nicht mit einem Menschen antreten.«

»So habe ich das nicht gemeint«, hatte seine Oma lachend gesagt, aber nicht erklärt, wie sie es gemeint hatte.

»Da steht ein Fenster offen.« Bene deutete auf die Villa.

»Das ist Einbruch«, sagte Carsten.

1

»Das ist ein Stall.«

»Es sagt aber jeder Villa dazu.«

»Unten wohnen nur die Kaninchen. Also ist das Erdgeschoss ein Stall.«

»Es sieht nicht aus wie ein Stall. Und wer sagt überhaupt, dass man in Ställe einbrechen darf?«

»Wir. Und wir sind zwei gegen einen.«

»Bei Paragrafen gilt das nicht, und es gibt ganz viele Paragrafen gegen Einbruch. Paragrafen stehen über Abstimmungen. Die stehen über allem.«

»Pst«, unterbrach sie Tim. »Da bewegt sich wer im Haus.«

Instinktiv duckten sie sich hinter das nächste Gehege, auch wenn die dünnen Gitter eigentlich keinen Schutz boten. Sie mussten sich auf die Dunkelheit und ihr Glück verlassen.

Carsten murmelte: »Siehst du? Er hat Haus gesagt, nicht Stall.«

»Pssst«, zischte Tim noch einmal. Langsam ging ihm Carsten echt auf die Nerven.

Zwei Gestalten kletterten durch das offene Fenster heraus. Ihre Bewegungen waren Tim vertraut, auch die flüsternden Stimmen. Kaum hatte der Erste den Boden erreicht, erkannte er sie. Es waren Arno Messmann und Jakob Alexander Grützmacher. Arno war nicht nur der Sohn des Bürgermeisters, sondern auch Klassensprecher von Tims 4b. Er nannte sich selbst einen Siegertyp, und sein schlimmstes Schimpfwort war Verlierer. Er wollte immer gewinnen, jedes Trainingsspiel, jede Wette, alles. Auf dem Spielplatz besiegte er Kleinere so oft im Armdrücken, bis sie heulten. Bei der Klassensprecherwahl hatte er jedem, der ihn wählte, eine goldene Anstecknadel aus dem Rathaus versprochen, und allen anderen etwas, das er unausgesprochen ließ, während er mit den Fingern knackte. Er war groß und strohblond und Kapitän der Fußballmannschaft, obwohl er nicht der beste Spieler im Verein war, nur der lauteste.

Jakob war größer, breiter und blonder als Arno, sonst aber überall Zweiter: zweiter Klassensprecher, Ersatzkapitän und zweitlautester Spieler in der Mannschaft. Während Arno Kleinere auf dem Spielplatz zum Heulen brachte, besiegte Jakob auch schon mal Ältere, weil keiner so verbissen und rücksichtslos kämpfte wie er. Trotz seines Nachnamens war niemand so verrückt, ihn Grützi zu nennen.

»Da war wohl wer schneller als wir«, raunte Bene.

Tim nickte. Es war schon schlimm genug, dass er dieselbe Idee wie Arno Messmann gehabt hatte. Dass er dabei auch noch langsamer gewesen war, ärgerte ihn gewaltig. Warum musste dieser Angeber immer Erster sein?

»Wenn der Arno das macht, dann dürfen wir auch«, raunte Carsten.

»Was? Warum das denn nun?«

»Er ist der Sohn vom Bürgermeister, er muss selbstverständlich wissen, was erlaubt ist und was nicht.« Ohne zu zögern, erhob sich Carsten und trat hinter dem Gehege hervor.

»Warte«, zischte Tim und griff nach seinem Ärmel, aber es war zu spät. Arno und Jakob hatten Carsten schon entdeckt und kamen auf ihn zu. Also erhoben sich auch Tim und Bene.

»Was macht ihr hier?«, fragte Arno herrisch.

»Das Gleiche wie ihr«, sagte Carsten und nickte in Richtung des offenen Fensters.

»Das glaube ich kaum …« Arno sah Tim an und stutzte. Dann zeigte sich ein selbstgefällige Grinsen auf seinem Gesicht. »Das ist ja der Sohn vom Kneifer. Willst wohl die Familienschande auswetzen?«

»Halt's Maul!«, knurrte Tim. Zum ersten Mal hatte ihm jemand direkt den Schimpfnamen seines Vaters an den Kopf geworfen. Er spürte, wie seine Wangen vor Scham brannten, und hoffte, dass das im Dunkeln nicht zu erkennen war.

»Der Vater kneift, der Sohn betrügt«, sagte Arno. »Ein Köhler so schlimm wie der andere.«

»Und du? Betrügst doch selber!«, fauchte Tim und ballte die Faust. Er wollte dem Widerling am liebsten eine runterhauen, aber sie durften keinen Lärm machen, wenn sie noch heimlich in die Villa wollten.

»Ich«, sagte Arno, lächelte noch breiter und klopfte auf seine Hosentasche, in der Metall auf Metall klackerte, »habe einen Schlüssel.«

»Und deshalb steigt ihr aus dem Fenster?«

»Das ist allein unsere Sache. Wenn ich will, können wir mit dem Schlüssel auch zum Kamin raussteigen. Schließlich ist nur das Einsteigen in Häuser verboten. Und rein sind wir durch die Tür. Dabei wünsche ich euch ohne Schlüssel viel Glück, ihr Verlierer.« Noch immer grinsend drehte er sich um und stolzierte mit Jakob Richtung Vorderseite, wo eine stählerne Gittertür durch einen Bogen in der Mauer führte. Dabei zog er etwas aus der Hosentasche und schwenkte es scheppernd in der Luft.

»Er hat wirklich einen Schlüssel und wir nicht«, murmelte Carsten niedergeschlagen.

»Völlig egal«, knurrte Tim. »Er darf genauso wenig hier sein wie wir.«

»Dann dürfen wir also wirklich nicht hier sein? Du hast uns angelogen?«

Bevor Tim antworten konnte, schloss Arno das Tor hinter sich, sperrte zweimal ab und schrie lauthals: »Rennbetrüger! Eindringlinge in der Villa!« Dann lief er lachend mit Jakob davon.

»Stinkender Hasenköttel«, fluchte Tim.

Oben in der Villa wurde ein Fenster aufgerissen, und eine Stimme keifte: »Wer ist da?«

Das Licht, das nicht mehr von den Vorhängen zurückgehalten wurde, fiel als langer, heller Fleck auf den Rasen. Es reichte fast bis zu ihren Zehenspitzen. Irgendetwas knurrte im Haus, tief und bedrohlich.

»Die Hunde«, entfuhr es Carsten. Augenblicklich wirbelten sie herum und rannten davon.

»Ich seh euch!«, keifte der Hasenhieber, aber das konnte nicht sein, sie hielten sich im Dunkeln.

Die Hunde kläfften lauter und wilder.

Orthos Nachfahren.

Tim wollte nur noch weg. Er raste zwischen die verschachtelten Gehege, suchte den kürzesten Weg zur Mauer, ohne viel zu sehen. Er bog nach links ab und rutschte über den feuchten Rasen. Nur mühsam hielt er sich aufrecht, stützte sich am Gitter ab und stürmte weiter.

Neben ihm knallte Bene gegen ein Gitter und fluchte vor Schmerz. »Dämlicher Nagel!«

Carsten war ihnen voraus, doch er stolperte und stürzte. Hastig rappelte er sich auf, rutschte auf dem nassen Gras wieder weg und knallte auf die Knie. Er hatte so viel Angst, dass er sogar das Fluchen vergaß.

Hinter ihnen kläffte es dumpf.

Tim und Bene packten Carsten unter den Armen, rissen ihn auf die Beine und schleiften ihn die letzten Meter mit. Das machte sie langsamer, und Panik griff nach ihnen, Tims Brust drohte zu zerspringen. Kaum hatten sie die Mauer erreicht, stellte sich Tim mit dem Rücken zu ihr auf und verschränkte die Hände vor seinem Bauch. »Los! Los!«

Bene kletterte als Erster hinauf, stieß das Knie gegen die Mauerkrone und die Zehe in Tims Auge.

»Pass doch auf!«, zischte Tim.

Am anderen Ende des Gartens wurde eine Tür geöffnet und knallte gegen die Wand. Mit sich überschlagendem Kläffen stürmte etwas heraus und direkt auf sie zu. Tim konnte nichts erkennen, aber die Hunde würden sie sofort finden, die konnten hervorragend riechen.

»Jetzt ich! Jetzt ich!« Voller Angst trat Carsten auf Tims Hände und in seinen Bauch, kletterte dann weiter über die Schulter auf die Mauer und ließ sich sofort auf der anderen Seite hinabfallen.

»Hey, was ist mit mir?«, rief Tim ihm hinterher.

Das Kläffen raste heran.

»Spring hoch!«, rief Bene, der noch auf der Mauer saß. »Ich helf dir.«

Tim sprang. Mit den ausgestreckten Händen erwischte er die Mauerkrone und klammerte sich fest. Bene packte seinen Ellbogen und zerrte daran. Tim zog sich hoch, schwang den linken Fuß auf die Mauer und schlug das Knie gegen die Kante. Der rechte baumelte noch halb hinunter, da erreichte der erste Hund die Wand. Seine Krallen schrabbten über die Steine, als wollte er Halt finden. Als wollte er an ihnen hochklettern wie eine Katze auf einen Baum. Und dann waren die anderen beiden Hunde da, und sie schnappten zu dritt in die Luft, wo eben noch Tims Beine gewesen waren. Dabei bellten sie wie verrückt.

Keuchend ließen sich Tim und Bene zu Carsten hinabfallen, und gemeinsam stürmten sie durch die Dunkelgasse davon, zurück in ihr Versteck. Tim kicherte vor Erleichterung, und Bene stieß die geballte Faust in die Luft. Sie waren um Haaresbreite entkommen.

Zwei gegen einen

»Ihr wusstet, dass sie meinen Vater Kneifer nennen? Und habt mir nichts gesagt?« Tim war sauer, die Erleichterung über die geglückte Flucht verflogen. Er war wütend. Stinkwütend sogar. Arno und Jakob hatten jetzt einen Vorsprung für das Rennen, sein Knie tat ihm weh, und seine Freunde hatten ihn jahrelang angelogen. Opa hatte das auch getan, aber Erwachsene machten so etwas eben. Ständig warteten sie auf einen richtigen Zeitpunkt, von dem aber keiner genau wusste, wann er kommt und was genau ihn zum richtigen machte. Freunde dagegen sollten nicht warten, Freunde waren sofort und immer für einen da. Hatten sie seinen Vater etwa selbst auch schon Kneifer genannt? Oder hatten sie nur dabeigestanden und gelacht?

»Und *du* hast gewusst, dass wir in der Villa nicht einsteigen dürfen!«, rief Carsten.

»Was hat das mit meinem Vater zu tun?«

»Was interessiert mich dein Vater? Dann hat er eben gekniffen, na und? Dagegen gibt's keinen Paragrafen. Einbruch dagegen …«

»Er hat nicht gekniffen!«, brüllte Tim. Am liebsten hätte er Carsten eine runtergehauen. Warum hielt der irgendwelche albernen Regeln für wichtiger als seinen Vater?

»Dann ist doch alles gut«, sagte Carsten. »Dann hat er sich richtig verhalten.«

»Nichts ist gut! Es geht doch nicht um sein Verhalten, es geht darum, dass ihn alle Kneifer nennen!«

»Lass sie reden. Das hat doch nichts mit dir zu tun.«

»Genau«, sagte Bene. »Du bist nicht dein Vater. Keiner nennt dich Kneifer, oder?«

»Er hat nicht gekniffen!« Tim trat mit der Sohle gegen die Wand, dass es krachte. Sie hatten keine Ahnung, ihre Väter waren noch am Leben. Ihre Väter konnten sich allein verteidigen, aber seiner nicht. Das musste Tim übernehmen.

»Ist doch egal, warum er nicht angetreten ist, aber ...«, sagte Bene.

»Ist es eben nicht! Genau um das *Warum* geht es doch!« Tim warf verzweifelt die Hände in die Luft. Wieso konnten sie das nicht verstehen?

»Und *warum* wolltest du in der Villa einsteigen, wenn du wusstest, dass das verboten ist?«, fing Carsten wieder an. Er stand nur einen halben Schritt vor Tim, Zornesröte im Gesicht.

»Lass mich endlich mit deinen blöden Paragrafen in Ruhe!«, schrie Tim.

»Dann lass du mich mit deinem Kneifervater in Ruhe!«

»Er hat nicht gekniffen! Wie oft denn noch?«

»Was denn dann? Ist er bloß zu spät gekommen wie du immer?«, höhnte Carsten, das Gesicht zu einer fiesen Fratze verzerrt.

»Halt's Maul!«, schrie Tim.

»Oder war er doch nur ein Feigling?« Carsten spuckte auf den Boden.

»Wen nennst du Feigling?« Drohend hob Tim die rechte Faust. Er zitterte vor Zorn.

»Hör auf!« Bene stand plötzlich hinter ihm und packte seinen Arm.

»Genau, hör auf!« Carsten tippte ihm mit dem Zeigefinger gegen die Brust. »Du hast uns den Ärger mit Arno und dem Hasenhieber eingebrockt, und ich will keinen Ärger mit denen. Nur wegen dir sind wir beinahe erwischt worden.«

»Bene war auch dafür«, knurrte Tim und riss sich los.

»Es war allein deine Idee«, sagte Carsten. »Und Arno hat uns nur wegen deinem Kneifervater verraten.«

Jetzt standen beide Tim gegenüber, zwei gegen einen. Bene hatte nicht versucht zu schlichten, er hatte sich für Carsten entschieden. Und Carsten, den Tim für seinen besten Freund gehalten hatte, war eigentlich überhaupt kein Freund. Auf der Flucht über die Mauer hatte er nur an sich selbst gedacht. Und der nannte seinen Vater einen Feigling? Arno hatte er auch nicht angebrüllt, obwohl er denselben Paragrafen verletzt hatte, obwohl er Tims Vater beleidigt hatte. Weil Arno der Bürgermeistersohn war und einen Schlüssel hatte. Die beiden konnten ihn mal.

»Verpisst euch«, knurrte Tim.

»Verpiss du dich doch!«, schrie Bene. »Das hier ist mein Stall.«

»Genau! Das ist unser Versteck!« Carsten plusterte sich auf.

»Kindergartenversteck!« Tim drehte sich um und stapfte Richtung Leiter.

»Ach ja?« Benes Stimme überschlug sich fast. »Dann brauchst du ja nicht wiederkommen. Nie mehr!«

»Kneifer!«, rief ihm Carsten hinterher.

»Paragrafenschisser!«, rief Tim zurück, schon unten angekommen. Als keine Antwort mehr kam, verließ er den Stall und ging hinaus in die Dunkelheit. Der Regen war stärker geworden.

Weit nach Mitternacht starrte Tim noch immer an die Decke seines Zimmers. Oma und Opa schliefen schon lange, auch draußen auf dem Dreizehnlindenweg rührte sich nichts, aber noch immer glaubte er, das Knirschen spitzer Hundezähne zu hören. Der Wecker zeigte 00:52 in dunklem Rot. Tim zählte, wie oft der Doppelpunkt blinkte, bis aus der Zwei eine Drei wurde, dann starrte er wieder an die Decke. Neunundfünfzigmal, er musste ein Blinken übersehen haben. Punkte zählen half ebenso wenig wie Schafe zählen, er konnte nicht schlafen.

Natürlich hatte er sich schon öfter mit Carsten gestritten, sie hatten sich angeschrien und auch mal gerauft, aber heute war es anders gewesen. Tim wollte sich nicht versöhnen, er wusste nicht einmal, ob er Carstens Entschuldigung überhaupt annehmen würde, sollte er sich entschuldigen. Noch nie hatte er sich so verraten gefühlt wie von Carsten. Wieso hatte auch er seinen Vater Kneifer genannt?

Wieder sah er auf den Wecker. 00:59. Die Nacht würde noch ewig dauern. Leise kroch er aus dem Bett und schlich sich mit einer ausgeschalteten Taschenlampe runter ins Wohnzimmer. Dort knipste er sie an und zog Omas blaues Fotoalbum aus dem hohen Schrank mit den Glastüren. Er setzte sich auf die Lehne der Couch, das Album auf den Knien.

Langsam blätterte er mit links durch die Seiten, auf denen sein Vater zu sehen war. Die Taschenlampe warf helle, kreisförmige Lichtringe auf die Schnappschüsse. Tim blätterte bis zum letzten Foto, das ihn oft traurig machte, weil nach ihm nur noch leere Seiten kamen. Doch zugleich schenkte es ihm immer Trost, weil seine Eltern darauf so glücklich aussahen. Vorsichtig berührte er das Bild mit den Fingerspitzen, und ein warmes, friedliches Gefühl breitete sich in ihm aus.

Lächelnd stieg sein Vater gerade in den Korb eines leuchtend roten Gasballons, hielt sich nur mit der Linken an einem Tau fest und winkte. Der Wind wischte ihm die rotblonden Haare tief ins Gesicht, aber das kümmerte ihn nicht. Er sah aus wie jemand, den nichts aus der Ruhe brachte. Tims Mutter stand bereits im Korb, und auch sie lächelte. Ihr linker Ohrring glitzerte hell in der Sonne, als hätte sie einen Stern im Ohr. Der Himmel hinter ihnen war strahlend blau, der Horizont fern und verschwommen. Dort war die Welt unendlich.

Am Bildrand wurde Tim, gerade zwei Jahre alt, von Opa auf dem Arm gehalten. Opa lachte und hob Tims Arm in die Höhe, um ihn zum Winken zu bringen. Tims Gesicht war nicht zu erkennen, aber er stellte sich immer vor, dass er ebenfalls lachte. Der Augenblick war viel zu schön, um es nicht zu tun.

Irgendwann klappte Tim das Album zu und steckte es zurück in den Schrank. Sorgfältig achtete er darauf, dass es mit den anderen Alben auf einer Linie stand, damit niemand bemerkte, dass er es herausgenommen hatte. Er schloss die Glastür und schaltete die Taschenlampe aus.

»Ich werde es allen zeigen. Für dich«, murmelte er. Wer lächelnd in einen Ballon stieg, um über die Berge in andere

Länder zu fliegen, konnte kein Feigling sein. Der konnte kein Kneifer sein.

Tim würde das Große Rennen gewinnen, und dann musste ihm ganz Niederrhode zuhören. Allen würde er die Wahrheit ins Gesicht schleudern, und dann müssten sie jedes »Kneifer«, das sie je gesagt hatten, zurücknehmen. Ganz besonders Carsten und Arno.

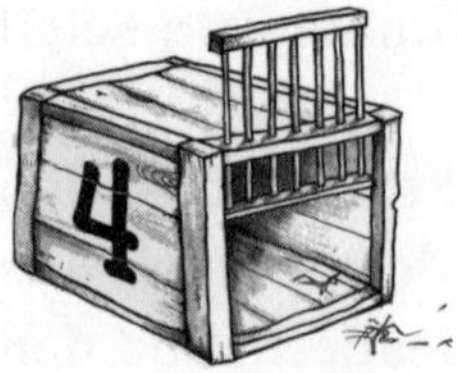

Schweigende Freunde

»Noch zehn«, verlangte Opa am Morgen der Ersten Beschnupperung und gab mit kurzen Stößen in die Trillerpfeife das Tempo vor. Seit Tims zehntem Geburtstag nahm er die Pfeife nur zum Schlafen ab, dann lag sie neben der Uhr auf dem Nachttisch. War Opa wach, war er Tims Trainer. Die ganze Woche lang hatten sie jeden Nachmittag trainiert, bis Tim nicht mehr konnte. Dann hatten sie sich gemütlich auf die Couch gelümmelt, Opa hatte von vergangenen Rennen erzählt, und Oma hatte ihn immer wieder berichtigt, weil er gern übertrieb, wenn er einmal in Fahrt war.

Tim machte zehn weitere Liegestütze. Seine Ellbogen zitterten, und er kam nicht mehr so sauber nach unten wie bei den ersten vierzig.

»Gut«, sagte Opa trotzdem. »Und jetzt ab zum Frühstück.«

»Ich bin spät dran«, protestierte Tim. Er wollte einfach los und die Kaninchen sehen. Die halbe Nacht hatte er wach gelegen und sich ausgemalt, wie sie aussahen und wie er sein Kaninchen finden würde – das schnellste Kaninchen der Welt.

»Ohne Frühstück gehst du nicht aus dem Haus!«, rief Oma aus der Küche in den Flur hinaus, und damit war jeder

Widerspruch zwecklos. Oma war eine kleine, meist gemütliche Frau, die den Rücken immer gerade hielt, weil schließlich der aufrechte Gang den Menschen vom Affen unterschied, nicht der halb aufrechte, wie sie gern augenzwinkernd sagte. An jedem ersten Samstag im Monat färbte sie sich die Haare schwarz, obwohl sie kaum graue Strähnen hatte. Nase, Mund, Ohren, alles an ihr schien klein zu sein, nur die Augen waren groß und blitzten, wenn sie »vom Schalk übermannt wurde«, wie sie selbst es nannte, »oder auch überfraut.« Manchmal verordnete sie sich selbst eine Diät und gestattete sich nur einen einzigen Knödel zum Braten. Weil sie beim Kochen aber Hunger bekam, machte sie die Knödel doppelt so groß wie sonst. Eigentlich hatte sie immer für alles und jeden Verständnis, nur heute nicht für Tims Eile.

»Willst du Kaffee?«, fragte sie, als Tim sich setzte.

»Ich?«, fragte Tim überrascht. Sonst bekam er nie Kaffee, der war nur für Erwachsene.

»Heute ist ein besonderer Tag«, sagte Oma.

Also nahm Tim eine Tasse mit viel Milch und drei Löffeln Zucker, damit es nicht so bitter schmeckte. Während er umrührte, schlang er rasch ein Marmeladenbrötchen herunter. Er war so aufgeregt, dass er sich beinahe verschluckte.

»Holt Carsten dich ab?«, fragte Oma. »Ich hab ihn die ganze Woche nicht gesehen.«

»Nein, er geht mit Bene.« Auch Tim hatte Carsten nicht gesehen, nur in der Schule. Aber dort hatten sie nicht miteinander gesprochen, obwohl sie nebeneinandersaßen.

»Und du?«

»Ich fahr allein. Dort sehe ich sie ja alle«, sagte er leichthin. Er hatte nichts von dem Streit erzählt, nichts vom Ende ihrer Freundschaft. Er wollte nicht darüber reden, und schon gar nicht wollte er hören, dass er sich mit den beiden wieder versöhnen sollte, denn das würde Oma verlangen. Wenn sich Carsten entschuldigte, vielleicht. Aber Tim würde nicht zuerst angekrochen kommen.

»Allein?«

»Soll man das nicht?«, fragte Tim, obwohl er genau wusste, dass man nur ohne erwachsene Begleitung kommen musste. Die Kaninchenweihe am kommenden Wochenende war eine große Feier mit allen Familien und der halben Stadt, aber zur Ersten Beschnupperung durfte traditionell kein Älterer mitkommen. Das waren die ersten Schritte auf dem Weg in die erwachsene Gemeinschaft Niederrhodes, und wenn man die nicht ohne Begleitung zurücklegen konnte, wie sollte man da selbstständig werden?

Wer dennoch im Wagen seiner Eltern erwischt wurde, wurde mit nächtlichem Aussetzen im Wald bestraft. Nicht so tief drin, dass man nicht nach Hause fand, aber doch so weit, dass der Weg allein sehr viel schwieriger zu bewältigen war als der zur Ersten Beschnupperung. Zudem nahmen sich ein paar Jungen, die das Große Rennen schon hinter sich hatten, das Auto vor. Sie zerstachen die Reifen, malten die Windschutzscheibe schwarz an, füllten die Türschlösser mit Sekundenkleber oder stopften eine löchrige Unterhose in den Auspuff. Sie durften tun, was ihnen einfiel, niemand zeigte sie deswegen an.

»Hm«, sagte Oma und musterte ihn genau.

»Ich muss los!« Tim sprang auf. Ein hastiger Blick auf die Kaninchenuhr zeigte ihm, dass er schon vor fünf Minuten hätte aufbrechen sollen.

»Aber nicht so! Dein Pulli ist verschwitzt von den Liegestütze.«

»Aber ich bin zu spät …«

»So gehst du nicht raus, nicht an einem besonderen Tag wie heute.«

Also rannte Tim in sein Zimmer, riss sich noch im Flur den Pulli vom Leib und schlüpfte ins nächstbeste Sweatshirt. Er stürmte wieder nach unten, wo ihn Oma mit einem Kamm erwartete.

»Fahr nicht zu schnell«, mahnte sie, während sie ihm hastig dreimal durchs Haar strich. »Nicht dass du wieder alles durchschwitzt.«

»Schwitzen ist gesund«, sagte Opa, der seinen guten Anzug trug, obwohl er nicht mitkommen durfte. Die Trillerpfeife baumelte etwas unpassend neben der Krawatte.

»Knoblauch auch«, sagte Oma. »Trotzdem kaust du keine Zehe, bevor du zu einem wichtigen Termin gehst.«

Tim ließ sie reden und schlüpfte in die Turnschuhe. Beim Binden riss ihm der rechte Schnürsenkel. Wütend warf er den Schuh von sich. »Genau deshalb komm ich immer zu spät!«

»Du schaffst das noch«, sagte Oma lächelnd, und Opa brachte ihm die Halbschuhe. »Den Turnschuh kannst du nachher aufräumen.«

»Tschüs!« Tim wetzte in die Doppelgarage. In der rechten stand das Auto, in der linken alles Mögliche von der Werkbank über Werkzeug, Opas gut sortiertes Holz- und Materiallager und selbst gebastelte Drachen bis zum leeren Benzinkanister. Dort lehnte auch sein Rad an der Wand, das er in den Weihnachtsferien tiefseeblau gestrichen hatte, damit es aussah wie ein neues. Er hatte den Lenker tiefer gesetzt und den Sattel hochgeschraubt, damit er weniger Luftwiderstand bot, wenn Carsten schon wieder irgendeine Strecke stoppte. Alle Rekorde hatte er ihm nicht überlassen wollen, obwohl Carsten ein teures metallicsilbernes Rennrad besaß. Er packte das Rad, doch es rollte nicht richtig. Das Hinterrad hatte einen Platten.

Das konnte doch nicht wahr sein! Hatte sich heute denn alles gegen ihn verschworen?

Mit der Faust hämmerte er auf den Sattel und stieß das Rad zurück an die Wand. Scheppernd rutschte es zu Boden. Es zu reparieren würde zu lang dauern. Tim ließ es liegen und rannte los. Dann musste er es eben zu Fuß schaffen. Wozu hatte er so viel trainiert?

Auch mit Halbschuhen sprintete er blitzschnell den Dreizehnlindenweg entlang und bis zur Hauptstraße vor, die im langen Bogen dem Flusslauf der Isach folgte. Dort wurde er langsamer, joggte nur noch, den Sprint hielt er nicht bis zur Villa durch. Wenigstens waren die Wege heute trocken.

Er linste auf seine Uhr. Seine Großeltern hatten sie ihm zum neunten Geburtstag geschenkt, ein von Opa angefertigtes Einzelstück, in das Tims Name eingraviert war. Und Oma hatte gesagt: »Damit du nicht immer zu spät kommst.«

Da hätten sie ihm besser ein Rennrad geschenkt. Ein Rennrad machte einen schneller, eine Uhr zeigte einem nur, wie sehr man zu spät kam, daran ändern konnte sie nichts.

Ihm blieben noch vierzig mickrige Sekunden, das würde nie klappen. Aber es musste einfach, er musste die Kaninchen sehen! *Vielleicht fängt es ja nicht pünktlich an,* dachte er hoffnungsvoll. Mit Anlauf sprang er über den niedrigen

Zaun neben der Mosterei, wo Oma jeden Spätsommer aus eigenen Äpfeln Saft machen ließ. Der schmale Privatweg daran vorbei war eine Abkürzung. Aber als er das hohe Tor am anderen Ende des Wegs erreichte, war es verschlossen. Sonst stand es immer offen.

Immer!

So viel Pech konnte man doch gar nicht haben. Er rüttelte an den hohen schwarzen Eisenstangen des Tors, aber das half nichts, es schepperte nur. Dann musste er eben darüber hinweg! Blitzschnell kletterte er hinauf und setzte den linken Fuß auf den obersten Querstreben. Er schwang das rechte Bein im hohen Bogen hinüber und sprang sofort von ganz oben hinunter, um Zeit zu sparen. Als er unten landete, knickte er mit dem linken Fuß um, und ein stechender Schmerz fuhr ihm in den Knöchel. In der Ferne sangen die Kaninchen der Villa, und das bedeutete, die Erste Beschnupperung hatte begonnen.

Trotz der Schmerzen rannte Tim weiter, er hatte keine Zeit, um auf sie Rücksicht zu nehmen. Mit jedem Schritt wurden sie weniger, es war also nichts gebrochen. Vielleicht hatte er heute doch noch Glück.

Keine zwei Minuten später kam Tim keuchend vor der Singenden Villa zum Stehen. Die Kaninchen auf dem Dach waren verstummt, die Tür verschlossen. Tim war zu spät – wieder einmal. Und das als Enkel eines Uhrmachers. Sogar bei seiner eigenen Geburt war er zu spät gewesen, zwei volle Tage, hatte Oma gesagt. Statt bei Sonnenschein war er mitten in einem stürmischen Gewitter gekommen und hatte mit dem Donner um die Wette gebrüllt. Der Donner war vielleicht lauter gewesen, aber Tim ausdauernder.

Tim wusste nicht, was mit denen geschah, die zu spät kamen. Wurden sie vom Rennen ausgeschlossen? Bei solchen Paragrafensachen hatte er sich bisher auf Carsten verlassen, aber der war natürlich nicht da, wenn man ihn brauchte. Der war längst drinnen, pünktlich und brav wie immer.

Noch einmal drückte Tim die Klinke herunter und lehnte die Schulter gegen die Tür, aber sie bewegte sich nicht. Er konnte sich nicht vorstellen, dass der miesepetrige Hasenhieber Gnade vor Recht ergehen ließ, also klingelte er nicht, sondern huschte in den Park. Mit einem raschen Blick stellte er fest, dass keiner der Hunde frei herumlief. Jetzt musste er nur noch ein offenes Fenster finden, sich reinschleichen und heimlich unter die anderen mischen.

Wieder hatte er Glück. Auf der linken Seite stand tatsächlich ein Fensterflügel offen. Das Erdgeschoss war ein Hochparterre, aber mit ausgestreckten Armen konnte Tim das Sims gerade so erreichen. Kurz atmete er durch, krallte sich fest und stieß sich vom Boden ab. Er hangelte sich hinauf, drückte die Arme durch, verlagerte das Gewicht und kippte den Oberkörper nach innen. Lautlos ließ er sich zu Boden gleiten.

Im Inneren der Villa erinnerte nur wenig an die prunkvolle Vergangenheit. Zwar hingen noch immer antike Kronleuchter von der Decke, aber keine teuren Teppiche bedeckten die alten Bodendielen. Viele Wände waren durchbrochen, oft standen nur noch schmale Pfeiler, die weiß gestrichen und mit zahllosen Kaninchenbildern verziert waren. Massive Stahlträger waren eingezogen worden, um die Decke zu stützen, fast das ganze Stockwerk bildete nun eine einzige vollgestellte Halle.

Um ihn herum stapelten sich zahllose Kisten und Säcke mit Futter und Streu. Rechts vorne beim Eingang und auf der Rückseite der Villa zu seiner Linken türmten sich die Ställe mit den älteren Kaninchen, an der Wand ihm gegenüber die mit den jungen. Trotz des offenen Fensters und der klaren Frühlingsluft draußen roch es nach Tier und Heu.

Genussvoll atmete Tim ein und eilte dann auf Zehenspitzen ans andere Ende, wo der Hasenhieber auf die großen Ställe deutete und die versammelten Jungen und Mädchen seinen Worten lauschten. Er erkannte Bene von hinten an seiner blauen Trainingsjacke, Carsten trug tatsächlich seinen hellgrauen Anzug.

Tim blieb in Deckung, so gut es ging, und war mit jedem Schritt mehr überzeugt, er würde es schaffen. Doch dann bemerkte ihn Arno Messmann. Ausgerechnet Arno. Als sein Blick auf Tim fiel, verengten sich seine Augen zu Schlitzen.

Tim blieb hinter einem dreistöckigen Turmstall stehen und legte bittend einen Finger auf die Lippen.

Auf Arnos Gesicht zeigte sich ein Lächeln, und er zuckte mit gespieltem Bedauern die Schultern. »Herr Hieber«, sagte er mit lauter Stimme, »der Tim ist wieder einmal zu spät.«

Alle Blicke wandten sich Tim zu, und Tim blieb stehen und hoffte, er würde nicht rot anlaufen. Er war sicher, hier und da ein Murmeln zu hören: »Typisch.«

»Wo kommst du her?«, herrschte der Hasenhieber ihn an, die Augenbrauen zornig zusammengezogen. Seine Nase zuckte wie die eines Kaninchens.

»Durch die Tür«, log Tim.

»Die ist abgeschlossen.«

»Ja, jetzt. Aber vorhin sind wir da doch alle reingegangen.«

»Und was machst du dann da hinten?«

»Ich wollte ... ich hab da hinten ein Kaninchen gesehen, das sah aus wie das von meinem Vater«, sagte Tim und ärgerte sich, dass er sich keine bessere Ausrede überlegt hatte.

»Vom Kneifer«, murmelte irgendwer.

»Von deinem Vater? Das ist schon lange her, das Tier lebt nicht mehr.« Der Hasenhieber musterte ihn misstrauisch. Es war offensichtlich, dass er ihm nicht glaubte.

Hilfe suchend sah Tim zu Carsten und Bene. Sie mussten zu ihm halten. Wenn sie sagten, dass er mit ihnen reingekommen war, dann wäre alles gut. Dann wäre alles vergessen, dann wären sie seinetwegen auch wieder Freunde. Aber die beiden blickten stumm zu Boden.

»Nein. Er ist nicht mit uns gekommen«, sagte Arno, die Hände lässig in den Taschen. »Und da hinten steht ein Fenster offen.«

Carsten und Bene schwiegen weiterhin.

Tim starrte Arno an. Was hatte er ihm getan, dass Arno ihn so einfach verpetzte? Er wusste es nicht. Ein überhebliches Grinsen legte sich auf Arnos Lippen, und Tims Wut kochte hoch.

»Petze!«, platzte es aus ihm heraus, und damit hatte er sich verraten.

»Verschwinde«, forderte der Hasenhieber und zuckte mit der Nase.

»Nein«, sagte Tim verzweifelt. Er musste sich doch die Tiere ansehen! Was, wenn er nun vom Rennen ausgeschlossen wurde? Das durfte einfach nicht sein.

»Raus hier, hab ich gesagt!«, brüllte der Hasenhieber und baute sich vor ihm auf. »Wer zu spät kommt, darf keinen Blick auf die Kaninchen werfen. Das sind die Regeln!«

Wütend presste Tim die Lippen aufeinander. Arnos Lächeln war breiter geworden, Bene und Carsten sahen ihn noch immer nicht an. Aber bei dem Wort Regeln hatte Carsten kaum merklich genickt. Es war, als hätte es ihre Freundschaft nie gegeben.

Tim warf einen hastigen Blick zu den Ställen hinüber, konnte jedoch kein Kaninchen entdecken, nur zwei oder drei Hintern im Schatten. Alle Kaninchen hatten sich verzogen, sogar sie wollten nichts mit ihm zu tun haben. Erst im letzten Moment bemerkte er einen hellbraunen Kaninchenkopf, der neugierig zu ihm herübersah. Die dunklen Augen wirkten freundlich, und ein Ohr wackelte, als würde es ihm zuwinken. Es sah aus, als würde es verschmitzt lächeln. Überhaupt besaß es die einzigen freundlichen Augen in der ganzen Villa. Das einzige Kaninchen, das sich nicht verzogen hatte, saß im Stall mit der Unglückszahl 13, vor dem kein einziger Junge und auch kein Mädchen stand. Es war so allein wie Tim.

»Raus hier!«, schnappte der Hasenhieber noch einmal, und Tim drehte sich um und ging. Weil er alle Blicke in seinem Rücken spürte, schritt er mit erhobenem Kopf und zusammengepressten Lippen zum Fenster hinüber und kletterte so schnell wie möglich hinaus.

Der Klugscheißer

Ohne anzuhalten oder den Blick zu heben, stapfte Tim aus der Stadt. Er wollte niemanden sehen und nicht gesehen werden. Er wollte auch nicht, dass ihn irgendwer ansprach und fragte: »Seid ihr schon raus aus der Villa? Wie war's?«

Als er die letzten Häuser hinter sich ließ, brach die Sonne durch die Wolken, und Tim blinzelte. Seufzend tauchte er in den weitläufigen Wald ein. Die meisten Bäume waren noch kahl vom Winter, aber es roch schon nach Frühling.

Was würden Opa und Oma sagen, wenn sie von seinem Rausschmiss erfuhren? Opa hatte seine ganzen Hoffnungen in ihn gesetzt, und er kam wieder einmal zu spät. Wütend kickte er einen abgebrochenen Ast vom Weg. Der knallte gegen einen Stamm und barst.

Was war das für eine idiotische Regel, die jeden ausschloss, der zu spät kam? Die nicht fragte, warum man zu spät kam? Was konnte Tim denn dafür, dass sein Fahrrad einen Platten hatte? Es waren nur drei Minuten gewesen, da hätte der Hasenhieber doch ein Auge zudrücken können. Was musste der so ekelhaft korrekt sein? Fast so schlimm wie Carsten!

Carsten, den er für seinen Freund gehalten hatte, der

aber zur Rauswurfregel genickt hatte. Der zur Petze Arno gehalten hatte. Zum Bürgermeistersöhnchen. Genau wie Bene.

»Feiglinge!«, schrie Tim und trat noch einen Ast zwischen die Bäume. Weiter, immer weiter ging er, den Blick stur auf den Weg gerichtet, auf der Suche nach guten Ästen. Sollten sie ihn doch alle verraten, er würde trotzdem gewinnen. Gegen sie alle, die jetzt in der Villa von Kaninchen zu Kaninchen wanderten, sie begafften und sich beschnuppern ließen. Gegen alle, die schauen konnten, welches Kaninchen die kräftigsten Beine hatte, welches am wildesten zappelte und welches am größten war. Gegen alle, die sich für was Besseres hielten, nur weil sie pünktlich waren. Pünktlichkeit machte einen doch nicht zum besseren Menschen!

Und wo ist ein Ast, wenn man einen braucht?, fragte er sich, der Weg war viel zu aufgeräumt. In dem Moment hörte er vor sich das Schlagen von Holz auf Holz und blickte auf. Ihm kam ein Junge entgegen, der ebenfalls Äste herumkickte. Es war der Klugscheißer Pascal Hansen. Was trat der einfach seinen Weg leer?

Pascal kam ursprünglich aus München. Seine Mutter hatte vor einem Jahr die alte Mühle gekauft und renoviert, sie arbeitete irgendwas mit Design und hatte ein Pferd bei Benes Eltern stehen. Viel mehr wusste Tim nicht über Pascal, und das war das, was jeder wusste.

»Hey, bist du nicht zehn?«, fragte Tim, ohne ihn zu begrüßen.

»Bin ich.« Pascal musterte ihn misstrauisch, und weil er groß und schlaksig war, musterte er ihn auch von oben herab.

»Was machst du dann hier?«

»Darf man neuerdings mit zehn nicht mehr in den Wald?«

»Du müsstest in der Villa sein. Bei der Ersten Beschnupperung.«

»Und du? Du bist auch zehn.«

»Ich hab zuerst gefragt.«

Pascal sah ihn weiter misstrauisch an, dann schnaubte er kurz. »Meine Mutter will nicht, dass ich Haustiere habe. Ich wünsche mir immer eins zum Geburtstag und zu Weihnachten, und mein Vater schenkt mir dann eins. Letztes Jahr habe ich eine Schlange bekommen und davor eine Tarantel, aber Mutter bringt die immer sofort ins Tierheim. Was soll ich mir also ein Kaninchen aussuchen, wenn ich es sowieso nicht behalten darf?«

»Ein Kaninchen ist nicht einfach ein Haustier. Es ist …« Tim suchte nach Worten, aber er fand keine. Keine, die einem Zugezogenen erklären konnten, was die Kaninchen bedeuteten, was das Große Rennen bedeutete. Einen Hund oder Hamster konnte man sich jederzeit kaufen, auch eine Schlange oder eine Tarantel, aber dieses eine Kaninchen bekam man feierlich verliehen. Es ging um Ansehen, um Freundschaft, um Verbrüderung, um den gemeinsamen Kampf, einfach um alles, was wichtig war.

»Kein Haustier? Das erklär mal meiner Mutter. Sie sagt, wir müssen nicht alles mitmachen, nur weil wir jetzt hier wohnen. Schließlich ist sie schon im Schützenverein, das muss reichen.«

»Du *musst* aber beim Rennen antreten«, sagte Tim. »Jeder tritt da an.«

»Und warum bist du dann hier?«

»Arno hat mich verpetzt. Darum wurde ich rausgeschmissen«, fasste Tim das Geschehen sehr knapp zusammen.

»Ärgerlich.« Pascal kickte einen kleinen Stein in den Wald, weil es keine Äste mehr gab. »Der Arno ist ein abgasrülpsender Schwachkopf.«

»Ein verräterischer Köttelkopf«, bekräftigte Tim. Auch er kickte einen Stein vom Weg. Sie grinsten sich an, beschimpften Arno weiter, und Tim dachte, vielleicht war der Pascal ja gar kein dämlicher Klugscheißer. Und ihm fiel wieder ein, dass zuerst Jakob Pascal so genannt hatte, als der ihn einmal verbessert hatte, und das hatte dann Arno wiederholt, und dann hatten es ihm alle nachgeplappert. Tim fragte: »Warum darfst du keine Tiere haben?«

»Weil man sich um die kümmern muss. Und manche stinken, sagt meine Mutter. Und manche machen Lärm. Und manche findet meine Mutter eklig. Sie sagt, mein Vater sucht mit Absicht die ekligen aus, aber ich mag Schlangen.«

»Und was willst du jetzt tun?«

Pascal rieb sich mit der Hand über die stoppelkurzen schwarzen Haare. »Ich werde so ein Kaninchen nehmen, und meine Mutter wird es verkaufen.«

»Das geht nicht.« Tim zog die Brauen zusammen. »Dann müssen wir dich fesseln und in den Wasserfall hinter dem Sägewerk schmeißen.«

»Was?«

»Wer sein Kaninchen verkauft, wird getunkt. Das ist Tradition.«

»Ich will es doch gar nicht verkaufen. Nur meine Mutter. Müsstet ihr dann nicht sie tunken?«

»Es ist dein Kaninchen, du bist dafür verantwortlich.«

»Meinst du das wirklich ernst?« Pascal sah ihn ungläubig an. »Du willst mich in einen Wasserfall werfen?«

»Ich will dich warnen. Alle werden dich reinwerfen. Sag deiner Mutter unbedingt, dass sie es nicht verkaufen darf.«

Pascal kickte noch einen Stein zwischen die Bäume. »Wenn mich das rettet, setzt sie es auch irgendwo aus. Es geht ihr nicht ums Geld.«

»Ums Geld?« So etwas Beklopptes hatte Tim noch nie gehört. »Hier geht's nur ums Kaninchen! Wer es aussetzt, wird getunkt.«

»Aber ich tu das doch gar nicht!«

»Dein Kaninchen, deine Verantwortung.«

»Und wenn sie es brät?«

»Getunkt!«

»Das ist doch verrückt! Dabei kann man sterben!«, rief Pascal.

»Das ist früher schon mal passiert.« Tim wusste es nicht sicher, aber Pascal sollte nicht denken, dass man in Niederrhode Kaninchenvergehen auf die leichte Schulter nahm. »Sag das deiner Mutter, dann darfst du das Kaninchen bestimmt behalten.«

»Das ist doch verrückt!«, rief Pascal noch einmal.

»Wieso? Sie will bestimmt nicht, dass du getunkt wirst.«

Pascal starrte ihn an und schüttelte den Kopf. »Weißt du, was meine Mutter gesagt hat, als wir hergezogen sind?«

»Nein.«

»Auf dem Land sind alle viel freundlicher als in der großen Stadt. Aber in München wollte mich nie jemand tunken.«

»Du musst nur …«

»Hörst du mir nicht zu?«, unterbrach ihn Pascal. »Ich darf kein Kaninchen haben!«

Tim wusste nicht, was er sagen sollte. Von so einem Fall hatte er noch nie gehört. Er bekam Mitleid mit Pascal, denn der war noch schlimmer dran als er selbst. Zögernd fragte er: »Soll ich es deiner Mutter erklären?«

Pascal zuckte mit den Schultern. »Das bringt nichts. Sie glaubt nur das, was in dem Ratgeber für alleinerziehende Mütter steht.«

Da konnte Tim nicht helfen. Weil nun nicht einmal mehr größere Kiesel zu ihren Füßen lagen, stapften sie ein Stück weit in den Wald hinein, wo sich zahlreiche Äste fanden. Sie klaubten sie auf und schleuderten sie abwechselnd gegen einen knorrigen Baum, den sie Arno tauften.

»Er nennt mich immer nur Klugscheißer oder Zugezogener oder Verlierer«, sagte Pascal und warf den nächsten Ast.

»Verlierer nennt er jeden.« Tim warf vorbei.

»Verlierer«, rief Pascal ihm zu und lachte.

Tim stürzte sich auf ihn, und sie jagten sich zum Spaß zwischen den Baumen hindurch, bis sie nicht mehr konnten. Dann setzten sie sich auf einen dunklen Baumstumpf.

»Ich kenne Pferderennen und Hunderennen«, sagte Pascal, er atmete noch immer schwer. »Aber wie kommt ihr hier auf Kaninchenrennen?«

»Wegen dem unbekannten Kaninchen.«

»Wegen wem?«

Tim starrte Pascal an. Jeder hier kannte die Sage vom unbekannten Kaninchen auswendig.

»Ich bin nicht von hier«, sagte Pascal entschuldigend.

»Okay«, sagte Tim. »Dann pass mal auf. Es war mitten im Dreißigjährigen Krieg, genau im Jahr 1627, als zwei Zwillingsbrüder und Bauernsöhne ein richtig cooles Kaninchen

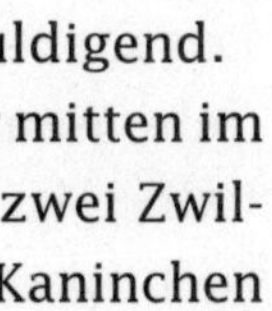

bemerkten. Es war aufgeweckter, schneller und geschickter als die anderen und so klug, dass die Brüder überzeugt waren, es würde verstehen, was sie sagten. Ihrem Vater war das allerdings egal, er sagte: Gewöhnt euch nicht dran, zu Ostern kommt es in den Kochtopf.«

»So ein Idiot«, empörte sich Pascal. »Warum nimmt er kein anderes, wenn seine Kinder das eine mögen?«

»Das weiß ich nicht. Er stellte sie aber vor die Wahl, was sie als Osterschmaus wollten: das eine Kaninchen oder trockenes Brot. Sie schrien sofort: Brot! Und so retteten sie dem Kaninchen das Leben. Fortan sprachen sie mit ihm, brachten ihm Kunststücke bei und gaben ihm einen Namen, der heute vergessen ist. Es war der schönste Sommer, den sie je hatten, aber als der Herbst nahte, sagte der Vater: Zu Erntedank kommt es in den Kochtopf.«

»Das gibt's doch nicht!«, regte sich Pascal auf. »Er hat doch versprochen, es leben zu lassen!«

»Das haben seine Söhne auch gesagt, aber er sagte: Das galt nur für Ostern. Zu Erntedank muss mehr auf den Tisch als trocken Brot. Seine Söhne flehten und bettelten, aber der Bauer blieb hart. Sie rannten zu ihrer Mutter, aber die gab dem Vater recht – wie immer. Und so beschlossen die Jungs zu fliehen. Zwei Wochen vor Erntedank schlich sich der fünf Minuten ältere Zwilling mit dem Kaninchen vom Hof und eilte in die Nacht. Der volle Mond leuchtete ihm den Weg. Der Jüngere blieb zurück und verfluchte die fünf Minuten, die seinen Bruder zum Älteren gemacht hatten. Er sollte am Morgen noch einmal mit den Eltern verhandeln. Wenn das nichts half, würde er nachkommen. Keine halbe Meile vor der Stadt lief der ältere Bruder einer berüchtigten Bande von Gesetzlosen in die Hände. Angeführt wurden sie von einem grausamen Räuberhauptmann, der blutige Geierfedern für seine Pfeile verwendete. Sie wollten Niederrhode im Morgengrauen überfallen, jeden ermorden, das Vieh und alles Geld stehlen und die Häuser niederbrennen.

Doch noch bevor die Räuber ihn packen konnten, warf der Ältere das Kaninchen auf den Boden und rief: Renn heim!

Und das Kaninchen rannte. Es stürzte sich zwischen die Bäume und rauschte schneller als der Wind durchs Unterholz. Der Räuberhauptmann, der noch nie ein Ziel verfehlt hatte, riss seinen Bogen hoch und schoss. Die Sehne surrte, und das Kaninchen schlug Haken, so schnell und zackig wie ein Blitz. Der Pfeil streifte es nur am rechten Löffel und riss die Spitze ab. Ohne anzuhalten, jagte das Kaninchen weiter bis nach Hause.

Kaum sah der Jüngere das ganze Blut, wusste er, dass etwas Schreckliches passiert war. Er weckte Vater und Mutter, Knechte und Mägde, und Minuten später war die ganze Stadt wach. Mit Äxten, Dreschflegeln und Knüppeln bewaffnet stürmten sie in den Wald und vertrieben die überraschten Räuber. Sie retteten den gefangenen Jungen und beschlossen, am nächsten Abend ein riesiges Festmahl zur Feier des Siegs auszurichten.«

»Und lass mich raten«, fiel ihm Pascal ins Wort. »Der Bauer beschloss, das Kaninchen zu braten.«

»Nein.« Tim lachte. »Im Gegenteil. Er war vollkommen verschreckt, weil er das Kaninchen hatte essen wollen, das nun seinen Jungen und sogar ganz Niederrhode gerettet hatte. Noch im Wald schenkte er es endgültig den Zwillingen und schwor hoch und heilig, es wie einen dritten Sohn

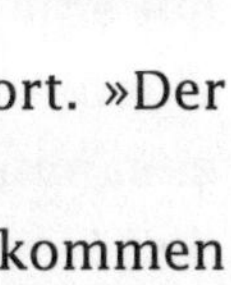

zu lieben. Und weil jetzt alle ein solches Kaninchen wollten, wurde beim Festmahl die Tradition des Kaninchenrennens begründet.«

»Cooles Kaninchen.« Pascal sprang von dem Baumstumpf und schleuderte noch einen Ast in den Wald. »Echt Mist, dass ich keins haben darf.«

»Meinst du nicht, dass deine Mutter ...?«

»Was ist eigentlich, wenn das Kaninchen krank wird und stirbt?«, unterbrach ihn Pascal. »Dafür kann doch keiner was.«

»Spielt keine Rolle«, sagte Tim. »Wer das Kaninchen verliert, egal wie, wird getunkt.«

»Würdest du mich auch tunken? Obwohl du das mit meiner Mutter weißt?«

Tim brach ein Stück Rinde vom Stumpf. Es war trocken und leicht und flog nicht so gut wie ein Ast. Pascal zu tunken erschien ihm nicht fair, er konnte ebenso wenig für seine Mutter wie Tim für den Platten in seinem Rad, vielleicht sogar noch weniger. »Nein.«

»Danke.«

»Aber die anderen werden es tun, Arno und Jakob ganz bestimmt, und Carsten auch.« Tim löste noch ein Stück Rinde. »Das ist gar nicht so schlimm. Meist bekommt man nur eine Lungenentzündung oder bricht sich ein Bein oder einen Arm, nur ganz selten beide Arme und beide Beine zusammen. Manche schürfen sich sogar bloß die Haut an den Felsen auf, die sind ziemlich scharfkantig.«

»Das nennst du nicht schlimm?«

»Viel schlimmer ist, dass du ohne Kaninchen nicht am Rennen teilnehmen kannst.«

»Schlimmer als ein gebrochenes Bein?«

»Das Bein wächst wieder zusammen. Aber wer nicht teilnimmt, wird zum Gespött für alle. Und das jahrelang, eigentlich für immer.«

Pascal biss sich auf die Lippe. »Ich will kein Gespött sein.«

Tim nickte und erzählte von den vergangenen Rennen, vom ausgelassenen Markttreiben im Anschluss daran und davon, wie die ganze Stadt die Teilnehmer anfeuerte und mitfieberte. Von der Freundschaft zwischen Mensch und Kaninchen und davon, dass man als Sieger lebenslanges Ansehen gewann und von allen gefeiert werden würde.

»Auch ich als Zugezogener?«, fragte Pascal.

»Ja.«

»Dann bin ich dabei«, sagte Pascal entschlossen. »Irgendwie werde ich meiner Mutter das schon beibringen.«

»Du musst. Und wenn du willst, helfe ich dir«, sagte Tim und legte ihm den Arm um die Schulter, als wären sie Freunde. Und vielleicht waren sie das ja eben auch geworden.

»Du hast es vermasselt«, sagte Opa beim Abendessen zum hundertsten Mal. Viel mehr hatte er den ganzen Tag nicht zu Tim gesagt. Den Anzug und die Trillerpfeife hatte er abgelegt.

»Noch ist das Rennen nicht gelaufen«, versuchte Oma, ihn zu beruhigen.

»Alles ist gelaufen. Alles!« Opa deutete mit der Gabel und einem aufgespießten Salatblatt auf Tim. »Ich warne ihn noch, wie sie seinen Vater getriezt haben, und was macht er? Kommt zu spät! Trödler, Fenstersteiger, was weiß ich, wie sie ihn ab morgen nennen? Der nächste Spottname in

der Familie! Als wäre einer nicht genug! Und wie soll er ohne das richtige Kaninchen gewinnen?«

Tim schob die Spaghetti auf seinem Teller hin und her. Er hatte keinen Hunger, obwohl es Spaghetti Bolognese waren. Oma hatte sie extra für ihn gemacht, an seinem großen Tag, der nun doch kein großer geworden war.

»Zweiter oder Dritter zu werden, ist doch auch ehrenhaft«, sagte Oma.

Opa schnaubte. »Wer war 1924 Zweiter?«

Oma sah ihn verständnislos an und schüttelte den Kopf.

»Und wer war Erster?«

»Oskar Michael Schmidtbauer und Odysseus«, sagten Oma und Tim gleichzeitig. Jedes Jahr hatten sie es in der Schule auswendig gelernt, vor jeder Kaninchenweihe und vor jedem Rennen waren sie abgefragt worden.

»Warum willst du dann, dass er Zweiter wird?«

»Das will ich nicht«, sagte Oma. »Ich finde es nur nicht schlimm.«

»Schlimm?« Wieder schnaubte Opa. »Nein, schlimm ist Krieg und Verhungern. Aber ein bisschen mehr Ehrgeiz schadet dem Jungen nicht.« Er schob den Teller von sich, warf die Serviette daneben und stand auf. Ohne ein weiteres Wort ging er aus dem Zimmer.

»Opa beruhigt sich schon wieder.« Oma lächelte Tim aufmunternd an. Aber sie wussten beide, wie stur Opa war. Er selbst nannte das konsequent.

»Das mit dem Platten war doch keine Absicht.« Tim stieß die Gabel in den Nudelberg und ließ sie stecken. Ganz langsam kippte sie um.

»Ich weiß. Und tief in sich drin weiß Opa das auch. Er ist nur enttäuscht, verstehst du? Aber das gibt sich wieder.«

Oma sah ihn fest an. »Magst du Eis zum Nachtisch?«

»Nein«, sagte Tim, aber Oma stellte es ihm trotzdem hin. Und er aß es, und dann aß er auch die Spaghetti auf.

Nach dem Essen rannte er die Treppe allein rauf und runter. Er trat besonders fest auf, sodass man jeden Schritt im ganzen Haus hallen hörte, und rannte besonders schnell, doch Opa blieb vor dem Fernseher sitzen und drehte nur den Ton lauter. Er kam nicht einmal für die abschließenden Liegestütze heraus. Also machte Tim nur fünfundzwanzig statt fünfzig.

Die verbotene Nummer

Am Montag wurde überall in der Schule geflüstert, dass Arno die Nummer vierundzwanzig wählen würde. Alle anderen machten ein Geheimnis aus ihrer Wahl und behielten ihre Beobachtungen von der Ersten Beschnupperung für sich, weil sie glaubten, mehr gesehen zu haben als die anderen. Keiner wollte, dass irgendwer ihm das Tier wegschnappte, das er für das schnellste und schlaueste hielt.

Arno natürlich auch nicht, aber er wählte einen anderen Weg. Er sagte: »Wer sich an meiner Nummer vergreift, ist tot.«

Damit war alles geklärt. Niemand außer ihm würde es wagen, sich die Nummer vierundzwanzig zu wünschen.

»Und welche Nummer wählst du, Kneifersöhnchen?«, fragte er lautstark in der Pause, sodass es alle Umstehenden hören konnten. »Am besten würde ja die Null zu dir Verlierer passen, aber die gibt's leider nicht. Nur damit du es weißt, selber nachgucken konntest du ja leider nicht.«

Tim schwieg und bemühte sich wegzuhören.

»Noch passender wäre allerdings die Doppel-Null, Schisserchen«, höhnte Arnos Kumpel Jakob.

Jetzt hörte Tim nicht mehr weg, sondern blaffte zurück.

»Ich dachte, hinter der Doppelnull wohnt deine Familie und kein Kaninchen.«

»Was hast du gesagt?« Drohend baute sich Jakob vor ihm auf, Arno an seiner Seite, ein paar Jungs aus ihrer Klasse mit gereckten Hälsen hinter sich. Tim war ganz allein, bis plötzlich Pascal neben ihn trat.

»Nichts hat er gesagt«, erklärte der und zog Tim an der Schulter zurück. »Er hat sich in der Adresse geirrt. Und natürlich wählt er wie alle die vierundzwanzig. Ich hab überall gehört, das wäre mit Abstand das coolste Kaninchen.«

Jakob knackte mit den Knöcheln, Arnos Gesicht war vor Wut verzerrt, und hinter ihnen sammelten sich noch weitere Jungs der 4b. Auch immer mehr Mädchen sahen nun zu ihnen her. Tim hatte nicht vorgehabt, Arno so zu provozieren, aber jetzt würde er natürlich auch zu Pascal halten. Entschlossen ballte er die Fäuste.

»Was ist hier los?«, fragte Frau Schuster, die zu ihnen getreten war. Sie war die Rektorin der Grundschule, bestimmt fünfzig Jahre alt und tauchte ständig auf, wenn man es nicht erwartete. Sie musste einen sechsten Sinn für Ärger und Regelübertretungen haben, und wenn sie jemanden erwischte, konnte sie richtig streng sein. Tim war froh, dass sie die 4a unterrichtete und nicht seine 4b.

»Nichts«, sagte Arno.

»Nichts«, sagte Jakob.

»Nichts«, sagte Tim.

»Nichts«, sagte Pascal.

Alle anderen murmelten zustimmend. Nur ein kleines Mädchen wollte mehr sagen, doch schnell traten ihr zwei Jungen auf den Fuß. Weil Frau Schuster das sah, schimpfte sie die beiden aus.

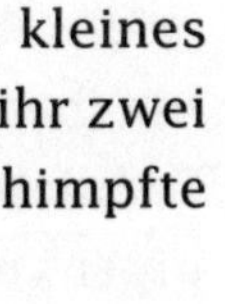

Währenddessen zischte Arno Tim zu: »Nur Feiglinge verstecken sich hinter einem Zugezogenen.«

»Ich versteck mich nicht.«

Arno starrte ihn mit kalter Wut an. »Die Vierundzwanzig gehört mir. Verstanden?« Dann sah er zu Pascal und wiederholte: »Verstanden?«

»Klar«, sagte Pascal leichthin.

Tim sagte nichts, aber er nickte kaum merklich.

»Warum nicht gleich, Kneifersohn.« Arno stolzierte davon, Jakob im Schlepptau. Der wandte sich noch einmal drohend um. Tim sah ihnen einfach nur nach.

Dann ging auch Frau Schuster, und die zwei Jungen, die sie ausgeschimpft hatte, sahen wütend herüber.

»Nur wegen dem Kneifersohn«, murrten sie.

Pascal und Tim beachteten sie nicht weiter und schlenderten davon.

»Was sollte das mit dem Kneifersohn?«, fragte Pascal.

»Das ist wegen meinem Vater. Den haben sie Kneifer genannt.«

»Warum?«

»Lange Geschichte«, wich Tim aus. Irgendwann würde er sie ihm erzählen, aber nicht jetzt. »Wolltest du wirklich die Vierundzwanzig wählen?«

»Meint Arno seine Drohung ernst?«

»Na ja, totschlagen wird er keinen. Aber fast.«

»Dann nehm' ich eine andere Nummer.«

»Ich auch«, sagte Tim. Aber sicher war er sich nicht. Wenn er das Rennen gewinnen wollte, brauchte er das beste Kaninchen. Dank Arno wusste er nun auch, welches das war. Es blieb nur die Frage, wie er nach der Abreibung eingegipst von Kopf bis Fuß trainieren sollte. Zumindest wäre

Opa dann nicht mehr sauer auf ihn, weil er alles getan hätte, um seinen Fehler auszubügeln.

»Hinfallen darf man«, sagte Opa oft. »Man muss nur wieder aufstehen.«

Tim war schon oft hingefallen und jedes Mal wieder aufgestanden, und das Kaninchen vierundzwanzig war jetzt Tims Chance, es auch diesmal zu tun. Wenn er dieses Kaninchen bekam, wäre Opa stolz auf ihn, davon war er überzeugt.

Als Tim nach Hause kam, hatte sich Opa in der Garage verkrochen und hämmerte auf irgendwas herum. Tim ging ihm aus dem Weg und beschloss, sein Rad am nächsten Tag zu reparieren. Er verkroch sich in seinem Zimmer und las Comics auf dem Bett.

Draußen wurde es dunkel, und Oma kam heim und in sein Zimmer. »Wie war es in der Schule?«

»Wie immer«, sagte Tim.

»Was macht Opa?«

»Weiß nicht.«

Oma setzte sich an den Rand der Matratze. »Du weißt doch, er kann ganz schön stur sein. Er meint das nicht so, er will nur unbedingt, dass du gewinnst.«

»Das will ich auch.«

Oma lächelte. »Und weil ihr das Gleiche wollt, geht ihr euch aus dem Weg?«

»Ich geh ihm nicht aus dem Weg. Ich lese.«

»In Ordnung«, sagte sie und stand wieder auf. »In einer halben Stunde gibt es Abendessen.« Leise schloss sie die Tür hinter sich.

Tim konnte sich nicht mehr auf den Comic konzentrieren.

Er ging Opa nicht aus dem Weg, und das konnte er ganz leicht beweisen. Mit festem Schritt lief er hinunter, um sein Rad zu reparieren. Stumm durchquerte er die Küche, Oma schnitt gerade Tränen lächelnd eine Zwiebel.

Durch die geschlossene Verbindungstür zur Garage hörte Tim Sägegeräusche. Schwungvoll öffnete er sie und trat ein. Er ging zu seinem Fahrrad und drehte es auf den Sattel, ohne Opa anzusprechen. Wenn der stur sein durfte, durfte Tim das auch. Aus dem Augenwinkel sah er, dass Opa die Säge weglegte und mit einer Raspel kurz über eine Brettkante fuhr. Um seinen Hals baumelte keine Pfeife, er trug keinen Trainingsanzug, und er drehte sich nicht zu Tim um, obwohl er ihn bemerkt haben musste.

Dann eben nicht, dachte Tim und wollte das Hinterrad aus der Gabel lösen. Doch die rechte Schraube saß fest. Mit aller Kraft drückte er auf den Schraubenschlüssel, bis es wehtat. Er dachte, gleich müsste die Haut platzen, aber er gab keinen Laut von sich und bat nicht um Hilfe. Das würde er allein schaffen! Er legte sein ganzes Gewicht auf den Schraubenschlüssel, und endlich bewegte sich die Schraube. Tim spuckte in die Hand und rieb den Speichel wie Salbe über den roten Striemen dort. Dann packte er das Rad, drückte den Mantel von der Felge und zog den Schlauch heraus.

Aus dem Augenwinkel sah er, dass Opa nun mit einem Sandpapier über das Brett rubbelte. Dem Kratzen nach war es sehr feines Papier. Meistens schliff Opa mit einer Maschine, nur wenn er wütend war oder es besonders genau machen wollte, tat er es von Hand.

Tim pumpte den Schlauch auf und hielt ihn in einen Eimer Wasser, um zu prüfen, wo das Loch war. Er fand sogar zwei.

Während er überall nach dem Flickzeug suchte, linste er immer wieder zu Opa. Was tat der da eigentlich?

Opa besserte den alten Kaninchenstall von Tims Vater aus! Er hatte nagelneue Scharniere an der Tür angebracht, und auf der Werkbank lag eine halb fertige Futterraufe. Das Brett, das er eben noch geschliffen hatte, wurde ein neues Namensschild aus hellem Birkenholz mit abgerundeten Ecken. Das mit dem Schriftzug *Rübenzahl* war von der Stallwand verschwunden.

In Tims Bauch bildete sich ein warmes Gefühl. Er fragte nicht, ob der Stall für ihn war, er wusste es. Er fand das Flickzeug zwischen alten Farben, markierte die Löcher und trocknete den Schlauch mit einem alten Lappen. Dann nahm er den Fetzen Sandpapier aus der Dose und raute die markierten Stellen auf, damit der Kleber besser hielt. Dabei fiel ihm auf, dass er und Opa dasselbe Werkzeug benutzten, um genau das Gegenteil – hier glätten, da aufrauen – zu erreichen. An jedem anderen Tag hätte er gefragt, warum Sandpapier beides konnte, aber heute nicht. Er wollte nicht der Erste sein, der das Schweigen brach. Wortlos klebte er die Flicken auf und drückte sie fest.

»Hast du deine Liegestütze heute schon gemacht?«, fragte Opa plötzlich, ohne sich umzudrehen.

»Noch nicht.«

»Und wann wolltest du das tun?«

»Ich dachte, ich hab sowieso keine Chance mehr?«

Opa schnaubte. »Man hat immer eine Chance. Man muss nur aufstehen, wenn man hingefallen ist. Du hast Oma doch gehört: Das Rennen ist noch lange nicht vorbei. Es ist erst vorbei, wenn es vorbei ist.«

Das klang so, als wäre es Tim gewesen, der das gestern

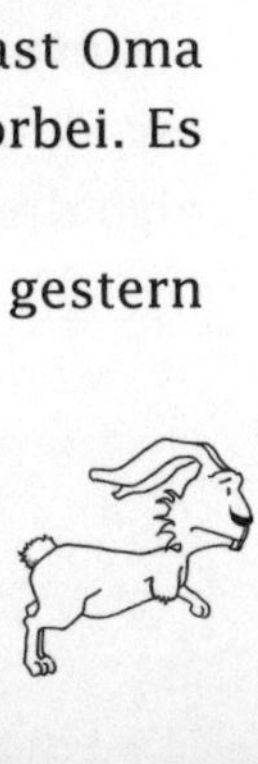

angezweifelt hatte, nicht Opa. Aber Tim verkniff es sich, darauf hinzuweisen. Er war froh, dass Opa wieder Liegestütze verlangte. Er sagte: »Mache ich nachher. Wenn ich das Rad repariert habe.«

»Hat Oma gesagt, du sollst das tun?«

»Nein.«

Opa brummte etwas Unverständliches. Schweigend arbeiteten sie weiter, aber jetzt war es ein schönes Schweigen. Sie arbeiteten nebeneinander her, wie sie es immer vor Weihnachten taten, wenn sie Omas Geschenke bastelten.

»Wo ist das Schild vom Rübenzahl?«, fragte Tim nach einer Weile. Er traute sich nicht zu fragen, ob es im Müll gelandet war.

»Es liegt auf der Werkbank. Ich will es noch putzen.«

»Darf ich es dann haben?«

»Wenn du darauf aufpasst.«

Tim nickte. Weil Opa das nicht sehen konnte, sagte er rasch: »Natürlich.«

Als der Reifen geflickt war, machte Tim vierzig Liegestütze, gleich hier, auf dem Garagenboden. Obwohl die Kälte des Betons ihm in die Hände drang, machte er noch fünf zusätzliche, um zu beweisen, wie ernst es ihm war. Dann half er Opa beim Aufräumen, bis Oma zum Abendessen rief.

Am Tisch sagte Opa: »Den einen Tag Pause heute lass ich mal durchgehen, aber ab morgen wird wieder trainiert. Verstanden?« Dabei zwinkerte er.

Tim nickte und zwinkerte auch. Opa zog die Trillerpfeife aus der Hosentasche und hängte sie sich um. Er hatte sie also die ganze Zeit bei sich getragen.

Kaninchenweihe

Am Tag der Kaninchenweihe erwachte Tim um kurz nach fünf, zwei Stunden bevor der Wecker läuten sollte. Draußen war es dunkel und still, aber er war zu aufgeregt, um weiterzuschlafen. Er stand auf und sah hinaus, in keinem Fenster der Nachbarschaft brannte Licht. Über den Dächern waren die Sterne noch deutlich zu erkennen. Irgendwo rief ein einzelner Vogel, Tim wusste nicht, welcher. Irgendwann fuhr ein Auto auf der Straße vorbei, für Sekunden wummerte Musik, dann verlor sie sich in der Nacht. Die Fenster gegenüber blieben dunkel.

Tim drückte die Faust gegen die Fensterlaibung, dann schlug er sie ganz leicht gegen die Wand. Er versuchte, sich auf die Abreibung einzustellen, die ihm von Arno drohte. Es würde viel stärker wehtun als das hier. Aber er musste die Vierundzwanzig wählen, er hatte kein einziges Kaninchen betrachten dürfen, er wusste nur, dass die Vierundzwanzig etwas taugte.

Und sonst?

Er dachte an die Dreizehn und daran, wie sie ihn angesehen hatte. Freundlich und verschmitzt, als alle anderen ihn verstoßen hatten. Immer wieder hatte er daran denken müssen, an das glänzende hellbraune Fell, den weißen

Fleck über dem linken Auge und das fröhlich zuckende Ohr. Obwohl er nur einen kurzen Blick auf das Kaninchen hatte werfen können, wusste er noch immer ganz genau, wie es ausgesehen hatte. Es hatte ihn direkt angesehen, ihn, niemanden sonst.

Ja, und? Mit Freundlichkeit gewinnt man keine Rennen, dachte Tim und verdrängte die Nummer dreizehn aus seinen Gedanken. Überhaupt war die Dreizehn eine Unglückszahl, er wäre dumm, sich darauf einzulassen.

Plötzlich erinnerte er sich daran, wie Arno und Jakob einmal einen kleinen Jungen wie einen Ball zwischen sich hin und her geschubst hatten, bis der geheult hatte. Sie hatten ihn zu Boden geworfen und ihm johlend die Hose zu den Knien heruntergezogen. Dann hatten sie ihm Tannenzapfen auf den Hintern geworfen. Das hatten sie einfach nur zum Spaß getan. Was würden sie mit ihm tun, wenn er ihnen einen Grund lieferte?

Sein Herz schlug schneller. Trotzdem nahm er sich fest vor, keine Angst zu haben. Er würde die Schläge einstecken und wieder aufstehen. Opa hatte recht, solange er wieder aufstand, war es nicht schlimm.

Vierundzwanzig, ich nehme die Vierundzwanzig!

Tim schlug sich mit der Faust auf den Oberschenkel, und es tat nicht weh, nur ein bisschen. Wenn man die Muskeln anspannte, tat es weniger weh, das wusste jeder. Er machte zwanzig Liegestütze, um noch ein paar Muskeln zu bekommen, dann zehn Sit-ups und dreiundzwanzig Kniebeugen. Dummerweise wusste er nicht, wie man die Muskeln im Gesicht trainierte, da würden sie auf jeden Fall hinschlagen. Zur Sicherheit machte er noch mal zehn Liegestütze, er würde sich die Arme schützend vor den Kopf halten.

Er holte das Rübenzahl-Schild vom Nachttisch und legte es ins Sternenlicht auf das Fensterbrett. Obwohl er keine Flecken sah, wischte er mit dem Schlafanzugärmel darüber. Schade, dass es keine Wunderlampe war und er sich jetzt etwas wünschen konnte. Er sah wieder aus dem Fenster, dachte an seinen Vater und wartete auf die Sonne.

Zusammen mit Opa und Oma traf er diesmal sogar zu früh vor der Stadthalle ein. Es war ein langweiliger weißer Neubau, nur eine Querstraße vom Marktplatz entfernt. Vor der Tür flatterten zwei Fahnen mit dem Stadtwappen. Opa trug seinen guten Anzug und eine neue Seidenkrawatte, die er sich extra für die Kaninchenweihe gekauft hatte, Oma ein hellgrünes Kleid mit Sonnenblumen und die goldene Halskette. Tim steckte in einem weißen Hemd und einem dunklen Anzug, den er auf keinen Fall schmutzig machen durfte.

»Der muss nämlich in die Reinigung«, hatte Oma gesagt, und Tim hatte gedacht, sollte Arno ihn nachher erwischen, würde den Anzug auch keine professionelle Reinigung mehr retten können. Opa hatte ihm feierlich die dunkelrote Krawatte geknotet, und Tim hatte sie unbemerkt wieder ein Stück gelockert, um freier atmen zu können. Immer wieder kratzte er sich am Hals und schob die Finger unter den Hemdkragen.

»Heute ohne Pfeife?«, hatte Tim gefragt.

»Natürlich nicht«, hatte Opa gesagt und lächelnd auf die Tasche seines Jacketts geklopft.

Die meisten Jungen trugen Anzug, manche auch Jeans und Sakko, fast alle Mädchen ein Kleid oder eine Bluse mit Rock.

Arno kratzte sich nicht am Hals und hatte bestimmt eine ganze Tube Gel im Haar. *Schleim zu Schleim,* dachte Tim. Lächelnd stand Arno zwischen seinen Eltern und schüttelte jedem die Hand, der den Bürgermeister begrüßte. Wer selbst kein zehnjähriges Kind hatte, legte Arno gönnerhaft die Hand auf die Schulter und wünschte ihm viel Glück.

»Da drüben sind Carsten und Bene«, sagte Oma. »Willst du nicht Hallo sagen?«

»Nein«, sagte Tim. Wären sie besser mal zu spät gekommen, dann hätte er solche Fragen nicht beantworten müssen.

Bevor Oma nachhaken konnte, schüttelten ihnen der Bäcker Weber und seine Frau die Hand. Er wünschte Tim kein Glück, sondern fragte: »Schon zehn, Tim? Wie die Zeit vergeht.«

»Ja«, sagte Tim. Was sollte er auch sonst sagen?

»Hast du dir ein schönes Tier ausgesucht?«

»Ja«, sagte Tim noch einmal und versuchte zu lächeln. Aber es fiel ihm schwerer als Arno.

»Gut, gut.« Die Webers gingen weiter zu Arno, und Herr Weber legte ihm die Hand auf die Schulter.

Tim durfte in den nächsten Minuten noch sehr oft nicken und *Ja* sagen. Zu seinem Alter, zur Kaninchenwahl, zu seiner Vorfreude, zu seiner Aufregung und zum Wetter. Alle waren froh, dass die Sonne schien, und *alle* bedeutete in diesem Fall halb Niederrhode. Auch viele, die kein zehnjähriges Kind hatten, waren gekommen. Verwandte, Nachbarn, Freunde, die Gewinner der letzten Jahre, Lehrer und Geschäftsleute, die sich zeigen wollten. Die Kaninchenweihe war nach dem Großen Rennen das zweitwichtigste Ereignis des Jahres, das wollte man nicht verpassen. Alle hatten sich herausgeputzt, viele erzählten von ihrer eigenen Kaninchenweihe, von Pannen, stolpernden Rednern oder faustgroßen Hagelkörnern, von Glück oder Pech bei der Verlosung und immer vom Stolz auf das eigene Kaninchen. Wer besonders freundlich sein wollte, strich Tim mit der Hand über den Kopf, und plötzlich beneidete er Arno um sein Haargel. Das schützte.

Auch Pascal kam mit seiner Mutter bei Tim vorbei. Sie wirkte jünger als andere Mütter, war stärker herausgeputzt und strahlte so viel Fröhlichkeit aus, dass Tim nie auf den Gedanken gekommen wäre, sie könnte etwas gegen die Kaninchen haben.

»Sehr erfreut!«, rief sie, als sie Opa und Oma begeistert die Hände schüttelte. Ihre blonden Locken leuchteten hell in der Sonne.

»Hallo, Tim«, sagte sie und lachte ihn an, als wäre es das Schönste auf der Welt, ihn zu treffen. »Ich wünsche dir wahnsinnig viel Glück und Erfolg bei der Weihe. Sagt man das so? Pascal konnte mir nicht sagen, was der richtige Gruß für den Anlass ist.«

»Hallo … äh, ja, das passt schon, danke.« Tim schüttelte ihr die Hand, bis sie sich wieder seinen Großeltern zuwandte, um über das Wetter zu reden: »Ist es nicht herrlich? Und so warm für den März.«

»Weißt du, welche Nummer das zweitbeste Kaninchen ist?«, raunte Pascal. »Ich hab keine Ahnung, welches ich wählen soll. Oder das drittbeste, wenn du das zweite für dich willst.«

Für einen kurzen Moment dachte Tim an die Dreizehn

mit den aufgeweckten Augen, aber dann schüttelte er den Kopf. Er hatte es nicht richtig gesehen. Und es hatte ihn angesehen, ihn allein, nicht Pascal. Auch wenn er es selbst nicht wählen würde, wäre es ihm wie ein Vertrauensbruch vorgekommen, die Nummer weiterzugeben. Leise fragte er: »Darfst du jetzt wirklich eins haben?«

»Nur auf Probe«, flüsterte Pascal. »Aber ich darf.«

Bevor Tim fragen konnte, was auf Probe hieß, wurde Pascal von seiner Mutter weitergezogen, um irgendjemanden aus dem Schützenverein kennenzulernen.

»Der Junge scheint nett zu sein«, sagte Oma.

»Ja.«

»Der ist aber nicht von hier, oder?«, fragte Opa.

»Nein. Seine Mutter hat die alte Mühle gekauft.«

»Ach ja, stimmt.« Opas Nicken zeigte, dass er sich an irgendwelches Gerede erinnerte.

»Sie ist geschieden, oder?«, sagte Oma.

»Ich glaube schon.«

»Na ja, heutzutage ist das nicht mehr so schlimm wie früher«, sagte Oma.

Tim verstand nicht, warum die Jungen früher ihre Väter stärker vermisst hatten als Pascal seinen heute, aber es blieb keine Zeit zum Fragen.

Die Bronzekaninchen auf der Singenden Villa tröteten und flöteten aus der Ferne die Hymne vom tapferen Kaninchen, und alle Zehnjährigen und ihre Angehörigen schritten feierlich in die Stadthalle. Ihnen folgten die Sieger der vergangenen Rennen und die Alten, denen die noch freien Sitzplätze zustanden. Schließlich drängte der Rest herein. Die meisten mussten stehen, viele sogar im Vorraum. Es war eng wie bei einem Rockkonzert. Die Doppeltüren zum

Saal blieben geöffnet, und alles wurde auf drei großen Leinwänden übertragen.

Auf dem Weg zur Bühne bekam jeder Zehnjährige ein zweifach beglaubigtes und mit dem Stadtwappen gestempeltes Kärtchen mit seinem Namen ausgehändigt. Dann stellten sich alle vor den beiden Wahlkabinen auf der Bühne an, rechts die Jungen, links die Mädchen. Die Kabine der Mädchen war kleiner und mit verschlungenen Rosen verziert, die der Jungen mit wild rennenden und springenden Kaninchen.

In jeder Kabine wartete ein Wahlregal aus rötlichem Buchenholz. Auf den drei Brettern waren durchnummerierte sparschweingroße Kaninchen aufgereiht und angekettet, die einen schmalen Schlitz im Rücken hatten. Wer nun das Kaninchen dreizehn wollte, warf seinen Namen dort ein, wer die vierundzwanzig wollte, in die vierundzwanzig. In der Mädchenkabine standen die Nummern der Zwergkaninchen. Bis 1967 hatten Mädchen überhaupt nicht am Rennen teilnehmen dürfen, und seither bekamen sie Zwergkaninchen zugeteilt, weil die niedlicher waren.

Arno war selbstverständlich der erste in der Jungsschlange, auf ihn folgte Jakob und an fünfter und sechster Stelle Carsten und Bene. Tim ließ sich Zeit, um ihnen aus dem Weg zu gehen. Er atmete tief durch, seine Hände zitterten. In wenigen Augenblicken würde er eine Kriegserklärung an Arno abgeben. Immer wenn er in den letzten Tagen daran gedacht hatte, besser doch nicht die Vierundzwanzig zu wählen, hatte er sich einen Feigling geschimpft. Er würde nicht aus Angst einknicken, er würde nicht vor Arno kuschen wie alle anderen. Er würde kämpfen.

Direkt vor ihm stand Mario Zech und drehte sein Weihekärtchen nervös in den Fingern. Tim hatte mit Mario nicht viel zu tun. Er war ein unauffälliger Junge, der häufig bei den Lehrern oder in Arnos Nähe herumlungerte, aber Arno sprach kaum mit ihm.

Auf einmal sprang seine Cousine Lissy aus der 4a von der Mädchenreihe herüber, hielt ihm ihr Kärtchen hin und raunte: »Wirf das für mich ein.«

»Was? Wo?«, stammelte Mario und ließ fast sein eigenes fallen.

»Egal wo. Hauptsache, ich bekomme kein Zwergkaninchen.«

»Aber *alle* Mädchen bekommen Zwergkaninchen.«

»Ich will gewinnen.«

»Das ist doch Blödsinn! Es hat noch nie ein Mädchen gewonnen.«

»Darum will ich ja ein großes Kaninchen.«

»Nein.« Er schüttelte den Kopf. »Mädchen kriegen immer Zwergkaninchen.«

»Hast du Angst, dass ich dich besiege?«

»Blödsinn«, zischte Mario.

»Dann hilf mir.«

»Und was ist, wenn ich erwischt werde? Das ist gegen die Regeln. Ich will nicht bestraft werden«, jammerte Mario.

»Ich mach's«, flüsterte Tim, ohne darüber nachzudenken. Der Hinweis auf die Regeln hatte ihn an Carsten erinnert und sauer gemacht.

Mario wirbelte herum und lief rot an. »Das ist gegen die Regeln.«

»Das ist nur eine List, das ist erlaubt«, sagte Tim.

»Das frag ich.« Mario hob den Arm wie in der Schule.

»Tu den Arm runter«, knurrte Tim. »Eine List ist nur eine List, wenn keiner davon weiß.«

Langsam ließ Mario den Arm sinken. »Aber ich weiß davon. Und ich melde euch, wenn ihr das macht. Dann werdet ihr beide disqualifiziert!«

»Verräterischer Köttelkopf!«, fauchte Lissy, und ihre großen grüngrauen Augen blitzten gefährlich.

Mario zuckte zurück und ließ seine Weihekarte nun tatsächlich fallen. Hastig sank er auf die Knie, um sie aufzuheben.

»Schade«, sagte Lissy zu Tim und lächelte. Obwohl sie einen kleinen Mund hatte, war das Lächeln ansteckend. »Aber der Petzer macht das wirklich. Das macht ihm Spaß.« Mit erhobenem Kopf und wippendem schwarzem Haar ging sie zurück zu den anderen Mädchen, ohne Tim das Kärtchen zu geben.

Bislang hatte er immer gedacht, dass alle Mädchen die Zwergkaninchen auch wollten. Nachher würde er Oma danach fragen, obwohl sie zu alt war, um überhaupt ein Kaninchen bekommen zu haben. Aber sie könnte ihm von seiner Mutter erzählen.

Schritt für Schritt rückte die Schlange vor, und als Mario in der Wahlkabine verschwand, kamen Tim plötzlich Zweifel an seinem Plan. Warum vertraute er eigentlich auf Arnos Urteil? Er verabscheute Arno und gab nie etwas auf seine Meinung. Warum sollte er jetzt damit anfangen? Jetzt, wenn es wirklich darauf ankam?

Mario verließ die Kabine, und Tim trat ein. Vor seinem geistigen Auge sah er das verschmitzte Kaninchen mit der Nummer dreizehn und wusste, was er zu tun hatte: Er zog

ein altes verknittertes Kaugummipapier aus der Hosentasche und stopfte es zu Arno in die Vierundzwanzig. Dann warf er seinen Namen in das Kaninchen dreizehn, Unglückszahl hin oder her.

Als er die Kabine verließ, fühlte er sich frei und leicht. Er hatte selbst entschieden, was für ihn das Richtige war, er brauchte Arnos Hilfe nicht. Glücklich lächelte er Opa zu und setzte sich zu den anderen Zehnjährigen in die erste Reihe. Der nächste freie Platz war neben Lissy. Während der gesamten Zeremonie wippte sie unruhig mit ihren sonnengelben Schuhen.

Bürgermeister Messmann trat auf die Bühne. Er war ein stattlicher Mann mit einem stattlichen Schnauzbart und einem stattlichen Bauch. Zu seinem Anzug trug er eine breite schwarze Seidenkrawatte, in die ein kleines goldenes Kaninchen eingestickt war.

»Einen wunderschönen guten Morgen, meine Damen und Herren, liebe Kinder«, dröhnte er mit lärmender Freundlichkeit. »Sie sehen mich heute nicht nur als Offiziellen hier stehen, sondern auch als stolzen Vater. Und ich kann Ihnen versichern, dass ich mindestens so aufgeregt bin wie damals, als ich selbst da unten in der ersten Reihe saß.« Er lächelte routiniert. »Und so schlagen heute nicht ein, ach, zwei Herzen in meiner Brust. Das des Vaters und das des Amtsträgers. Und auch wenn ich – man möge mir das nachsehen – meinem lieben Arno ein wenig mehr die Daumen drücke, so sage ich dennoch euch allen, was ich ihm schon heute früh gesagt habe: Egal, welche Nummer euch zugelost wird, die gewünschte oder eine andere, denkt immer daran, es ist ab heute euer Kaninchen, und das Schicksal hat euch zusammengeführt. Verbrüdert euch, gewöhnt euch aneinander und trauert keiner anderen Nummer hinterher. Denn von nun an seid ihr untrennbar miteinander verbunden. Nehmt es, wie es ist, denn es muss euch ja auch so nehmen, wie ihr seid. Vergesst nie, sie alle stammen vom unbekannten Kaninchen ab, sie alle sind etwas Besonderes.«

»Richtig, richtig«, hörte Tim mehrfach hinter sich murmeln. Ungeduldig wartete er darauf, dass die Rede vorbeiging und die Übergabe der Kaninchen beginnen konnte.

»Nehmt eure Kaninchen entgegen und trainiert mit ihnen, auf dass beim Großen Rennen der Beste gewinne. Möge jeder von euch sein Bestes geben, der Beste zu sein, denn darum geht es. Alles aus sich und seinem Kaninchen herauszuholen, denn heute wird die erste große Weiche für eure Zukunft gestellt.«

Nach dieser Rede trat Louis Müller, ein hoch aufgeschossener Junge mit tausendundeiner Sommersprosse, ans Mikrofon. Er war der Sieger vom letzten Jahr und verlas mit lauter Stimme und zitternden Händen die Sage vom unbekannten Kaninchen. Weil jeder die Geschichte kannte, war es nicht mehr spannend, aber die Tradition wollte es so. Tim hörte kaum zu, sondern starrte während der gesamten Lesung zu Louis hinauf und malte sich aus, wie nächstes Jahr er, Tim Köhler, als amtierender Sieger dort oben stehen würde.

Danach rollten der Hasenhieber und drei andere Männer endlich einen Wagen mit etwa sechzig durchnummerierten Transportkisten auf die Bühne. Die Gittertüren zeigten nach hinten zur Wand, sodass man nicht hineinsehen konnte.

Unter Applaus bat der Bürgermeister die schon erwachsene Tochter eines früheren Siegers als Glücksfee auf die

Bühne; Tim hatte nicht aufgepasst, wessen Tochter, er konnte jetzt nur noch an die Kaninchen denken.

»Für mich ist sie eine Pechfee, wenn ich nur ein Zwergkaninchen bekommen darf«, murmelte Lissy mit verschränkten Armen.

Tim schielte zu den anderen Mädchen hinüber. Sie strahlten und klatschten aufgeregt.

»Ich wünsche dir das größte Zwergkaninchen der Welt«, murmelte Tim.

»Pfff. Dann hab ich immer noch keine Chance.«

»Ladys first!«, rief der Bürgermeister launig, und die Glücksfee begann mit der Ziehung der Zwergkaninchenzahlen.

»Ja, first, aber Zwerg«, murrte Lissy. »Das ist nicht fair.«

In der ersten Runde bekam sie kein Tier zugeteilt, das bedeutete, ihr Wunschkaninchen war an eine andere gegangen. Nun wurden die übrig gebliebenen Mädchen den letzten Kaninchen zugelost, und Lissy bekam ein besonders flauschiges mit makellos weißem Fell.

»Auch noch weiß«, stöhnte sie und ließ sich wieder auf den Sitz neben Tim fallen. Die Transportkiste mit dem Kaninchen nahm sie auf die Knie.

»Du kannst es ja anmalen«, schlug Tim vor. Langsam ging ihm ihr Gemecker auf den Geist. Die Fellfarbe sagte doch nichts über die Schnelligkeit aus.

»Pfff.« Lissy sah ihn nicht einmal an, sondern betrachtete nur ihr Kaninchen. Als es sich hinter dem Ohr kratzte, lächelte sie vorsichtig.

Was sollte sie auch sonst tun?, fragte sich Tim. Das war jetzt ihr Kaninchen, gewünscht oder nicht, daran war nichts mehr zu rütteln.

Dann waren die Jungen an der Reihe, und die Zahlen wurden von oben nach unten vergeben wie bei einem Countdown. Die Vierundzwanzig, ein richtig großes Kaninchen mit kräftigen Hinterläufen, ging wenig überraschend an Arno. Es war schwarz-weiß gescheckt, und natürlich überwog der schwarze Anteil.

Jakob bekam ein vollkommen schwarzes Kaninchen und Carsten ein graubraunes mit auffallend kurzen Ohren. Fünf der folgenden Kaninchen hatte niemand gewählt, bis die Glücksfee endlich zur Dreizehn kam.

»Für die Unglückszahl hat sich einer erbarmt«, rief Bürgermeister Messmann scherzhaft, während die Glücksfee das Bronzekaninchen aufschloss. Manche lachten.

Der Hasenhieber jedoch hob irritiert den Kopf und ließ den Blick verständnislos über die erste Reihe schweifen. Das irritierte nun wieder Tim.

»Tim Köhler!«, rief die Glücksfee und strahlte über das ganze Gesicht, wie sie es bei jedem Namen getan hatte. Wenigstens sie verhielt sich normal.

Auf dem Gesicht des Hasenhieber zeigte sich kurz ein gehässiges Grinsen.

Es gab zurückhaltenden Applaus und verwundertes Getuschel in der Reihe der Zehnjährigen, als Tim aufstand, um sich sein Kaninchen zu holen. Carsten, der sich alle Zahlen der Welt merken konnte, schaute ihn verwirrt an. Arno feixte übers ganze Gesicht, und Jakob biss sich auf die Lippe, um nicht laut loszuprusten. Tim hatte ein flaues Gefühl im Magen.

»Da wärst du besser mal pünktlich gewesen, Junge«, murmelte der Hasenhieber triumphierend, als er ihm die Transportkiste überreichte. »Lass dir das eine Lehre sein.«

Tim sah durch die Gittertür hinein, das hellbraune Kaninchen sah freundlich und neugierig heraus, das Fell glänzte, die Nase zuckte aufgeweckt, die Schnurrhaare zitterten. Sein rechter Vorderlauf war nur ein kurzer, haarloser, bläulicher Stumpen und hing hilflos in der Luft wie ein gestutzter Flügel.

»Jetzt nimm schon und halt die Weihe nicht auf«, zischte der Hasenhieber. »Im Unterschied zu ihm hast du doch zwei gesunde Vorderbeine, oder?«

Wortlos nahm Tim die Kiste und schlich mit gesenktem Blick zurück auf seinen Platz. Ein dreibeiniges Kaninchen. Damit würde er sogar gegen Lissys Zwerg verlieren. Er würde der erste Junge sein, der gegen alle Mädchen verlor. Er würde Letzter werden, Allerletzter, der schlechteste Letzte seit Jahrhunderten.

Er schielte zu Lissy. Sie warf einen kurzen Blick in seine Kiste und sagte nichts. Als sie dann wieder ihr Zwergkaninchen betrachtete, wirkte es viel liebevoller als zuvor.

»Magst du tauschen?«, brummte Tim bissig. »Du wolltest doch ein großes.«

Empört schüttelte Lissy den Kopf.

Tims Kaninchen pochte mit dem Stumpf gegen die Wand. Tim sah an ihm vorbei und versuchte, das Gesicht zu wahren. Er wusste, dass Arno und andere ihn beobachteten, und hob stolz den Kopf.

Nach der Zeremonie kam Carsten zu ihm herüber und sagte zum ersten Mal seit einer Woche wieder etwas zu ihm. »Warum hast du das da gewählt?« Es klang nicht sehr mitleidig.

»Warum hast du mich nicht gewarnt?«, fragte Tim angriffslustig. »Toller Freund.«

»Wärst du halt einmal im Leben pünktlich gewesen.« Carsten drehte sich um und suchte seine Eltern.

»Das verkrüppelte Elend da ist aber kein Grund zum Kneifen«, raunte Arno im Vorbeigehen Tim zu. »Auch wenn das Kneifen natürlich in der Familie liegt.«

Tim kochte vor Wut, er wollte ihm unbedingt eine verpassen, aber er hatte keine Hand frei. Bevor Tim auf die Idee kam, nach ihm zu treten, war Arno außer Reichweite. Tim wollte nur noch allein sein.

»Warum hast du mich letzte Woche so angeguckt«, knurrte er die Transportkiste an. »Ohne mir dein Bein zu zeigen?«

Das Kaninchen pochte erneut mit dem Stumpen gegen das Gitter und schaute ihn freundlich an.

»Lass mich in Ruh!«

Zwischen irgendwelchen Menschen wurde er nach draußen geschoben. Der Geruch von Kaninchen, Parfüm und Schweiß drang ihm in die Nase. Die Sonne stand inzwischen hoch am Himmel. Strahlend kamen Opa und Oma auf ihn zu.

»Du hast deine Wahl bekommen!«, rief Opa. »Das ist immer ein gutes Zeichen.«

»War das neben dir die kleine Elisabeth Zech?«, fragte Oma. »Die hatte ein hübsches Kleid an, aber ich glaube, das habe ich schon mal an ihr gesehen.«

»Was?«, fragte Tim abwesend.

»Es ist nicht neu.«

»Zeig her, zeig her«, verlangte Opa aufgeregt, und Tim wünschte sich, er hätte seinen Namen in die Vierundzwanzig geworfen. Was hätte Arno ihm schon antun können, das schlimmer war als das?

Opa griff sich die Transportkiste und sah hinein. Einen

Augenblick lang wirkte er glücklich, dann riss er entsetzt die Augen auf. »Das ...«

»Was?«, fragte Oma.

»Warum um alles in der Welt hast du das da ausgewählt?«, polterte Opa los. Er wirkte verwirrt, aber vor allem verärgert. Als hätte Tim das absichtlich getan.

»Es war das Einzige, das mich ...«, flüsterte Tim und brach den Satz nach der Hälfte ab. Opa würde es nicht verstehen, er verstand sich ja selbst nicht und verwünschte seine Dummheit. »Ich weiß es nicht.«

»Das ist ein nichtsnutziges dreibeiniges Kaninchen!« Wütend schüttelte Opa die Kiste.

»Vorsicht!«, sagte Oma.

Mit Wucht drückte Opa Tim die Kiste wieder in die Hand. »Wie willst du damit gewinnen?«

Tim rang nach Worten.

»Warum trainiere ich mit dir? Warum mach ich mir die Mühe, wenn du dann so ein Tier auswählst? Würdest du mit einer Seifenkiste zum Formel-1-Rennen antreten?«

»Nein, aber ...«

»Kein Aber!« Opa zerrte seine Trillerpfeife aus dem Jackett und schleuderte sie auf den Boden. Tim glaubte, sie knacken zu hören. »Such dir doch einen anderen Depp als Trainer. Ich bin raus!« Heftig atmend drehte sich Opa um und stapfte davon. Das Innenfutter hing umgedreht aus der Tasche.

»Das war keine Absicht«, wollte ihm Tim hinterherschreien, aber es reichte nur für ein Flüstern.

Oma beugte sich vor und hob die Pfeife auf. »Komm mit«, sagte sie. »Nach dem Essen wird er sich schon wieder beruhigen.«

Aber das konnte Tim nicht glauben. Opa hatte die Pfeife zu Boden geschmettert, und es war ein Wunder, dass sie nicht zersplittert war.

Der Junge mit dem Krüppel

Niemand nannte Tim jetzt noch den Sohn vom Kneifer, er hatte sich inzwischen seinen eigenen Namen verdient. Jetzt war er der Junge mit dem Krüppel. Oder in der Kurzform: der Krüppler.

»Wie geht's deinem Krüppel?«, rief ihm am Montag einer seiner Klassenkameraden auf dem Pausenhof hinterher. »Hast du ihm schon einen Rollstuhl besorgt?«

Einige lachten, Jakob am lautesten. Arno grinste nur und sagte: »Ein Rollstuhl bringt nichts, wenn man nur auf der einen Seite anschieben kann. Da dreht sich der Krüppel nur im Kreis.«

»Heute schon den kreisenden Krüppel trainiert?«, rief ein anderer Junge am Dienstag und sah feixend zu Arno. Der nickte gönnerhaft.

Carsten und Bene riefen ihm nichts hinterher, aber sie sagten den anderen auch nicht, sie sollten die Klappe halten.

»Lass sie reden«, riet ihm Pascal, der seit ihrem Treffen im Wald zu ihm hielt.

Und Tim ließ sie reden, während er sich insgeheim wünschte, ihnen allen würde ein Bein abfallen, damit sie selbst sehen konnten, wie das war.

Am Mittwoch wurde einer der Krüppel-Schreier von Herrn Walter C. Vögele erwischt. Herr Vögele war Tims Klassenlehrer und zum Glück nur halb so streng wie Frau Schuster.

»Das gehört sich nicht, Martin«, sagte er mit Nachdruck, obwohl er nur einen halben Satz aufgeschnappt hatte. »Man sagt nicht *Krüppel,* das ist beleidigend. Man sagt *Menschen mit Behinderung* oder *gehandicapte Menschen.*«

»Das wusste ich nicht«, sagte Martin Mayrhofer. Immer wenn er sich bedroht fühlte, stellte er sich dumm, so wie Insekten sich tot stellten.

»Wie ist das bei Tieren?«, fragte Susi Jauchmann, die immer alles genau wissen wollte.

»Es ging um ein Tier?«, fragte Herr Vögele irritiert.

»Ja.«

»Dafür gibt es keine Regelung. Aber ich würde da auch gehandicapt verwenden. Einfach, damit ihr es euch richtig angewöhnt. Wie also sagt ihr?«

»Gehandicaptes Kaninchen«, murmelten einige.

»Nicht so müde.« Herr Vögele klatschte aufmunternd in die Hände, und eine Strähne seines dünnen, halblangen Haars rutschte ihm in die Stirn. »Das geht besser. Jetzt alle.«

»Gehandicaptes Kaninchen!«, riefen die Umstehenden im Chor. Alle außer Tim und Pascal.

»Sehr gut«, lobte Herr Vögele, legte die Hände auf sein Bäuchlein und schlenderte weiter. Dabei pfiff er vor sich hin.

»Hast du gut aufgepasst, Krüppler? Jetzt weißt du, wie du deinen Krüppel nennen musst«, sagte Arno.

Tim wollte sich auf ihn stürzen, aber Pascal hielt ihn zurück.

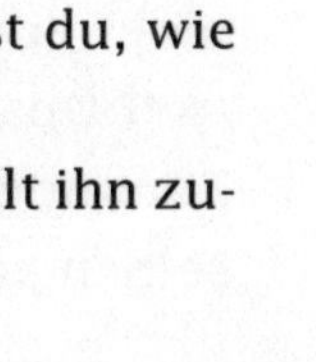

Natürlich nannten sie ihn weiterhin Krüppler oder den Jungen mit dem Krüppel, nicht den Jungen mit dem gehandicapten Kaninchen. War Herr Vögele in der Nähe, taten sie es eben nur leiser.

Am Donnerstag kam Lissy zu Tim und Pascal herüber, aber nicht, um Tim zu verspotten. Sie fragte, ob sie ihren Kaninchen schon Namen gegeben hätten. Heute trug sie kein Kleid, sondern eine Hose und Turnschuhe, und die schwarzen Haare fielen ihr offen auf die Schultern und manchmal ins Gesicht, bis sie sie fortwischte.

»Fersengeld«, sagte Pascal. »Aber manchmal nenne ich ihn nur Ferse.«

»Fersengeld? Ist er ein Feigling und ständig auf der Flucht vor dir?«, neckte ihn Lissy, wie sich das vor dem Rennen gehörte.

»Quatsch«, sagte Pascal. »Der Name ist nur logisch. Wer Fersengeld gibt, läuft davon, und das bedeutet, dass die anderen hinter ihm herlaufen. Und das bedeutet, er ist auf jeden Fall Erster.«

Lissy lachte und hob den Daumen. Tim fand die Begründung zwar verworren, aber den Namen cool.

»Und du?«, fragte Lissy Tim.

»Ist doch egal.« Tim steckte die Hände in die Hosentaschen. »Es nennen ihn doch eh alle Krüppel.«

»Du auch?«

Tim brummte etwas Unverständliches. Oma hatte das Kaninchen in letzter Zeit gefüttert, er hatte es noch gar nicht angesprochen. Er wollte es nicht einmal ansehen, weil Opa wegen ihm noch immer nicht mit ihm sprach. Zumindest nicht richtig. Weil er, Tim, wegen ihm nicht für seinen Vater gewinnen würde.

»Also wie heißt es?«

»Dreibein, Krüppel, Blaufuß, such dir was aus.«

»Meinst du das ernst?« Sie sah entsetzt aus.

Weil Tim darauf nicht antworten wollte, fragte er: »Und wie heißt deins?«

»Goliath.«

»Es ist ein Zwergkaninchen, Goliath war ein Riese.«

»Eben darum.« Sie lächelte, und in dem Lächeln lag nichts von dem Groll auf Zwergkaninchen, den sie bei der Weihe gezeigt hatte.

»Aber Goliath hat gegen David verloren«, gab Pascal zu bedenken. »Voll vom Außenseiter auf die Fresse bekommen. Mit einer billigen Schleuder.«

»Wie viele Kaninchen kennst du, die David heißen?«, fragte Lissy.

Pascal sah Lissy kurz an, dann grinste auch er.

»Ich könnte meins David nennen«, sagte Tim. »Dann schlägt es wenigstens ein anderes.«

»Trau dich bloß nicht!« Lissy lachte und ging zurück zu ihren Freundinnen. Die sahen sie kopfschüttelnd an, wohl weil sie bei ihm und Pascal gewesen war. Aber das schien Lissy nicht zu stören. Und sie hatte ja recht: Tim durfte die Wahl des Namens nicht Arno und den anderen überlassen.

Zu Hause warf Tim seine Jacke auf die Ablage der Garderobe. Opas Trillerpfeife baumelte noch immer einsam am äußersten Haken, auf den Oma sie gehängt hatte. Wenn man genau hinsah, konnte man eine Schramme auf dem Schwarz erkennen. Tim nahm Opas Mantel vom Nebenhaken und hängte ihn darüber.

Dann ging Tim direkt in den Garten und zur Rückseite

der Garage, wo der Kaninchenstall stand. Der Stall sah fast aus wie eine kleine Villa, Opa hatte damals ein richtiges Dach mit einem Erker und zwei Kaminen gebaut, das Tims Vater ziegelrot gestrichen hatte. An der linken Seite prangte ein kleiner dunkler Anbau, in dem sich das Kaninchen wie in einer Höhle verkriechen konnte. Rechts vorne besaß der Stall eine große Gittertür, durch die viel Licht in den vorderen Raum fiel.

»Und das auf der Ostseite«, hatte Opa vor der Kaninchenweihe lächelnd gesagt. »So sieht es jeden Sonnenaufgang.« Seitdem war er nicht mehr hier gewesen.

Tim klopfte leise gegen das leere Namensschild neben der Tür. Beinahe sofort kam das Kaninchen angesprungen. Den Stumpen hielt es schräg nach vorn gerichtet.

So blau ist er gar nicht, dachte Tim, und so langsam war das Kaninchen auch nicht.

»Du brauchst noch einen Namen«, murmelte Tim. »Auch wenn wir Letzter werden, das werden wir nicht als Krüppel und Krüppler.«

Das Kaninchen blickte ihn wieder mit den dunklen verschmitzten Augen an und mümmelte fröhlich. Die Streu war frisch, aber Tim konnte kein Futter entdecken.

»Was willst du? Einen Namen oder was zu essen?«

Das Kaninchen pochte mit dem Stumpen zweimal gegen die Tür.

»So so, beides. Bist ein schlauer Bursche.« Er öffnete den Stall und nahm das Kaninchen auf den Arm. Das Fell war weich, er spürte den schnellen Herzschlag des Tiers durch sein Sweatshirt hindurch. Zögernd kraulte er es hinter den Ohren, dann setzte er es auf den Boden. »Mal sehen, ob du rennen kannst.«

Unbeholfen hoppelte das Kaninchen über die Steinplatten bis zum Rand des Rasens und fing an, gemütlich an den Grashalmen zu nagen.

Tim spürte, wie er wieder wütend wurde. Auf sich, auf Arno, auf Carsten und Bene, auf Opa und auf das dämliche Kaninchen. Die aufgestaute Wut, die nach dem kurzen Gespräch mit Lissy verschwunden schien, war zurück. Dieses verlogene, beinstumpfversteckende Vieh war eindeutig kein Rennkaninchen! Warum hatte es ihn damals nur so angesehen? Warum?

Zornig stampfte er hinter ihm auf den Boden, sodass die Steinplatte zitterte. »Lauf, hab ich gesagt! Lauf!«

Und das Kaninchen wetzte los. Zwei, drei Sätze nach vorn, dann einen Haken rechts, einen links. Das linke Vorderbein hielt es ungewöhnlich weit innen, um das fehlende rechte auszugleichen, aber die Kraft kam aus den Hinterläufen, und die schnellten mächtig voran.

»Los! Weiter!«, brüllte Tim begeistert und sprang hinterher. Er trieb das Kaninchen quer über die Wiese, und zum ersten Mal seit Tagen war er richtig glücklich. Mit den ersten Sprüngen war eine riesige Last von ihm gefallen, nicht nur der sprichwörtliche Stein vom Herzen, sondern etwas wie eine schwere Steinhaut, die ihn gefangen gehalten hatte. Jetzt war er frei und fühlte sich ganz leicht. Sein Kaninchen hinkte nicht, es rannte. Und es rannte schnurstracks auf Omas Beete zu.

»Nein!«, rief Tim. »Halt!«

Aber das Kaninchen wurde nur noch schneller. Tim hetzte hinterher. Sie rasten über die dunkle Erde, aus der erste grüne Spitzen lugten. Brocken spritzten rechts und links von Tims Schuhen, das Kaninchen tauchte durch die

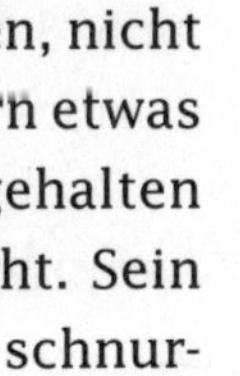

aufgereihten Erdbeerpflanzen, und Tim setzte darüber hinweg. Im Slalom ging es durch die Johannisbeeren, Himbeeren und Stachelbeeren, die Äste zogen Striemen über Tims Hände, und dann, jenseits der Beete, holte er das Kaninchen fast ein, sprang mit ausgestreckten Armen, um es zu packen.

»Ha!«, schrie er noch in der Luft, das Kaninchen schlug einen Haken nach rechts, und Tim knallte auf den Boden. Die Luft wurde ihm aus der Brust gepresst, aber er lachte. Das Kaninchen hatte angehalten, sah furchtbar freundlich zu ihm her, als könnte es kein Wässerchen trüben, und knabberte am Gras.

Tim setzte sich auf und beobachtete das Kaninchen, bis ihm kalt am Hintern wurde. Dann stand er auf und näherte sich ihm langsam. Es rannte nicht fort. Rasch packte er es mit der Rechten im Nacken, hob es hoch und trug es zurück in den Stall. Bevor er die Tür schloss, streichelte er es ausgiebig. »Wenn die anderen wüssten, wie schnell du bist, würden sie nicht so lachen.«

Er ging in die Küche, holte drei dicke Karotten und ein paar Salatblätter aus dem Kühlschrank und brachte sie seinem Kaninchen.

»Du brauchst einen Namen«, sagte er wieder, aber das Kaninchen fraß auch so munter vor sich hin. Unentschlossen sah Tim ihm zu, pochte gegen das leere Schild und schloss die Tür. Morgen würde ihm ein passender Name einfallen. Dreibein, Krüppel, David, Erdbeertaucher, Beetevernichter, das alles passte nicht.

Rübenzahl der Zweite? Nein, sein Kaninchen sollte einen eigenen Namen bekommen, nicht nur eine Nummer wie all die armen Prinzen und Päpste.

Kneifer? Sollte er ihn Kneifer nennen? Wenn er gewann, würden alle in Niederrhode wissen, dass damit auch sein Vater gewonnen hätte. Er stellte sich den Zieleinlauf vor, die langen Gesichter von Arno und seinem Vater und allen anderen Tuschlern, und das gefiel ihm. Genau so würde er die Ehre seines Vaters wiederherstellen.

Aber was war, wenn er verlor? Das würde den Spott nur frisch anfachen.

Nun, dann durfte er eben nicht verlieren, beschloss er. Er würde gewinnen, und sie würden seinen Namen in die Siegerliste eintragen müssen, und dann hätte sein Vater es doch noch geschafft. Aber das bedeutete auch, dass der Name, mit dem alle seinen Vater gehänselt hatten, niemals vergessen werden würde. Erschrocken atmete Tim durch. Nein, niemals durfte er sein Kaninchen Kneifer nennen.

Überhaupt waren das sinnlose Überlegungen, er würde nicht gewinnen, nicht mit diesem Kaninchen.

Er holte einen Rechen aus der Garage und beseitigte die Spuren im Beet, so gut es ging. Vielleicht hatte er ein paar Samen durcheinandergebracht, und jetzt wuchsen drei Radieschen zwischen den Karotten und ein Salatkopf bei den Gurken, aber das kümmerte ihn nicht. Er wusste sowieso nicht, warum Oma auf die genaue Unterteilung in ihrem Beet bestand. Meist landete sowieso alles zusammen in derselben Schüssel.

Als er keinen einzigen Fußabdruck und keine Kaninchenspur mehr erkennen konnte, stellte er den Rechen zurück und ging ins Haus. Von der Garage kam man direkt in die Küche, und da stand Oma am offenen Kühlschrank.

»Hallo, Oma«, rief Tim fröhlich.

»Hallo«, antwortete sie zerstreut und sagte, mehr zu sich selbst: »Wo sind denn die Karotten?«

»Für das Kaninchen?«

»Nein. Für unser Abendessen. Braten mit Reis und Karottensoße. Ich war sicher, dass noch welche da sind.« Sie sah auf und entdeckte sofort die Grasflecken auf seiner Hose. Die hatte er nicht abschütteln können wie die Erde von den Schuhen. »Was hast du angestellt?«

»Nichts«, sagte Tim sofort. Das sagte man in solchen Situationen am besten immer zuerst. *Erst alles abstreiten, dann reden.* »Ich hab nur mit dem Kaninchen gespielt.«

Oma legte den Kopf schief und musterte ihn, dann breitete sich auf ihrem Gesicht ein warmes Lächeln aus. »Willst du es nachher auch selbst füttern?«

»Ja, klar«, sagte Tim. Hauptsache, Oma ging nicht zum Stall und fand die angenagten Karotten.

Nach dem Abendessen machte Tim noch dreiunddreißig Liegestütze im Flur und nahm ein Buch über die Seefahrt aus dem Regal seiner Eltern mit ins Bett. Opa hatte gesagt, die Bücher seien sein Erbe, und jetzt wollte er unbedingt etwas von ihnen lesen. Als Oma in sein Zimmer kam und das Licht löschte, wartete Tim kurz und las dann unter der Zudecke mit der Taschenlampe weiter.

Gebannt verfolgte er, wie der Freibeuter Störtebeker die reichen Händler Hamburgs jahrelang zum Narren hielt, bis sie ihn endlich erwischten. Ohne viel Federlesen wurden er und seine zweiundsiebzig Männer zum Tod durch Köpfen verurteilt. Wie üblich fragte der Bürgermeister auch Störtebeker nach seinem letzten Wunsch. Der wollte als Erster geköpft werden und dann die Chance bekommen, an seinen Gefährten vorbeizulaufen. Jeder, an dem er es kopflos vorbeischaffe, sollte begnadigt werden. Weil das vollkommen verrückt klang, wurde es ihm gewährt, und seine Mannschaft reihte sich neben dem Richtblock auf. Kaum hatte der Henker Störtebekers Kopf abgeschlagen, erhob der sich tatsächlich von den Knien und marschierte los. Ohne Kopf konnte er nichts sehen und nichts hören, dennoch kämpfte er sich in die richtige Richtung vor. An ein, zwei, drei Männern schritt er vorbei und noch weiter. Sein eiserner Wille hielt ihn aufrecht. Die Männer jubelten, die Gaffer und Kaufleute tobten vor Wut. Als er schließlich den elften Mann erreichte und noch immer nicht wankte, wurde der Henker nervös. Mit jedem Schritt verlor er einen Auftrag, und er wurde pro Kopf bezahlt. Um nicht arbeitslos zu werden, stellte er Störtebeker kurzerhand ein Bein. Der stürzte und konnte sich nicht mehr aufrappeln. Der Verrat hatte seinen Willen gebrochen. Und der verlogene Bürgermeister brach sein Wort und ließ die ersten elf Mann ebenso hinrichten wie alle anderen.

Noch bevor Tim die Seite umblättern konnte, schlief er ein und träumte von wilden Piratenabenteuern und einem Kopf, den er verzweifelt und vergeblich suchte. Irgendwann erwachte er, weil er sein Gesicht auf die Taschenlampe gedreht hatte. Das Licht war ganz schwach und flackerte ihm direkt ins Auge. Er zuckte zurück, wühlte sich unter der Decke hervor und schaltete die Lampe aus. Der Wecker zeigte Mitternacht.

Und mit einem Mal wusste Tim, dass er sein Kaninchen nach einem Piraten benennen wollte, um gegen das Bürgermeistersöhnchen Arno anzutreten. Niemand nannte einen Piraten einen Krüppel, nur weil ihm ein halbes Bein

oder ein Unterarm fehlte. Piraten waren immer cool und gefährlich. Sie kämpften wild, lebten nach ihren eigenen Regeln und segelten so schnell wie der Wind. Störtebeker passte nicht zu einem Kaninchen, außerdem war er am Ende ja hingerichtet und betrogen worden. Aber Tim kannte noch andere Piratengeschichten und wusste, wer die gefährlichsten und berüchtigtsten unter ihnen gewesen waren: Long John Silver und Kapitän Blackbeard. Der Name Long John Silver war zu lang …

»Blackbeard also«, murmelte er, auch wenn die spärlichen Barthaare des Kaninchens weiß waren und das Fell hellbraun. Aber Goliath war ja auch ein Zwerg.

»Blackbeard«, sagte er noch einmal und schlief mit einem Lächeln ein.

Fersengelds Versteck

Gleich nach dem Aufstehen rannte Tim zu seinem Kaninchen hinaus. Er holte es aus dem Stall und setzte es sich auf die Brust. Tim neigte den Kopf, bis seine Nase auf der schmalen Schnauze lag.

»Blackbeard«, flüsterte Tim.

Das Kaninchen hielt ganz still und spitzte aufmerksam die Ohren.

»Was hältst du davon?«, fragte Tim. »Blackbeard?«

Blackbeard stupste ihn freundlich an und schnupperte an seinem Kinn.

»Dann heißt du jetzt Blackbeard, Blackbeard.« Tim setzte ihn zurück in den Stall und eilte pfeifend zum Frühstückstisch.

»Ich hab einen Namen«, sagte er stolz zu Oma. Opa war nicht da. »Den coolsten Namen überhaupt. Blackbeard.«

»Wie der Pirat?«, fragte sie.

»Genau.«

»Und was, wenn es ein Weibchen ist?« Omas Augen blitzten schalkhaft.

Ein Weibchen? Tim klappte der Mund auf. Wieso denn ein Weibchen? Daran hatte er gar nicht gedacht. Er sprang auf und rannte wieder hinaus. Hastig holte er Blackbeard

aus dem Stall, legte ihn auf seinem Arm auf den Rücken und schaute nach. Es war ein Männchen. Erleichtert kehrte er an den Frühstückstisch zurück und verkündete lautstark: »Zum Glück ein Männchen.«

»Wieso zum Glück?« Oma legte den Kopf schief und kniff die Augen leicht zusammen.

»Weil er wie ein Pirat heißen soll.« Tim erklärte ihr seine nächtlichen Überlegungen.

»Es gab auch weibliche Piraten. Anne Bonny und Marry Read zum Beispiel.«

»Blackbeard klingt aber besser.«

»Auch weibliche Kaninchen haben einen Bart.«

»Trotzdem«, brummte Tim. Ihm war ein männlicher Pirat lieber, und wenn Oma unbedingt ein Kaninchen nach einer Piratin benennen wollte, sollte sie sich eben ein eigenes holen. Aufgekratzt schlang er das Müsli herunter, rannte zum Stall hinaus, um Blackbeard zu füttern, probierte mit dem Finger, ob der Name gut auf das neue Schild passte, streichelte Blackbeard noch einmal und stellte dann fest, dass er die Schultasche noch nicht gepackt hatte. Schnell warf er alles hinein, rannte noch mal ins Bad und von da direkt nach unten, wo er bemerkte, dass er die Tasche oben vergessen hatte. Er raste wieder hoch, fand sie nicht in seinem Zimmer und stürmte zum Bad. Es war abgeschlossen. Er pochte gegen die Tür.

»Moment!«, rief Opa von drinnen.

»Meine Tasche!«

»Moment!«

»Ich bin zu spät!«

»Ich kann trotzdem gerade nicht.«

Als Opa endlich aufschloss, riss ihm Tim die Tasche aus

der Hand und raste los. Sein Fahrrad war repariert, trotzdem schaffte er es nicht rechtzeitig.

»Wieder einmal du, Tim«, begrüßte ihn Herr Vögele.

»Es tut mir leid«, stieß Tim hervor und hastete auf seinen Platz. Aber diesmal kam er nicht mit einer Entschuldigung davon, Herr Vögele ließ ihn sofort an die Tafel kommen, um etwas vor der Klasse zu rechnen. Etwas, das er vor Tims Ankunft erklärt hatte. Tim starrte auf die leere grüne Fläche unter der Aufgabe und drehte ratlos die Kreide in der Hand.

»Also?«, fragte Herr Vögele.

Weil er keine Ahnung hatte, vertraute Tim auf sein Glück und schrieb einfach 13 hin; irgendetwas war besser als nichts. Aber er hatte kein Glück.

»Setz dich«, sagte Herr Vögele und wischte Tims Zahl fort. »Und sei morgen bitte pünktlich und nicht schon wieder Letzter.«

Die Klasse tuschelte; Tim erzählte nichts von der eingesperrten Schultasche. Arno, der in der Reihe hinter ihm saß, beugte sich vor und raunte ihm zu: »Nein, nein, komm weiter als Letzter, das ist genau die richtige Übung für einen, der mit einem Krüppel beim Rennen antritt.«

»Mit einem Kaninchen mit Behinderung«, korrigierte Carsten, der seit Schuljahresbeginn neben Tim saß und das leider noch bis zum Ende tun würde.

Arno lachte, Tim presste mit verschränkten Armen die Lippen aufeinander, Carsten blickte ohne ein weiteres Wort zur Tafel.

Tim warf einen Blick zu Pascal am anderen Ende des Klassenzimmers, der nervös zu ihm herübersah. Tim hob kurz den Daumen, um zu zeigen, dass alles in Ordnung war.

Pascal schüttelte den Kopf.

Tim nickte und formte mit den Lippen ein lautloses: »Doch.«

Erneut schüttelte Pascal den Kopf und fuhr sich mit der Hand über die Kehle.

Jetzt schüttelte Tim den Kopf.

»Möchtest du noch mal an die Tafel, Tim?«, fragte Herr Vögele.

»Nein.«

»Dann schreib bitte mit und sei still.«

Tim verzichtete darauf zu erwähnen, dass er eigentlich keinen Ton von sich gegeben hatte, und schlug sein Heft auf. Als sich Herr Vögele zur Tafel drehte, schielte er zu Pascal. Der hatte sich noch immer nicht beruhigt und malte mit den Fingern irgendwas in die Luft, was wie eine Leiter aussah oder ein Gitter oder ein Tic-Tac-Toe-Feld. Dann rüttelte er daran, und nun wurde auch Tim nervös. Was sollte das bedeuten?

»Pascal!«, rief Herr Vögele. »Nimm dir bitte kein schlechtes Beispiel an Tim. In eurem Alter ist es wichtig, sich an den richtigen Vorbildern zu orientieren.«

Die halbe Klasse lachte, und Herr Vögele fügte hinzu: »Das gilt für euch alle.«

Wut kochte in Tim hoch, und zugleich brannten seine Wangen vor Scham. Er wünschte, er hätte Supermans Hitzeblick, dann könnte er den Vögele zu Asche starren. Warum war der heute so gemein?

Nach dem Ende der ersten Stunde stürzte Pascal zu ihm herüber und flüsterte: »Wir müssen Fersengeld verstecken. Gleich nach der Schule.«

»Warum das?«

»Weil meine Mutter gestern die Streu gewechselt hat. Ich wollte es heute Nachmittag machen, das hätte locker gereicht, aber sie hat es einfach getan und mich gefragt: Hab ich's nicht gleich gesagt?«

»Und was bedeutet das?«

»Dass sie meint, dass ich mich nicht kümmere und kein Tier verdient habe. Ich hatte Ferse ja nur auf Probe.«

»Hast du ihr das mit dem Tunken erzählt?«

»Ja. Sie glaubt es aber nicht. Sie sagt, wenn man mich so einschüchtern will, damit ich mich anpasse, dann lässt sie das nicht zu. Im Schützenverein zu sein muss ausreichen, niemand könne mich zwingen, ein Kaninchen zu wollen.«

»Aber du willst doch eins.«

»Ja, aber sie sagt, sie weiß nicht, ob ich es wirklich will, wenn ich nicht die Streu wechsle. Und jetzt am Wochenende hat sie Zeit, da bringt sie Fersengeld bestimmt ins Tierheim. Oder verkauft ihn auf dem Flohmarkt, das hat sie mit Papas alten Sachen gemacht. Aber ich will Fersengeld nicht hergeben, ich will beim Rennen mitmachen, und ich will nicht getunkt werden.« Pascal sah Tim flehentlich an. Am Ende seiner Rede war er immer schneller geworden und hatte sich fast verhaspelt.

»Und wo willst du ihn verstecken?«

»Weißt du nichts? Du bist von hier. Ich bin nur der Zugezogene.«

»Aber wir verstecken unsere Kaninchen nicht.«

Dann begann die zweite Stunde, Deutsch, und Herr Vögele ließ sie ein unvollständiges Kaninchengedicht fertigschreiben, bei dem jedes zweite Reimwort fehlte. Tim passte nicht auf, schrieb irgendwas hin – brennen, flennen, trennen, egal, Hauptsache, es reimte sich auf das Große

Rennen – und überlegte fieberhaft, wo sie Fersengeld in Sicherheit bringen konnten. Bis zur letzten Stunde fiel ihm nichts ein.

»Und wohin?«, fragte Pascal nach der Schule.

»Erst einmal holen wir ihn, bevor deine Mutter von der Arbeit heimkommt.«

»Sie arbeitet daheim. Sie kann ihn sich jederzeit krallen!«

»Dann schnell!«

In den Pedalen stehend, rasten sie mit ihren Rädern los. Das fiel nicht weiter auf, alle Zehnjährigen rasten oder rannten nun aus der Schule nach Hause, jeder Meter Weg wurde zum Trainieren genutzt. Man versuchte, die anderen zu überholen, und rief dann herablassende Bemerkungen über die Schulter zurück: Krücke, Kriecher, Schnecke. Manchmal auch ganze Sätze: »Hast du die Stromrechnung nicht bezahlt, oder warum läuft dein Rollator so langsam?«

Oder: »Wie ist es, sein ganzes Leben in Zeitlupe zu verbringen?«

Oder: »Läufst du gerade, oder machst du Pause?«

Tim und Pascal sparten sich diesmal solche Bemerkungen, dafür blieb keine Zeit. Sie jagten zur Isach und bogen schlitternd in die Uferstraße ein. Fünfzig Meter von der alten Mühle entfernt brannten sie zwei schwarze Bremsspuren auf den Asphalt und verbargen die Räder im Ufergestrüpp. Das letzte Stück legten sie zu Fuß zurück. Gebückt tauchten sie unter dem Fenster hindurch, hinter dem Pascals Mutter ihr Büro hatte. Pascal zeigte Tim von außen, wo im ersten Stock sein Zimmer lag.

»Warte darunter.«

»Willst du Fersengeld nicht einfach mit rausbringen?«

»Nein. Wenn meine Mutter mich mit ihm erwischt, dann ist es sofort aus.«

»Schade, dass Ferse keinen Stall draußen hat wie jeder andere.«

»Ja, aber nicht zu ändern«, sagte Pascal und schlich sich ins Haus.

Tim huschte in den herrlich großen, alten Garten und wartete. Der Rasen war nicht gemäht, und Krokusse und Gänseblümchen spitzten aus dem Grün, zur Isach hin wuchsen Büsche und Bäume dicht beieinander. Die Mühle war hellblau und gelb gestrichen, dunkles Moos bedeckte das Dach, und auf dem ausrangierten Schornstein kauerte ein altes Vogelnest. Das Mühlrad hing reglos über dem Wasser, die Schaufeln waren morsch, und die Mauer aus roten Ziegeln, die das Rad mit dem Haus verband, unverputzt.

Tim hatte das Gefühl, hier überall etwas entdecken zu können, aber die meiste Zeit schaute er unruhig von einem Fenster zum nächsten, ob sich Pascals Mutter dort zeigte. Vielleicht bekam sie Hunger oder wollte spontan die Wohnzimmerblumen gießen oder ein paar Liegestütze machen? Wer wusste schon, ob sie den ganzen Tag im Büro verbrachte.

Wo blieb nur Pascal? Hatte sie ihn erwischt? Unruhig trat Tim von einem Bein auf das andere.

Endlich öffnete sich oben ein Fenster, und Pascal beugte sich heraus. Er hatte Fersengeld einen rosa Bademantelgürtel um den Bauch geschlungen und ließ ihn langsam und vorsichtig daran herab. Ferse hatte ein gleichmäßig dunkelgraues Fell, das im Sonnenschein hier und da silbern schimmerte. Er zappelte mit den großen Hinterläufen und

drehte sich in der Luft um sich selbst. Tim streckte ihm die Arme entgegen, aber sie waren zu kurz. Das Kaninchen blieb einen Meter über ihm in der Luft schweben.

»Und jetzt?«, raunte Tim.

»Psst!«

Angespannt lauschten sie beide, ob Pascals Mutter etwas gehört hatte. Im Haus rührte sich nichts. Trotzdem gab Tim keinen Laut mehr von sich, er winkte mit beiden Händen, um Pascal zu bedeuten, er solle sich weiter vorbeugen. Wenn er ganz aufs Fensterbrett kletterte, konnte Tim Fersengeld vielleicht erreichen.

Pascal sah ihn bestürzt an und schüttelte den Kopf. Hätte er eine Hand frei gehabt, hätte er ihm bestimmt den Vogel gezeigt. Tim nickte nachdrücklich und winkte noch mal.

Da zuckte Pascal mit den Schultern und atmete tief durch. Dann ließ er den Gürtel los. Sich windend und strampelnd stürzte Fersengeld hinab, der flauschige rosa Gürtel flatterte hinter ihm her. War Pascal völlig verrückt geworden?

Blitzschnell packte Tim zu, versuchte, kein Auge zu erwischen, und zog das Tier an sich. Wie ein Torwart ging er auf die Knie, um den Sturz abzufedern. Fersengeld zappelte aufgeregt, Tim hielt ihn fest.

»Spinnst du?«, formulierte er lautlos und sah Pascal an.

»Ich?«, gab Pascal ebenso lautlos zurück. »Es war deine Idee.« Dann verschwand er im Haus und schloss das Fenster.

Tim schlich sich hinten um die Mühle herum, unter der gemauerten Mühlradaufhängung hindurch und am Flussufer entlang bis zu ihren Rädern. Dort wartete er auf Pascal und kraulte Fersengeld beruhigend hinter den Ohren.

Einen Augenblick später kam Pascal angerannt und deutete keuchend auf Fersengeld. »Geht's ihm gut?«

»Ja. Aber warum hast du ihn fallen lassen?«

Erleichtert nahm Pascal Fersengeld auf den Arm und strich ihm über den Rücken. Der Bademantelgurt baumelte noch immer um seinen Bauch. »Du hast doch gewunken, dass ich soll.«

»Du solltest dich vorbeugen.«

»Was?«

Sie starrten sich an, dann prusteten sie gleichzeitig los, lachten über das Missverständnis und klopften sich auf die Schulter. Es war ja noch einmal gut gegangen.

»Dann suchen wir dir jetzt ein Versteck, was?«, sagte Pascal fröhlich, setzte Ferse auf den Gepäckträger und schnürte ihn mit dem Bademantelgürtel fest. Den Fahrradkorb hatte er vergessen. Zweimal kontrollierte er die Knoten und rüttelte prüfend am Kaninchen, dann fuhren sie los. Der Fahrtwind presste Fersengelds Ohren fest an den Körper.

Als in der Ferne das Tröten eines Elefanten erklang, kam Tim ein Gedanke, und er führte Pascal zum Herbsthof am Rand von Niederrhode. Es war ein weitläufiger Hof mit drei Gebäuden aus Stein und einer hohen Scheune aus Holz. Früher hatte der Herbstbauer jeden Winter Zirkustieren in den überzähligen Ställen ein Quartier geboten. Seit der Zirkus Stella vor zwei Jahren pleitegegangen war, kümmerte sich der Bauer auch im Frühling, Sommer und Herbst um die Tiere. Durch eine Lücke zwischen den vorderen Gebäuden konnte man das große bunte Zelt und mehrere Zirkuswagen erkennen.

Tim und Pascal hielten auf der Straßenseite gegenüber,

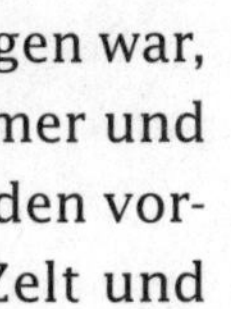

um nicht angesprochen zu werden. Ein sanfter Wind trug den Geruch nach Zoo und Heu zu ihnen herüber.

»Bekommst du viel Taschengeld?«, fragte Tim.

»Ist okay«, sagte Pascal. »Warum?«

»Dann könntest du Fersengeld hier unterbringen. Der Herbst kümmert sich um fremde Tiere. Ist wie ein Hotel mit Vollpension.«

Pascal runzelte die Stirn. »Ist er verlässlich?«

»Sehr verlässlich.«

»Und was kostet das?«

»Das müssen wir fragen.«

Irgendwo auf dem Hof erklang ein grimmiges Fauchen, ein Brummen antwortete.

»Was war das?«, fragte Pascal.

»Wahrscheinlich der Löwe Rex und der Bär, aber da habe ich vergessen, wie der heißt.«

»Der hat Löwen und Bären?« Pascal wirkte entsetzt. »Und da soll ich Fersengeld unterbringen?«

»Der sperrt die schon nicht in denselben Käfig. Außerdem ist Rex aus dem Zirkus.«

»Und was heißt das? Jongliert er mit den Kaninchen, bevor er sie frisst?«

Bei der Vorstellung musste Tim lachen.

»Ja, lach nur, ist ja nicht dein Kaninchen, das gefressen wird.«

»Beim Herbst wird kein Gasttier gefressen und schon gar kein Kaninchen«, versicherte Tim.

»Ich weiß nicht.« Pascal schüttelte den Kopf. »Das ist kein richtiges Versteck. Wenn er zufällig meine Mutter beim Bäcker trifft, kommt alles raus. Wir sollten keinen Fremden einweihen.«

Das leuchtete Tim ein. Also stiegen sie wieder auf und radelten weiter suchend umher. Pascal fuhr vorsichtig und blickte sich immer wieder nach Fersengeld um. Am Kirchberg stürmte plötzlich Lissy zu Fuß an ihnen vorbei und rief lachend: »Fahrt ihr im nullten Gang oder was?«

Tim starrte ihr verblüfft hinterher, dann beschleunigte er. Das durfte er nicht auf sich sitzen lassen. Bevor er sie einholen konnte, bog sie in die Einfahrt eines kleinen verwilderten Hauses mit bröckelndem Verputz ab und blieb heftig atmend stehen. Er preschte zu schnell vorbei, um ihr einen Spruch zuzurufen. Grinsend winkte sie ihm nach. An der nächsten Kreuzung wartete er auf Pascal.

Drei Straßen weiter holten sie Carsten an einer roten Ampel ein. Er trug strahlend neue Rennradlerklamotten und einen leuchtend weißen Helm und deutete auf Fersengeld. »Beim Rennen ist das nicht gestattet, da müssen die Kaninchen selbst laufen.« Sein Gesicht blieb unbewegt, er meinte das ernst.

»Ich weiß«, sagte Pascal ebenso ernst, aber um seine Mundwinkel zuckte es verdächtig.

»Außerdem verstößt es gegen die Straßenverkehrsordnung.«

»Was geht dich das an?«, fauchte Tim.

»Mit dir habe ich nicht geredet.« Carsten schaute ihn kaum an.

»Ich aber mit dir!« Tim war es leid, all die Beleidigungen stumm hinzunehmen. Er würde sich nicht mehr herumschubsen lassen.

Die Ampel schaltete auf Gelb. Verbissen traten Tim und Carsten gleichzeitig in die Pedale und rasten nebeneinander über die Kreuzung, Carsten rechts, Tim links. Kopf an

Kopf stürmten sie die Straße entlang, die Räder schlenkerten wild von einer Seite zur anderen.

»Warte!«, schrie Pascal, der auf Grün gewartet hatte.

Tim ignorierte ihn.

Hinter ihnen hupte ein Auto.

»Du fährst verboten«, keuchte Carsten, für mehr hatte er keine Luft.

»Und du verboten langsam«, keuchte Tim.

Das Auto zog vorbei und hupte noch einmal. Tim setzte alle Kraft in einen Sprint, gewann eine Radlänge Vorsprung und riss die Arme in die Höhe, als hätte er das Ziel erreicht. Dann ließ er die Fahrt austrudeln, um auf Pascal zu warten. Carsten sauste davon, drehte sich kurz um und winkte mit dem Victory-Zeichen. Außer Atem schrie ihm Tim hinterher: »Zone dreißig!«

Carsten bremste panisch, sein Rad schlingerte wild und eierte auf ein parkendes Auto zu. Mit einem verzweifelten Satz rettete sich Carsten auf den Fußweg und schrammte an einer Hecke entlang, bis er zum Stehen kam.

Tim lachte, hier gab es weit und breit keine Geschwindigkeitsbeschränkung. »Reingelegt!«

»Das bekommst du zurück!«, schrie Carsten und spuckte Heckenstücke aus. Schimpfend fuhr er davon.

Als Pascal wieder aufgeschlossen hatte, schlug Tim den alten Bunker im Wald vor, aber Pascal war sofort dagegen. »Das ist zu weit weg, wenn ich ihn füttern will. Oder nur mal kraulen. Wenn ich jeden Morgen eine halbe Stunde früher zur Schule fahre, fällt das auf.«

Während sie weiterradelten, zeigte Tim Pascal erst ein fast mannshohes trockenes Kanalrohr, aus dem es nicht stank und das in die Isach mündete, dann zwei verlassene

Bauernhöfe, von denen er wusste, dass sie unbewohnt waren. Einer hatte sogar einen ausrangierten Taubenschlag. Aber kein Versteck war Pascal gut genug für sein Kaninchen.

Als sie beim alten Schwarzenbacher vorbeikamen, deutete Tim auf das Gestrüpp hinter seinem Grundstück. »Da sucht bestimmt keiner.«

»Ja, weil der Typ verrückt ist.«

»Er ist zu groß, um da reinzukriechen«, sagte Tim, obwohl er selbst Blackbeard auch nicht dortlassen würde.

»Trotzdem. Alle sagen, er wollte sich damals immer in seine Schöpfungen hineinversetzen, um sie lebendiger zu machen, unheimlicher. Das heißt methodisches Agieren.« Pascal betonte die letzten beiden Worte deutlich und wirkte sehr zufrieden mit sich, weil er ein Fremdwort verwendet hatte. »Als er einen Golem bauen sollte, hat er sich von Kopf bis Fuß mit Lehm eingerieben und ist nachts durch die Straßen gestapft. Als Geister dran waren, hing er wochenlang jede Mitternacht auf dem Friedhof herum. Und als er einen modernen Vampir erschaffen sollte, hat er immer von Sonnenuntergang bis Sonnenaufgang gearbeitet und sogar Blut getrunken.«

»Tierblut«, ergänzte Tim, er kannte die Geschichten auch. »Es war nur Tierblut.«

»Eben. Und da soll ich ein Tier verstecken?«

»Nein«, gab Tim zu.

Sie fuhren rasch weiter und lachten gegen ihre Nervosität an.

Weil Tim nichts mehr einfiel, setzten sie sich wenig später auf zwei Findlinge an der Isach und dachten nach. Pascal schnürte Fersengeld vom Gepäckträger und nahm ihn auf den Arm, Tim warf Steine ins Wasser. Hin und wieder joggte ein Klassenkamerad auf dem Fußweg hinter ihnen vorbei, mancher sogar mit einem Hightech-Pulsmessgerät. Am anderen Isachufer rannte Arno im Trainingsanzug flussabwärts. Sein Vater fuhr mit dem Auto neben ihm her und brüllte ihn durch das offene Fenster voran. Der sanfte Wind trug seine Worte bis zu ihnen: »Nicht schlappmachen, Junge! Denk an die Familienehre! In deinem Alter bin ich das rückwärts gelaufen! Auf einem Bein!«

»Zum ersten Mal wäre ich gern Arnos Vater«, sagte Pascal versonnen.

»Oh, ja.«

Schweigend beobachteten sie, wie Arno mit rotem Kopf hinter den nächsten Häusern verschwand. Auch wenn sie über ihn lachten, gefiel es Tim nicht, wie schnell er war.

»Eigentlich musst du Fersengeld bei dir daheim verstecken«, sagte Tim nach einer Weile. »Anders geht es nicht, wenn du ihn selbst füttern willst.«

»Und meine Mutter?«

»Nicht im Haus. Als ich vorhin zwischen Haus und Mühlrad vorbei bin, habe ich eine Nische in der Mauer gesehen. Unter dem Bogen, der zum Rad rausführt. Groß genug für einen kleinen Stall, und der wäre da nur vom Fluss aus zu sehen.«

»Stimmt. Da geht sie nie hin.« Pascal strahlte, er kannte die Nische.

Für die nächsten beiden Tage brachten sie Fersengeld bei Blackbeard unter. Die beiden Kaninchen stupsten zur Begrüßung ihre Nasen aneinander, beschnupperten sich gründlich und verstanden sich rasch. Sie fraßen aus derselben Schüssel, rauften miteinander und legten sich nebeneinander ins Stroh. Am Samstag bauten Tim und Pascal Fersengelds neuen Stall. Die Bretter dafür überließ ihnen Opa aus seinem Holzlager.

Als Pascal seiner Mutter den verlassenen alten Stall zeigte und mit gespielter Trauer klagte, das Kaninchen sei davongehoppelt, kaufte sie ihm zum Trost einen Abenteuerroman, in dem keine Haustiere vorkamen. Es war ihr ein Rätsel, wie Fersengeld hatte verschwinden können, aber sie sagte: »Ich habe dir gleich gesagt, dass so ein Tier nur Ärger macht.« Dann fragte sie: »Hast du eigentlich meinen Bademantelgürtel irgendwo gesehen?«

Pascal unterdrückte ein Grinsen und schüttelte den Kopf.

Rennverbot

Am späten Samstagnachmittag wurde Fersengelds Stall fertig. Es war ein einfacher Kasten ohne Türmchen oder Erker. Die Nische war klein, da wollten sie keinen Platz für Verzierungen verschwenden, jeder Zentimeter sollte der Bewegungsfreiheit dienen.

»Am besten, wir bringen den Stall nachher im Dunkeln zu mir. Vorher ist es zu riskant«, sagte Pascal, als sie nach getaner Arbeit mit den Kaninchen im Garten saßen.

Tim nickte.

»Um auf Nummer sicher zu gehen, sollten wir vom Fluss her kommen. Ich weiß, wo wir große Styroporplatten kriegen, die schwimmen wie ein Floß.«

Wieder nickte Tim. Zwar hielt er das für übertrieben, aber ihm gefiel die Vorstellung, ein Styroporfloß zu fahren, das hatte er noch nie getan. »Bis dahin können wir ja herausfinden, wer von den beiden schneller ist.«

»Ferse natürlich«, sagte Pascal voller Stolz auf sein Kaninchen und warf einen kurzen mitleidigen Blick auf den dreibeinigen Blackbeard. Er klang, als wäre das gar keine Frage.

Tim nahm Blackbeard auf den Arm und strich ihm über den Rücken. Er legte seine Lippen ganz nah an das Ohr und flüsterte: »Renn, wie du noch nie gerannt bist. Zeig, dass du so schnell wie ein Vierbeiner bist. Mir bist du auch davongedüst.«

Blackbeard brummte zuversichtlich, und sein Ohr zuckte, als hätte er verstanden.

»Du bist ein Freibeuter«, flüsterte Tim noch, dann setzte er ihn bei Omas Beeten auf den Boden und ging hinter ihm in Startposition wie beim Sprinten. Mit der Rechten hielt er das Kaninchen am Fell hinter den Ohren fest. Sie wollten einmal quer durch den Garten laufen, bis zum Zaun gegenüber.

Pascal und Fersengeld nahmen neben ihnen die gleiche Position ein. »Bereit?«

»Ja.«

Gemeinsam gaben sie das Kommando. »Auf die Pfoten. Fertig. Los!«

Das »Los!« brüllten sie den Kaninchen zu und lösten ihre Hände aus dem Fell. Die Tiere schnellten los, Tim und Pascal hinterher. Nach zwei, drei Sprüngen wetzte Blackbeard nach links und Fersengeld nach rechts, Tim und Pascal rannten hinterher. Beide Kaninchen schlugen einen Halbkreis, und die Jungen erwischten sie gerade noch vor Omas Beeten.

»Karotten«, sagte Tim. »Ich glaub, hier wachsen die Karotten.« Noch war davon nichts zu sehen, aber vielleicht konnten die Kaninchen sie schon riechen.

»Ich glaub, Ferse war schneller«, sagte Pascal. »Er war näher am Beet, als ich ihn erwischt hab.«

»Das heißt nur, dass du langsamer warst als ich«, sagte Tim. »Ich hab' Blackbeard schneller erwischt.«

»Nur weil du einen kleineren Halbkreis gelaufen bist.«

»Dann ist Blackbeard halt einen größeren gelaufen und damit weiter als Fersengeld.«

»Auf keinen Fall!«

Sie einigten sich darauf, dass dieser Lauf nicht zählte, und gingen erneut in Startposition. Diesmal nahmen sie sich vor, besser auf die Richtung zu achten. Würde ein Kaninchen ausscheren, würden sie es sofort wieder auf die gerade Linie treiben. Das musste man beim Großen Rennen schließlich auch tun.

»Auf die Pfoten. Fertig. Los!«

Die Kaninchen stürmten davon, zwei Sprünge, drei, vier, fünf, dann jagte Blackbeard wieder nach links, Fersengeld nach rechts und die Jungs fluchend und mit wedelnden Armen hinterher.

»Nein!«

»Nicht da lang!«

Beinahe sofort schlugen die Kaninchen erneut Haken, Blackbeard scharf nach rechts, Fersengeld noch schärfer nach links. Zwei Sätze, und ihre Wege kreuzten sich. Fersengeld huschte knapp hinter Blackbeard vorbei. Tim und Pascal waren nicht so wendig und konnten sich nicht rechtzeitig ausweichen. Ihre Köpfe knallten gegeneinander, und sie plumpsten zu Boden.

Die Kaninchen blieben stehen, beschnupperten sich und grasten einträchtig nebeneinander. Blackbeard schien zu grinsen.

»Meiner war schneller.« Tim rieb sich die Stirn. Das würde eine fette Beule geben. »Fersengeld ist hinter ihm vorbei.«

»Er hatte den längeren Weg«, behauptete Pascal und betastete sein Kinn, schob es hin und her, als müsste er es wieder einrenken.

»Hast du das abgemessen, oder was?«

»Das hat man mit bloßem Auge gesehen!«

»Wenn du irgendwas gesehen hättest, wärst du nicht in mich reingerannt.«

»Du bist in mich reingerannt.«

Sie starrten sich an und begannen gleichzeitig zu lachen. Sie lachten, bis ihnen die Tränen kamen. Dann zogen sie sich gegenseitig auf die Beine und beschlossen, ihren Wettkampf auf der Trainingsstrecke der Singenden Villa fortzusetzen.

»Da können sie nicht seitlich ausbrechen«, sagte Tim.

»Blackbeard ist echt schnell«, sagte Pascal anerkennend. In seinem Blick lag nichts Mitleidiges mehr. »Aber Ferse ist schneller.«

»Werden wir ja sehen.« Tim packte Blackbeard in den gepolsterten Kaninchensitz fürs Fahrrad und hängte ihn vorne an den Lenker. Dann schnallte er ihn an, damit er nicht während der Fahrt raushüpfte. Einen Helm hatte er nicht für Blackbeard, das war nur was für Feiglinge und den Paragrafen-Carsten. Nur die kleinen Gladiatorenhelme mit Gittervisier fand er cool, aber die waren zu teuer.

»Wo gibt's solche Sitze?«, fragte Pascal und schnürte Fersengeld wieder auf den Gepäckträger. »Ich kann ja nicht immer den Gürtel nehmen.«

»In den Schauerwerken, da machen das die Lehrlinge nach Feierabend, um sich was dazuzuverdienen. Oder beim alten Schwarzenbacher, der verdient sich was dazu, seit sie ihn rausgeworfen haben.«

»Wo hast du deinen her?«

»Den hat mir Opa gemacht.«

»Toll«, brummte Pascal und stieg aufs Rad. »Meine Mutter macht mir sicher keinen.«

»Hätte Opa gewusst, dass ich Blackbeard bekomme, hätte er mir bestimmt auch keinen gemacht.«

Vorsichtig fuhren sie zur Singenden Villa. Die dortige Trainingsstrecke bestand aus vier nebeneinander verlaufenden Bahnen mit kleinen Hindernissen und Kurven. Wie eine Formel-1-Strecke bildeten sie eine Runde, sogar den kleinen künstlichen Bach kreuzten sie einmal. Jede Bahn war auf beiden Seiten durch hüfthohe Gitter begrenzt, sodass kein Kaninchen ausscheren konnte. Hier kam sich niemand in die Quere. Es gab eine richtige Startampel mit einem roten hockenden Kaninchen und einem grünen springenden.

Tim und Pascal sperrten die Räder bei den anderen vor der Tür ab und betraten mit den Kaninchen im Arm das Grundstück. Lachen und Anfeuerungsrufe schallten ihnen entgegen. Sie bogen um die Ecke und sahen etwa fünfzehn Jungen und Mädchen. Tim konnte weder Arno noch Jakob noch Carsten entdecken. Bene war da, und der hetzte gerade ein weißes Kaninchen mit schwarzen Löffeln und kleinen Flecken im Fell durch die Bahn. An Benes rechter Hand prangte ein neuer, schmutziger Verband. Drei kichernde Mädchen versuchten vergeblich, sein Tier mit ihren Zwergkaninchen einzuholen. Lissy war nicht dabei.

Der Hasenhieber lehnte lässig an der Hauswand, eine riesige Sonnenbrille auf der Nase, und kaute auf einem Zahnstocher herum. Als er Tim bemerkte, nahm er die Brille von der Nase und zuckte aufgeregt mit der Nase.

»Was machst du hier?«, fragte er. Der Zahnstocher in seinem Mundwinkel wackelte auf und ab.

»Pascal und ich wollen gegeneinander antreten.«

»Was der Zugezogene will, ist mir egal.« Der Hasenhieber beugte sich vor, nahm den Zahnstocher aus dem Mund und deutete damit auf Tim wie mit einem Dartpfeil. »Aber du trainierst hier nicht.«

Blackbeard versuchte sich freizustrampeln, der nach ihm pickende Zahnstocher machte ihn unruhig. Tim hielt ihn fest. »Warum?«

»Weil du einen Krüppel hast.«

»Was?«

»Das hier ist eine echte Rennstrecke. Dreibeinige Kaninchen haben hier nichts verloren.«

»Aber ich hab ihn doch von Ihnen!«, protestierte Tim. Mehr brachte er nicht heraus. Blackbeard *war* ein richtiges Rennkaninchen, ein Nachfahre des unbekannten Kaninchens.

»Du hast ihn gewollt, und jetzt sieh zu, wie du damit klarkommst.«

»Aber er ist von hier …«, sagte Tim noch einmal, weil er es einfach nicht fassen konnte. Seine Stimme war ganz dünn.

»Und ich bin froh, ihn endlich los zu sein. Solche wie er ruinieren noch den guten Ruf der ganzen Linie.«

Tim rührte sich nicht von der Stelle, sein Unterkiefer bebte vor Zorn.

»Wird's bald? Oder muss ich erst die Hunde rufen?« Der Hasenhieber verzog den Mund zu einem schiefen Grinsen. »Ich hab sie heute noch nicht gefüttert.«

Blackbeard strampelte wilder.

»Und wie soll Blackbeard ohne Training eine faire Chance haben?«, brauste Pascal auf.

Der Hasenhieber lachte. »Du glaubst wirklich, das Ding hat eine Chance?«

»Ja!«, riefen Tim und Pascal gleichzeitig.

»Glaubt, was ihr wollt«, sagte der Hasenhieber und schob sich den Zahnstocher wieder in den Mund. »Aber der Krüppel tut das woanders. Der Zugezogene darf bleiben.«

»Wenn Tim nicht bleiben darf, will ich auch nicht«, sagte Pascal, und gemeinsam drehten sie sich um. Tim drückte Blackbeard fest an sich.

An der Tür stießen sie fast mit Arno und Jakob zusammen. Jakob trug ein rundes Verbotsschild, auf dem ein dreibeiniges Kaninchen durchgestrichen war, und Arno ging selbstgefällig voran. Jetzt war klar, wem sie diese Regelung verdankten.

»Da kommen wir ja gerade rechtzeitig«, sagte Arno und sah im Vorbeigehen mitleidig auf Blackbeard herab.

Wieder einmal wollte Tim ihm eine runterhauen, und wieder hatte er keine Hand frei.

»Nein«, rief Pascal ihnen hinterher. »Ihr seid zu spät, um seinen Rundenrekord zu sehen.«

Tim grinste.

Ein Geheimnis, sieben Euro siebenundfünfzig, zwei Kaugummis und ein Einmachgummi

Zu Hause lieh Tim Pascal seinen Kaninchensitz. Während Pascal Fersengeld festschnallte und den neuen Stall auf seinen Gepäckträger schnürte, trug Tim Blackbeard in den Garten. Er presste ihn fest an sich und flüsterte ihm ins Ohr: »Du bist kein Krüppel, du bist ein Freibeuter.«

Das Fell kitzelte ihn in der Nase. Tim flüsterte hundert Beschimpfungen für den Hasenhieber, Arno und den Bürgermeister. Wer sonst könnte dieses unfaire Verbot ausgesprochen haben? »Es tut mir leid, dass ich erst sauer auf dich war.« Sanft streichelte er über das verkümmerte Bein. »Jetzt bin ich nur noch sauer auf die. Wir zwei werden gewinnen. Ich weiß noch nicht wie, aber uns wird etwas einfallen. Wenn nicht, liefern wir ihnen wenigstens ein Rennen, das sie nie vergessen werden. Ja?«

Blackbeard stupste ihn mit der Schnauze an die Wange, reckte sich und knabberte an seinem Haar.

»Hunger?« Lachend hob Tim ihn in den Stall und brachte ihm eine doppelte Portion Futter und dazu frischen Löwenzahn. »Schlaf gut.«

Aber Blackbeard ließ ihn noch nicht gehen. Er drückte Tims Hand in das Haferstroh und rieb mit seinem Kinn mehrmals über den Handrücken. Tim wusste von seinem Opa, dass Kaninchen so üblicherweise ihr Revier und ihren Besitz markierten. Damit war auch das geklärt.

Bevor er wieder zurück zu Pascal ging, riss er die Garagentür zur Küche auf und rief hinein: »Wir sind noch mal kurz bei Pascal!«

»Du bist zum Abendessen zurück!«, rief Oma.

»Hm«, brummte Tim undeutlich, um nicht direkt zu lügen, und ließ die Tür zufallen. Das würde er nicht schaffen, aber er konnte Pascal nicht hängen lassen. Sie mussten Fersengeld und den neuen Stall an ihren Platz beim Mühlrad bringen.

Schweigend radelten sie zu den Schauerwerken, wo sie den nächsten Teil ihres Plans in Angriff nehmen konnten. Zum Glück wurde dort samstags nicht gearbeitet, niemand würde sie stören. Fersengeld hielt die Nase in den Fahrtwind und schien zu lächeln.

Als sie zehn Minuten später dort ankamen, war die Sonne schon hinter dem angrenzenden Wald verschwunden, und die Bäume warfen lange Schatten auf das umzäunte Werksgelände. Das Bürogebäude, das zur Straße hin lag, sah aus wie ein Landsitz, in dem es spukte, und auf den spitzen Giebeln hockten Raben aus Stahl. Die beiden daran anschließenden Fertigungshallen waren aus schwarzen Ziegeln gemauert, über ihre Dächer tanzte eine Polonaise aus Vogelscheuchen, Vampiren, Zombies, Geistern, Werwölfen, Skeletten, Riesenratten und zerlumpten Räubern. Alle reckten fröhlich den rechten Daumen in die Höhe, die Gesichter lagen im Schatten.

Der Parkplatz war mit sauberen weißen Linien in nummerierte Flächen unterteilt. Ganz hinten stand ein einzelnes altes Auto, aber Arbeiter waren nicht zu sehen. Selbst die Pförtnerloge war verlassen, nur eine Hexe aus Stahl und Schaumgummi saß wie immer auf dem Schreibtisch und grinste zahnlückig in die Einfahrt. Sie war die Schauerhexe, das Maskottchen und Logo der Schauerwerke. Ihr schwarzes Kleid bestand aus siebentausend ineinander verwobenen Spinnweben.

Pascal lenkte das Rad von der Straße, um über angrenzende Wiesen auf die Rückseite des Geländes zu gelangen. Der leere Stall auf dem Gepäckträger wurde scheppernd durchgeschüttelt, Fersengelds Kopf wackelte auf und ab, die Ohren schlackerten wild.

»Beim Rumfahren habe ich neulich eine Lücke im Stacheldraht entdeckt. Direkt da, wo sie den ganzen Müll stapeln, der nicht in normale Tonnen passt«, rief Pascal.

»Auch kaputte Monster?«, wollte Tim wissen.

»Hab ich nicht gesehen.«

Als sie die Rückseite erreichten und auf das große Gelände der Fabrik sehen konnten, blieben sie wie erstarrt stehen. Dort war schon jemand, ein Mädchen im pinken Trainingsanzug. Sie wandte ihnen den Rücken zu und hatte sich mit zwei aufgebockten Styroporplatten, leeren Kanistern und Tonnen, Plastikplanen und anderem Müll eine Hindernisstrecke gebaut. Mit ständigen Rufen hetzte sie ein kleines weißes Kaninchen darüber. Als Tim ihr Gesicht für einen Moment im Profil sah, erkannte er Lissy.

»Und jetzt?«, fragte er und sah seinen Freund an. »Klettern wir trotzdem rüber?«

»Warum nicht?«, entgegnete Pascal.

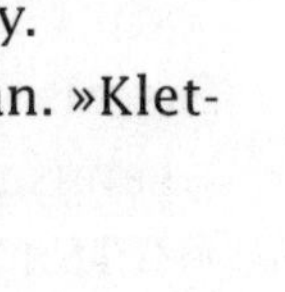

Aber sie konnten nicht, die Lücke in der Stacheldrahtrolle war verschwunden. Irgendwer hatte den Stacheldraht wieder oben auf dem Zaun aus zwei Meter fünfzig hohen grauen Eisenstangen festgeschweißt. Zwischen den Stangen war immer nur eine Handbreit frei, und das war zu wenig, um sich hindurchzuquetschen.

»Hast du das repariert?«, rief Pascal und stieg vom Rad. Vorsichtig lehnte er es an den Zaun.

»Nein. Warum?«, fragte Lissy über die Schulter zurück, ohne sie richtig anzusehen. Ihr Zwergkaninchen Goliath sprang über eine Kluft zwischen zwei Styroporrampen, raste drüben hinab und wieder zum Fuß der ersten Rampe zurück.

»Du hast gar nicht geschaut, auf was ich gezeigt habe«, beschwerte sich Pascal.

»Das muss ich nicht.« Noch immer drehte sie sich nicht um.

»Und woher weißt du dann, was ich meine?«

»Ich habe keine Ahnung. Hopp, Goliath! Aber ich habe hier gar nichts repariert, also auch nicht das, was du meinst.«

Missmutig musterte Pascal ihren Rücken. »Und wie bist du reingekommen?«

»Warum fragst du?«

»Nur so.«

»Aha. Und hopp!«, rief Lissy, und Goliath setzte wieder über die Kluft hinweg.

»Hi Lissy«, sagte Tim. Er hatte sein Rad inzwischen an Pascals gelehnt. »Echt cool, was Goliath draufhat.«

Langsam drehte sich Lissy um und lächelte vorsichtig. »Hi Tim. Für ein Mädchenkaninchen nicht schlecht, was?«

»Für jede Art von Kaninchen.«

Lissys Lächeln wurde breiter. Hinter ihrem Rücken blieb Goliath stehen, knabberte an der Kante der nächsten Styroporplatte und drosch mit den Vorderbeinen darauf ein, sodass kleine Kügelchen davonspritzten.

»Wir wollten uns eigentlich so eine Platte holen«, sagte Tim.

»Warum das?«

»Weil wir die brauchen.«

»Ich brauch sie gerade auch.«

»Kannst du nicht nur eine nehmen?«, drängte Pascal. »Und ein Holzbrett auf der anderen Seite?«

»Nein. Ich will nicht, dass Goliath sich einen Splitter einzieht. Warum nehmt ihr denn kein Brett?«

Goliath zerrte einen alten Katalog aus den Müllbergen und zerfetzte ihn mit Hingabe und sichtlichem Vergnügen.

»Das geht leider nicht«, sagte Tim, dessen Blick ständig zwischen Lissy und Goliath hin- und herwanderte. Bretter waren zu schmal und dünn, sie würden sie auf dem Wasser nicht tragen. Außerdem würde es zu lange dauern, aus ihnen ein richtiges Floß zu bauen. Die Styroporplatten waren größer als ein Türblatt und bestimmt fünfzehn Zentimeter dick.

»Warum?«

»Das ist ... geheim.«

»Na gut.« Lissy schürzte die Lippen. »Was bezahlt ihr mir dann dafür?«

»Bezahlen?«, fuhr Pascal auf. »Das ist Müll.«

»Aber ihr wollt den Müll haben.«

»Trotzdem kostet Müll nichts. Müll ist immer umsonst! Man bezahlt sogar, um ihn loszuwerden.«

»Ich will ihn ja gar nicht loswerden«, sagte Lissy ruhig.

»Es ist nicht dein Müll!« Pascal umklammerte zwei Zaunstangen und starrte wütend zu Lissy hinein.

»Deiner auch nicht.« Lissy trat einen Schritt auf ihn zu. »Und ich habe ihn jetzt. Also, wie viel?«

Pascal knurrte: »Ich hab noch nie für Müll bezahlt.«

Tim zählte das Geld in seinen Hosentaschen. Er fand zwei Euro, siebenundfünfzig Cent, zwei Kaugummis und einen Einmachgummi, um eine Steinschleuder zu bauen. Er bot alles Lissy an.

Goliath hatte inzwischen den halben Katalog zerlegt, Papierfetzen lagen um ihn herum.

»Und was hast du?«, fragte Lissy Pascal.

»Die zwei Euro dingsda sind mehr als genug«, sagte der.

»Das entscheide allein ich.« Lissy lächelte.

Motzend zog Pascal einen zerknitterten Fünf-Euro-Schein aus der Hose. Außerhalb von Lissys Reichweite hielt er ihn hoch, als hätte er Angst, sie würde ihn einfach an sich reißen.

Sie blinzelte, als müsste sie überlegen. Dann wiegte sie den Kopf hin und her. »Nein, das ist noch immer zu wenig.«

»Mehr haben wir nicht!«, brauste Pascal auf.

»Tja, manchmal kann man sich eben etwas nicht leisten«, sagte Lissy schnippisch.

»Aber es ist Müll!«, heulte Pascal auf. »Jeder kann sich Müll leisten!«

»Und ihr braucht ihn?«

»Ja!«

»Dann kann es kein Müll sein, oder?«

Pascal trat gegen den Zaun und sah Tim an. »Die macht mich wahnsinnig!«

»Und wofür braucht ihr ihn genau?«

»Das ist geheim! Wie oft denn noch?«

»Ich würde euer Geheimnis in Zahlung nehmen. Wenn ihr das noch drauflegt, sind wir handelseinig.«

»Was?«

»Euer Geheimnis, sieben Euro siebenundfünfzig, zwei Kaugummis und ein Einmachgummi und die Platte ist eure«, zählte Lissy auf. Dann sagte sie gnädig: »Was soll's, einen Kaugummi dürft ihr behalten.«

»Wir handeln nicht mit Geheimnissen ...«, fing Pascal an, aber Tim fiel ihm ins Wort. »Einverstanden. Unter zwei Bedingungen: Du verrätst es niemandem. Unser Geheimnis, meine ich. Und du sagst uns, wie du reingekommen bist.«

Lissy nickte und streckte ihnen durch den Zaun die Hand entgegen. Tim schlug ein, Pascal nach kurzem Zögern auch.

»Schwöre, dass du es niemandem verrätst«, verlangte Pascal. »Und zeig deine Hände, dass du die Finger nicht kreuzt.«

»Ich schwöre.«

»Wir bringen Fersengeld in ein Versteck, wo meine Mutter ihn nicht findet. Sie will nicht, dass ich ihn behalte.«

»Warum das denn nicht?«, fragte Lissy entsetzt.

Sie erklärten es ihr und gaben ihr das Geld, den Einmachgummi und einen Kaugummi. »Also, wie bist du da reingekommen?«

Sie grinste und steckte sich den Kaugummi in den Mund. »Mit meinem Vater durchs Tor. Er ist hier Nachtwächter.«

Pascal schaute, als wäre die Antwort Betrug. Tim dagegen sagte neidisch: »Du Glückspilz.« Er würde gern einmal nachts zwischen all den halb fertigen Ungeheuern herumlaufen, ihnen auf die Schultern klopfen, einem Werwolf

den Pelz wuscheln, fühlen, wie spitz die Zähne eines Vampirs waren, und dem schrecklichen blinden Henker die schartige Axt stehlen, um mit ihr schreiend durch die Halle zu rennen.

»Glückspilz?« Lissy runzelte die Stirn. »Meinst du das ernst?«

»Klar.«

Sie musterte ihn eindringlich, als hätte sie das noch nie gehört. Dann zerrte sie eine der beiden Styroporplatten innen am Zaun entlang. »Kommt mit!« Etwa zehn Meter weiter wuchsen Büsche am Zaun. Sie verbargen, dass dort eine Stange fehlte. Die Lücke war groß genug, um sich durchzuzwängen, die Äste biegsam. Lissy schob die Platte an ihnen vorbei hinaus, Tim und Pascal zogen von draußen.

»Danke«, sagte Tim.

»Hier komme ich immer rein, wenn Paps keine Schicht hat«, sagte Lissy.

»Ich werd's mir merken.« Tim packte die Styroporplatte hinten, Pascal vorn. Die Dämmerung war da.

»Wartet, Jungs«, sagte Lissy plötzlich. »Wollen wir um die Wette fahren?«

»Wann? Jetzt?«

»Ja. Ich nehme das andere Floß, und wir lassen uns die Isach runtertreiben. Ich mach das manchmal im Sommer, mit einem alten Schlauch aus einem LKW-Reifen.«

»Ich weiß nicht …«, sagte Pascal.

»Habt ihr Angst, gegen ein Mädchen zu verlieren?«

»Nein.« Tim winkte ab. »Is' halt eher eine Art Geheimtransport, kein Rennen.«

»Warum kann es nicht beides sein?«, fragte Lissy. »Man

muss jede Chance zum Trainieren nutzen. Alle Sieger haben von früh bis spät trainiert.«

»Ich weiß. Und Training auf dem Wasser ist sogar viel wichtiger, als man denkt. Hat mir ein Sieger verraten«, flunkerte Tim, um die Floßfahrt noch interessanter aussehen zu lassen.

»Ich wusste es!«, rief Lissy. »Also lasst uns fahren!«

»Na ja, es ist unsere Geheimfahrt. Da darf nicht jeder mitmachen.«

»Kommt, Jungs, bitte!«

»Das kostet.« Tim grinste. »Das Startgeld für Goliath und dich beträgt genau sieben Euro, siebenundfünfzig Cent, einen Einmachgummi und einen Kaugummi. Aber den Kaugummi würden wir dir erlassen.«

Lissy stutzte einen Augenblick, dann prustete sie los. Laut und fröhlich schallte ihr Lachen bis in den Wald. »Nur wenn ihr die Steinschleuder aus dem Einmachgummi nicht gegen Goliath einsetzt.«

»Einverstanden.«

Sie verzichtete darauf, sie schwören zu lassen, und gab ihnen alles zurück. Schnell schob sie auch das zweite Styroporfloß hinaus. Dann fing sie Goliath ein, der inzwischen auf der Suche nach einem neuen Katalog war, und setzte ihn in eine kleine Transportkiste aus Plastik. »Wartet auf mich. Ich sag Paps Bescheid, dass ich heimgehe, und komme vorne raus. Er bringt mich immer zur Tür. Dann können wir los.«

Ganz in der Nähe der Schauerwerke führte ein schmaler Trampelpfad an die Isach. Dorthin trugen sie die beiden Flöße. Die Räder hatten sie hinter den Werken zurück-

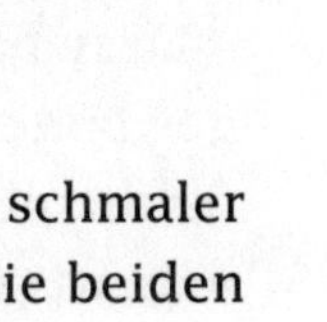

gelassen und in einem Gestrüpp versteckt. Auf Kommando stießen sie sich zugleich vom Ufer ab, und Tims Herz schlug vor Aufregung und Freude schneller. Die Nacht senkte sich endgültig herab. Ohne die Sonne wurde es richtig kühl, kaltes Wasser schwappte unter ihren Füßen, das Styropor hielt nicht besonders warm.

»Ich weiß nicht, wie man damit Häuser dämmen soll«, rief Pascal übermütig und lachte. Er kauerte hinten, Tim kniete vorn, Fersengelds Stall hatten sie in die Mitte genommen.

»Ist alles zur Abhärtung.« Tim lachte ebenfalls. Es war großartig, sich einfach so treiben zu lassen und sacht über die Wellen zu schaukeln.

»Ganz schön dunkel«, sagte Lissy und tauchte ihre Hände ins Wasser, um voranzupaddeln. Die Straßenlaternen leuchteten nicht bis hierher. Nur hier und da fiel Licht aus dem Fenster eines angrenzenden Hauses und glitzerte freundlich und silbern auf den Wellen.

Auch Tim und Pascal paddelten mit den Händen, um schneller zu werden. Beide nahmen sie die rechte, und so brachten sie das Floß zum Drehen statt voran.

»He! Ich bin rechts!«, rief Pascal.

»Sag das doch gleich«, sagte Tim. »Du bist in meinem Rücken, wie soll ich das sehen?«

»Der hintere ist immer rechts«, behauptete Pascal, aber Tim war sicher, dass er das gerade erst erfunden hatte.

Lissy hatte inzwischen eine halbe Floßlänge Vorsprung gewonnen und drehte sich nicht. Schnurgerade glitt sie dahin, aber Tim konnte im Dunkeln nicht genau erkennen, wie sie das machte. Er sah kaum mehr als ihren Schemen und den der Transportkiste auf dem hellen Styropor.

Vorsichtig rutschte er auf die linke Seite, das Floß schwankte hin und her.

»Jetzt erst einmal nur ich«, befahl Tim, als er die linke Hand eintauchte. Das Wasser war kalt, aber das spielte keine Rolle. Sie mussten sich wieder an Lissy rankämpfen. »Bis wir wieder gerade sind.«

Aber Pascal wartete zu lange, und sie drehten sich in die andere Richtung. Lissy lachte, ihr Vorsprung betrug jetzt eine ganze Länge.

»Wir sind ja auch schwerer«, rief Pascal.

»Dafür habt ihr doppelt so viele Hände zum Paddeln«, gab sie zurück.

»Dann ist die Strömung auf deiner Seite eben schneller!«

Das Floß der Jungs drehte sich wieder nach rechts.

»Nicht so kräftig!«, forderte Tim.

»Mehr Schwung!«, forderte Pascal.

Sie schwankten mit der Strömung dahin und wurden schneller und schneller. Inzwischen paddelten sie mit aller Kraft, Wasser spritzte um sie herum, und der Wettkampf hatte sie gepackt. Aber so sehr sie sich anstrengten, sie konnten Lissy nicht einholen. Sie war bereits anderthalb Längen voraus und wurde ebenfalls schneller und schneller. Die Wellen rollten stärker, das Floß wankte auf und ab, und Tim störte es plötzlich nicht mehr, Zweiter zu sein, er war einfach glücklich. Die Sterne leuchteten klar am Himmel, die schmale Sichel des Mondes schwebte weit über den Häusern. Er wünschte sich, Blackbeard wäre hier, ihre wilde Fahrt war etwas für Freibeuter. Ausgelassen sang er: »Ho, ho, ho, und ’ne Buddel voll Rum.«

Pascal fiel mit der rauesten Stimme ein, zu der er fähig war. Er versuchte, wie Long John Silver zu klingen. Tim

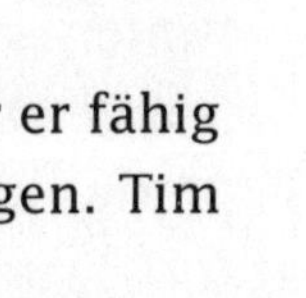

verstellte seine Stimme, um noch tiefer und rauer zu klingen. Er bekam Lust, Lissys Floß zu entern, einfach, weil Piraten das taten. Sie war nur zu weit voraus.

»Und Action!«, jauchzte Lissy. »Wasserfall voraus!«

»Wasserfall?«, schrien Tim und Pascal. »Welcher Wasserfall?«

»Der hinterm Huber!« Lissy klang, als müsste man ihn kennen.

»Und jetzt?«

»Ruhig bleiben! Wenn ihr gerade darauf zuhaltet, fahrt ihr einfach darüber hinweg. Der ist winzig.«

Hektisch korrigierte Tim mit beiden Händen den Kurs. Hinter ihm paddelte Pascal ebenso hektisch.

»Rechts!«

»Links!«

Sie waren nicht eingespielt und schwankten immer mehr. Die Strömung wurde stärker, Wasser schwappte aufs Styropor und durchnässte Tims Knie. Er warf einen Blick zum dunklen Ufer, aber es war zu weit entfernt. Mit aller Kraft paddelte er rückwärts, während Pascal das Floß kräftig nach vorn stieß. Sie kreisten noch schneller als vorher. Vor sich hörten sie ein Rauschen.

Lissy sackte nach unten. Nicht viel, vielleicht einen halben Meter, dann schwamm sie weiter voran. Lachend warf sie die Arme in die Höhe und drehte sich zu ihnen um.

Tim und Pascal korrigierten verzweifelt ihren Kurs und trafen schräg auf den Wasserfall. Das Floß kippte nach unten, stieß in die Isach, überschlug sich halb, wurde umhergewirbelt und von der Gegenströmung unter dem Wasserfall angezogen. Tim kippte kopfüber ins Wasser, Pascal rutschte hinten vom Floß, Fersengelds Kiste wurde nach vorn geschleudert wie von einem Katapult.

»Ferse!«, brüllte Pascal und versank. Das Floß wirbelte herum und traf Pascal ins Gesicht, als er japsend wieder auftauchte. Tim versuchte, sich am Floß vorbeizukämpfen, aber es drehte sich auch ihm in den Weg. Die Strömung zog ihn zum Wasserfall zurück, die Kälte fuhr ihm lähmend in die Muskeln.

Ohne zu zögern, hechtete Lissy von ihrem Floß und schwamm hinter dem Stall her. Er war aus Holz, aber die Scharniere und Nägel und das Türgitter machten ihn schwer. Halb hing er unter Wasser, die Wellen warfen ihn hin und her und drückten ihn tiefer hinab. Fersengeld fiepte ängstlich. Lissy erreichte den Stall, packte ihn, riss ihn nach oben und hielt ihn aus den Fluten heraus, so gut es ging.

»Ferse!« Pascals Stimme überschlug sich. Panisch stieß er das Floß von sich und paddelte prustend in Richtung seines Kaninchens.

Lissys Floß trudelte inzwischen flussabwärts. Goliaths Transportkiste war kaum zu erkennen, aber sie wirkte ganz klein und verlassen.

Das alles geschah furchtbar schnell. Im selben Augenblick, in dem Lissy den Stall erreichte, stieß sich Tim von der Wand unter dem Wasserfall ab und durchbrach die Gegenströmung. Vor Kälte zitternd kraulte er Goliath hinterher. Er wusste nicht, wann der nächste Wasserfall kam, wann Stromschnellen, wann ein Stauwerk. Plötzlich schien ihm die Isach voll unbekannter Gefahren zu sein. Die vollgesogene Kleidung zog an ihm, aber er durfte nicht aufgeben. Mühsam kämpfte er sich an das Floß heran und

griff nach der Kante. Seine klammen Finger rutschten ab, und das Floß entglitt ihm. Zwei weitere Schläge mit Armen und Beinen, und er war wieder dran. Diesmal gelang es ihm, sich an das Styropor zu klammern. Er war zu schwach und ausgekühlt, um sich vollständig hinaufzuziehen. Wieder und wieder zwang er seine erschöpften Beine zu einem Schwimmzug und lenkte so das Floß. Dabei hielt er Goliaths Transportkiste fest, damit sie nicht rutschte, und murmelte immer wieder: »Du bist in Sicherheit, alles wird gut.«

Als er das Ufer erreichte, kam Lissy schon angerannt.

»Goliath!« Sie riss das Kaninchen an sich. Als einziges Mitglied des Floßrennens war er trocken geblieben und mümmelte in seiner Kiste neugierig vor sich hin.

»Pascal?«, fragte Tim und zog das Floß an Land. »Was ist mit ihm?«

»Da hinten.«

Gemeinsam gingen sie zu ihm zurück. Tims Knie waren steif, seine Beine wacklig, und er zitterte vor Kälte. Pascal kauerte auf dem Boden und hatte Fersengeld fest an sich gepresst. »Es tut mir leid, Ferse, es tut mir leid. Das wollte ich nicht.« Er bibberte und schniefte, und im Scheinwerfer eines vorbeifahrenden Autos glitzerte etwas in seinem Gesicht. Tim konnte nicht erkennen, ob Tränen oder Wasser. Fersengeld fiepte noch immer vor Ärger. Kaninchen hassten es, nass zu werden, und er war vollkommen durchnässt.

»Ich geh dann besser mal heim«, sagte Lissy. Ihre Zähne schlugen aufeinander. »Was Trockenes anziehen.«

Tim nickte.

»Ich dachte, ihr kennt den Wasserfall.«

»Ich habe ihn einfach vergessen«, sagte Tim. Von der Straße aus hatte er ihn oft genug gesehen, aber eben hatte er nicht mehr daran gedacht.

»Danke wegen Goliath«, sagte sie, ihre Augen strahlten.

»Danke wegen Fersengeld.«

»Ja, danke«, sagte Pascal und sah auf.

Nach einem kurzen Augenblick des Zögerns umarmten sie sich alle, obwohl sie pitschnass waren und zitterten.

Sie alle wussten, dass sie jetzt Freunde für immer waren. Denn es gab keine andere Möglichkeit, wenn man sein Leben oder zumindest eine Lungenentzündung riskierte, um das Kaninchen eines anderen zu retten. Tim und Pascal sahen Lissy hinterher, bis sie in der Nacht nicht mehr zu erkennen war.

Dann machten sie sich schlotternd auf den Weg zu ihren Rädern und weiter zu Tim. Fersengelds neuen Stall würden sie später in der Nische anbringen, bis dahin würde er weiter bei Blackbeard Unterschlupf finden.

Bürgermeister und Lehrer

Am Sonntag hustete und schniefte Tim den ganzen Tag. Pascal rief dreimal an, um sich nach Fersengeld zu erkundigen. Bei jedem Anruf klang seine Nase verstopfter. Draußen regnete es, und seine Mutter ließ ihn nicht hinaus.

»Ich kümmere mich um Ferse, als wäre er mein Kaninchen«, versprach Tim jedes Mal.

Als er nach dem Telefonat zu ihm und Blackbeard wollte, hatte Oma sie schon gefüttert. »Du bleibst heute drin.«

»Aber das ist direkt vor der Tür. Ich muss nicht mal richtig raus.«

»Es ist auch nicht richtig drinnen, und du bist krank«, sagte Oma und verabreichte ihm bitteren Tee, Milch mit Honig, einen in Scheibchen geschnittenen Apfel, zwei heiße Tassen Suppe, drei ausgepresste Orangen und eine Familienpackung Zwieback.

Tim beschloss, schleunigst gesund zu werden.

Ob es an seinem Entschluss oder an Omas Erkältungsdiät lag, am nächsten Morgen ging es Tim besser.

Beim Frühstück las Opa immer den Sportteil der Zeitung, Politik ertrug er erst, wenn er etwas im Magen hatte, sagte er. Oma redete lieber bei den Mahlzeiten. Also fragte sie Tim: »Habt ihr eigentlich schon die Rennstrecke an der

Villa ausprobiert? Als dein Opa jung war, gab es die noch nicht, stimmt's, Alfred?«

Seit Opa nicht mehr mit Tim trainierte, sprach sie in seiner Nähe besonders gern vom Rennen.

Opa brummte etwas Unverständliches und hob die Zeitung höher, bis er vollständig hinter ihr verschwand.

»Der Hasenhieber hat uns nicht gelassen«, sagte Tim.

»Der Herr Hieber«, korrigierte Oma.

»Ja«, sagte Tim und erzählte, wie es ihm und Pascal ergangen war. Mehrmals unterbrach ihn Oma mit einem ungläubigen Schnauben oder einem: »Das ist nicht wahr!«

»Doch«, sagte Tim jedes Mal und erzählte dann weiter. Dabei rutschte ihm noch ein »Hasenhieber« heraus, aber Oma war viel zu empört, um ihn noch einmal zu korrigieren.

»Das ist eine unglaubliche Unverschämtheit!«, schimpfte sie, als Tim fertig war. Diesmal verlangte sie nicht, auch die andere Seite zu verstehen. »Sag doch auch mal etwas, Alfred.«

»Ja, es ist eine Unverschämtheit«, kam es ruhig hinter der Zeitung hervor. »Aber es wäre überhaupt nicht passiert, wenn unser Tim sich ein anderes Kaninchen gewünscht hätte.«

Tim vergaß zu kauen und verschluckte sich fast. Sein Mund war so voll, dass er nichts erwidern konnte, nur verärgert mampfen.

»Doch«, sagte Oma scharf. »Es wäre dann eben einem anderen passiert.«

»Das habe ich gemeint«, sagte die Zeitung mit Opas Stimme.

»Und dabei willst du es belassen?«

Die Zeitung schwieg.

»Alfred!«

»Betrachten wir es doch einmal nüchtern. Selbst wenn Tim dort trainieren darf, wird er mit dem ... dem ... dem Dreibein nicht gewinnen.«

»Darum geht es nicht!«

Tim schluckte die letzten Reste seines Brötchens herunter, die seine Stimme verstopften.

»Doch, genau darum geht es«, sagte Opa und faltete die Zeitung zusammen. »Warum sollte Tim sonst überhaupt trainieren?«

Tim öffnete den Mund, um zu widersprechen, aber für einen Moment wusste er nicht, wie. Selbstverständlich ging es darum zu gewinnen, genau dafür trainierte er.

»Willst du wirklich, dass er sich schon im Training vor allen blamiert?«, fragte Opa in ruhigem Ton. »Das kann doch bis zum Rennen warten.«

»Ich ...«, setzte Tim an.

»Mach dich fertig, Tim«, fiel ihm Oma ins Wort. »Wir gehen.«

»Wohin?«

»Zum Bürgermeister!«

»Jetzt? Und die Schule?«

»Ich schreibe dir eine Entschuldigung.«

Um Punkt acht standen sie im Büro von Bürgermeister Messmann. Am Empfang hatte Oma jede Frage, ob sie einen Termin hätten, mit einem nachdrücklichen Lächeln fortgewischt.

»Was kann ich für Sie tun, Frau Köhler?« Auch Bürgermeister Messmann lächelte, gab ihr die Hand, nickte Tim kurz zu und bot ihnen die beiden Stühle vor seinem antiken Eichentisch an. Dann setzte er sich wieder in seinen schweren Ledersessel. An der Wand hinter ihm hingen golden gerahmte Fotos und Gemälde von den früheren Bürgermeistern. Sie alle trugen einen Schnurrbart, weil Kaninchen Schnurrbarthaare hatten. Auf einem Schild im Rahmen war ihre Amtszeit eingraviert und das Jahr, in dem sie das Große Rennen gewonnen hatten. Sie alle hatten irgendwann gewonnen.

Bürgermeister Messmann lehnte sich zurück und fingerte an der breiten Seidenkrawatte herum, bis sie genau über der Knopfleiste des Hemds lag. Wie in die Krawatte von der Kaninchenweihe war auch in diese ein goldenes Kaninchen eingestickt.

»Mein Junge hat mir erzählt, dass sein Kaninchen auf der Übungsstrecke hinter der Singenden Villa nicht willkommen ist.« Mit knappen Worten fasste sie zusammen, was am Sonntag geschehen war. »Soweit ich weiß, gehört die Singende Villa noch immer der Stadt, und damit sollte sie jedem Niederrhoder zugänglich sein, auch Tim. Und es kann nicht sein, dass Herr Hieber sein Kaninchen einen Krüppel nennt.«

»Das kann ich mir beim besten Willen nicht vorstellen«, sagte Bürgermeister Messmann und richtete sich auf. Er sprach mit schaumgummiweicher Stimme und zeigte ein Lächeln, das gewinnend wirken sollte. Seine Zähne standen gerade wie Soldaten und waren strahlend weiß.

»Doch«, sagte Tim. »Das hat er.«

»Meinen Sie, mein Enkelkind lügt?«, fragte Oma.

»Natürlich nicht. Ich bin fest davon überzeugt, dass es sich dabei um ein bedauerliches Missverständnis handelt.«

»Das höre ich gern.« Oma lächelte noch breiter als der Bürgermeister. »Dann kann Tim heute Nachmittag also trainieren?«

»Bedauerlicherweise nein. Denn unabhängig von der Wortwahl hatte Herr Hieber in der Sache recht. Wir dürfen leider keine Kaninchen mit Behinderung auf die Strecke lassen; zwei der Hindernisse und vor allem der künstliche Bach sind nicht für sie geeignet. Der Stadtarzt kann nicht garantieren, dass ein derartiges Kaninchen nicht ertrinkt.«

»Und für andere Kaninchen kann er das garantieren?«, fragte Oma angriffslustig. »Klingt, als hielte er sich für Gott.«

»Für andere ist es nicht nötig«, sagte Bürgermeister Messmann ruhig. »Sehen Sie, Kaninchen wie das Ihre verlangen unsere besondere Verantwortung. Wir müssen sie schützen, wo immer es geht.«

»Schützen?«

»Ja. Notfalls vor sich selbst. Und wenn der Stadtarzt keine Verantwortung übernehmen kann …«

»Ich übernehme die Verantwortung.« Jetzt lächelte Oma nicht mehr. »Notfalls auch schriftlich.«

»Ihr Engagement ehrt Sie.« Bürgermeister Messmann legte die Fingerspitzen seiner Hände aufeinander. »Ehrt Sie aufrichtig. Nur leider ist dies eine versicherungstechnische Angelegenheit.«

»Versicherungstechnisch?«, fragte Oma. Sie schien so ratlos, wie Tim sich fühlte, seit sich das Gespräch um den Stadtarzt und Verantwortung drehte. Was war jetzt mit dem Hasenhieber?

»Die Stadt hat für das Gelände eine langfristige Kaninchenunfallversicherung abgeschlossen, alles auf Basis der

Erfahrungswerte der vergangenen vier Jahrhunderte. Vernünftigerweise also nur für vierbeinige Kaninchen. Sollten wir das nun für dein Kaninchen ändern« – hier sah Bürgermeister Messmann plötzlich Tim bedeutungsvoll in die Augen –, »werden automatisch die Verträge für die nächsten dreißig Jahre angepasst und Bonuszahlungen rückwirkend gestrichen. Dies könnte im schlimmsten Fall dazu führen, dass wir den Kindergarten aus finanziellen Gründen schließen müssten. Würdest du daran schuld sein wollen?«

Tim schüttelte stumm den Kopf. Er verstand nicht, was Blackbeard mit dem Kindergarten zu tun hatte, aber auf keinen Fall wollte er an irgendetwas schuld sein. Er wollte nur trainieren wie alle anderen auch.

»Das dachte ich mir«, sagte der Bürgermeister freundlich. »Du bist ein schlauer Bursche mit Sinn für das Gemeinwohl. Du kannst doch sicher woanders üben? Wo es für dein armes Kaninchen nicht so gefährlich ist?«

Tim nickte. Dann sagte er: »Blackbeard ist nicht arm.« Er mochte es nicht, wie der Bürgermeister über Blackbeard sprach. Er nannte ihn nicht beim Namen.

»Natürlich nicht.« Messmann lächelte. »Und Herr Hieber hat es bestimmt nicht beleidigen wollen. Er war bei seiner Geburt dabei, weshalb sollte er es einen – Verzeihung – Krüppel nennen? Ich habe ihn in dreißig Jahren noch niemals schlecht über ein Kaninchen reden hören.« Dann wandte er sich an Oma. »Soll ich Ihnen die Versicherungsverträge heraussuchen lassen? Es würde ein Weilchen dauern, aber wenn Ihnen mein Wort nicht genügt …«

Mit schmalen Lippen sah Oma den Bürgermeister an. So sah sie aus, wenn sie bei *Mensch-ärger-dich-nicht* verlor,

weil Tim und Opa schummelten. »Nein, danke, das ist nicht nötig.«

»Na, dann …« Messmann erhob sich hinter dem Schreibtisch.

Plötzlich kam Tim ein schrecklicher Gedanke. Hastig fragte er: »Aber beim Rennen darf Blackbeard antreten?«

»Selbstverständlich!« Strahlend strich der Bürgermeister über seine Krawatte. »Weshalb hätten wir ihn dir sonst verleihen sollen?«

»Da ist nichts versicherungstechnisch?«, hakte Tim nach.

»Nein.« Messmann lachte. »Beim Rennen ist jeder auf sich allein gestellt. Da trägt die Stadt keinerlei Verantwortung.«

»Gut.«

Zum Abschied schüttelte der Bürgermeister auch Tim die Hand, er reichte sie ihm über den breiten Schreibtisch hinüber. Sein Griff war fest und verschwitzt.

Im Auto fragte Oma: »Hat Herr Hieber Blackbeard wirklich einen Krüppel genannt?«

»Ja«, sagte Tim und war sauer, dass sie nachfragte. »Warum gibt es solche Versicherungen?«

»Ich weiß nicht, ob es sie wirklich gibt.«

»Warum hast du sie dir dann nicht zeigen lassen, wenn er es dir anbietet?«

»Er hat es mir nicht angeboten.«

»Doch«, sagte Tim. »Ich hab's gehört.«

Oma warf ihm einen kurzen Blick zu. »Er hat mir die Wahl gelassen, abzulehnen oder ihn einen Lügner zu nennen. Hätte ich sein Wort angezweifelt, hätte er mich rausgeworfen und gesagt, das müsse er sich nicht bieten lassen.«

»Er hat gelogen?«

»Vielleicht«, sagte Oma. »Oder er hat sich von einer Versicherung schrecklich übers Ohr hauen lassen. Das würde er aber anders nennen, wahrscheinlich eine vernünftige Entscheidung unter den damals zur Verfügung stehenden Informationen. Viel Blabla. Und ist es dir aufgefallen? Immer wenn er von Verantwortung redet, redet er davon, dass man sie nicht übernehmen kann. Auch wenn er Blackbeard niemals einen Krüppel nennt, sondern arm, so lässt er ihn trotzdem nicht zu den anderen Kaninchen. Merk dir das gut: Du erkennst die wahren Absichten eines Menschen nicht daran, ob seine Worte freundlich oder grob klingen. Achte immer darauf, was sich hinter den Worten verbirgt.«

Tim nickte.

Und dann waren sie an der Schule. Tim war vierzig Minuten zu spät. Oma sagte, sein Lehrer würde dafür Verständnis haben.

»Wieder einmal kommt der Tim als Letzter«, empfing ihn Herr Vögele.

Schnell reichte Tim ihm die schriftliche Entschuldigung seiner Oma. In der Eile hatte sie aber vergessen, sie zu unterschreiben.

»Die bekomme ich noch mal«, sagte Herr Vögele. Dann läutete es zur zweiten Stunde, bevor er Tim an die Tafel holen konnte.

Tim sah sich um. Pascal fehlte, er war wohl wirklich krank. Schweigend blieb er auf seinem Platz, bis der Unterricht in Kaninchenkunde begann. Carsten wandte ihm den Rücken zu und redete mit Bene.

»Ich möchte, dass ihr von heute an in Kaninchenkunde

besonders gut aufpasst«, begann Herr Vögele. »In den letzten drei Jahren hat immer ein Schüler von Frau Schuster das Große Rennen gewonnen, und ich fände es eine angenehme Abwechslung, wenn es diesmal jemand aus dieser Klasse ist. Ich glaube, die Chancen stehen gar nicht schlecht.« Wohlwollend blickte er zu Arno, dann verschränkte er die Arme hinter dem Rücken. »Auch wenn sich leider nicht jeder hier die beste Ausganposition verschaffen konnte.«

Nun blickte die ganze Klasse zu Tim – und das keinesfalls wohlwollend. Wenigstens ahnte er jetzt, warum Herr Vögele neuerdings so unfreundlich zu ihm war. Auch ihm war der Sieg wichtig, das Große Rennen bestimmte das Denken und Handeln aller.

Kaninchenkunde war eines von Tims Lieblingsfächern. Genau genommen war es eines der Lieblingsfächer von jedem in Niederrhode, besonders in der vierten Klasse.

Wer in Niederrhode aufwuchs, wuchs umgeben von Kaninchen auf und kannte ihre Geschichte. Jeder wusste, dass die Bezeichnung vom lateinischen Wort *cuniculus* abstammte, das *Kaninchen* oder *Schacht* oder *unterirdischer Gang* bedeuten konnte. Wusste, dass die alten Römer erstmals vor über zweitausend Jahren in Spanien auf die Löcher buddelnden Kaninchen gestoßen waren. Wusste, dass die ältesten Funde von Kaninchen etwa 55 Millionen Jahre alt waren und in der Mongolei gemacht wurden.

Nun erzählte ihnen Herr Vögele, dass der Protestant Martin Luther die Kaninchen 1534 als unreine Tiere bezeichnet hatte. Damals gab es in Deutschland nur vereinzelte Kaninchengärten, mit der Zucht nach französischem Vorbild wurde erst nach 1871 begonnen.

»Unrein«, wiederholte Herr Vögele mit anklagender Stimme und fuchtelte mit dem erhobenen Zeigefinger durch die Luft. Er sah aus, als wollte er Luther noch fast fünfhundert Jahre später zum Duell fordern. »Was für ein Unsinn. Aber wie es mit Vorurteilen und Verallgemeinerungen so ist, sie setzen sich in den Köpfen mancher Menschen fest. Wenn man es wieder und wieder wiederholt, dann hält man es irgendwann für wahr. Da fällt mir ein, das Kaninchen meines Sitznachbarn in der Schule war tatsächlich ziemlich schmutzig. Es hatte sich mit einem jungen Ferkel angefreundet und wollte ständig mit ihm im Schlamm spielen, obwohl Kaninchen sonst Wasser meiden. Wir haben damals … Nein, lassen wir das, ich schweife ab …

Nun, beinahe hundert Jahre nach Luthers Beleidigung rettete das unbekannte Kaninchen unser schönes Niederrhode. Es war nicht unrein, sondern treu, schlau, schnell und tapfer. Mit seiner Heldentat wurde es in Niederrhode zum besten Freund des Menschen. Es hatte uns Glück gebracht, und die Tradition des Großen Kaninchenrennens begann. Aber in den umliegenden Städten und Dörfern waren die Leute misstrauisch, manch einer wetterte gegen unser Ritual der Kaninchenweihe, nannte es einen heidnischen Kult und schändliche Hexerei, weil es unreine Tiere verehre. An Markttagen kam es zwischen Niederrhodern und Männern aus den Nachbargemeinden regelmäßig zu wilden Prügeleien. Manchmal wurden sogar Messer gezückt, ein Chronist sprach von den sogenannten Kaninchenkriegen. Dabei waren die Nachbarn keine Lutheraner, sondern nur neidisch, dass der Dreißigjährige Krieg Niederrhode verschont hatte, aber ihre Gemeinde nicht. Sie

konnten nicht glauben, dass daran nur ein wachsames Kaninchen und ein wenig Glück schuld waren, also schrien sie: Hexerei!

Noch Jahre später warnte ein verwirrter Wanderprediger vor der gottlosen Niederrhoder Massenhochzeit, auf der Kinder mit unreinen Kaninchen verheiratet würden, noch dazu Jungen mit Männchen.«

Die Klasse lachte, und auch Herr Vögele schmunzelte, als er fortfuhr. »Er hatte die Weihe von vorn bis hinten nicht begriffen. Niemand von außerhalb schien etwas zu begreifen, und auch in den folgenden Jahrhunderten prasselte Spott von allen Seiten auf Niederrhode ein. Aber Niederrhode hielt an seinem Brauch fest; wussten doch alle, dass sie dem Vorfahren ihrer Kaninchen das Leben verdankten. Und sie wussten, dass mit der Linie des unbekannten Kaninchens das Glück in ihre Stadt gekommen war.«

Die ganze Klasse nickte, manche jubelten sogar. Dann erklärte ihnen Herr Vögele, wie man ein Kaninchen dazu brachte, mit angelegten Ohren durch einen Reifen zu springen.

»Auch durch einen brennenden?«, rief Jakob dazwischen.

»Das hat bisher nur ein einziges Kaninchen geschafft, der legendäre Kurvenwilli im Jahr 1907. Beim Rennen selbst ist er aber nur Dritter geworden, auf der Rennstrecke gab es nämlich kein offenes Feuer. Und was lernen wir daraus?«

Die Klasse schwieg, nur Susi Jauchmann sagte: »Dass wir im Wald nicht rauchen sollen?«

»Ja, das auch«, sagte Herr Vögele und blickte sie verwirrt

an. »Eigentlich sollt ihr überhaupt nicht rauchen. Was ich meinte, ist etwas anderes: Konzentriert euch auf das Wesentliche. Verbummelt eure Zeit nicht mit nutzlosen Tricks, wenn ihr gewinnen wollt.«

Als es zur Pause läutete, bat Herr Vögele Tim, noch einen Moment zu bleiben. Tim rechnete mit einem weiteren Tadel, aber Herr Vögele sah ihm besorgt ins Gesicht und fragte: »Alles in Ordnung mit dir?«

»Ähm, ja«, antwortete Tim überrascht.

»Ich hoffe, du machst dir nicht zu viel Druck wegen des Rennens?« Herr Vögele lächelte freundlich. »Du musst dir keine Sorgen machen, Arno wird schon für unsere Klasse gewinnen. Okay?«

Tim nickte stumm, weil er jetzt besser nicht sagte, was er von einem Sieg Arnos halten würde.

»Gut.« Herr Vögele nickte. »Ich weiß, dass du es gerade nicht leicht hast, aber du darfst dir deine Kaninchenwahl wirklich nicht selbst vorwerfen.«

»Das tu ich nicht. Tun Sie es?«

»Nein.« Herr Vögele schüttelte abwehrend den Kopf. »Natürlich nicht. Wie kommst du darauf?«

»Ich wollte es nur wissen.«

»Nein«, sagte Herr Vögele noch einmal wie zur Bekräftigung. »Wenn ich manchmal streng bin, dann nur zu deinem Besten.«

Und damit durfte Tim in die Pause.

Auf dem Hof ging er direkt zu Lissy hinüber. Dabei musste er an Arno und seinen Freunden vorbei.

»Stell dir vor, Hasenpfoten bringen wirklich Glück!«, rief ihm Arno hinterher. »Dann wurde dein Krüppel wohl ohne geboren.«

Die Umstehenden lachten laut, Jakob schlug sich vor Begeisterung sogar auf die Oberschenkel, dass es klatschte. Es wurden täglich mehr, die um Arno herumlungerten und sich bei ihm einschleimten. Natürlich war Lissys Cousin Mario dabei, auch der dämliche Martin Mayrhofer und Susi Jauchmann. Sie alle suchten die Nähe des Favoriten, wollten schon vor dem möglichen Sieg seine Freunde sein, damit er danach noch immer ihr Freund sein würde. Sie unterwarfen sich schon, bevor er überhaupt gewonnen hatte. Tim würde es nicht einmal danach tun.

»Arno, stell du dir doch vor, du hättest Angst vor einem glücklosen Krüppel!«, rief Lissy, die Tim entgegenkam. »Nein, warte, das musst du dir ja nicht vorstellen. Du verkriechst dich ja wirklich hinter deinem Vater, um Tim das Trainieren zu verbieten.«

»Ich verkrieche mich nicht!«, brüllte Arno mit rotem Kopf.

»Und Hasenpfoten bringen auch kein Glück!«, rief Lissy und schlenderte mit Tim davon.

Sie stellten sich abseits der anderen in die Sonne, die für einen Moment durch die Wolken linste.

»Wollen wir eine eigene Trainingsgruppe bilden?«, fragte Lissy. »Nur du und Pascal und ich? Ohne die Idioten und nicht in der Villa.«

»Warum darfst du nicht an der Villa trainieren?«, fragte Tim.

»Ich darf schon«, sagte Lissy. »Ich will nur nicht.«

Und damit war es ausgemacht. Bis Pascal wieder gesund wäre, wollten sie in der Umgebung nach einer passenden Strecke suchen. Der Trimm-dich-Pfad schied aus. Er hatte zwar besondere Übungsgeräte für Kaninchen, gehörte jedoch auch der Stadt und war damit bestimmt auch für Blackbeard verboten.

Längst kamen die meisten Zehnjährigen im Trainingsanzug zur Schule, um sofort nach dem Unterricht mit dem Training zu beginnen. Einige trugen auch ein Trikot mit der Nummer ihres Kaninchens, andere ein T-Shirt oder ein Hoodie und alle Turnschuhe. Beim letzten Läuten stürmten sie aus den Türen und die Straße hinab oder zum Fahrradständer. Schlenkernde Schultaschen schlugen den Nebenleuten gegen die Schultern, aber niemand beschwerte sich, das wäre weinerlich. Stattdessen warf man den anderen lässige Sprüche und Beleidigungen an den Kopf.

»Lahminger!«

»Standbildsprinter!«

»Fährst du im Leerlauf, oder trittst du wirklich?«

»Üb doch erst mal bergab, wenn du vorankommen willst.«

»Altersschwache Schnecke.«

Tim radelte auf direktem Weg zur Singenden Villa, um einen Blick auf die Liste der Rundenbesten zu werfen. Wenn er sich beeilte, könnte er schon wieder fort sein, bevor alle anderen auftauchten. Sie mussten erst nach Hause, ihre Kaninchen holen. Er stellte das Rad in der Dunkelgasse ab und schob leise die Gartentür auf.

Drinnen kläffte ein Hund.

Für einen winzigen Moment zögerte er, dann ging er weiter. Schließlich durfte er hier sein, nur Blackbeard nicht. Leise eilte er zur Trainingsstrecke. Kaum hatte er die Tafel erreicht, stürmte der Hasenhieber aus der Villa und baute sich vor ihm auf. Im Mundwinkel klebten ihm Senfreste.

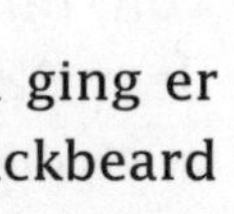

»Du hast hier nichts verloren!«, schnauzte er und zuckte aufgeregt mit der Nase.

»Aber ich habe Blackbeard nicht dabei, und nur er …«

»Du Wicht hast mich beim Bürgermeister angeschwärzt!«, schrie der Hasenhieber. Speicheltropfen spritzten aus seinem Mund, das Gesicht war vor Wut verzerrt.

Tim wich einen Schritt zurück.

Drinnen knurrten die Hunde und kratzten drängend mit den Pfoten an der Tür.

»Ich hab nur die Wahrheit gesagt. Sie haben Blackbeard einen Krüppel genannt«, sagte Tim, aber nicht so laut, wie er wollte.

»Weil ihn jeder so nennt. Jeder! Aber mit mir kann man es ja machen! Ich bin nur der Trottel, der die Köttel eurer Kaninchen wegräumt, wenn sie noch klein sind. Der sie euch bei der Weihe überreicht, der Bewahrer der Linie des unbekannten Kaninchens!« Er schnaubte vor Zorn. »Und jetzt raus hier!«

Tim wich noch zwei, drei Schritte zurück und empfand fast so etwas wie Mitleid.

»Aber wenn so ein Krüppel die Linie des unbekannten Kaninchens beleidigt, dann stört das keinen! Dann soll wieder ich der Schlimme sein!«

Tim drehte sich um und ging so schnell wie möglich davon, ohne dass es nach Flucht aussah. Das Mitleid mit dem Hasenhieber war verschwunden, Blackbeard hatte noch nie jemanden beleidigt. Das passierte immer nur andersherum.

Der kurze Blick auf die Tafel hatte ihm jedoch gereicht. Er wusste nun, dass Bene noch immer in den Top Ten lag, zumindest gerade so. Er war Zehnter, und Tim hatte gesehen, wie schnell er gewesen war. Platz eins bis sieben belegte Arno Messmann mit seinem Kaninchen Killer und deutlichem Vorsprung vor Platz acht, Jakob Grützmacher und Graf.

Der alte Schwarzenbacher

Am Dienstag war Pascal noch immer krank, und Tim fuhr bei ihm vorbei, um ihm die Hausaufgaben zu bringen. Pascals Mutter begrüßte ihn überschwänglich und dankte ihm dreimal, noch bevor er aus den Schuhen geschlüpft war.

»Das ist doch selbstverständlich«, murmelte Tim verlegen.

»Nein, ist es nicht«, sagte sie und führte ihn hoch in Pascals Zimmer.

»Steck dich nicht an«, sagte sie noch auf dem Weg nach oben, und Tim nickte, obwohl er eine solche Warnung immer seltsam fand. Das war wie die Aufforderung, sich nicht ärgern zu lassen, sich nicht überfahren zu lassen, sich nicht beklauen zu lassen. Wäre es nicht besser, die Ärgerer, Überfahrer und Diebe zu mahnen? Allerdings war es auch schwer, einer Krankheit Vorschriften zu machen, das sah Tim ein.

»Mir gefällt unser Versteck für Fersengeld in der Mauer nicht mehr. Es ist so nah an dem Fluss, in den er gefallen ist«, flüsterte Pascal, als seine Mutter das Zimmer wieder verlassen hatte. Die Tür war geschlossen, aber er war trotzdem vorsichtig. »Meine Ma hat Luchsohren.«

»Oma sagt, Fersengeld kann bei uns bleiben«, flüsterte Tim genauso leise.

»Ehrlich?«

»Ja. Ich hab ihr alles erklärt, und sie sagt deiner Mutter auch nichts. Du musst mir bloß helfen, das Freigehege zu bauen.«

Pascal hustete und versprach es. Ihm gefiel die Vorstellung einer eigenen Trainingsgruppe mit Lissy. »Sie hat zwar nur ein Zwergkaninchen, aber sie hat Ferse gerettet.«

Sie sprachen über ihre Kaninchen und die Schule, Tim erzählte vom Hasenhieber und von Arnos überlegenen Rennzeiten.

Dann bat ihn Pascal, ihm einen Fahrradsitz für Fersengeld zu besorgen. »Falls du ihn demnächst transportieren musst, hat er gleich seinen eigenen, bevor er sich zu sehr an den von Blackbeard gewöhnt. Und meine Ma kann ich ja nicht schicken.« Er lächelte schwach und gab Tim Geld.

»Mach ich jetzt gleich«, versprach Tim und verabschiedete sich.

Draußen blies ihm der Wind kräftig entgegen, tiefe graue Wolken rollten über den Himmel. Tim beugte sich weit über den Lenker, um nur wenig Luftwiderstand zu bieten. Als er in die Hauptstraße abbog, drehte auch der Wind und heulte ihm weiter direkt ins Gesicht. Vielleicht war an Arnos Behauptung über das fehlende Glück ja etwas dran.

»Blödsinn«, widersprach er sich laut selbst, und eine Fliege klatschte ihm in den offenen Mund. Sie prallte auf seine Zunge und rutschte bis in seinen Rachen hinab. Er würgte sie hoch, spuckte sie aus und dann noch zweimal, um den Geschmack loszuwerden. Mit aufeinandergepressten Lippen kämpfte er sich voran. Er erhob sich aus dem

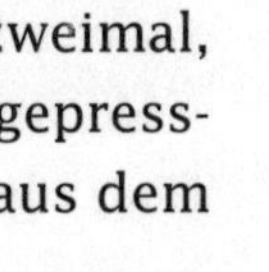

Sattel und stieg in die Pedale. Das hier war Training, und je härter, desto besser.

An den Schauerwerken stieg er keuchend vom Rad. Der Pförtner zeigte ihm, wo er sein Rad abstellen konnte, ließ ihn warten und rief drinnen an. Die zahnlückige Schauerhexe grinste Tim reglos an, er sah weg.

»Geh zum Seiteneingang da drüben und warte«, sagte der Pförtner und legte den Hörer auf. »Gleich holt dich jemand ab.«

Tim stellte sich vor die Tür, die Schultern hochgezogen, dem Wind den Rücken entgegengereckt. Der Wind drehte, Tim sich auch, die Tür blieb geschlossen. Er fragte sich, wie lange *gleich* dauern durfte, ob es dafür einen Höchstwert an Minuten gab. Carsten wüsste das. Wind und Tim drehten sich erneut. Er sah zum Pförtner hinüber, aber der starrte gelangweilt auf einen kleinen Fernseher.

Ein Auto rollte vom Lieferanteneingang heran und hielt neben Tim. Das Fenster wurde runtergekurbelt, und der Bauer Herbst sah grimmig heraus. »Bist du der Junge mit dem Krüppel?«

»Ja«, sagte Tim. Es rutschte ihm einfach so raus.

»Bevor du ihn notschlachtest, nehm ich ihn. Mein Löwe Rex wird langsam alt, aber den Krüppel kann er vielleicht noch selbst fangen. Der würde sich freuen.« Herbst lachte laut, tippte sich mit zwei Fingern grüßend gegen die Stirn und gab Gas.

Tim starrte ihm mit offenem Mund hinterher, das Herz schlug ihm vor Zorn bis zum Hals. Viel zu spät schrie er: »Niemals!«

Herbst verließ das Gelände, und die Tür öffnete sich. Eine blonde Frau im schwarzen Kostüm ließ Tim herein.

An ihrem Jackett hing eine Anstecknadel mit der Logo-Hexe, aber kein Namensschild. Sie führte Tim durch einen langen Flur mit glattem, grau gesprenkeltem PVC-Boden. Die Türen rechts und links waren geschlossen, auf den Namensschildern aus Plastik saßen kleine Monsterfiguren und schnitten wilde Fratzen. An den mattgrünen Wänden hingen gerahmte Fotografien von Geisterbahnen, Vergnügungsparks und Theaterkulissen. Sie alle zeigten Ungeheuer, die in den Schauerwerken gefertigt worden waren.

»Warte kurz«, verlangte die Frau und ging durch eine doppelflügelige Stahltür in die Werkhalle. Dort sprach sie mit einem Arbeiter im fleckigen Blaumann, der eben einen unterarmlangen Zahn polierte.

»Darf ich mit?«, wollte Tim fragen, aber die Tür fiel viel zu schnell wieder ins Schloss. Er konnte nur einen kurzen Blick hineinwerfen. Breite Werkbänke standen sauber aufgereiht und aufgeräumt im vorderen Bereich der Halle. An ihnen beugten sich Männer und Frauen über ihre Arbeit, es wurde gefeilt, gesägt und gehämmert. In der Hallenmitte ragten stahlgraue Regale bestimmt fünf Meter in die Höhe und stützten sich gegenseitig. Dort lagen ein halbes Dutzend grünhäutige, gehörnte Köpfe nebeneinander, auf die Entfernung sahen sie alle gleich aus. Ohne Körper wirkten sie hilflos und harmlos. An den Wänden hingen Werkzeuge und Baupläne.

Während er wartete, starrte Tim unverwandt die Tür an. Er wollte noch einen zweiten Blick hinein erhaschen, wenn sie sich wieder öffnete. Als sie es endlich tat, versperrte ihm jedoch die blonde Frau die Sicht. Im Hintergrund sprühten sternenweiße Funken, dort wurde ein Monster zusammengeschweißt. Tim konnte nicht erkennen, was für eins.

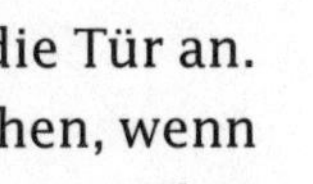

»Und weiter«, sagte die Frau lächelnd. »Das hat leider einen Moment gedauert.«

Tim wusste nicht, ob das nur eine Feststellung war oder ob es eine Art Entschuldigung sein sollte. Zur Sicherheit sagte er: »Macht nichts.«

Die Frau schwieg. Wahrscheinlich war er zu jung, um von ihr eine Entschuldigung zu bekommen.

»Warte hier«, sagte die Frau erneut, als sie kurz darauf den kleinen Schauershop erreichten. »Ich hole schnell meinen Kollegen.«

Also stand Tim zum dritten Mal vor einer verschlossenen Tür der Schauerwerke und fragte sich, warum nicht gleich dieser Kollege ihn abgeholt hatte.

Die Tür bestand aus Glas, in das eine grinsende Hexe und SCHAUERSHOP in Großbuchstaben eingraviert waren. Tim sah unter der Schrift hindurch und auf die Auslagen drinnen. Große funktionierende Kreaturen gab es hier natürlich nicht, nur batteriebetriebene Modelle in unterschiedlichen Größen, Actionfiguren, Handpuppen und kleine Plastikgestalten für die elektrische Eisenbahn, wenn man Zombies oder Nachtmahre an Bahnschranken herumlungern lassen wollte. An einem Drehständer hingen coole Totenkopfkettchen und Schlüsselanhänger mit der Schauerhexe. Neben der Kasse stapelten sich Bücher über Geisterbahnen und die Schauerwerke.

Der Shop hatte nur geöffnet, wenn Schulklassen eine Werkbesichtigung machten oder neue Kunden von außerhalb da waren, und in den Wochen vor Weihnachten. Dann wurden auch Monster im roten Pelzmantel und mit Nikolausmütze verkauft. Das übrige Jahr musste man sich beim Pförtner melden. Tim drückte sein Gesicht an die Scheibe.

An der hinteren Wand hingen zum Glück noch acht oder neun Fahrradsitze für Kaninchen.

»Du willst was kaufen?«, fragte eine Stimme hinter Tim, und er drehte sich um. Ein junger Mann schwenkte einen fetten Schlüsselbund und zwinkerte ihm zu. Er war groß und kräftig und trug einen Spitzbart.

»Ja«, sagte Tim und zwinkerte auch.

»Sehr gut.« Spitzbart sperrte auf und ließ Tim vorgehen. »Willst du dich umsehen oder …«

»Nein, ich weiß schon, ich brauch einen Fahrradsitz.«

»Klar, hätte ich mir denken können.« Spitzbart nickte und machte einen Schritt in Richtung der hinteren Wand. Dann stutzte er und wandte sich wieder Tim zu. »Sag mal, bist du nicht der Sohn vom … vom Köhler?«

»Ja«, sagte Tim verlegen, weil er den Mann nicht kannte.

»Sieh an, sieh an.« Jetzt musterte Spitzbart Tim genauer. Er zwinkerte nicht mehr. »Wenn man's weiß, sieht man's.«

Tim nickte und sagte schnell: »Der blaue rechts oben gefällt mir. Was würde der kosten?«

»Tut mir leid, der blaue ist reserviert«, sagte Spitzbart, ohne sich danach umzudrehen. Es gab drei blaue Sitze, er musste ein gutes Gedächtnis haben, wenn er das so wusste.

»Was kosten die anderen?«

»Die sind alle reserviert«, sagte Spitzbart mit reglosen Gesichtszügen. Er sagte nicht mehr *leider*.

»Aber … Alle?«

»Alle«, wiederholte Spitzbart. »Da kann man nichts machen. Ist mir gerade erst wieder eingefallen.«

»Und wann machen Sie neue?«

»Die nächsten sind auch alle bereits vorgemerkt. Da kann ich dir nichts versprechen …«

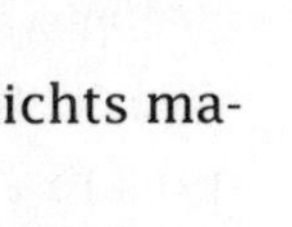

»Warum hängen die denn dann noch hier?«, fragte Tim. Er konnte keinen *Reserviert*-Aufkleber entdecken. »Mein Freund Pascal braucht dringend einen, und …«

»Ich sagte, da kann ich nichts machen.« Spitzbart verschränkte die Arme.

Endlich begriff Tim. Spitzbart hatte ihn nicht als Sohn vom Köhler erkannt, sondern als Sohn des Kneifers. Manche Leute hielten das Kneifen noch heute für Verrat an der Tradition des Rennens, hatte Opa gesagt. So jemand würde Tim niemals unterstützen, er würde hier nichts bekommen.

Schweigend drehte er sich um und ging davon. Während er den Flur zurückstapfte, begriff er auch, warum Opa den Sitz für Tims Kaninchen selbst gemacht hatte. Opa war der Vater des Kneifers, auch er würde hier nichts bekommen. Plötzlich wallte in Tim eine tiefe Zuneigung zu Opa auf. Eine Zuneigung, die er im Ärger der letzten Tage beinahe vergessen hatte.

Wenigstens habe ich jetzt Rückenwind, um möglichst schnell von hier zu verschwinden, dachte Tim.

Langsam stieg er in den Sattel. Opa würde er nicht bitten, Fersengelds Sitz zu bauen, auf keinen Fall. Egal, welche Zuneigung er eben gefühlt hatte, er hatte seinen Stolz. Wenn Opa ihm nicht freiwillig helfen wollte, dann würde er bestimmt nicht betteln.

Aber wenn er Opa nicht um Hilfe bat, dann blieb ihm nur eine letzte Möglichkeit. Ob es ihm gefiel oder nicht, er musste zum alten Schwarzenbacher. Mit leeren Händen konnte er auf keinen Fall zu Pascal zurück, er hatte ihm sein Wort gegeben. Gemächlich trat er in die Pedale, diesmal hatte er es nicht eilig, Rückenwind hin oder her.

Tim starrte auf das Namensschild *Schwarzenbacher.* Er atmete tief durch und versuchte, alles Unheimliche zu vergessen, das er je über ihn gehört hatte. Langsam hob er den Finger zur Klingel, drinnen kreischte eine Maschine, und Tim zog den Finger hastig wieder zurück. Was war das?

Das Kreischen verstummte. Noch konnte er einen Rückzieher machen.

Sei kein Feigling!

Und was, wenn auch der alte Schwarzenbacher wusste, wessen Sohn er war, und ihn wegschickte?

Wer weiß es denn nicht?, dachte Tim, aber sich feige wegzuschleichen, damit man nicht weggeschickt wurde, ergab wenig Sinn. Entschlossen drückte er auf die Klingel. Drinnen ertönte ein sich überschlagendes, metallisches Lachen wie von einem wahnsinnigen Roboter. Tim wich einen Schritt zurück. Hinter der Tür näherten sich schwere Tritte, Schlüssel klapperten.

»Moment!«

In dieser Sekunde fiel Tim ein, dass er einfach Lissy hätte bitten können, einen Fahrradsitz zu kaufen; ihr Vater arbeitete in den Schauerwerken. Doch dafür war es zu spät, die Tür schwang auf. Sie quietschte nicht.

»Ja?«, fragte der alte Schwarzenbacher. Er hatte die riesige Statur von Frankensteins Monster, seine traurigen Mundwinkel und Graf Draculas Frisur, nur waren seine Haare silbergrau. Seine Zähne waren spitz und schief, und die kleinen Ohren standen ein wenig ab. Bene nannte sie Rattenohren. Alles an ihm erinnerte an ein Monster, nur die hellblauen Augen nicht. Sie strahlten wie ein gefrorener See in der Wintersonne.

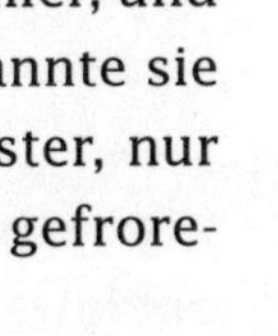

»Guten Tag, Herr Schwarzenbacher«, sagte Tim »Ich habe gehört, bei Ihnen kann man Kaninchensitze fürs Rad kaufen.«

»Ja«, sagte der alte Schwarzenbacher knapp.

Einen Moment lang sahen sie sich schweigend an, keiner rührte sich.

»Ich hätte gern einen«, sagte Tim.

Der alte Schwarzenbacher nickte und sah ihn weiterhin mit seinen leuchtenden Augen an, ohne die Tür frei zu machen. »Bist du nicht der Sohn vom Floh Köhler?«

Und da war sie, die Frage, die seine Hoffnung zunichtemachte. Auch wenn er einen eigenen Namen trug und nicht Florian der II. war, hatte sich das Urteil über seinen Vater auf ihn übertragen. *Wie der Vater, so der Sohn,* dachten die Leute oder: *Der Apfel fällt nicht weit vom Stamm.* Dabei war das Urteil über seinen Vater falsch und ungerecht. Wieso konnte sich eine solche Ungerechtigkeit so lange halten? Kurz überlegte er, einfach zu lügen, bis er Pascals Sitz in Händen hatte, aber er schaffte es nicht, seinen Vater zu verleugnen. Er wollte es nicht. Trotzig sagte er: »Ja.«

»Wusste ich's doch.« Der alte Schwarzenbacher nickte erneut. Dann trat er zur Seite. »Komm rein.«

»Reinkommen?«, fragte Tim verblüfft. Er hatte fest damit gerechnet, dass ihm die Tür vor der Nase zugeschlagen werden würde.

»Ja, was denn sonst?«, brummte der alte Schwarzenbacher. »Ich schleppe die Sitze bestimmt nicht raus auf die Straße.«

»Äh, nein.« Tim trat ein und folgte dem alten Schwarzenbacher durch eine weitere Tür, von der schon die Farbe abblätterte. Dahinter fand sich eine Werkstatt, die Tim erst auf den zweiten Blick als solche erkannte. Das müsste seine Oma sehen, dann würde sie nie wieder behaupten, sein Zimmer sei nicht aufgeräumt.

Auf der Werkbank stapelten sich zahlreiche Schrauben, dicke Stahlplatten und hauchzarte Eisenfolien, bunte Schälchen, Rohre, Hämmer, Zangen, Drahtknäuel, Bohrer, Schalter, Knöpfe, Glasaugen, Holzwürfel, falsche Haare, zottige Felle, vollgekleckerte Farbdosen, verklebte Pinsel und tausend andere Dinge in den seltsamsten Formen und Farben. Es roch nach scharfem Terpentin, angeschmortem Metall und Kleber. Im Schraubstock klemmte ein weißer Krokodilskopf, dessen rechtes Auge gelb blinkte und klickte, als wollte es abbiegen. Tim grinste und atmete tief ein. Er mochte diese beißenden Gerüche. Wie in den Schauerwerken lagen im Regal eine Handvoll monströser Köpfe, aber hier glich keiner dem anderen. Keiner glich überhaupt einer Kreatur, die Tim kannte.

»Was ist das?«, fragte er und deutete auf den ersten. Der hatte die Augen geschlossen und das breite Maul aufgerissen.

»Ein blinder Albtraumhaucher.«

»Und das?« Tim deutete auf den nächsten.

»Ein triefnasiger Schmerzschnüffler.«

»Und das?«

»Der tote König aller Ratten, die ein sinkendes Schiff nicht rechtzeitig verlassen haben.«

Von keinem der drei hatte Tim bisher gehört. Beim nächsten Kopf in der Reihe war Tim unsicher, ob es überhaupt einer war; zwischen all den Rüsseln und Stacheln konnte er kein Gesicht erkennen. Auf dem Brett darunter lagen Klauen, Hände, Füße, Tentakel, Pranken, Flügel und

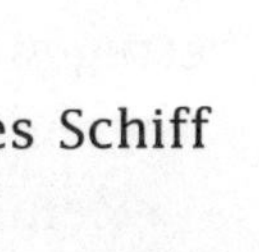

Ähnliches. Er konnte nicht auf jedes zeigen, also fragte er: »Was sind das alles für Wesen?«

Der alte Schwarzenbacher sah ihm tief in die Augen. »Wenn du es nicht weißt, kann ich es dir nicht sagen.«

»Aber wenn ich es wüsste, müssten Sie es mir doch nicht sagen, oder?«

»Darum nennt man sie auch die Ungesagten oder Unverworteten. Es sind die Kreaturen, über die man nicht spricht, obwohl sie uns verfolgen.«

»Mich haben sie noch nie verfolgt.«

»Sei froh«, sagte der alte Schwarzenbacher und rieb sich die Nase, bevor er das Thema wechselte. »Du wolltest einen Fahrradsitz?«

Tim nickte.

»Einen normalen?«

»Was ist ein unnormaler Sitz?«

»Ich weiß nicht. Ich habe gehört, dein Kaninchen ist verkrüppelt. Braucht es deswegen einen besonderen Sitz oder einen anderen Gurt oder …?«

»Der Sitz ist für meinen Freund Pascal. Also für sein Kaninchen. Fersengeld.«

»Schöner Name.« Der alte Schwarzenbacher schmunzelte, und zum ersten Mal sah sein Gesicht nicht furchterregend aus. Jetzt passte es zu den klaren leuchtenden Augen.

»Meins heißt Blackbeard.«

»Wie der Pirat?«

»Ja.«

»Schlau, sehr schlau.« Er nickte anerkennend, ohne dass Tim ihm den Namen erklären musste. »Also ein normaler Sitz? Wie groß ist Fersengeld?«

»So, wenn er normal sitzt.« Tim zeigte es mit seinen Händen.

»In Zentimetern?«

Tim zuckte mit den Achseln, das wusste er nicht.

»Aber du bist sicher?«

»Ja.« Fersengeld hatte in Blackbeards Sitz gepasst, und Tim kannte Blackbeards Größe blind. »Vielleicht ein Zentimeter mehr oder weniger. Macht das was?«

»Nein.« Der alte Schwarzenbacher maß den Abstand zwischen Tims Handflächen. Dann ging er zu einem alten Schrank hinüber, dessen eine Flügeltür grün und dessen andere golden war, und öffnete ihn. Die Hälfte der Dinge darin hatte Tim noch nie gesehen, und bei den meisten davon konnte er sich nicht einmal vorstellen, wozu sie gut sein sollten. Manche wirkten, als wären sie von Aliens auf der Erde vergessen worden. Das glaubte er zwar nicht – aber sollte es in Niederrhode tatsächlich irgendetwas Außerirdisches geben, dann wäre es bestimmt hier.

»Als dein Vater so alt war wie du, war er öfter bei mir«, sagte der alte Schwarzenbacher und zog einen Fahrradsitz zwischen den fremdartigen Dingen hervor. Um den Sitz wand sich eine siebenköpfige Schlange, die sich mit sechs Mäulern in den Schwanz zu beißen versuchte. Nur einem war dies gelungen, die nächsten fünf bissen in einen anderen Kopf. Das siebte lachte breit. Die Schlange sah aus wie eine Unverwortete.

Cool, dachte Tim, dann erst traf ihn der Satz des alten Schwarzenbachers mit voller Wucht. »Mein Vater war hier? Öfter?«

»Ja. Als sie angefangen haben, ihn Kneifer zu rufen, hat er sich manchmal bei mir verkrochen.« Er hob den Kopf

und sah ihm direkt in die Augen. »Du weißt, dass ihn manche Kneifer genannt haben?«

Tim nickte stumm.

»Na ja, mehr als manche. Die meisten haben das damals getan.« Der alte Schwarzenbacher drehte den Sitz in seinen Händen und hielt ihn dann Tim entgegen. »Was hältst du von dem?«

»Warum …? Was hat mein Vater hier gewollt?«

Seufzend legte der alte Schwarzenbacher den Sitz ab. »Er hat Dinge gebaut.«

»Was für Dinge?«

»Erst hat er einen Unverworteten angefangen, einen dreiköpfigen ohne Gesichter mit sechs riesigen Klauen und scharfen Krallen. Ich habe ihm gezeigt, wie er ihn zum Laufen bringen kann, und ihm einen Motor gegeben. Aber anstatt den einzubauen, nahm er einen Vorschlaghammer, den er kaum heben konnte, und drosch damit auf den Unverworteten ein. Er schlug so lange zu, bis er vollkommen durchgeschwitzt und jedes noch so kleine Teil des Unverworteten platt oder zerschmettert war. Eine umherspritzende Beilagscheibe hat seine Hand aufgerissen, aber er hat nur gelacht.«

»Gelacht?«

»Ja. Die meisten Unverworteten bauen wir aus Angst oder Wut oder Schmerz, manche aus neuen Materialien, manche aus Schrott und manche nur in Gedanken. Die einen helfen uns, indem sie existieren, die anderen müssen wir zerstören, um uns von ihnen zu befreien. Nicht immer schaffen wir das, aber dein Vater war stark.« Der alte Schwarzenbacher nickte versonnen, seine Gesichtszüge waren jetzt freundlich. »Er nahm den Motor und einen zweiten und baute Flügel für sich und sein Kaninchen. Ich habe leider vergessen, wie es hieß.«

»Rübenzahl«, sagte Tim leise.

»Das war's, Rübenzahl, genau. Der alte Vielfraß. War wild auf Karotten, Zucker- und Futterrüben, ich erinnere mich.« Wieder nickte er. »Dein Vater nahm nur die leichtesten Materialien für das Gestell und bespannte es mit einem dünnen, reißfesten Tuch. Er wollte keine Federn verwenden, weil es unbedingt Drachenflügel sein sollten. Ich habe damals noch gearbeitet und hatte werktags keine Zeit. Dein Vater kam jedes Wochenende vorbei, in den Weihnachtsferien öfter. Trotzdem dauerte es bestimmt zwei Monate, bis die Flügel fertig wurden. Draußen lag knietief Schnee, die Luft war eisig, aber er ließ sich nicht abhalten, die Flügel auszuprobieren. Zuerst schnallte er sich seine auf den Rücken, weil er lieber sich als sein Kaninchen in Gefahr brachte. Er hat auf den Knopf gedrückt, und die Flügel haben sich gehoben und gesenkt. Jubelnd ist er losgerannt, hat Schwung mit den Armen geholt und ist abgesprungen. Ein-, zweimal schlugen die Flügel, dann landete er wieder auf dem Boden, durchbrach die Kruste auf dem Schnee, stolperte, schlitterte und stürzte nach vorn, sein Gesicht tauchte in den Schnee. Er hat sich hochgerappelt und ausgespuckt, dann hat er geflucht und gelacht. Entschlossen ist er zurück in die Werkstatt gegangen.

Bis zum Frühling tüftelte und bastelte er herum, erhöhte die Schlagzahl, vergrößerte die Schwingen und verschob ihren Winkel, aber es gelang ihm nicht, funktionierende Flügel zu konstruieren. Er war einfach zu schwer. Selbst den viel leichteren Rübenzahl bekam er nicht in die Luft. Nach jedem Fehlschlag sagte er, dass er es irgendwann

schaffen würde. Dass er sich nichts Schöneres vorstellen könne, als zu fliegen. Rübenzahl würde das erste fliegende Kaninchen der Welt sein, dann würde es eine eigene Statue bekommen, nicht nur eine halbe Zeile in einem Sockel. Ich glaube wirklich, dass er vom Fliegen träumte, aber zugleich dachte ich, dass er einfach nur fortwollte. Doch seine Familie blieb, und die Kneifer-Rufe wurden langsam weniger. Er fand neue Freunde oder versöhnte sich mit den alten, auf jeden Fall stromerte er nach der nächsten Kaninchenweihe nicht mehr nur allein durch die Straßen. Seine Besuche bei mir wurden seltener und hörten irgendwann ganz auf. Seine Flügel waren beim letzten Sturz zerbrochen, und ich habe das Material längst anderswo verbaut. Aber Rübenzahls Flügel habe ich irgendwo noch, dein Vater hatte mich gebeten, sie aufzubewahren, und das habe ich bis heute getan. Er hat sie nie geholt, und ich hab sie nie weggeschmissen. Wenn du magst, kann ich sie dir am Wochenende raussuchen. So wie ich das sehe, gehören sie dir.«

»Ja«, sagte Tim. Mehr brachte er nicht heraus, zu viel ging ihm durch den Kopf.

»Sehr schön. Dann komm doch nächste Woche noch mal vorbei, bis dahin lege ich sie dir zurecht.« Der alte Schwarzenbacher nahm den Fahrradsitz wieder in die Hand. »Und was ist damit? Magst du den?«

»Ja«, sagte Tim überrumpelt. Er hatte völlig vergessen, warum er hergekommen war. Dann fragte er hastig: »Was kostet der eigentlich?«

»Was hast du denn?«

»Zwanzig Euro«, sagte Tim zögernd, so viel hatte ihm Pascal gegeben. Es kam ihm viel zu wenig vor für den kunstvollen Sitz. In Gedanken zählte er schnell sein eigenes Geld dazu, auch wenn er nicht viel dabeihatte. »Und noch ein paar Münzen, drei Euro irgendwas.«

»Gib mir zehn«, sagte der alte Schwarzenbacher.

»Nur zehn?«, rutschte es Tim heraus. Das war nicht besonders geschickt verhandelt.

Der alte Schwarzenbacher lächelte. »Freundschaftspreis. Der gilt auch für Kinder von Freunden und für Freunde von Kindern von Freunden.«

Tim zahlte und verabschiedete sich. Der alte Schwarzenbacher war ganz anders, als er gedacht hatte. Er hatte seinen Vater einen Freund genannt. Draußen hatte es angefangen zu regnen, und der Wind war zurück. Er klatschte Tim die Tropfen ins Gesicht, aber das war ihm egal. Sein Vater war nicht für alle der Kneifer gewesen, und er würde seine Flügel bekommen. Was konnte ihm da schon ein kleines Unwetter anhaben?

Kanalrennen und Freigehege

Am Freitag war Pascal wieder in der Schule, obwohl sich das eigentlich kaum lohnte: Es war der letzte Tag vor den Osterferien. Aber das hieß, er war in den Augen seiner Mutter wieder gesund, und wer gesund war, durfte sich mit Freunden treffen. Tim, Pascal und Lissy verabredeten sich gleich für den Nachmittag, um Trainingsstrecken zu suchen. Pascal holte Tim und die beiden Kaninchen ab. Während er Fersengeld in den Schlangensitz schnallte, fragte er: »War das eigentlich der Wasserfall, in dem man getunkt wird?«

»Welcher Wasserfall?«

»Den wir runter sind.«

»Nein.« Tim schüttelte den Kopf und schwang sich aufs Rad. »Ich zeig ihn dir. Ist nur ein kleiner Umweg.«

Unterwegs trafen sie kaum auf Gleichaltrige, vermutlich waren die alle bei der Singenden Villa oder auf dem Trimm-dich-Pfad. Als sich Tim und Pascal dem Sägewerk auf der anderen Flussseite näherten, drang das Brummen von schweren Maschinen und das schrille Kreischen eines Sägeblatts zu ihnen herüber. Trotzdem konnten sie das Rauschen der Isach hören. Sehen konnte sie den Fluss kaum, zu dicht standen die Bäume und Büsche hier am Ufer.

Tim steuerte zielstrebig auf eine Lücke im Uferbewuchs zu und deutete hindurch. »Da wird man getunkt.«

Pascal hielt neben ihm, reckte den Hals und erbleichte. Der Wasserfall war über drei Meter hoch. Oben teilte ein mächtiger Felsen die herabstürzenden Massen, unten schäumten sie und spritzten, bevor sie über einen zweiten, nur hüfthohen Vorsprung hinwegschwappten und in kleinen Strudeln und Wellen weiterschossen. Am Fuß des Wasserfalls drehte sich ein Fußball, wurde untergetaucht, weggestoßen und von der gegenläufigen Strömung wieder zurückgezerrt. Wieder und wieder, es gab kein Entkommen. Wer auch immer ihn an das Wasser verloren hatte, hatte nicht gewagt, ihn wieder herauszuholen.

Zwei, drei Meter von der oberen Kante des Wasserfalls entfernt war ein ausgefranstes dickes Seil von einem Ufer zum anderen gespannt. So schmutzig, wie es war, schien es schon länger dort zu hängen.

Pascal schluckte. Ein Ast, dick wie ein Elefantenbein, stürzte den Wasserfall hinunter und barst knackend in zwei Teile.

»Weiter?«, fragte Tim, und Pascal nickte. Sie fuhren langsam, und Pascal murmelte: »Gut, dass ich dich behalten habe.« Dabei strich er Fersengeld über den Kopf.

»Ihr seid zu spät«, begrüßte sie Lissy.

»Pascal wollte noch ...«, verteidigte sich Tim.

»Ja, ja, Pascal«, fiel ihm Lissy ins Wort. »Der ist ja bekannt dafür, immer zu spät zu kommen.«

»Aber diesmal war ich's«, sagte Pascal. »Wirklich.«

»Verteidige ihn ruhig, er ist schließlich dein Freund, aber mach das unterwegs.« Lissy trat in die Pedale.

»Wir sind alle Freunde!«, rief Pascal und strampelte ihr hinterher. Er erzählte ihr von dem Wasserfall und dem geborstenen Ast, und sie sagte: »Genau darum will keiner getunkt werden.«

»Warum gibt es das Tunken dann?«

»Das gab es schon immer.«

»Das ist keine Antwort. Ich wollte wissen, warum, nicht, wie lange.«

»*Schon immer* ist eine Antwort«, sagte Lissy.

»Aber keine richtige!«

»Es ist halt Tradition«, sagte Lissy, und dann erreichten sie das Kanalrohr, das Tim schon als Versteck für Fersengeld vorgeschlagen hatte. Es lag ein Stück außerhalb von Niederrhode, aber noch nicht im Wald. Das Flussbett war hier besonders tief – stieg man die Böschung nur zur Hälfte hinab, konnte man die letzten Häuser der Stadt nicht mehr sehen. Noch drei Schritte weiter hinab, etwa zwei Meter oberhalb der Isach, öffnete sich das Rohr.

Sie versteckten ihre Räder hinter Büschen und schlossen sie ab. Dabei bewunderte Lissy ausführlich Fersengelds Schlangensitz. Dann nahmen sie die Kaninchen auf den Arm und kletterten hinunter. Am Fuß des fast mannshohen, hellgrauen Rohrs zog sich in der Mitte eine Spur dunkler Schmutz entlang.

»Ist das Abwasser?«, fragte Pascal.

»Nur Straßendreck«, antwortete Lissy. »Bei Regen wird er durch die Gullis hier runtergespült. Die leiten keine Kacke in die Isach, das ist verboten.«

Pascal verzog das Gesicht, er wirkte nicht überzeugt. »Warum sollte man für Straßendreck Rohre verlegen? Es gibt Straßenkehrer.«

»Keine Ahnung. Aber da kannst du reintreten.« Lissy setzte die Spitze ihres Turnschuhs in den Schmutz und drehte sie hin und her. »Das stinkt nicht.«

»Da drin ist es dunkel!«, beschwerte sich Pascal.

»Kaninchen sind dämmerungsaktiv«, sagte Tim.

»Kaninchen vielleicht«, murrte Pascal. »Aber ich sehe im Dunkeln nichts. Und ich will nicht auf Fersengeld treten.«

»Auf Blackbeard hoffentlich auch nicht!«, sagte Tim.

Lissy zog eine Stablampe unter ihrer Jacke hervor und leuchtete hinein. Der Strahl war hell und reichte weit. »Halogen«, sagte sie. »Habe ich von Paps gemopst, er hat heute frei.«

»Cool«, sagte Pascal. »Aber was ist mit Tim und mir?«

»Wir wechseln uns ab. Einer leuchtet, die anderen zwei treten gegeneinander an.«

Widerstrebend gab Pascal nach. Sie hatten keine bessere Strecke, die Wände rechts und links würden die Kaninchen daran hindern, zur Seite auszubrechen. Der Durchmesser war groß genug, dass Lissy aufrecht stehen konnte, Tim und Pascal mussten die Köpfe ein wenig einziehen, wenn sie nebeneinander liefen.

Sie setzten die Kaninchen auf den Rand der Röhre. Blackbeard schnüffelte neugierig am kalten Beton und hoppelte ein Stück weit hinein. Fersengeld sah ihm misstrauisch hinterher, und Goliath schien etwas zu suchen, das er fröhlich zerfetzen konnte. Dann wühlte er vergnügt im Dreck. Alle drei hoben immer wieder schnuppernd die Schnauzen und spitzten die Ohren. Tim tat es ihnen nach, konnte aber nichts riechen oder hören.

»Fangen wir an!«, rief Tim ungeduldig und ging zwei Schritte ins Rohr hinein. Dort kratzte er mit der rechten

Ferse eine Startlinie durch den Dreck und setzte Blackbeard auf ihr ab. Hinter ihm ging er selbst in Startposition. Dabei achtete er darauf, das Knie nicht im Dreck abzusetzen. Angespannt atmete er tief durch. Das hier war der erste wirkliche Test. Jetzt würde er erfahren, wozu Blackbeard in der Lage war, wenn es auf einer längeren Strecke und geradeaus gegen ein vierbeiniges Kaninchen ging.

Pascal positionierte sich mit Fersengeld neben Tim. Ihre Schultern berührten sich in der Enge des Kanals. Lissy stand in Schrittstellung hinter ihnen, die Lampe in der Rechten, Goliath zu ihren Füßen. Mit lauter, hallender Stimme gab sie das Startsignal.

»Auf die Pfoten. Fertig. Los!«

Die Kaninchen wetzten los. Ihre Krallen schabten über den Beton, sie fanden weniger Halt als in der Erde. Tim und Pascal schnellten hinterher, und hinter ihnen folgten Goliath außer Konkurrenz und Lissy mit der Lampe. Das Licht wackelte auf und ab, Tim und Pascal warfen lange schlenkernde Schatten auf ihre Kaninchen. Es war so eng, dass ihre Schultern ständig zusammenstießen. Weil sich keiner einen Vorsprung erarbeiten konnte, rempelten sie wieder und wieder aneinander. Keiner zog zurück, keiner erwartete es vom anderen – das hier war ernst. Längst achteten sie auch nicht mehr darauf, ob sie in den Dreck traten.

Blackbeard wetzte ein paar Schritte vor ihnen, und Fersengeld stürmte mit riesigen Sprüngen davon. Sein Vorsprung wuchs mit jeder Sekunde.

Unvermittelt blieb Blackbeard stehen und schüttelte den Kopf. Tim bremste und kam schlitternd zum Stehen. Pascal setzte über Blackbeard hinweg, landete schmatzend im Dreck und rannte weiter. »Ferse! Stopp!«

Fersengeld rannte weiter.

»Ferse!«

Tim nahm Blackbeard auf den Arm und kraulte ihn. Er murmelte: »Gut gemacht, Junge.«

Blackbeard schmiegte sich an ihn, sie wussten beide, dass Tim gerade gelogen hatte. Das bisschen Hoffnung, das er sich in letzter Zeit gemacht hatte, war verschwunden. Die Niederlage gegen Fersengeld war deutlich gewesen, sie würden beim Rennen nicht die geringste Chance haben.

Goliath stürmte vorbei, Lissy hintendrein.

Weit vorne, gerade noch in Reichweite der Taschenlampe, sah Tim, wie Fersengeld stehen blieb, sich kurz umsah und weiterrannte.

»Ferse, verdammt!«, schrie Pascal, und Tim lächelte müde. Vielleicht hatten die beiden eine Chance, es Arno zu zeigen. Für Tim und Blackbeard gab es nichts zu gewinnen. Nie hätte er sich etwas anderes vormachen dürfen. Es war seine Schuld, er hatte seinen Vater hängen lassen. Blackbeard hatte alles gegeben.

Vielleicht habt ihr ja trotzdem Glück?, sagte eine Stimme in seinem Hinterkopf. Aber es war eine leise Stimme, die rasch wieder verstummte. So viel Glück, wie sie bräuchten, gab es nicht – nicht mal am Ende des Regenbogens.

»Wo führt der Tunnel hin?«, schrie Pascal.

»Keine Ahnung!«, rief Lissy.

Auch Tim wusste es nicht. So weit war er noch nie drinnen gewesen. Dunkel und eng, ein passender Ort, um seine letzten Hoffnungen zu begraben. Und mit jedem Augenblick wurde er dunkler, denn Lissy hatte das Licht und verschwand mit ihm in der Ferne. Hastig rannte Tim hinterher, um nicht von der Finsternis verschluckt zu werden.

Die Luft wurde muffig, und Tim fragte sich, ob wirklich nur Regenwasser in das Rohr gespült wurde. Endlich blieb Fersengeld stehen und ließ sich einholen. Inzwischen mussten sie weit unter Niederrhode sein. Stolz hob Pascal ihn hoch. »Ferse, das war ein Sieg. Triumph mit Pauken und Trompeten.«

»Kanalsieger«, murmelte Tim so leise, dass es niemand hörte. Er hielt Blackbeard fest und wünschte, die Kaninchenflügel seines Vaters würden doch funktionieren. Mit ein bisschen Glück ...

Nur wenige Meter vor ihnen knickte das Rohr ab.

»Ich schau mal, was dahinter ist«, sagte Lissy und leuchtete um die Ecke.

»Und?«, fragte Pascal.

»Nichts.«

»Was heißt nichts?«

»Es geht einfach weiter, kein Ende in Sicht. Und der Dreckstreifen wird breiter.«

Sie drehten um, liefen den langen Weg zurück und traten mit einem Aufatmen hinaus in die frische Luft und das Tageslicht. Blackbeard zappelte und sprang zu Boden, sobald sie das Rohr verlassen hatten. Keiner von ihnen wollte noch einmal hinein. Der glatte Boden, die fehlenden Hindernisse, die Dunkelheit – es war keine gute Trainingsstrecke.

»Blackbeard hat das echt cool gemacht«, lobte Pascal. »Für nur drei Beine.«

»So kann er nicht gewinnen«, entgegnete Tim nur.

»Kopf hoch. Das war das erste Mal. Wir müssen nur weitertrainieren.«

Tim nickte, aber er wusste, dass Pascal einfach nett sein wollte. Jetzt ging es nur noch darum, nicht Letzter zu werden. Sie sahen in Richtung Wald, aber dort gab es keine Zäune zur Begrenzung, nur wilde Tiere. Wenn ihnen Fersengeld dort abhaute, konnte das böse enden.

Also gingen sie zu Tim. Pascals Mutter durfte sie nicht sehen, und Lissys Familie besaß keinen Garten. Sie schützten die Beete und übten kurze Sprints. Sie machten Geschicklichkeitsübungen und abwechselnd Liegestütze mit den Kaninchen auf den Rücken, dann ließen sie die Kaninchen durch Reifen springen.

Für den nächsten Nachmittag, den Samstag, verabredeten sie sich auf dem Gelände der Schauerwerke.

Pascal kam schon nach dem Frühstück zu Tim, um mit dem Freigehege für ihre Kaninchen zu beginnen. Oma hatte ihnen erlaubt, dafür ein Viertel des Gartens zu verwenden – höchstens ein Viertel. Also maßen sie genau ein Viertel der Breite ab und schlugen auf der ganzen Länge Markierungspflöcke in den Boden. Das wäre ein schmales, lang gestrecktes Freigehege, aber so konnten sie es auch als kurze Rennstrecke nutzen.

»Wartet mal, Jungs«, sagte plötzlich eine Stimme hinter ihnen, und als Tim sich umdrehte, nickte ihnen Opa zu. Er trug eine abgetragene Jeans mit ausgebeulten Knien und seinen alten Arbeitspulli. Die groben Arbeitshandschuhe hatte er sich an den Gürtel gehakt. »Das ist zu wenig, die beiden brauchen den ganzen Garten.«

»Aber Oma hat gesagt …«, fing Tim an.

»Ich habe mit ihr geredet. Wir klappen unsere Sonnenstühle im Sommer einfach im Freigehege auf. Was spricht dagegen, inmitten von Kaninchen zu lesen?«

Pascal grinste.

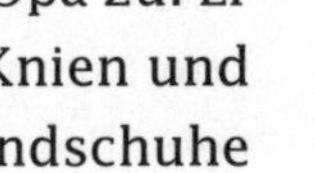

»Dann lasst uns anfangen«, sagte Opa und rieb sich die Hände. »Drei kräftige Männer wie wir werden so ein Gehege doch ruckzuck fertigbekommen.«

Tim kniff ein Auge zu. »Ich dachte, du wolltest mir nicht mehr helfen?«

»Papperlapapp. Ich habe gesagt, ich trainiere dich nicht mehr. Von handwerklicher Unterstützung war nie die Rede. Außerdem ist das ja für Blackbeard. Warum sollte er unter deinem Fehler leiden?«

Tim antwortete nicht. Bislang hatte Opa Blackbeard für einen einzigen Fehler gehalten, aber darauf würde er ihn bestimmt nicht hinweisen. Zu einer größeren Entschuldigung war Opa nicht in der Lage, doch das war auch nicht wichtig. Er war hier, nur darauf kam es an.

»Eben«, sagte Opa, und sie setzten gemeinsam die Begrenzungspflöcke um. Schon bald steckten die meisten direkt neben dem Zaun in der Erde. Sie stellten sich in die Gartenmitte und begutachteten ihr Werk. Opa nickte zufrieden.

»Das sieht irgendwie komisch aus«, sagte Pascal vorsichtig. »Zwei Zäune nur eine Fußlänge hintereinander.«

»Du hast recht.« Opa kratzte sich am Kinn. »Außerdem kommt man da nicht mit dem Rasenmäher rein. Wir müssen alles ein Stück verschieben.«

In der Garage maß Opa die Achsenbreite des Rasenmähers, und sie setzten die Pflöcke noch vierzig Zentimeter zurück.

»Maßarbeit.« Opa hob den Daumen.

»Wo dreht man eigentlich mit dem Rasenmäher um?«, fragte Pascal.

»Das muss man nicht«, widersprach Opa. »Wer hier mäht,

geht einfach stur voran. Einmal ums Grundstück herum und fertig.«

»Der Rechen ist breiter als der Rasenmäher«, gab Tim zu bedenken.

»Ich blöder Tatterochse!« Opa schlug sich gegen die Stirn, dass es klatschte.

Sie gingen zurück in die Garage und maßen den Rechen ab. Zur Sicherheit rechnete Opa fünf Zentimeter dazu. Nach einem Kontrollblick durch die Garage, ob sie kein anderes Gerät vergessen hätten, verschoben sie die Markierungspflöcke um weitere dreißig Zentimeter.

»Wir müssen die Gitter mindestens zwei Handbreit in der Erde versenken oder gesonderte Stahlplatten reinklopfen, damit sich die Kaninchen nicht unten hindurchbuddeln«, erklärte Opa ihnen, obwohl sie das schon aus Kaninchenkunde wussten. Er wischte sich über die Stirn. Die Sonne stand fast im Zenit. »Am besten, wir beginnen in der hinteren Ecke.«

»Herr Köhler?«, fragte Pascal und legte den Kopf schief und die Stirn in Falten. »Wird das nicht sehr eng, wenn man mit dem Mäher um die Ecke will? Müssten wir nicht seinen Wendekreis berücksichtigen?«

Opa riss die Augen auf und stand einen Moment lang einfach reglos da. Dann wuschelte er Pascal über den Kopf. »Gut aufgepasst, das war Rettung in letzter Sekunde.«

Pascal sah sehr zufrieden mit sich aus. Tim wurde in die Garage geschickt, um den Rasenmäher zu holen. Ohne den Motor anzuwerfen, schoben sie ihn abwechselnd um alle Ecken des Grundstücks. Die abgemessenen Fahrwege markierten sie mit zwei Pflöcken, während sie die ursprünglichen Eckpunkte herauszogen.

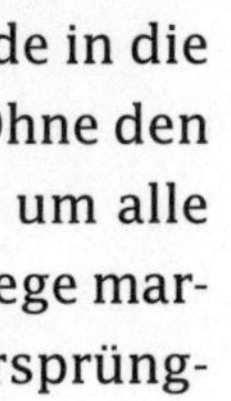

»Jetzt überlegt noch mal«, verlangte Opa. »Haben wir alles bedacht?«

Grübelnd sahen sie sich um. Durch das ständige Umsetzen der Pflöcke war der Boden mit zahlreichen Löchern übersät. Es sah aus wie nach einem Einfall von zwei Dutzend Maulwurfshorden.

In diesem Moment kam Oma heraus und sagte, das Mittagessen sei fertig. Sie blickte sich um. »Habt ihr was geschafft?«

»Wir haben den Platz perfekt genutzt«, sagte Opa stolz und erklärte ihr, wie sie dank genauer Überlegungen den Abstand zwischen Zaun und Gehege so klein wie möglich gehalten hatten.

»Warum nehmt ihr nicht den Gartenzaun als Begrenzung? Ist das nicht einfacher?«, fragte Oma. »Der ist schon da.«

»Den Zaun?« Opa klappte der Mund auf.

»Ja«, sagte Oma und eilte wieder hinein. »Wascht euch die Hände.«

Mit hängenden Köpfen folgten ihr die beiden Jungen und Opa. Eine einzige Frage hatte die Arbeit eines Vormittags zunichtegemacht.

Aber schon beim Mittagessen konnten sie lauthals darüber lachen, schließlich sparte ihnen Omas Vorschlag viel Arbeit. Der Zaun war fast mannshoch, darüber konnten keine Hunde, Katzen oder Füchse springen. Die feinen Maschen verhinderten, dass Marder eindrangen oder die Kaninchen ausbrachen. Opa nahm sich für den Nachmittag vor, die Löcher im Boden zu stopfen und den Zaun auf Lücken zu kontrollieren. »Damit Blackbeard und Fersengeld nicht abhauen.«

Dann mussten sie nur noch ein paar Büsche pflanzen

und Häuschen aufstellen, um Raubvögeln den nötigen Ein- und Ausflugwinkel zu nehmen.

Nach dem Essen eilten Tim und Pascal zum Training. Unterwegs kam ihnen der joggende Arno entgegen, einen Pulsmesser um den rechten Oberarm. Jakob hechelte ihm als Wasserträger mit zwei Trinkflaschen hinterher, ihm folgte ein drahtiger Trainer mit Sonnenbrille und Stoppuhr. Sein Trikot war mit *Team Messmann* beflockt, und er rief irgendwelche Zahlen nach vorn. Der Bürgermeister scheute keine Kosten, um seinen Sohn aufs Rennen vorzubereiten.

Zwei Straßen weiter überholten sie Lissys Cousin Mario. Tim trat mit aller Kraft in die Pedale, um ihn richtig zu besiegen, weil er Lissy bei der Weihe hatte hängen lassen.

»Dein Tempo langt nicht mal für ein Zwergkaninchen!«, rief Tim ihm zu, als er vorbeipreschte.

Pascal schrie: »Geh doch nächstes Mal zur Schneckenweihe!«

Mario brüllte Tim hinterher: »Mit deinem Krüppel kommst du nicht an mir vorbei!«

»Ach ja?« Tim lachte, weil er keine Schwäche zeigen wollte. Blackbeard drehte sich lässig zu Mario um. Er schien zu grinsen, der Fahrtwind klappte seine Ohren um.

Im Training gewann Pascal mit Fersengeld jedes Rennen, und auch Goliath war meist schneller als Blackbeard.

Erst in der Dämmerung kehrte Tim nach Hause zurück, verschwitzt, verdreckt und vollkommen erschöpft. In der Garderobe zog er die Schuhe von den Füßen und warf die Jacke über einen Haken. Dabei schaute er nach der Trillerpfeife. Sie hing noch immer am Haken. Was das Training betraf, blieb Opa tatsächlich stur.

Im Bett warf Tim noch einen Blick auf Rübenzahls Namensschild, bevor er das Licht löschte. Er hatte es so an der Wand aufgehängt, dass sein letzter Blick am Abend und sein erster am Morgen darauf fiel. Damit er sich immer daran erinnerte, für was und für wen er trainierte.

Er zog sich die Decke bis ans Kinn. Seinen Vater hatten sie Kneifer genannt, ihn nannten sie Krüppler. So sehr er es verabscheute, in gewisser Weise brachte es ihm seinem Vater näher. Sie waren beide Außenseiter, gehänselt und verlacht von der großen Mehrheit. Sie waren sich ähnlich. Auch wenn Tim nicht gewinnen konnte – für seinen Vater würde er rennen, bis er umfiel.

Flügel und Kneifer

Am Montag stand Tim so früh auf wie noch nie in den Ferien. Es war der erste Tag der neuen Woche, heute konnte er beim alten Schwarzenbacher die Flügel seines Vaters abholen. Dann fiel ihm wieder ein, dass Oma ihm verboten hatte, vor neun Uhr bei anderen Leuten zu klingeln. Die Hasenuhr in der Küche zeigte noch nicht einmal acht, als er gefrühstückt hatte. Noch eine Stunde. Er sah nach Blackbeard und rannte ein wenig mit ihm. Dann durchwühlte er Opas Holz, das Altmetall und den Werkzeugschrank nach Dingen, aus denen er Hindernisse bauen konnte.

Endlich war es fünf vor neun.

Als er sich gerade aufs Rad schwingen wollte, sagte Oma: »Wenn du schon so früh auf bist, kannst du ja dein Zimmer aufräumen.«

Weil Protestieren nichts half, lief er hoch und warf schnell alles, was auf dem Boden lag, in eine Kiste, egal, ob es dort hineingehörte oder nicht.

»Hast du Zähne geputzt?«, fragte Oma, und er tat auch das. Anschließend zwang sie ihn, die Hindernisse wieder vom Rasen zu nehmen. Obwohl er ihr erklärte, was das sollte, nannte sie es Abfall und Unordnung. Dann rief

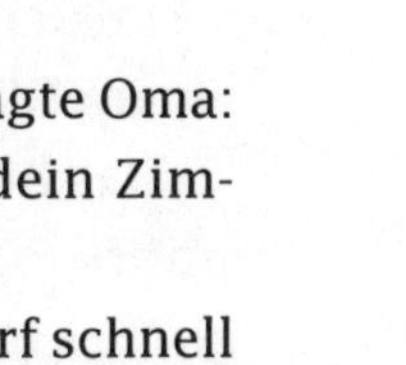

Pascal an, dann Lissy, und dann musste er wiederum Pascal anrufen. Anschließend verbot ihm Oma, aus dem Haus zu gehen, weil es gleich Mittagessen gab. Es war kurz vor eins, bis Tim endlich loskam. Morgen würde er ausschlafen.

»Komm rein«, begrüßte ihn der alte Schwarzenbacher und führte ihn wieder in die Werkstatt. »Magst du eine Cola?«

Tim nickte, obwohl er vor allem die Flügel wollte und nicht noch mehr Zeit vertrödeln.

Der alte Schwarzenbacher fischte zwei Flaschen aus einem alten Kühlschrank hinter der Tür. Irgendwer hatte ihn schwarz angepinselt, und er war über und über mit Notizzetteln, Postkarten und kleinen Plänen behängt. Sie wurden von Magneten in Form von Fratzen und Sauriern gehalten.

Mit einer geübten Bewegung öffnete er die Flaschen an der Schraubstockkante, der Krokodilskopf von letzter Woche war verschwunden. Eine reichte er an Tim weiter. »Brauchst du ein Glas?«

Tim schüttelte den Kopf. »Oma will immer, dass ich aus einem Glas trinke.«

»Das hier ist eine Werkstatt, da sind Flaschen das einzig Wahre.« Der alte Schwarzenbacher setzte sich auf eine große Kiste neben der Werkbank. Sie hatte einen gewölbten Deckel und dunkle Metallbeschläge, auf der Seite prangte ein ausgebleichtes Wappen.

Tim hockte sich auf den hundertfach eingekerbten Hackstock daneben und ließ den Blick über das ringsum herrschende Chaos schweifen. Es wirkte nicht unaufgeräumt, sondern lebendig. Manche der Unverworteten waren unheimlich, aber sie machten ihm keine Angst. Sie machten ihn neugierig. Er fühlte sich wohl in der Werkstatt und verstand plötzlich, dass sein Vater oft hierhergekommen war.

»War mein Vater wirklich Ihr Freund?«, fragte Tim.

»Ja«, sagte der alte Schwarzenbacher. »Soweit Kinder und Erwachsene befreundet sein können, wenn sie nicht verwandt sind.«

»Wieso können sie das nicht?«

»Es ist eben unüblich. Wir bewegen uns meistens in unterschiedlichen Kreisen, wie man so schön sagt. Oder hast du erwachsene Freunde?«

Tim überlegte. Seine einzigen richtigen Freunde im Moment waren Pascal und Lissy, ein Erwachsener fiel ihm nicht ein. »Nein.«

Sie tranken noch einen Schluck, dann erhob sich der alte Schwarzenbacher. »Ich hol mal die Flügel.«

Er sagte es, als wäre es nichts Besonderes, aber Tims Herz schlug auf einmal schneller. Gleich würde er Rübenzahls Flügel bekommen, Flügel, die sein Vater gemacht hatte. Erwartungsvoll sah er dem alten Schwarzenbacher hinterher, wie der zu einem großen dunklen Eichenschrank ging und den großen Bronzeschlüssel umdrehte, der im Schloss steckte. Es klickte laut, und als er die schiefe Tür aufzog, schrabbte Holz über Holz. Hundert Dinge stapelten sich darin übereinander, nur auf dem mittleren Brett lag einzig ein Flügelpaar. Bedächtig holte es der alte Schwarzenbacher aus dem Schrank und legte es vor Tim auf die freie Fläche der Werkbank. Die rechte Membran war an zwei Stellen eingerissen und auf der Schnalle des Rückengurts klebte etwas Flugrost, davon abgesehen sah die

ganze Konstruktion gepflegt aus. Die Flügel waren wunderschön geschwungen und ausgestreckt etwa viermal so lang wie Blackbeard. Ehrfürchtig griff Tim danach, und in ihm stieg der sehnliche Wunsch auf, sie würden funktionieren. Er drückte auf den Einschaltknopf, und die Flügel begannen tatsächlich zu schlagen. Sein Herz pochte, als wollte es den Brustkasten sprengen.

»Damit kann man wirklich nicht fliegen?«, fragte er und hielt sie mit der ausgestreckten Rechten in die Höhe. Sie zogen an ihm, aber nicht fest. Trotzdem packte ihn plötzlich die wilde Hoffnung, dass sie Blackbeard tragen könnten. Nicht bis zu den Wolken hinauf, nur voran, schneller als jedes vierbeinige Kaninchen.

»Nein.«

»Und wenn man sie weiterentwickelt?« Tim wollte die Hoffnung nicht gleich begraben. Er stellte sich das enttäuschte Gesicht vor, das Arno machen würde, wenn Blackbeard die anderen lässig in der Luft überholte. Grinsend dachte er an Carsten, wie der mit hochrotem Kopf tobte, dass das gegen die Regel sei, weil Paragrafen einen nicht fliegen ließen, niemals. Tim verdrängte den Gedanken an ein Flugverbot.

»Nein«, sagte der alte Schwarzenbacher noch einmal. »Wir haben damals alles probiert.«

»Schade.« Tim schaltete die Flügel aus und legte sie vorsichtig zurück. »Kennen Sie eigentlich meinen Opa?«

»Ja.«

»Warum haben Sie die Flügel nicht ihm gegeben?«

Der alte Schwarzenbacher zögerte einen Augenblick, dann sagte er: »Das wollte dein Vater nicht.«

»Warum nicht?«

»Es war eine schwierige Situation damals. Dein Opa hatte noch am Tag des Rennens versucht, deinen Vater zum Startpunkt zu schleppen. Er ist ziemlich laut geworden, und dein Vater ist mit Rübenzahl ausgebüchst und hat sich den ganzen Tag im Wald versteckt. Sie waren beide enttäuscht voneinander, haben aber nicht miteinander geredet. Nicht einmal deine Oma konnte zwischen ihnen vermitteln. Sie war überzeugt, dass dein Vater Angst vor dem Versagen gehabt hatte. Dass zu viel Druck auf ihm gelastet hat, aber dein Opa wollte davon nichts wissen. Er war der Meinung, Druck sei nur eine Ausrede für Drückeberger. Und dein Vater hat sich geschämt, dass er nicht angetreten ist, und auch, dass er deinen Großeltern nicht die Wahrheit gesagt hat, aber er wusste nicht, wie er das tun sollte. So ist das, wenn man sich schämt.«

»Welche Wahrheit?«, stieß Tim hervor.

»Warum er nicht angetreten ist.«

»Ich dachte, er ist schrecklich gestürzt und hatte Angst um Rübenzahl?« So hatte es ihm Opa erzählt.

»Das stimmt nur zur Hälfte.«

»Woher wissen Sie das?«

»Wenn man tagelang zusammen arbeitet, bespricht man so einiges. Die Hände sind beschäftigt, aber der Kopf nur zum Teil. Wir haben viel geredet, und irgendwann auch über den Sturz.«

Tim wartete angespannt, aber es kam nicht mehr. »Ja, und?«, drängte er. »Was hat mein Papa gesagt?«

Der alte Schwarzenbacher musterte ihn aufmerksam, dann fragte er: »Willst du noch eine Cola?«

»Nein.« Tim wollte keine Cola, er wollte die Wahrheit.

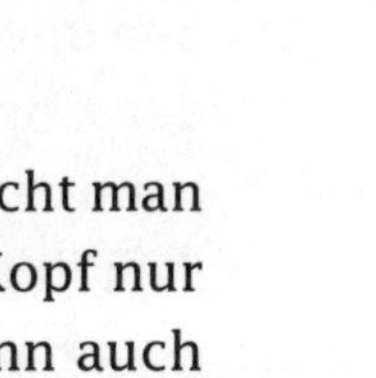

Aber anstatt zu erzählen, stand der alte Schwarzenbacher auf, ging gemächlich zum Kühlschrank und holte sich selbst eine neue.

»Könnte ich doch eine haben?«, fragte Tim schnell. Sein Mund war plötzlich ganz trocken und die Flasche vor ihm leer. Außerdem sagte er sich, dass er vielleicht nicht fortgeschickt werden würde, solange er etwas zu trinken hatte. Da waren Erwachsene gern höflich.

Lächelnd reichte ihm der alte Schwarzenbacher die neue Flasche. »Wie du weißt, drehen wir alle ein wenig durch, wenn es zum Großen Rennen kommt. Manche mehr, manche weniger, aber wichtig ist es jedem von uns. Ich habe zitternde Mädchen gesehen, die mit glühendem Fieber angetreten sind, und gipsbeinige Jungs auf Krücken. Obwohl sie nicht die geringste Chance hatten, hat die ganze Familie sie mit Rufen vorangepeitscht. Keinen hat es gekümmert, dass so das Fieber und der Fuß schlimmer wurden, weil es viel wichtiger war, beim Rennen dabei zu sein. Natürlich geht es bei einem Rennen immer um das Gewinnen, sonst könnte man ja auch gemeinsam spazieren gehen und sich die Medaillen sparen. Nur der Sieger wird in den Sockel graviert, und trotzdem ist es wichtig, überhaupt anzutreten, denn das Rennen bedeutet den ersten Schritt zur Aufnahme in die erwachsene Gemeinschaft. Es geht darum, vor den Augen aller alles zu geben, sich gegenseitig zu necken und doch zusammenzugehören. Denn eigentlich geht es ums Verlieren. Man soll lernen zu verlieren.«

»Ich will aber nicht verlieren«, rutschte es Tim heraus, obwohl er es würde.

»Niemand will das. Darum soll man es ja lernen. Wo es

nur einen Gewinner gibt, sind alle anderen Verlierer. Und genau das soll man beim Rennen fürs Leben lernen.«

Tim starrte den alten Schwarzenbacher an. Es klang irgendwie logisch, aber er wollte trotzdem nicht verlieren. Und er verstand nicht, was das mit seinem Vater zu tun hatte.

»Als dein Vater nicht angetreten ist, hat er das alles infrage gestellt. Jetzt gab es nicht nur einen Gewinner und viele Verlierer, sondern auch einen, der sich verweigerte. Einige behaupteten, damit zeige er, dass er nicht zur Niederrhoder Gemeinschaft gehören wollte. Andere vermuteten, dass er es nicht ertragen hatte, Favorit zu sein. Schon der zweite Platz wäre zu wenig gewesen, und sie dachten, ähnlich wie deine Oma, ihn hätte die Angst vor dem Versagen in Panik versetzt. Manche konnten das sogar verstehen, aber die meisten waren einfach verärgert, dass er dem Sieger keinen vollen Sieg gegönnt hatte.«

»Was?«, rief Tim. »Der Schraubenmüller hat doch nur gewonnen, weil mein Vater nicht angetreten ist. Papa hat ihm den Sieg erst ermöglicht!«

Der alte Schwarzenbacher lächelte. »Genau darum ging es: Niemand weiß, wer gewonnen hätte, genug Favoriten haben schon verloren. Aber dein Vater hat sich nicht besiegen *lassen*. Jeder konnte nun also zum Schraubenmüller sagen, er habe nur gewonnen, weil dein Vater nicht dabei gewesen sei. Und dein Vater hätte immer sagen können: *Mich hast du aber nicht besiegt.*«

»Hat er das getan?«, fragte Tim bang. Er hoffte nicht.

»Nein, niemals.« Der alte Schwarzenbacher schüttelte nachdrücklich den Kopf. »Ich wollte dir nur erklären, warum so viele Leute sauer auf ihn waren, auch dein Opa.

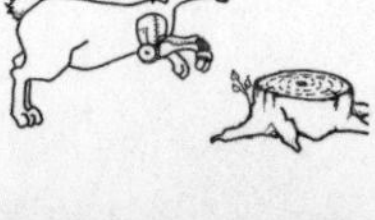

Dein Opa fühlte sich schuldig. Er dachte, er hätte deinen Vater falsch erzogen; deshalb konnte er ihm anfangs so schwer verzeihen. Und deshalb hat dein Vater sich auch so geschämt, dass er nicht angetreten ist.«

»Hatte er wirklich so viel Angst davor zu verlieren?«

»Nein. Er hatte Angst anzutreten. Ich habe ja gesagt, dass wir alle ein wenig durchdrehen, wenn es zum Rennen kommt.« Der alte Schwarzenbacher nahm einen tiefen Zug aus seiner Flasche und wischte sich mit dem Handrücken über die Lippen.

»Mein Vater ist durchgedreht?«, entfuhr es Tim.

»Er nicht, nein, aber drei Jungen, die seinen Sturz damals verursacht haben. Sie lauerten ihm im Wald auf und stellten ihm ein Bein. Sie haben ihm gedroht: Das kann dir auch im Rennen passieren. Aber er hat nur gelacht: Dafür müsst ihr Kriecher mich erst einmal einholen. Er war Drohungen gewohnt und rappelte sich auf. Doch sie haben ihn wieder zu Boden gestoßen und auf ihn gespuckt. Einer hat den Fuß auf seinen Unterschenkel gesetzt und angekündigt, ihm das Bein zu brechen. Dein Vater hat geknurrt: Rübenzahl und ich schlagen euch sogar auf Krücken. Natürlich hatte er unglaubliche Angst, aber er zeigte sie nicht. Sie traten ihm gegen das Knie und drohten, seinen Kopf jede Woche in die Schultoilette zu tunken, aber er hat nur mit den Schultern gezuckt, weil er hoffte, sie würden es nicht tun. Wenn doch, musste er eben die Luft anhalten und bis zum Rennen durchhalten. Danach würden sie aufhören. Aber dann hat sich der Anführer zu ihm heruntergebeugt und gesagt, er werde Rübenzahl entführen und an die wilden Füchse im Wald verfüttern, sollte dein Vater antreten. Und wenn ich keinen Fuchs finde, ertränke ich das dreckige Karnickel, hat er auch noch gesagt. Da hat dein Vater aufgegeben.«

Tim hatte seine Hände in die Werkbank gekrallt, ohne es zu merken. Mit zitternder Stimme fragte er: »Wer waren die drei?«

»Ich weiß es nicht. Dein Vater sagte, sie waren maskiert, aber ich glaube, er wollte mir die Namen nur nicht nennen. Bestimmt hatte er sie an der Stimme, der Kleidung und der Statur erkannt. Er hat mich schwören lassen, es niemandem zu erzählen, weil die drei Rübenzahl auch dann verfüttern wollten, wenn er petzen würde.«

»Ich wette, der Anführer war der Schraubenmüller«, stieß Tim voller Zorn hervor.

»Wie kommst du darauf?«

»Weil er gewonnen hat. Ihm hat es am meisten genutzt, dass mein Vater nicht angetreten ist, oder? Wer hatte denn sonst etwas davon?«

»Vor dem Rennen weiß niemand, wer gewinnt. Es hätte jeder sein können, der überzeugt war, ohne deinen Vater zu gewinnen.«

»Trotzdem!«, beharrte Tim.

Der alte Schwarzenbacher schüttelte den Kopf. »Nein, Tim. Dein Vater hat bitter gelächelt und gesagt, selbst das Drohen habe ihnen nichts genützt. Das klang nicht so, als hätte einer der drei gewonnen.«

Tim biss sich auf die Lippe, die zweite Cola hatte er noch immer nicht angerührt. Wenn die drei maskiert gewesen waren, konnte nicht einmal sein Vater sicher gewesen sein. Hundert Fragen tobten durch Tims Kopf, und er wusste nicht mehr, was er von seinem Vater halten sollte. Warum war er nicht zu Opa gegangen? Opa hätte Rübenzahl

bestimmt beschützt. Oder er hätte wenigstens verstanden, warum sein Vater gekniffen hatte.

Nein, korrigierte sich Tim sofort, er hatte nicht gekniffen, er war erpresst worden! Bedroht! Es war nicht seine Schuld! Aber ein nagender Gedanke ließ ihn nicht los: Warum hatte sein Vater sich einschüchtern lassen? Warum hatte er nicht gekämpft? Hatte er also doch gekniffen? »Glauben Sie, dass mein Vater ein Feigling war?«

»Nein«, sagte der alte Schwarzenbacher, ohne zu zögern. Er wirkte überrascht.

»Warum hat er sich dann nicht gewehrt?«

»Das hat er doch! Er war allein gegen drei und hat sie ausgelacht und verhöhnt. Das ist ganz und gar nicht feige, sondern vielleicht sogar mutiger, als es gesund ist.« Er lächelte, und seine klaren blauen Augen funkelten. »Erst als sie nicht nur ihn bedroht haben, sondern Rübenzahl, hat er nachgegeben. Für Rübenzahl fühlte er sich verantwortlich, für ihn hätte er alles getan, und so hat er für ihn auch seinen Traum vom Sieg aufgegeben. Es ging um Rübenzahls Leben, nicht nur um ein gebrochenes Bein. Selbst als ihn alle Kneifer genannt haben, hat er das für sein Kaninchen stumm ertragen, er ist unter dem Hohn und den Hänseleien nicht eingeknickt. Ich glaube zwar, er hätte sich besser deinem Großvater anvertrauen sollen, und das noch vor dem Rennen, aber er hat sich anders entschieden. Das war wohl falsch, aber feige war seine Entscheidung ganz bestimmt nicht. Dein Vater war ein tapferer und großartiger Junge.«

Tim hatte auf einmal einen Kloß im Hals. Er griff nach der Cola und nahm einen langen Zug, aber der Kloß ließ sich nicht hinunterspülen.

»Warum haben Sie es bisher niemandem gesagt?«

»Ich hatte deinem Vater versprochen zu schweigen. Nur er hatte das Recht, mich von dem Versprechen zu entbinden.«

»Und warum haben Sie es dann mir gesagt?«

Der alte Schwarzenbacher seufzte. »Du bist sein Sohn. Ich glaube nicht, dass Floh gewollt hätte, dass du ein falsches Bild von ihm bekommst. Ganz sicher hätte er dir die ganze Geschichte noch vor deinem Rennen erzählt. Und sei es nur, damit du daraus lernst.«

Tim wusste nicht genau, was er daraus lernen sollte, aber er nickte. Es war befreiend, endlich die Wahrheit zu kennen. Langsam trank er seine Cola aus und sah immer wieder zu den Unverworteten hinüber. Jetzt verstand er, warum sein Vater einen gebaut und wieder zerstört hatte.

Zu Hause stapfte Tim mit den Flügeln in der Hand sofort in den Garten. Opa hatte inzwischen Omas Beete eingezäunt, der Rest war zum Freigehege für die Kaninchen ernannt worden. In der hinteren Ecke stand ein kleines Holzhäuschen, in das sich die Tiere jederzeit zurückziehen konnten. Opa wollte noch ein größeres bauen und vielleicht ein drittes sowie einen Reifen zum Durchspringen und verschiedene Hindernisse. Ein weißer Schmetterling torkelte quer über das Grundstück hinweg.

Tim rief nach Blackbeard. Der kauerte in der hinteren Ecke, fraß Gras und reagierte nicht. Noch war er nicht ganz an Tims Stimme gewöhnt. Vielleicht wollte er auch nicht, Piraten waren schließlich nicht gut im Gehorchen. Also ging Tim hinüber, legte die Flügel ab und nahm Blackbeard

auf den Arm. Für Erziehung war später noch Zeit. »Na, bist du ein tapferes Kaninchen?«

Blackbeard stupste ihn übermütig mit der Nase gegen das Kinn.

»Dachte ich mir.« Er kraulte ihn noch eine Weile hinter den Ohren, dann hockte er sich ins Gras, ohne Blackbeard loszulassen. Er griff sich die Flügel mit der Rechten und legte sie dem Kaninchen auf den Rücken. Blackbeard zappelte, aber Tim ließ ihn nicht los.

»Ruhig, Junge«, sagte er und hielt ihn mit der Linken weiter fest, während er mit der Rechten die zwei Flügelgurte unter dem Kaninchenbauch hindurchschob und die Schnallen an der Seite schloss. Es dauerte, denn mit einer Hand war das nicht einfach. In Tims Griff gefangen, warf Blackbeard den Kopf hin und her und verdrehte die Augen.

»Keine Panik, ganz ruhig«, murmelte Tim ununterbrochen und kraulte ihn erneut, sobald er die Schnallen geschlossen hatte. »Aber wir müssen gewinnen. Wir müssen einfach. Und wenn du dafür fliegen musst.«

Blackbeard fauchte wütend, aber Tim presste ihn weiterhin entschlossen gegen seine Brust und ließ ihn nicht entkommen. Was er über seinen Vater erfahren hatte, hatte ihn wütend gemacht. Das Rennen erschien ihm plötzlich ungerecht, und er wollte etwas ändern. Er wollte auch nicht das Verlieren lernen.

»Ich versteh, dass du nervös bist, das waren alle Pioniere der Luftfahrt.« Tim stand wieder auf und piekste sich fast mit dem Flügel ins Auge. Blackbeard war leichter, als Rübenzahl es gewesen war, es war sehr gut möglich, dass die Flügel ihn im Unterschied zu Rübenzahl trugen.

Wenn Tim eine Chance haben wollte, musste er es wenigstens versuchen.

»Fertig?«, fragte er.

Blackbeard starrte ihn wütend an.

Fersengeld sah aus der Ferne zu ihnen herüber und hoppelte sicherheitshalber ein Stück weiter weg.

»Wenn du gewonnen hast, bist du mir dankbar. Du wirst schon sehen.« Tim drückte auf den Einschaltknopf. Die Flügel brummten und schlugen mit ruckelnden Bewegungen. Blackbeard zappelte.

»Hab keine Angst«, sagte Tim und streckte die Hand mit dem Kaninchen über den Kopf. »Ich werfe dich hoch, und du versuchst einfach, eine kleine Runde zu drehen. Bei drei.« Tim sah es richtig vor sich: Blackbeard, wie er bis zu ihrem Nachbarn Gruber hinüberflog, in einem eleganten Bogen umkehrte, zwei Krähen zuwinkte, die ihn blöde anstarrten, und dann ganz sanft landete. »Nicht in Omas Beete, verstanden?«

Blackbeard versuchte vergeblich, sich aus seiner Hand zu winden.

»Jetzt sei kein Köttler, Rübenzahl hat das auch schon probiert«, sagte Tim. »Oder haben sie das Wort Angsthase wegen dir erfunden?«

Blackbeard hörte auf zu zappeln.

»Na also.« Tim suchte den Himmel nach Krähen ab. »Eins.«

Er holte aus. »Pass auf die Satellitenschüssel auf, wenn du so hoch steigst. Und kack dem Gruber ruhig in den Garten, der regt sich immer auf, wenn ein Ball oder das Frisbee rüberfällt.«

Blackbeards Krallen kratzten in sein Handgelenk.

»Zwei. Und …« Tim verstummte. Wie sollte Blackbeard eigentlich auf die Satellitenschüssel aufpassen? Und wie sollte er umkehren? Die Flügel schlugen gleichmäßig, aber Tim hatte keine Lenkvorrichtung gesehen. Blackbeard würde einfach über den Zaun segeln und weiter und weiter geradeaus, bis die Batterien leer waren. Mit Glück wäre das bei Pascals Vater in München, der könnte die Batterien auswechseln und ihn zurückschicken. Aber was, wenn es über dem Meer oder einem See passieren würde? Langsam ließ Tim den Arm sinken. Er wollte Blackbeard nicht verlieren.

Entsetzt darüber, was er fast getan hätte, hatte er auch seinen Griff gelockert, und Blackbeard wand sich aus seiner Hand.

Er flog nicht geradeaus, er stürzte.

Ein wenig bremsten die Flügel seinen Aufprall, aber zu mehr taugten sie nicht. Wütend wetzte Blackbeard los, schlug Haken und mühte sich vergeblich, die noch immer flatternden Flügel abzuschütteln.

»Bleib stehen!« Tim raste hinterher, aber Blackbeard dachte nicht daran. Dreimal rannten sie den Garten rauf und runter, bis Tim das Kaninchen endlich in eine Ecke gedrängt hatte.

»Tut mir leid«, murmelte Tim und ließ sich auf die Knie sinken. »Ehrlich.«

Blackbeard duckte sich.

»Ganz ehrlich.« Tim packte zu, bevor Blackbeard wieder fliehen konnte, und schaltete die Flügel sofort aus. Dann schnallte er sie ab. Dabei konnte er Blackbeards Herz spüren, es schlug viel zu schnell. »Ich weiß, du bist kein Vogel. Das war eine blöde Idee von mir. Tut mir leid, ich mach so was nie wieder.«

Blackbeard sah ihn finster an und fauchte, so leicht wollte er ihm wohl nicht verzeihen.

»Du lebst auf dem Boden, und das soll so bleiben. Wenn ich je wieder so eine Schwachsinnsidee haben sollte …« Tim verstummte und starrte sein Kaninchen an. »Das ist es!«

Blackbeard sah wenig begeistert aus. Ohne darauf Rücksicht zu nehmen, hob Tim ihn auf, griff nach den Flügeln, rannte zu seinem Fahrrad und schnallte Blackbeard auf den Kaninchensitz. Die Flügel faltete er zusammen und klemmte sie auf den Gepäckträger. Wahrscheinlich würde er sie nicht brauchen, aber sicher war sicher. Schon im nächsten Moment raste er quer durch Niederrhode. Wenn das klappte, was ihm gerade eingefallen war, würde Arno tatsächlich ein dummes Gesicht machen. Vor dem Haus des alten Schwarzenbacher legte er eine Vollbremsung hin und lehnte das Rad gegen den Zaun, ohne es abzuschließen. Eilig drückte er auf die Klingel. Blackbeard hielt er auf dem Arm, die Flügel waren noch immer auf dem Gepäckträger festgeschnallt. Besser, er brachte sie in nächster Zeit nicht in die Nähe des Kaninchens.

Die Tür ging auf, und der alte Schwarzenbacher sah ihn erstaunt an. »Hast du was vergessen?«

»Nein. Mir ist was eingefallen. Sie haben meinem Vater bei den Flügeln geholfen. Können Sie mir auch helfen?«, fragte Tim hoffnungsvoll.

Der alte Mann runzelte die Stirn. »Ich hab' dir doch gesagt, dass die Flügel nicht funktionieren.«

»Keine Flügel.« Mit klopfendem Herzen streckte Tim ihm sein Kaninchen entgegen. »Blackbeard braucht ein Bein.«

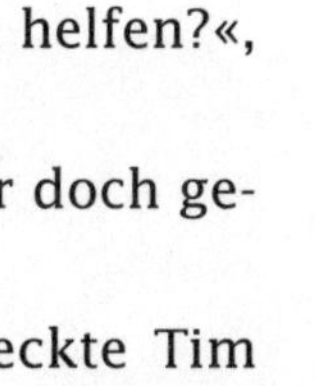

Auf dem Gesicht des alten Schwarzenbachers breitete sich ein schelmisches Lächeln aus, seine Augen blitzten. »Ich glaube, das kriegen wir hin.«

Titan

Fast die gesamten Osterferien verbrachte Tim beim alten Schwarzenbacher. Zumindest die eine Hälfte des Tages, die andere verbrachte er mit Pascal und Lissy und den drei Kaninchen. Weil sie unter der Woche keine richtige Trainingsstrecke hatten, übten sie nur kurze Sprints, kleine Tricks und das Überklettern verschiedener Hindernisse in Tims Garten. Sie redeten viel mit den Tieren und gewöhnten sie so an ihre Stimmen. Im Gegenzug lernten sie die Körpersprache der Kaninchen verstehen, wenn die sich mit sichtlichem Wohlbehagen über die Wiese wälzten oder aus Ärger mit den Hinterläufen auf den Boden trommelten. Sie lernten, auf das Schwänzchen, die sogenannte Blume, zu achten, erkannten aufgeregte Freude am Wedeln, Alarmbereitschaft an der eng angelegten Blume und Entspannung, wenn sie locker getragen wurde.

Manchmal fuhren sie mit den Kaninchen in den Wald oder an die Isach, trauten sich dann aber doch nicht, sie frei laufen zu lassen.

Von seinen Besuchen beim alten Schwarzenbacher erzählte Tim seinen Freunden nichts – er wollte nicht, dass sie ihn für verrückt erklärten. Auch Opa und Oma sagte er nichts – er wollte nicht, dass sie es ihm verboten, weil

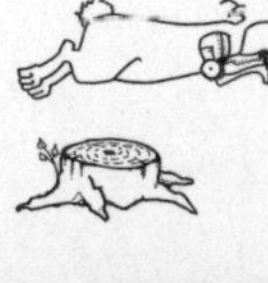

sie den alten Schwarzenbacher für verrückt erklärten. Sie dachten, er war auch vormittags mit Lissy und Pascal unterwegs, während die wiederum glaubten, er wäre bei seinen Großeltern.

Vielleicht waren Tim und der alte Schwarzenbacher ja beide verrückt, aber Tim fand, das ging niemanden etwas an. Jeder Pirat, der etwas auf sich hielt, hatte ein Holzbein. Warum sollte das nicht auch bei Blackbeard funktionieren?

»Ein Holzbein?«, fragte der alte Schwarzenbacher am ersten Tag. »Ich glaube nicht, dass das was bringt.«

»Piraten haben Holzbeine«, beharrte Tim. »Und Sie haben gesagt, Sie würden mir helfen.«

»Genau das habe ich vor.« Er lächelte. »Aber du willst doch, dass er eine Chance hat, oder?«

»Ja.«

»Dann brauchen wir mehr als ein Holzbein.«

Das war ein weiterer Grund, warum er niemanden von seinen Besuchen hier erzählte. Der alte Schwarzenbacher, der eben noch gesagt hatte, man sollte beim Rennen das Verlieren lernen, glaubte daran, dass Blackbeard gewinnen konnte. Er warf nicht das Training hin wie Opa, er nannte Blackbeard nicht Krüppel wie viele, er behauptete nicht wie Oma, ein vierter Platz sei auch schön – er half einfach.

Außerdem wollte Tim allein beim alten Schwarzenbacher sein, weil sein Vater das auch gewesen war. Er wollte die Besuche nicht mit Pascal und Lissy teilen, egal, wie gut sie befreundet waren.

Blackbeard hatte Tim die Sache mit den Flügeln inzwischen verziehen, und Tim hatte sie ganz unten im Schrank versteckt, wo weder Blackbeard noch seine Großeltern darüber stolpern würden.

Am ersten Ferientag maßen der alte Schwarzenbacher und er Blackbeards gesundes Vorderbein aus. Wie lang es war, wie dick und wo die Gelenke saßen. Dann maßen sie den Stumpen, und der alte Schwarzenbacher tastete ihn gründlich ab, um zu prüfen, wie man das neue Bein am besten befestigen konnte.

»Du solltest ab jetzt die Muskeln im Stumpen trainieren«, sagte er. »Blackbeard wird sie brauchen.«

»Wie mache ich das?«, fragte Tim.

»Ich weiß es nicht. Bau ihm eine Art Hantel«, schlug er vor.

»Wie soll er die ohne Finger greifen?«

»Festbinden. Oder mach Armdrücken mit ihm.«

Tim versuchte es, während der alte Schwarzenbacher in den Schränken und in unzähligen Kästchen nach den passenden Bauteilen suchte, nach Schräubchen, Federn, Stäbchen und Gelenkteilen aus Titan und Keramik. Doch Blackbeard war wenig begeistert davon, wie Tim an seinem Stumpen zerrte und drückte. Er wollte nicht festgehalten werden, sondern sich in der Werkstatt umsehen. Also gab Tim auf und setzte ihn auf den Boden. Blackbeard hoppelte los.

»Warum hast du ihn eigentlich ausgesucht?«, fragte der alte Schwarzenbacher und wühlte mit zwei Fingern durch eine verkratzte Dose, in der vor vielen Jahren einmal Handcreme gewesen war.

»Das war ein Versehen.«

»Hast du die Nummern verwechselt? Das ist bei uns damals passiert. Der Andy Höfer hatte einen Zahlendreher,

zwölf statt der gewünschten einundzwanzig. Er ist trotzdem Dritter geworden, weit vor der einundzwanzig.«

»Nein. Ich bin auf Blackbeards Augen reingefallen«, sagte Tim und erzählte von der missglückten Beschnupperung.

»Du glaubst wirklich, das war ein Reinfall?«

Was sollte diese Frage? Jeder wusste, dass ein dreibeiniges Kaninchen ein Reinfall war. Alle nannten ihn deswegen Krüppler. Tim sah zu Blackbeard hinüber, der es trotzdem irgendwie auf die Werkbank hinaufgeschafft hatte. Er erhob sich auf die Hinterbeine und lugte neugierig in einen Metallpott, in dem früher mintgrüne Farbe gewesen war. Seine Augen glitzerten. Tim brachte kein *Ja* über die Lippen. Also fragte er: »Glauben Sie das nicht?«

»Nein.«

»Aber er hat nur drei Beine!«

»Dafür ist er schlauer als die meisten Kaninchen, die ich kenne«, sagte der alte Schwarzenbacher, hörte auf zu suchen und fasste Tim genau ins Auge. Tim hatte das Gefühl, auch zwei der Unverworteten an der Wand würden ihn beobachten. Bei einem dritten war er nicht sicher, an ihm konnte er keine Augen erkennen. »Das vierte Bein bauen wir ihm, das war nicht die Frage. Mögt ihr euch, hast du das Gefühl, ihr gehört zusammen?«

»Ja«, sagte Tim sofort. Natürlich taten sie das, er hatte ihm seinen Namen gegeben, und sie hatten sich verbrüdert.

»Würdest du ihn tauschen? Sagen wir mal, gegen Arnos Kaninchen?«

»Niemals!«, rief Tim so laut, dass Blackbeard zu ihm herübersah.

»Obwohl es schneller ist?«

»Natürlich nicht!«

»Und das nennst du reingefallen?«

»Nein.« In diesem Moment begriff Tim endgültig, dass er nur mit Blackbeard gewinnen wollte. Wenn er es mit ihm nicht schaffte, dann eben nicht. Seinem Vater war Rübenzahl auch wichtiger gewesen, als zu gewinnen. Auch wenn Opa ihm hundertmal eingeschärft hatte, für seinen Vater zu gewinnen, war Tim überzeugt, sein Vater hätte in erster Linie gewollt, dass Tim zu seinem Kaninchen hielt, egal, was passiert. Liebevoll blickte er zu Blackbeard.

Der warf gerade den alten Farbpott um, und hundert kleine Einzelteile rollten über die Werkbank oder fielen zu Boden. Blackbeard hüpfte fröhlich weiter und schien wieder einmal zu grinsen, als Tim und der alte Schwarzenbacher das Chaos aufräumten. Dabei fanden sie ein glänzendes Gelenk, so klein wie ein Fingerknöchel.

»Siehst du?« Der alte Schwarzenbacher hob es zwischen zwei Fingern hoch und hielt es mit leuchtenden Augen vor Tims Gesicht. »Genau das habe ich gesucht. Ich sag doch, der Bursche ist ein ganz schlauer.«

In den nächsten Tagen schliffen, bogen und klopften sie die Einzelteile zurecht, und Tim durfte zum ersten Mal in seinem Leben einen Schweißbrenner benutzen. Währenddessen erkundete Blackbeard jeden Winkel der Werkstatt. Tim hatte ihm eine große Schraubenmutter um den Stumpen gebunden, damit die Muskeln trainiert wurden. Wenn Blackbeard nun gegen etwas Metallisches stieß, erklang ein helles Pling.

»Wenigstens wissen wir so immer, wo er ist«, sagte der alte Schwarzenbacher.

Von Karfreitag bis Ostermontag unterbrachen sie ihre Arbeit, denn die Feiertage gehörten Tims Familie, darauf bestand Oma. Blackbeard beobachtete misstrauisch, wie Tim neben ihm im Garten einen Osterhasen aus Schokolade verdrückte. Lachend bot Tim ihm ein Stück an, aber Blackbeard schüttelte den Kopf und rupfte weiter frisches Gras aus dem Boden.

Am Dienstag nach den Feiertagen begegneten ihm Arno und Jakob auf dem Weg zur Werkstatt.

»Stimmt das?«, rief Arno. »Du lässt deinen Krüppel gegen das Zwergkaninchen eines Mädchens üben? Was soll das werden? Das Trainingscamp der Chancenlosen? Traust dich wohl nicht, gegen richtige Kaninchen anzutreten?«

Arno lachte, und Tim fuhr schneller, um dem Gelächter zu entkommen. Bei aller Hoffnung, die er an das neue Bein knüpfte, hatte er genug Zweifel, ob es funktionieren würde. Zwar lachte niemand über Piraten, aber Piraten mit Holzbein gewannen auch keine Wettrennen.

Wie Zwergkaninchen, dachte Tim, und ihm fiel ein, dass er seine Oma hatte fragen wollen, warum Mädchen nur Zwergkaninchen bekamen. Das würde er heute Abend machen, nahm er sich vor, aber bis dahin hatte er es wieder vergessen.

»Wo kommt der Motor rein?«, fragte Tim am letzten Feriensamstag den alten Schwarzenbacher, als sie das Ersatzbein endlich fertig hatten. Es sah aus wie ein richtiges Kaninchenbein, nur dass es metallisch glänzte und kein Fell hatte. Das Gelenk lief wie geschmiert, eine Federkonstruktion im Innern sorgte für Spannung.

»Nirgendwo«, antwortete der alte Schwarzenbacher.

»Motoren sind beim Großen Rennen verboten. Die Kraft kommt aus der Feder und aus Blackbeards Stumpen.«

»Die Flügel hatten auch einen Motor.«

»Die waren nicht für das Rennen. Mit ihnen wollte dein Vater abhauen, und fürs Abhauen gibt es keine Regeln.«

Tim durfte Blackbeard das Fell oberhalb des nackten Stumpens abrasieren, und der alte Schwarzenbacher fragte: »Vertraust du mir?«

Tim blickte ihn ernst an und nickte. »Ja.«

»Gut. Denn das wird Blackbeard wehtun. Aber dann wird alles gut. Es ist ein besonderes Bein für ein besonderes Kaninchen.« Er holte einen stählernen Fahrradsitz aus dem Schrank und spannte ihn in eine schraubstockartige Halterung an der Werkbank. Dann setzte er Blackbeard in den Sitz und band ihn mit zwei Ledergurten an, den Stumpen befestigte er mit einem weiteren Gurt. Schließlich gab er ihm eine Spritze in die Schulter über dem verstümmelten Bein.

»Was ist das?«, fragte Tim besorgt.

»Damit er nicht so viel spürt, wenn wir das Titanbein mit ihm verbinden. Wir müssen den Stumpen wie bei einer Operation aufschneiden, um …«

»Ist das wirklich nötig?«, fragte Tim.

»Vertraust du mir?«, fragte der alte Schwarzenbacher noch einmal, und Tim nickte stumm. Aber er konnte nicht hinsehen, während der alte Schwarzenbacher in der nächsten Stunde ganz vorsichtig und geduldig das Titanbein anbrachte. Er sah immer nur Blackbeard in die angsterfüllten, weit aufgerissenen Augen und murmelte tausendmal beruhigende Worte. Alles, was der alte Schwarzenbacher ihm erklärte, vergaß er sofort wieder, denn er konnte nur

mit Blackbeard mitbangen. Er behielt nur noch, dass das Bein tatsächlich anwachsen würde.

»Warum wächst es an?«, fragte Tim, als die Operation endlich vorbei war, und der alte Schwarzenbacher lächelnd verkündete, dass alles gut gelaufen war.

»Weil er das Bein braucht«, antwortete er und zwinkerte.

Und das genügte Tim als Erklärung, weil jeder in Niederrhode wusste, dass die Nachfahren des unbekannten Kaninchens außergewöhnlich waren und dass der alte Schwarzenbacher mechanische Wesen gebaut hatte, wie es niemand sonst vermochte.

Als sie Blackbeard losbanden und auf den Boden setzten, schnupperte er misstrauisch an dem neuen Bein. Vielleicht klebte noch der Geruch von Tim und dem alten Schwarzenbacher daran, vielleicht roch es auch nur nach Titan. Was immer es war, Blackbeard knabberte daran, dann versuchte er, das Bein abzustreifen. Es war blank poliert und glänzte hell im Licht.

»Lauf mal«, sagte Tim, aber Blackbeard kratzte nur mit dem Hinterlauf über das neue Bein. Vielleicht juckte es wie ein Gips, vielleicht machte ihm die Betäubung noch zu schaffen.

»Komm her«, schmeichelte Tim und ging einen guten Meter vor ihm in die Hocke. Der alte Schwarzenbacher drückte Tim eine Karotte in die Hand, und Tim ließ sie auffordernd zwischen seinen Knien baumeln. Noch einmal rief er: »Komm her.«

Blackbeard wandte sich ihm zu, vielleicht hatte er auch nur die Karotte gerochen. Langsam setzte er sich in Bewegung. Dabei belastete er das neue Bein kaum.

Tim zog sich ein Stück zurück und lockte Blackbeard

Schritt für Schritt hinter sich her. »So ist es gut, ja. Und noch einen Schritt.«

Plötzlich stapfte der alte Schwarzenbacher so fest auf den Boden, dass es in der ganzen Werkstatt dröhnte, und schrie: »Entern!«

Erschrocken wetzte Blackbeard davon. Bei jedem Satz traf das neue Bein mit einem hellen Klang auf den Betonboden.

»He!«, motzte Tim ihn an. »Was soll das?«

Der alte Schwarzenbacher zuckte nur mit den Schultern. »Er hat das Bein benutzt. Manchmal lernt man mit einem Schreck mehr als mit Futter. Außerdem kann er dich immer noch leiden, wenn ich ihn anschreie, und das ist das Wichtigste. Mit mir darf er gern stinkig sein.«

Tim brachte Blackbeard, der in den hintersten Winkel der Werkstatt gerannt war, die Karotte und kraulte ihn zwischen den Löffeln. »Ich glaube, das Bein ist zu laut.«

Sie klebten eine Ledersohle darunter, um das helle Geräusch zu dämpfen. Kaninchen hatten ein ausgezeichnetes Gehör, und jetzt klang es fast wie eine richtige Pfote.

Danach ließen sie ihn noch eine Stunde friedlich herumhoppeln. Es würde dauern, bis er sich an das neue Bein gewöhnte, aber inzwischen versuchte er nicht mehr, es abzukratzen.

»Danke«, sagte Tim, als er sich verabschiedete. Er wollte noch viel mehr sagen, aber das musste er nicht. Der alte Schwarzenbacher verstand ihn auch so, wie sein Lächeln bewies. Sie hatten etwas geschafft, was Tim vor Kurzem noch nicht zu träumen gewagt hätte.

»Du bist doch verrückt!«, riefen Lissy und Pascal gleichzeitig, als Tim ihnen am Nachmittag an den Schauerwerken verriet, wo er in den letzten zwei Wochen gewesen war.

»Der Alte ist gefährlich!«, schimpfte Lissy. »Weißt du, warum er damals entlassen wurde? Ein Mädchen ist gestorben, als sie eins von seinen schrecklichen Monstern gesehen hat. Einfach tot umgefallen ist sie, ein Herzinfarkt mit acht Jahren! Und ihr Hund ist mit ihr umgekippt. Die Schauerwerke wurden auf Millionen verklagt, und sie haben den Schwarzenbacher sofort entlassen.«

»Das ist doch Blödsinn«, sagte Tim, weil jeder in Niederrhode etwas anderes erzählte. Ganz sicher war er aber nicht, immerhin arbeitete ihr Vater für die Schauerwerke.

»Wie ist das ausgegangen?«, fragte Pascal.

»Was?«

»Die Verhandlung.«

»Ich weiß nicht«, sagte Lissy. »Darum geht es doch gar nicht.«

»Doch, genau darum geht es«, beharrte Pascal.

»Nein, es geht hier um Tim.«

»Ich bin kein achtjähriges Mädchen«, sagte Tim. »Ich habe seine Unverworteten gesehen und bin nicht umgefallen.«

»Seine was?«, fragte Lissy.

»Was hast du die ganze Zeit bei ihm gemacht?«, fragte Pascal im gleichen Moment.

Tim grinste, auf die Frage hatte er gewartet. Er holte Blackbeard aus der Transportkiste, die er extra deswegen genommen hatte, und hob ihn in die Höhe. Seine beiden Freunde schrien vor Verwunderung.

»Was ist das für ein Bein?«

»Ein Titanbein.«

»Wie von den Titanen?« Lissy sah Tim mit großen Augen an. »Dann passt er zu Goliath.«

»Nein, wie ein Holzbein, nur eben aus Titan.«

Vorsichtig berührten sie das Bein. Lissy hatte sichtlich Angst, Blackbeard wehzutun, aber er sah sie ganz entspannt an.

»Ist er jetzt schneller?«, fragte Pascal.

»Werden wir gleich herausfinden.«

Hoffnungsvoll drückte Tim beide Daumen, als sie auf der Rückseite der Schauerwerke das Startsignal gaben, aber noch immer gewann Fersengeld. Blackbeards Sprünge waren unsicher, manchmal riss ihm die Federung das Bein zu weit in die Höhe.

»Er braucht noch Übung«, sagte Tim. Aber wenn er sich nicht ganz irrte, dann war Fersengelds Vorsprung im letzten Rennen nicht mehr so groß gewesen wie im ersten.

»Er wird das packen.« Pascal kraulte Blackbeard zwischen den Ohren.

»Ganz bestimmt«, sagte Lissy.

Goliath zerlegte ein altes Taschentuch, das der Wind an den Zaun geweht hatte.

Am Abend musste Tim das Bein auch noch Opa und Oma erklären, und das fiel ihm schwer. Er wollte sie nicht belügen, aber er wollte auch nicht das Geheimnis seines Vaters verraten. Also tat er so, als sei er zufällig mit dem alten Schwarzenbacher ins Gespräch gekommen, nur über den Zaun hinweg, und der habe genauso zufällig das Bein übrig gehabt.

»Was wollte er dafür?«, fragte Oma.

»Nichts.« Wenigstens dabei konnte er die Wahrheit sagen. Dann konnten sie ihm auch nicht vorwerfen, er würde sein Geld verplempern.

»Nichts?«, fragte Oma misstrauisch.

»Nein.«

»Und wieso gibt er es ausgerechnet dir?«

»Weil die anderen alle ein Kaninchen mit vier Beinen haben«, sagte Tim.

»Er hätte trotzdem etwas verlangen sollen. Sonst glaubt man ja, da steckt irgendwas dahinter. Er ist ja nicht gerade für seine Freundlichkeit bekannt.«

»Er hat gesagt, es wäre ein kleiner Bonus«, log Tim, um Oma zu beruhigen. »Weil ich neulich Pascals Fahrradsitz bei ihm gekauft habe.«

»Trotzdem«, murmelte Oma, aber sie schien beruhigt.

»Du weißt schon, warum sie ihn damals entlassen haben?«, fragte Opa. Bisher hatte er geschwiegen und Tims und Omas Gespräch gelauscht.

»Das mit dem Mädchen glaube ich nicht«, stieß Tim hervor, um den alten Schwarzenbacher zu schützen.

»Das hatte auch nichts mit einem Mädchen zu tun. Er hat angefangen zu pfuschen. Seine Monster haben nicht mehr lange gehalten, manche nur dreizehn Tage, manche ein Jahr und einen Tag, keines länger. Dann ist ihnen der Kopf von den Schultern gefallen. In Geisterbahnen sind mehrere Wagen entgleist, weil sie über herrenlos herumkullernde Köpfe gefahren sind. Aber er hat nur gesagt, kopflose Ungeheuer sind doch unheimlich. Die Schauerwerke haben gemeint, kopflose Vampire nicht, weil die nicht mehr beißen können, und haben ihn rausgeworfen.«

»Ja, und?«, sagte Tim.

»Ich will nur sagen, dass das Bein vielleicht nichts taugt. Es kann sein, dass es abfällt.«

»Wird es nicht!«

»Wir werden ja sehen«, sagte Opa.

Lange Gesichter

Es dauerte bis zur zweiten Schulwoche nach den Ferien, bis Lissys Cousin Mario das Titanbein von Blackbeard entdeckte. Tim wusste nicht, ob er es zufällig beim Vorbeiradeln gesehen hatte, oder ob er ihnen beim Training in Tims Garten nachspionierte, auf jeden Fall erzählte er am Mittwochmorgen in der Schule davon. Schneller als das sprichwörtliche Lauffeuer verbreitete sich die Neuigkeit in den ersten drei Stunden durch alle Klassen. Banknachbarn flüsterten sie sich aufgeregt zu, und wer auf den Fluren oder der Toilette einen anderen traf, fragte sofort: »Hast du schon gehört?« Und dann sprudelte er damit heraus, ohne eine Antwort abzuwarten.

»Das ist gegen die Regeln«, zischte Carsten mitten in Kaninchenkunde. Es war erst der zweite Satz, den er seit Ende der Ferien zu Tim gesagt hatte. Der erste war drei Tage zuvor beim Diktat gefallen: »Wenn du bei mir abschaust, sag' ich es.«

»Flügel sind gegen die Regeln«, entgegnete Tim. »Beine nicht.«

»Das werden wir ja sehen. Ich werde alle Entscheidungen zum Rennen durchsuchen. Jede einzelne!«

»Ruhe, ihr zwei!«, unterbrach sie Herr Vögele, und Carsten

schwieg wieder. Er hatte die Unterlippe vorgestreckt und wirkte beleidigt. Wahrscheinlich wurmte ihn nicht nur Blackbeards Bein, sondern auch, dass er keine Regel dagegen kannte. Das Problem war, dass es keine richtigen Paragrafen gab, nur die groben Richtlinien des ersten Rennens, wie sie in der Stadtchronik überliefert waren:

> *Die hehre Aufgabe ist es, von einem gemeinsamen Ausgangsort als Schnellster rennend das heimatliche Ziel zu erreichen. Jedem Jungen ist es sträflich untersagt, das Kaninchen zu tragen; desgleichen ist das Tragen der Jungen durch die Kaninchen untersagt.*
>
> *Gleichergestalt soll beiden nicht gestattet sein, sich von einer dritten Kreatur tragen zu lassen, sei es einem Vater, einem Onkel, einer Mutter, einem Pferd, einem Geißbock oder gar dem Teufel. Sodann ist es keinesfalls rechtens, sich von einem Wagen oder Karren tragen zu lassen.*
>
> *Obendrein unlauter ist die Behinderung und das Versehren der Kontrahenten mittels einer Waffe.*

Diese Richtlinien waren im Lauf der Zeit erläutert und ergänzt worden. Kaum wurde ein neues Gefährt erfunden – das Fahrrad, das Automobil, das Flugzeug –, wurde es ausdrücklich verboten. Irgendwann hatte man einfach alle Motoren verboten, um nicht jeden Traktor, Rasenmäher oder Roller einzeln aufzählen zu müssen.

Die meisten Diskussionen hatte aber der letzte Punkt hervorgerufen, als im 18. Jahrhundert der Sohn eines Schmieds einen Gegner mit einem mächtigen Hammer niedergestreckt und behauptet hatte, es sei ein Werkzeug, keine Waffe. Der Stadtrat gab ihm recht, und im folgenden

Jahrzehnt artete jedes Rennen in einen heftigen Kampf mit Sägen, Dreschflegeln, Zangen und Äxten aus.

Werkzeuge wurden verboten, im nächsten Jahr stach beim Start ein Junge einen anderen mit der Gabel in den Hintern und sagte: »Das ist Besteck. Keine Waffe, kein Werkzeug.«

Es wurde festgelegt, dass man fortan zum Kampf nur noch verwenden durfte, was man im Wald fand, Tannenzapfen, Äste und dergleichen. Nichts, was man irgendwie als Waffe einsetzen konnte, durfte man beim Start mit sich führen, keine Waffe, kein Werkzeug, kein Besteck, nichts Vergleichbares. Damals glaubte man, dass Heldentum und Kampf das Gleiche waren. Das Verbot, den Gegner mit einer Waffe zu verletzen, schien den Leuten zugleich eine Aufforderung zu sein, den Gegner zu verletzen. Warum hätte man die Waffe in der Regel sonst so hervorheben müssen? Also prügelten die Jungs beim Großen Rennen wild aufeinander ein.

Ein Schlauberger nahm wenige Jahre darauf die Formulierung mit dem Finden im Wald wörtlich und versteckte in der Nacht vor dem Rennen eine Eisenstange in einer Baumhöhle, entdeckte sie scheinbar zufällig nach dem Start und schlug damit auf den nächstbesten Teilnehmer ein. Im folgenden Jahr begann alles von vorn: Der Sohn eines Schmieds fand einen Hammer, der Bauernsohn einen Dreschflegel, der Zimmermannssohn eine Säge und irgendwer sogar eine Zinngabel. Letzteres war tatsächlich ein Zufall, denn die hatte einst der Räuberhauptmann verloren.

Hitzig wurde über eine neue Auslegung der Regeln diskutiert, aber man konnte sich nicht einigen. Im nächsten

Jahr rannte dann der schmächtige Müllersohn Johann Fischbach einfach mit seinem Kaninchen Brunellus los. Er nahm sich nicht die Zeit, einen Stein aufzuheben, geschweige denn eine verbuddelte Waffe auszugraben, er rannte einfach. Und noch während die anderen Jungen ihren Heldenmut bewiesen, indem sie wild aufeinander eindroschen, überquerte er die Ziellinie. Sein Sieg sorgte dafür, dass man in Niederrhode Anfang des 19. Jahrhunderts wieder erkannte, worum es bei dem Rennen eigentlich ging. Ein paar kampfwütige Jungs vergruben noch im Jahr darauf etwas im Wald, nur zur Sicherheit, aber als alle anderen losstürmten, rannten sie auch. Das Rennen war wieder ein Rennen geworden.

Aus dieser Zeit stammten die meisten Regeln, aber auch später wurde noch hier oder da eine Ergänzung oder Anmerkung gemacht. All diese Dokumente lagen im Rathaus und konnten von jedem Niederrhoder eingesehen werden. Carsten würde sie alle durchblättern, davon war Tim überzeugt. Und wenn er nichts fand, würde er bestimmt versuchen, Blackbeards Bein zur Waffe zu erklären.

Soll er es doch versuchen, dachte Tim trotzig. Wohl fühlte er sich bei dem Gedanken allerdings nicht.

Nach der Stunde beschwerte sich Carsten auch bei Bene, und das so laut, dass Tim es hören musste. »Das gehört einfach verboten!«

»Ich weiß nicht.« Bene zuckte mit den Schultern. »Piraten hatten auch Holzbeine, und keiner hat sich beschwert.«

»Das ist kein Holzbein!«, rief Carsten. »Und kein Piratenrennen! Es ist ein Rennen gegen Räuber. Gegen Gesetzlose.«

»Die Brüder durften das unbekannte Kaninchen doch

auch nicht behalten und haben es trotzdem getan. Das Rennen ist also auch gegen Regeln, oder?«

Carsten schnaubte wütend und stapfte hinaus in die Pause.

Tim grinste Bene an, aber der grinste nicht zurück, sondern lief Carsten hinterher.

Auf dem Pausenhof standen Arno, Jakob und ihre gewachsene Gefolgschaft beieinander und zogen lange Gesichter. Das selbstgefällige Grinsen war von Arnos Lippen verschwunden. Tim schlenderte mit Pascal und Lissy ganz nah an ihnen vorbei, um den Anblick zu genießen.

Als Arno sie entdeckte, rief er: »Das sag ich meinem Vater, Krüppler. Der sorgt dafür, dass du nicht antreten darfst.«

»Ach ja? Und wie will er das machen?«

»Er ist der Bürgermeister!«

»Oh!«, rief Lissy. »Hat da wer plötzlich Angst vor einem Krüppel?«

»Ich hab keine Angst!«

»Für mich klingt das so. Versteckst dich hinter deinem Papi, um nicht gegen Blackbeard antreten zu müssen.«

»Tu ich nicht!« Arno war rot im Gesicht und bebte vor Zorn.

»Dann ist es ja gut.«

Tim lächelte. Er wusste, dass Arno nach seiner Beteuerung nun nichts mehr zu seinem Vater sagen konnte, wenn er nicht als Feigling dastehen wollte. Im Weitergehen flüsterte Tim Lissy zu: »Das war sehr schlau von dir.«

Sie lächelte.

»Krüppel bleibt Krüppel!«, rief ihnen Arno hinterher, weil er unbedingt das letzte Wort haben wollte. Aber das störte Tim nicht.

»Bescheißer!«, rief Jakob. »Ein Bescheißer, ein Lumpenmädchen und ein Zugezogener, da haben sich ja drei gefunden.«

Herr Vögele rief: »Arno! Komm her. Wie heißt das?«

Arno murmelte irgendwas, aber das konnte Tim schon nicht mehr verstehen. Trotzdem genoss er es.

»Wieso Lumpenmädchen?«, fragte Pascal. »Er ist doch der Lump.«

»Weil wir arm sind. Früher musste ich die alten Kleider meiner Schwester auftragen.« Lissy sah Pascal herausfordernd an. »Hast du damit ein Problem?«

»Nein«, sagte Pascal. »Solange ich nicht die Kleider deiner Schwester tragen muss.«

Lissy lachte. Sie hatten zu gute Laune, um sie sich von einer dummen Bemerkung verhageln zu lassen.

Jakob war nicht der Einzige, der Tim einen Bescheißer nannte. Jeder an der Schule, nicht nur die Zehnjährigen, schien eine Meinung zu haben. Die einen tuschelten untereinander, andere zischten: »Betrüger.«

Oder: »Trickser.«

Oder: »Das ist verboten.«

Manche jedoch nickten ihm auch anerkennend zu. »Coole Idee, Köhler.«

Ein älteres Mädchen mit glänzend schwarzen Haaren fragte ihn, wo er das Bein denn herhabe. Sie lächelte, hielt den Kopf schief und klimperte mit den Augenlidern.

»Ist geheim«, sagte Tim.

»Komm, bitte sag's mir. Bitte.« Sie lächelte noch strahlender. »Ich verrate es auch niemandem.«

Aber Tim schüttelte den Kopf. Es wurde ohnehin schon schlecht genug über den alten Schwarzenbacher geredet,

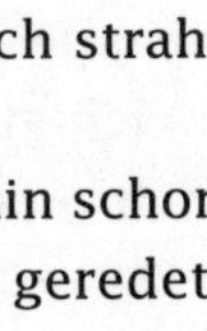

er musste ihn nicht noch als Helfer des Krüpplers und Bescheißers hinstellen. Tim wusste nicht, ob das Mädchen Blackbeards Bein für Betrug oder für eine geniale Idee hielt, aber er glaubte nicht, dass sie seine Antwort für sich behalten würde. Warum sonst sollte sie es wissen wollen, außer um es weiterzuerzählen?

»Dann hoffe ich, dass der Krüppel sich's bricht!«, stieß sie hervor und ließ Tim stehen.

Er hatte doppelt recht gehabt, nichts zu verraten.

Pascal sagte: »Mein Vater sagt immer: Trau nie einer Frau, die den Kopf schief legt.«

Lissy blinzelte verwirrt.

Tim fragte: »Hat deine Mutter das gemacht? Den Kopf schief gehalten?«

»Ich weiß nicht. Mich hat sie immer gerade angesehen. Oder von oben, weil sie größer ist.«

»Hey, Köhler«, sagte irgendwer hinter Tim, und er drehte sich um. Vor ihm stand Louis Müller, der Sieger vom letzten Jahr. »Komm mal mit.«

»Nur ich?«

»Nur du. Ich bin auch allein, oder?«

Weil man einem Sieger nichts abschlug, folgte ihm Tim in eine ruhige Ecke des Pausenhofs.

»Glaubst du, dass das Bein deinen Krüppel schnell genug macht?«, fragte Louis.

»Werden wir sehen«, sagte Tim und steckte die Hände in die Hosentaschen. Er mochte es nicht, wenn Blackbeard Krüppel genannt wurde.

»Ich glaub es nicht«, sagte Louis unverhohlen und sah sich verstohlen um. »Aber ich kann dir was besorgen, das es tut.«

»Und was?«

Louis hob die Augenbrauen und beugte sich zu Tim herüber. »Futterergänzungsmittel. Wenn du verstehst, was ich meine.«

»Das soll helfen?«, fragte Tim misstrauisch.

»Wer hat denn letztes Jahr gewonnen?«

Tim nickte bedächtig. »Mit dem Futterergänzungsmittel?«

Louis grinste vielsagend. »Was meinst du?«

»Ist das verboten?«

»Nicht verbotener als dein Bein.«

»Gut. Ich überlege es mir.«

»Warte!« Louis sah sich blitzschnell um, dann zog er etwas aus seiner Tasche. »Ist zum Aufbau der Muskeln. Am besten, du mischst täglich einen zwischen frischen Löwenzahn.« Er streckte Tim die geöffnete Hand entgegen. Darauf lag ein weißer Riegel, der wie Traubenzucker aussah. »Zwanzig Stück für einen Zehner.«

»Wie gesagt, ich überlege es mir.« Tim wollte sich nicht drängen lassen.

»Nimm sie gleich, dann bekommst du fünfundzwanzig für einen Zehner.«

»Ich hab kein Geld dabei.«

Langsam steckte Louis den Riegel wieder weg. »Aber vergiss nicht, dein Kaninchen ist und bleibt ein Krüppel. Der hat alle Hilfe nötig, die er kriegen kann.«

»Wir werden sehen.« Tim wollte zurück zu Pascal und Lissy, aber Louis hielt ihn an der Schulter fest.

»Wenn du das petzt, braucht dein Kaninchen noch ein zweites Holzbein«, sagte Louis und lächelte kalt.

»Ich bin keine Petze.« Tim riss sich los.

»Gut zu wissen.«

Als Tim seinen Freunden erzählte, was Louis gewollt hatte, sagte Lissy: »Ich hab' gehört, Susi Hoffmann verkauft Tropfen, die die Ausdauer steigern sollen.«

»Und helfen die?«

»Ich glaub nicht. Sie riechen wie das Nasenspray für meinen Heuschnupfen, und ihren Eltern gehört die Apotheke.«

Pascal lachte. Dann fragte er: »Ist so was eigentlich erlaubt?«

»Solange es dem Kaninchen nicht schadet, ist es zumindest nicht verboten«, sagte Tim.

»Und wenn es zu sehr schadet«, ergänzte Lissy, »dann wird man getunkt. Aber das weißt du ja inzwischen.«

In den nächsten Tagen kam Tim nicht dazu, sich Gedanken über Futterergänzungsmittel und Ausdauertropfen zu machen, denn was sich auf dem Pausenhof abgespielt hatte, spielte sich nun in der ganzen Stadt ab. Jeder hatte eine Meinung zu Blackbeards Bein und zeigte sie deutlich.

In der Bäckerei Weber wurde Oma zum ersten Mal nicht bedient. Es hieß, alle Semmeln seien reserviert, auch die in der Auslage, und ja, die Brote und der Käsekuchen auch. Oma schüttelte ungläubig den Kopf. Die junge Frau hinter der Kasse sagte: »Es tut mir leid, aber manchmal muss man sich mit den Gegebenheiten eben einfach abfinden. Egal, ob bei einem Bein oder bei Semmeln.«

»Und manchmal muss man etwas ändern«, sagte Oma und zerriss lächelnd ihre Kundenkarte aus Pappe, obwohl ihr nur noch zwei Stempel bis zur Bonusbretzel fehlten. Mit erhobenem Kopf verließ sie den Laden und ging zum Bäcker Sedlmayr. Der begrüßte sie erfreut und schenkte ihr einen frisch gebackenen Spitzbuben mit extra viel Puderzucker und Marmelade. »Für Ihren cleveren Enkel. Habe selten so gelacht.«

Der Frisör schnitt Opa ins Ohr und entschuldigte sich kalt. »Tut mir leid. Aber ich habe gehört, heutzutage kriegt man ganz leicht mechanischen Ersatz für jedes Körperteil. Soll ich weiterschneiden?«

Opa stand auf und schlenderte mit nur linksseitig gekürzten Haaren nach Hause.

Doch die Leute ließen ihre Meinung nicht nur an Tim und seinen Großeltern aus, sie fingen an, sich untereinander zu streiten. Bald war ganz Niederrhode geteilt in diejenigen, die Tim für einen Betrüger hielten, und die, die sagten, Erfindungsgeist müsse belohnt werden.

»Künstliche Beine gab es noch nie!«, schimpften die einen lautstark. »Beim Rennen geht es um Tradition!«

»Dreibeinige Kaninchen gab es auch noch nie! Das hat auch keine Tradition«, antworteten die anderen. »Der Junge wurde doch gezwungen, etwas zu tun!«

»Niemand hat ihn zu irgendwas gezwungen!«

»Die Umstände haben es!«

»Umstände, papperlapapp, Hasenbollen! Man kann sich den Umständen auch anpassen.«

»Genau das hat er getan!«

»Nein, er hat die Umstände an seine Wünsche angepasst. Das ist etwas ganz anderes. Wenn das jeder macht, haben wir bald nur noch fünf- und sechsbeinige Kaninchen am Start!«

»Das ist doch Blödsinn!«

»Nein, das ist immer so. Reichst du einem den kleinen Finger, nimmt er die ganze Hand. Heute ist es nur ein Bein,

und nächstes Jahr treten dann lauter Roboter gegeneinander an.«

»Das ist doch verrückt! Weil ihr Angst vor Robotern habt, soll ein Krüppel ein Krüppel bleiben?«, schrien die, die auf Tims Seite waren. Im Eifer nannten sie Blackbeard trotzdem einen Krüppel.

»Es tut mir ja leid für das Kaninchen, aber ich finde, jeder sollte das bleiben, was er von Natur aus ist«, hörte Tim zufällig den Bäcker Weber sagen, der sich auf seinem Parkplatz mit einem Kunden stritt. »Der Junge hat sich das Kaninchen doch selbst ausgesucht. Wer wählt denn freiwillig ein Dreibein, wenn er nicht weiß, wie er damit betrügen soll? Ich sage dir, der hat das von Anfang an geplant. Bei seiner Familie muss man mit allem rechnen.«

»Ich weiß nicht«, sagte der Kunde. »Ich habe gehört, der Junge sei gar nicht bei der Beschnupperung gewesen. Er wusste nicht, was er wählte.«

»Und jetzt sag mir, wer beim unbekannten Kaninchen geht freiwillig nicht zur Beschnupperung? Doch nur, wer schon weiß, was ihn erwartet. Der war schon vorher heimlich in der Villa, sag ich dir. Da gab's doch Alarm. Wer bereit ist, beim Rennen zu betrügen, betrügt auch davor.«

»Kann sein«, gab der Kunde nach und stieg in sein Auto.

Tim ging rasch weiter und hoffte, dass die beiden ihn nicht gesehen hatten.

Nicht immer endete ein Streit so friedlich. Alte und Junge schrien sich auf offener Straße an, beschuldigten sich gegenseitig, zu übertreiben oder zu verharmlosen, den Geist des Rennens zu verraten oder seine Tradition. Immer wieder hieß es: »Du suchst nur Streit, weil du selbst nicht gewonnen hast!«

Pascal lachte darüber und sagte, so etwas habe er in München nie erlebt. Er nannte die, die auf Tims Seite waren, nur noch Vierbeiner, die anderen Dreibeiner. Waren die Eltern Dreibeiner, so verboten sie ihren Kindern, Vierbeiner zu sein und andersherum. Es gab viel mehr Dreibeiner als Vierbeiner.

Tim konnte nicht darüber lachen. Egal, wohin er unterwegs war, immer fühlte er sich beobachtet. Jeder sah ihn an, jeder hatte ein Urteil über ihn gefällt, und einige schleuderten es ihm auch lautstark entgegen. Andere zischten es ihm im Vorbeigehen zu. Tim antwortete nicht und ging mit erhobenem Kopf weiter.

»Die werden sich schon wieder beruhigen«, sagte Lissy und legte ihm tröstend den Arm um die Schulter. »Das tun sie doch immer.«

»Und bis dahin lach einfach darüber«, riet Pascal. »Das hilft.«

Tim nickte, aber er brachte nur mühsam ein Lächeln zustande.

Blackbeard selbst bekam von dem ganzen Theater um sein Bein nur wenig mit. Irgendwer schmierte zwar nachts *Krüppel bleibt Krüppel* an das Garagentor der Köhlers, aber er konnte natürlich nicht lesen. Ein anderer warf das ausgerissene Bein eines Stoffhasens über den Zaun, ein weiterer das eines Spielzeugroboters. Blackbeard schnupperte kurz daran, dann hoppelte er gelangweilt weiter, weil es eindeutig nichts Essbares war. Auch Fersengeld kümmerte sich nicht um die Beine.

Tim wusste nicht, was sie bedeuten sollten, ob der Werfer für oder gegen Blackbeard war. Werfen war eine schwer verständliche Sprache. Warf man etwas Leckeres zu essen –

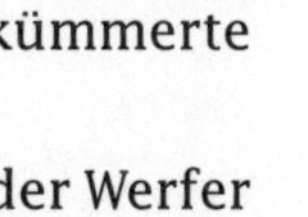

Tomaten oder Eier – auf eine Bühne, war man dagegen. Schüttete ein Rockstar klebriges Bier von einer Bühne in sein Publikum, kreischte es jedoch vor Freude. Warf man Unterwäsche auf die Bühne, bedeutete das Begeisterung. Würde Tim seiner Oma zum Geburtstag seine Unterhose ins Gesicht werfen, gäbe das allerdings mächtig Ärger.

Geworfene Teddybären bedeuteten Zustimmung, aber Tim verstand zu wenig Wurfsprech, um zu wissen, ob das auch für ausgerissene Teile von Stofftieren galt. So sehr er auch grübelte, die beiden Beine in der Wiese verstand er nicht. Das war schade, denn die Botschaft musste irgendwem so wichtig gewesen sein, dass der dafür seine eigenen Sachen zerstörte.

Was auch immer alle anderen von dem Titanbein hielten, Blackbeard wurde mit ihm von Tag zu Tag glücklicher. Oft sprang er ausgelassen durch die Gegend und raste aus purer Freude quer durch den Garten. Dabei glitzerte das Bein hell in der warmen Maisonne. Er raufte mit Fersengeld und legte sich dann wieder lang ausgestreckt hin, die Augen ganz entspannt nur halb geöffnet.

Manchmal setzte sich Tim in die Wiese und sah Blackbeard einfach zu, anstatt mit ihm zu üben. Er sprach mit ihm und kraulte ihn, wenn Blackbeard mit einem nachdrücklichen Stupsen danach verlangte. Und er wusste, dass das Bein richtig war.

Die vergessene Keltenschanze

Eines Nachmittags saßen sie zu dritt an der Isach und warfen mit Steinen nach vorbeitreibenden Ästen. Wenn zu lange keiner kam, rissen sie selbst einen aus dem Ufergestrüpp und schleuderten ihn auf den Fluss. Es war ein heißer träger Tag, und sie ließen die Füße ins Wasser baumeln.

»Kennt ihr die Keltenschanze?«, fragte Pascal und verscheuchte eine Fliege.

»Nein«, sagte Tim.

»Gehört hab ich davon schon mal«, sagte Lissy.

Pascal erzählte, wie er sich kurz nach seiner Ankunft in Niederrhode einmal auf seinen Streifzügen durch den Wald fast verlaufen hatte und zufällig darüber gestolpert war. Dort waren die Bäume besonders alt und groß und standen dicht beieinander, und der holprige Forstweg führte weit entfernt daran vorbei.

Noch zwei- oder dreimal war er bei der Keltenschanze gewesen, den Weg hatte er immer nur zufällig gefunden, und nie hatte er dort jemanden getroffen. Also war sie zu seinem Geheimnis geworden, und er hatte sich geschworen, es niemandem zu verraten, damit er für immer und ewig ein Notfallversteck für sich allein hatte. »Ihr dürft das auch nicht verraten, ja? Niemandem!«

Tim und Lissy versprachen es.

»Der Graben vor der Schanze ist die perfekte Rennstrecke.«

»Wie weit drinnen ist das im Wald?«, fragte Tim.

»Weit.« Pascal warf noch einen Stein, obwohl kein Ast zu sehen war. »Sehr, sehr weit.«

»Mein Vater verbietet mir, tiefer reinzugehen als bis zum Trimm-dich-Pfad«, sagte Lissy. »Zumindest allein.«

»Meine Mutter eigentlich auch«, sagte Pascal.

»Und du warst trotzdem so weit drinnen?«

»Ja.« Ein trotziger Ausdruck zeigte sich auf Pascals Gesicht. »*Sie* wollte doch aufs Land ziehen, ich nicht. Aber das war ihr egal; sie hat gesagt, sie braucht Abstand zu meinem Vater. Dass ich keinen brauchte, war ihr auch egal. Sie wollte einfach nur weg von allem, und dann musste ich mit ihr an den Arsch der Welt. In ein komisches Kaff, in dem nur Monster gebaut und Kaninchen gezüchtet werden. Sonst gibt es nichts, nur den Wald. Der ist das Einzige, das toller ist als in München, größer und wilder als der Englische Garten. Und da soll ich nicht hindürfen, weil sie Angst hat? Ich habe keine Angst, Bäume tun einem doch nichts.« Pascal zuckte mit den Schultern. »Da hatte ich meine Ruhe. Daheim hat meine Mutter mir damals dauernd versichert, dass alles wieder gut wird, aber ich habe sie heimlich weinen hören, wenn sie für Überstunden ins Arbeitszimmer verschwunden ist. Und in der Schule war ich der Zugezogene. Keiner hat mich am Anfang Pascal genannt, nur immer Zugezogener. Nur der Vögele hat mich beim Namen genannt, aber wenn ich mich gemeldet hab, war ich für die anderen der Klugscheißer.«

»Für uns bist du aber Pascal«, sagte Lissy.

»Genau«, bekräftigte Tim.

»Ich weiß.« Er sah sie kurz an, dann warf er noch einen Stein. »Darum hab ich euch ja von der Keltenschanze erzählt. Und weil wir die Rennstrecke brauchen, wenn wir nicht nur samstags und sonntags richtig trainieren wollen.«

»Dann los!«, rief Lissy.

»Und dein Waldverbot?«, fragte Tim.

»Ich bin ja nicht allein«, sagte sie verschmitzt.

Sie sprangen auf ihre Räder und fuhren ohne ihre Kaninchen in den Wald und ohne es ihren Eltern oder Großeltern zu sagen. Zum ersten Mal war Tim froh, kein Rennrad mit schmalen Reifen zu besitzen, denn sie mussten ein gutes Stück querfeldein.

»Müsste das hier nicht eher querwaldein heißen?«, rief Pascal, als er einen kleinen Hang hinabbretterte. Seine Stimme zitterte, weil der wellige Boden ihn durchschüttelte.

Lissy lachte und rief: »Hallooooooooo!«, weil ihr das Zittern in der Stimme so gefiel.

Tim sang: »Dreizehn Mann auf des toten Manns Kiste, joho, und 'ne Buddel voll Rum.«

Zehn Minuten später schoben sie die Räder den Hang wieder hinauf, denn Pascal hatte sich im Weg geirrt. Eine weitere halbe Stunde fuhren sie abseits der Wege kreuz und quer umher und kämpften sich durch Unterholz, bis sie wieder umdrehten, denn Pascal hatte sich im Weg geirrt. Sie durchquerten einen Bach ohne Brücke und kamen wieder zurück, denn Pascal hatte sich im Weg geirrt. Sie radelten in jede Himmelsrichtung, bis sie schließlich auf die Keltenschanze stießen.

»Wusste ich's doch!«, rief Pascal, aber Tim hatte das Gefühl, der Ausruf war mehr ein Zeichen von Erleichterung als von Wissen.

Die Keltenschanze war etwa so groß wie ein Fußballplatz, nur dass alle Seiten gleich lang waren. Sie wurde von einem mehrere Meter hohen Wall gebildet, vor dem ein ausgehobener Graben verlief. Wer den Wall erstürmen wollte, musste erst in die Tiefe. Das ganze Gelände stand voller Laubbäume. Auf den ersten Blick erkannte Tim Eichen, Ahorne und Buchen, an vielen Stellen gab es Unterholz.

»Was ist eine Keltenschanze?«, fragte Lissy. »Wozu hat man die gebaut?«

»Meine Mutter sagt, das weiß man nicht so genau«, sagte Pascal im Klugscheißerton und ließ das Rad neben einer mächtigen Buche mit rissiger Rinde zu Boden fallen. »Viele glauben, dass es ein Heiligtum gewesen ist, wahrscheinlich zweieinhalb tausend Jahre alt. Aber es könnte auch eine Art Burg oder Siedlungsmauer gewesen sein. Ich hab nachgesehen, die hier ist nicht in der Liste der Archäologen verzeichnet. Das heißt, sie wurde noch von niemandem entdeckt. Weil Niederrhode einfach am Arsch der Welt liegt.« Lachend rannte er in den Graben hinunter und dann den steilen Wall hinauf.

Tim und Lissy warfen ihre Räder ebenfalls hin und folgten ihm. Oben auf dem Wall sahen sie sich um, so weit das dichte Gehölz es zuließ. Auf der Innenseite führte der Wall hinab auf eine ebene Fläche. Tim stellte sich vor, dass hier vor über zweitausend Jahren Menschen gelebt hatten. Ein Schauer rann über seinen Rücken, als er daran dachte, dass der Wall viel älter war als jede Burg, die er je besucht hatte. Es war, als stünde er auf der Spitze einer Festung, und er fühlte sich größer und stärker als noch unten bei den Rädern. Und wenn es ein Heiligtum gewesen war, war es größer als jede Kirche, die er kannte.

»Was haben die Kelten angebetet?«, fragte er.

»Keine Ahnung«, sagte Pascal. »Vielleicht die Sonne. Früher war es meistens die Sonne, haben sie mal im Fernsehen gesagt.«

Aber das Geäst über ihren Köpfen war so verschlungen, dass kaum ein Sonnenstrahl durch das Laub fiel.

»Jetzt lasst uns alles erkunden«, sagte Lissy, und sie liefen auf dem Wall einmal ganz herum. Am anderen Ende der Anlage sah Tim ein junges Reh davonspritzen. Ihr Lachen hatte es erschreckt. Vögel sangen, aber sie bemerkten keine Spuren von Füchsen, Dachsen oder Wildschweinen und kein Anzeichen von Menschen.

Als sie wieder bei ihren Rädern angekommen waren, deutete Pascal auf den Graben. »Rund hundert Meter geradeaus, auf beiden Seiten begrenzt. Das ist die perfekte Trainingsstrecke.«

Begeistert schlug ihm Tim auf die Schulter. »Du solltest dich öfter verlaufen, wenn du dann so was findest.«

Lissy lachte. »Aber ich würde lieber innerhalb des Walls trainieren. Da sieht uns niemand.«

»Hier kommt niemand vorbei!«

»Vielleicht doch irgendwann«, sagte Lissy. »Pascal hat die Schanze doch auch zufällig gefunden, oder? Und drinnen gehört uns alles, unsere Festung, unser Heiligtum. Im Graben zu rennen, das wäre so, als dürften wir nicht hinein. Der Graben war für die Feinde.«

Da hatte sie recht, und die beiden Jungs wollten bestimmt nicht ihr eigener Feind sein. Aber innerhalb des

Walls gab es keinen weiteren Graben, dort wäre eine Rennstrecke immer auf einer Seite zur großen Fläche hin offen. Dafür waren sie noch nicht weit genug mit dem Training, noch rannten die Kaninchen umher, wie sie wollten.

»Wir könnten den Zaun herschaffen, den Opa nicht für das Freigehege gebraucht hat«, schlug Tim vor. »Damit können wir eine zweite Begrenzung bauen.«

Und das taten sie. Opa überließ ihnen die überzähligen Zaungitter, ohne nachzubohren, wofür sie sie brauchten. Er wusste aus eigener Erfahrung, dass man vor dem Großen Rennen manchmal Geheimnisse hatte.

Zu dritt schafften sie die Gitter und passende Stangen zur Befestigung in den Wald. Dabei achteten sie sorgsam darauf, dass ihnen niemand folgte. Tim hatte sich auch bei Opas Werkzeug bedient, und hinter dem Wall sägten sie die Stangen auf die richtige Größe zurecht. Dann schnitten und zwickten sie die Gitter zweimal der Länge nach auseinander. Der Zaun musste nicht so hoch sein wie ein Freigehege, und so gewannen sie die dreifache Entfernung. Weil Tim den Hammer vergessen hatte, mussten sie die Stangen mit Steinen und ihren Füßen in den Boden klopfen. Zum Schluss prüften sie jede Schnittstelle nach scharfen Kanten und überstehenden Spitzen und klopften, bogen und schliffen sie stumpf, damit sich die Kaninchen nicht verletzten.

Nach einer schweißtreibenden Woche hatten sie überall Muskelkater, Schwielen an den Händen und zusammen siebzehn aufgeplatzte Blasen, vier davon sogar blutig. Aber das störte sie nicht, denn ihre Trainingsstrecke war fertig.

Sie führte beinahe achtzig Meter am Wall entlang, dann

im engen Bogen um die Ecke und noch fünfzehn Meter weiter. Ihr Boden war vielleicht nicht so eben wie der der Trainingsstrecke an der Singenden Villa, ihre Hindernisse nicht extra gebaut, sondern krumme Wurzeln und Bäume, aber sie war größer und der echten Rennstrecke ähnlicher. Und sie gehörte ganz allein ihnen.

Am nächsten Nachmittag radelten sie erstmals mit ihren Kaninchen in den Wald. Sie nahmen nicht den direkten Weg und sahen sich mehrmals um, konnten aber keine Verfolger entdecken. An der Keltenschanze angekommen, rollten sie ihre Räder über den Wall ins Innere. Niemand durfte sie von der Ferne aus sehen können, die Trainingsstrecke sollte ihr Geheimnis bleiben.

Als Erstes setzten sie die Kaninchensitze auf den Boden und sammelten die Hosentaschen voller Steine. Sollten hungrige Füchse oder andere wilde Tiere auftauchen, würden sie damit auf sie werfen, um sie zu verscheuchen. Zwar flohen die meisten Tiere vor lärmenden Menschen, aber bei Tollwut wusste man das nicht. Ja, ihre Strecke war auch gefährlicher als die an der Villa, aber das Rennen selbst würde ja auch im Wald beginnen. Hier zu trainieren war genau richtig.

Als Tims Taschen voll waren, hob er noch einen weiteren Stein auf und schleuderte ihn zum Test nach einem Baum. Er traf mitten auf den Stamm, Rindenstückchen spritzten davon. Gut so, er würde es den Füchsen zeigen, wenn sie sich an Blackbeard vergreifen wollten.

Vögel zwitscherten über ihnen, Insekten brummten, sonst zeigten sich keine Tiere.

Feierlich schnallten sie die Kaninchen los und ließen sie kurz die Gegend beschnuppern. In der Nähe der Startlinie

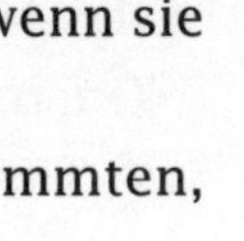

setzten alle drei eine Duftmarke, um Besitzansprüche geltend zu machen.

»Mal sehen, wer von euch Zweiter wird und wer Dritter«, sagte Pascal selbstsicher und grinste. Bislang hatte er alle Testrennen gewonnen, das Siegen war für ihn selbstverständlich geworden. Er wählte den mittleren Startplatz, weil auf dem Siegertreppchen die Eins auch in der Mitte lag.

Tim und Lissy sahen sich herausfordernd in die Augen. Sie wussten, es konnte nur um Platz zwei gehen. »Ja, mal sehen.«

Lissy startete mit Goliath links am Wall, Tim mit Blackbeard rechts am Zaun. Es war nicht festzustellen, welche Seite die bessere war, Bäume standen mal hier, mal da im Weg, Wurzeln lauerten überall.

»Zeig's ihnen«, flüsterte Tim Blackbeard ins Ohr, bevor er ihn auf den Boden setzte. »Zeig ihnen, wie gut du mit dem Titanbein klarkommst.«

»Der erste richtige Test.« Pascal strahlte.

Eine Woche lang hatten sie nur gebaut, und die Kaninchen waren allein durchs Freigehege in Tims Garten gesprungen, er hatte das Gewinnen vermisst.

Weil Lissy das kleinste Kaninchen hatte, durfte sie das Kommando geben. »Auf die Pfoten.«

»Fertig.«

»Los!«

Tim trieb Blackbeard an, und Blackbeard rannte. Er rannte, wie Tim ihn noch nie hatte rennen sehen. Wenn er gestreckt über eine Wurzel hinwegsetzte, schien er für einen Moment zu fliegen. Er schlug engste Haken um Bäume, wie ein Skifahrer um Slalomstangen, und raste weiter und weiter. Tim wusste nicht, wie er ihm folgen sollte. Aber er tat sein Bestes.

»Blackbeard, lauf!«, feuerte er ihn an und wurde selbst immer schneller. Die ausgelassene Freude, mit der Blackbeard rannte, war ansteckend. Tim schlüpfte so eng an den Stämmen vorbei, dass er sie fast mit der Schulter berührte. Pascal wetzte neben ihm, Lissy nur knapp dahinter. Doch Tim hatte nur Augen für Blackbeard. Das Blut rauschte in seinen Ohren.

Auf halbem Weg hatte er das Gefühl, dass etwas nicht stimmte. Es dauerte einen Augenblick, dann stellte er fest, was es war: Blackbeard lag vor Fersengeld! Sein Pirat mit dem Titanbein war tatsächlich schneller!

»Lauf!«, schrie er begeistert und holte alles aus sich raus. Dicht hintereinander wetzten sie um die Ecke, Tim prallte beinahe gegen einen Baum und stieß sich gerade noch mit den Händen ab. Taumelnd ging er in den Endspurt, kam wieder in den Tritt und hatte keine Puste mehr, Blackbeard nach vorn zu schreien. Trotzdem hielt der seinen Vorsprung vor Fersengeld, und auch Tim kam vor Pascal ins Ziel. Keuchend fiel er auf die Knie und riss die Arme hoch.

Blackbeard rannte weiter und weiter, als wollte er nie wieder stehen bleiben. Plötzlich sprang er ausgelassen in die Höhe, wechselt in der Luft strampelnd die Richtung und tat noch zwei letzte Sätze. Dann kauerte er sich hin und sah sich mit aufgerichteten Lauschern um.

Lissy stützte sich neben Tim mit den Händen auf den Knien ab, atmete schwer und strahlte, obwohl Goliath nur Dritter geworden war. »Es klappt! Das Bein funktioniert!«

»Ja.« Tim war so glücklich, dass ihm schwindlig wurde

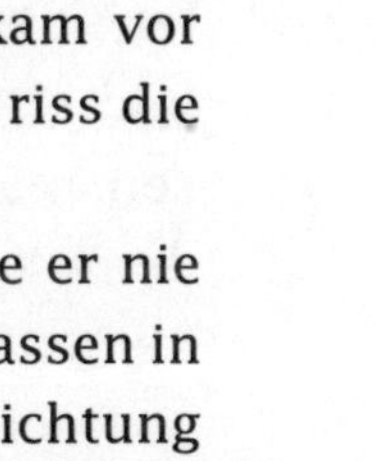

und seine Brust zu explodieren drohte. Vielleicht hatte Blackbeard nun wirklich eine Chance!

»Sieht so aus«, sagte Pascal, aber sein Lächeln wirkte ein wenig bemüht. »Wollen wir noch mal?«

»In fünf Minuten«, keuchte Tim.

»Ist mir recht.« Pascal ließ sich auf den Hintern fallen. Auch er keuchte.

Sie riefen ihre Kaninchen zu sich. Alle drei kamen angehoppelt. Daheim klappte das schon seit Tagen, aber in der freien Natur, wo es keine Zäune, sondern überall spannende Ablenkungen gab, war das etwas anderes. Glücklich grinsten Lissy, Tim und Pascal ihre Kaninchen an: Die Tiere hatten sich wohl endgültig an ihre Stimmen gewöhnt.

Darauf kam es beim großen Rennen auch an, nicht nur auf die Geschwindigkeit. Es ging darum, mit dem Kaninchen verbunden zu sein und das auch zu beweisen. Im Rennen würde die Strecke viel breiter sein und teilweise nur durch rot-weiße Bänder begrenzt, unter denen man leicht hindurchschlüpfen konnte. Da mussten die Jungen und Mädchen ihren Kaninchen die Richtung ins Ziel weisen, mussten sie immer wieder neu antreiben und locken, denn Kaninchen waren von Natur aus Sprinter, und die Rennstrecke war lang.

»Noch mal?«, drängte Pascal, obwohl noch keine drei Minuten vergangen waren. Nicht gewonnen zu haben wurmte ihn sichtlich. Diesmal wollte Pascal unbedingt Tims Startplatz außen, weil es möglicherweise daran gelegen hatte, wie er behauptete. Aber wieder gewann Blackbeard, wenn auch wieder knapp.

»Das gibt's doch nicht!« Wütend warf Pascal einen Stein

in den Wald. Ein Fuchs war weit und breit nicht zu sehen. Als der Stein gegen Holz prallte, sahen die Kaninchen erschreckt auf. Goliath duckte sich, bereit zur Flucht.

»Spinnst du?«, rief Lissy. »Reg dich wieder ab!«

»Abregen? Ich hab verloren!«

»Nein, Goliath und ich haben verloren«, verbesserte ihn Lissy.

Pascal brummte etwas Unverständliches, er wirkte völlig aus der Bahn geworfen. Misstrauisch sah er zu Blackbeard, dann zu Tim. »Mir kommt das komisch vor.«

»Was?«, fragte Tim lauernd. Diesen Blick hatte er in letzter Zeit zu oft gesehen, diese Mischung aus Misstrauen und Vorwürfen.

»Ich weiß nicht. Bislang hat Fersengeld immer gewonnen. Und plötzlich …«

»Glaubst du jetzt auch, dass das Bein Betrug ist?«, fauchte Tim, bevor Pascal ausreden konnte. Er war diese ständigen Anschuldigungen leid, die er wochenlang über sich hatte ergehen lassen, die er so oft hatte stumm schlucken müssen, weil die anderen in der Überzahl gewesen waren oder viel älter.

»Nein. Natürlich nicht.« Pascal schüttelte den Kopf, sah ihn aber nicht an. »Ich frage mich nur, ob Fersengeld vielleicht nicht genug zu fressen hatte und deshalb weniger Kraft hat oder …«

»Du glaubst, ich lass Ferse hungern, damit Blackbeard ein Trainingsrennen gewinnt?«, fiel ihm Tim ins Wort. Die aufgestaute Wut brach sich Bahn.

»Nein.« Pascal wandte ihm den Rücken zu und warf einen weiteren Stein in den Wald. Er warf mit voller Wucht, und der Stein schlug laut gegen einen Stamm. »Ich glaub gar

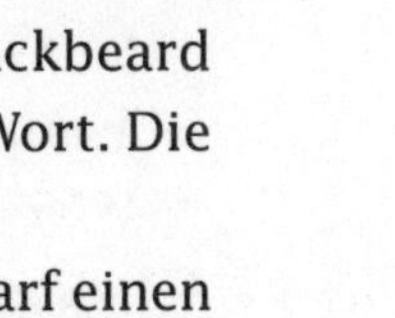

nichts, ich … Vielleicht hat Blackbeard ihm das Futter geklaut oder …«

Tiefe Enttäuschung machte sich in Tim breit. Sie verschluckte die Freude, die er gerade noch empfunden hatte. Freude darüber, wie flink Blackbeard gelaufen war, dass er sich endlich wie mit einem gesunden vierten Bein bewegte, dass er endlich eine echte Chance beim Rennen hatte, dieselbe Chance wie alle anderen auch. Warum konnte sich Pascal nicht einfach mit ihm freuen? Er war sein Freund! Wieso warf er ihm unsinnige Dinge vor, nur weil er nicht mehr jedes Training mit Leichtigkeit gewinnen würde? Blackbeard und Fersengeld waren doch fast gleichauf gewesen!

»Lissy hat auch nicht gewonnen«, giftete Tim. »Und die führt sich nicht so auf!«

»Aber Lissy gewinnt nie!«, giftete Pascal zurück. »Die ist das gewöhnt!«

»Ach ja?«, fragte Lissy spitz. »Und deswegen muss es mir gefallen?«

»Was weiß ich? Zumindest scheint es dich nicht zu stören.« Pascal schleuderte alle restlichen Steine aus seinen Taschen in den Wald. Sie prallten wie gigantischer Hagel zu Boden. »Ich geh jetzt.«

»Ja! Hau doch ab!«, rief Tim.

»Pascal, bleib!«, rief Lissy.

»Was jetzt?« Pascal starrte sie mit funkelnden Augen an. »Ihr müsst euch schon entscheiden.«

»Wir?« Tim starrte zurück. »Nein, du. Du musst dich entscheiden.«

»Gut«, sagte Pascal und drehte sich um. »Fersengeld, komm. Wir gehen.« Und er stapfte zu seinem Rad.

Fersengeld hoppelte ihm zögernd hinterher und sah sich immer wieder zu Blackbeard und Goliath um. Blackbeard tat ihm zwei Hoppler hinterher, Goliath zerpflückte mit Vergnügen ein Ahornblatt.

»Pascal …«, fing Lissy an, aber Tim fiel ihr ins Wort: »Wenn er will, soll er doch.«

Pascal verschwand über den Wall. Tim war überzeugt, er würde gleich wieder auftauchen, aber das tat er nicht. Tim hörte, wie ein Rad davonfuhr, trockene Zweige zerbrachen unter den Reifen.

Nach einer Weile setzten sich Tim und Lissy an den Hang und sahen ihren Kaninchen beim Herumhoppeln zu. Goliath suchte inzwischen nach Gräsern, und Blackbeard buddelte sich vergnügt in den lockeren Waldboden, als ginge ihn der Streit nichts an. Weder Tim noch Lissy schlugen ein weiteres Rennen vor.

Tim holte einen Stein aus der Tasche und drehte ihn unentschlossen in der Hand. Nur für den Fall, dass ein Fuchs käme. »Er weiß doch, dass ich für meinen Vater gewinnen muss. Am Anfang wollte er gar nicht mitmachen, und jetzt gönnt er mir nicht einmal einen Trainingssieg.«

»Zwei.«

»Oder zwei. Das ist doch egal.« Tim ließ den Stein vor seine Füße fallen.

»Er hat die ganze Zeit gewonnen. Vielleicht hat er gehofft, er könnte auch das Große Rennen gewinnen.«

»Aber er ist mein Freund. Und sie nennen meinen Vater Kneifer, nicht seinen.«

»Dafür nennen sie ihn Zugezogenen. Und du hast ihn vorhin auch gleich angeschrien.«

Tim sah Lissy an. Sie klang fast wie Oma. Egal, ob er

geschrien hatte, Pascal hatte angefangen. Und Tim hatte lange vor Pascal das Rennen gewinnen wollen, Pascal wusste das. »Als ich verloren habe, habe ich mich auch nicht aufgeführt. Und du auch nicht, dabei verlierst du am öftesten.«

»Ich hab auch nur ein Zwergkaninchen.«

Tim nickte. »Aber warum trainierst du dann gegen uns, wenn du keine Chance hast?«

»Ich trainiere nicht gegen, sondern mit euch. Und das tue ich, damit ich beim Rennen eine Chance habe.« Entschlossen schob sie den Unterkiefer vor. »Ich will wenigstens ein großes Kaninchen besiegen. Nur eines. Damit sie sehen, dass Mädchen und Zwergkaninchen das auch können.«

»Ihr schafft das. Goliath ist cool.«

»Und ich trainiere mit euch, weil ihr meine Freunde seid. Alle beide.«

Darauf erwiderte Tim nichts, er warf einen letzten Stein in den Wald.

Auf dem Heimweg fuhren sie in die Dunkelgasse, um einen Blick auf das Training der anderen zu werfen. Sie stiegen auf die Sättel ihrer Räder und linsten über die Mauer. Arno gewann ein Rennen mit riesigem Vorsprung. Dann führte er große Reden, und fast alle scharwenzelten um ihn herum. Mario und Martin Mayrhofer, Susi Jauchmann und ihre Freundinnen und fast alle anderen, die da waren. Carsten nickte bei jedem zweiten Satz Arnos. Nur Bene lachte und trainierte, wann er wollte.

Auch die Kaninchen ordneten sich Arnos Killer unter, er war ebenso Chef im Ring wie Arno. Es schien, als hätten viele der Jungen das Rennen schon aufgegeben – sie wollten Zweiter oder Dritter werden und gut Freund mit dem

Sieger. Unterwürfige Freunde, die sich in seinem Ruhm sonnen wollten.

Feiglinge, dachte Tim.

Als er und Lissy schon wieder von ihren Sätteln steigen wollten, trat Jakob zu einem Trainingsrennen an. Mit wüsten Drohungen und fuchtelnden Armen brüllte er sein Kaninchen durch die vergitterte Bahn und erklärte anschließend lautstark: »Kaninchen sind Fluchttiere. Die größte Leistung bringen sie, wenn sie Angst haben.«

»Danke für den Tipp«, schrie Martin Mayrhofer, der selbst oft genug Schiss hatte. Und dann trieben er und andere ihre Kaninchen mit wilden Schreien über die Strecke. Lissys Cousin Mario war ganz vorne mit dabei.

»Ich hasse ihn«, sagte Lissy und sprang von ihrem Rad.

»Ich auch«, sagte Tim. Aber er war nicht sicher, ob sie beide vom selben Jungen sprachen.

Der Doktor entscheidet

Der Streit der Vierbeiner gegen die Dreibeiner hielt überall in Niederrhode an. Zum Glück musste Tim davon fast nur die Beleidigungen und Schulterklopfereien in der Schule ertragen, die Nachmittage verbrachte er in ihrer Keltenschanze, fern von allem. Aber er hörte vieles von seinen Großeltern und Mitschülern.

Vor dem Kindergarten kam es zu einer Rangelei zwischen zwei Vätern, die sich umklammerten und gegenseitig gegen das Schienbein traten. Einer keifte: »Na, tut's weh, oder ist es aus Titan?«

Eine Mutter gab ihrer kleinen Tochter Hausarrest, weil sie das kaputte Bein ihrer Lieblingspuppe mit Draht selbst repariert hatte. Und eine Angestellte der Schauerwerke hatte angeblich ihrem Kollegen die Autoreifen zerstochen, weil er Tim einen raffinierten Burschen genannt hatte.

Die Leitung der Schauerwerke sprach sich ganz offiziell gegen das Titanbein aus.

»Jetzt weißt du auch, warum die Frau die Reifen zerstochen hat«, sagte Opa beim Frühstück.

»Nicht, weil sie gegen Blackbeard ist?«, fragte Tim.

»Nein. Um ihren Chefs zu zeigen, dass sie sich auf sie verlassen können, egal in welcher Beziehung.«

»Ich dachte, es geht hier um Blackbeard?«

Opa schnaubte. »Vielleicht ging es darum am Anfang. Inzwischen geht es vielen um sich selbst. Die Frau hofft auf bessere Aufstiegschancen.«

»Woher weißt du das?«

»Ich weiß es nicht«, gab Opa zu. »Ich vermute es.«

Tim schlang den Spitzbuben runter, den Oma schon wieder geschenkt bekommen hatte. Dann fragte er: »Warum sind die Schauerwerke überhaupt gegen das Bein? Sie stellen doch selbst mechanische Dinge her.«

»Aber den Auftrag für dein Bein haben sie nicht bekommen«, sagte Oma. »Weil es nicht ihres ist, sind sie dagegen. Und jetzt beeil dich, du bist spät dran.«

»Niemand hat einen Auftrag bekommen«, sagte Tim verwundert.

»In ihrer Welt gibt es immer einen Auftrag.«

»Warum?«

»Los jetzt!«, mahnte Oma, und Tim wetzte los. Er kam beinahe pünktlich in die Schule.

In der Pause sah er, wie sich Pascal mit Louis in eine Ecke verdrückte. Die beiden tauschten verstohlen etwas aus. Tim starrte Pascal grimmig an, als der sich von Louis löste, und schüttelte den Kopf. Glaubte Pascal wirklich, er würde Fersengeld zu wenig füttern? Pascal war doch selbst fast den ganzen Tag da. Pascal stapfte an ihm vorbei, ohne ihn anzusehen.

»Betrüger«, zischte Tim.

Drei Nachmittage und ein Wochenende lang trainierten Tim und Pascal nebeneinander her. Keiner von ihnen wollte auf die Strecke in der Keltenschanze verzichten, keiner wollte sie dem anderen überlassen. Aber sie traten nicht

gegeneinander an. Abwechselnd rannten sie gegen Lissy und Goliath, bis Lissy völlig außer Atem schimpfte: »Jungs, gebt euch endlich die Hand und redet wieder miteinander! So muss ich doppelt so oft laufen wie ihr!«

Aber keiner von ihnen wollte den ersten Schritt tun, keiner sah ein, sich zu entschuldigen. Lissy beschimpfte sie als sture Böcke, aber auch das änderte nichts.

Tim verglich heimlich jeden Vorsprung, den Blackbeard vor Goliath ins Ziel brachte, mit dem von Fersengeld. Aber weil er immer einmal mitrannte und einmal nicht, war sein Blickwinkel unterschiedlich. Er konnte einfach nicht erkennen, wer schneller war.

Am Montag sagte Herr Vögele nach der Pause: »Tim, ich hab eben einen Anruf vom Bürgermeister bekommen. Es geht nicht mehr so weiter, dass dein Kaninchen unsere ganze Stadt entzweit. Du sollst heute nach der Schule mit deinem besonderen Kaninchen gleich zum Stadtarzt kommen. Der wird feststellen, ob ihr euch mit dem künstlichen Bein einen unerlaubten Vorteil verschafft.«

Ein Teil der Klasse applaudierte. Carsten nickte nachdrücklich. Vielleicht, weil es gegen Tim ging, vielleicht auch, weil sich endlich jemand Offizielles äußerte. Er selbst schien noch keine Regel gegen Blackbeard gefunden zu haben.

Tim starrte seinen Lehrer an. Die Anschuldigung, Blackbeard sei an allem Streit in Niederrhode schuld, machte ihn einen Moment lang sprachlos. Blackbeard hatte niemandem befohlen, er solle die Autoreifen eines anderen zerstechen oder ihm gegen das Schienbein treten.

Arno lachte gehässig. »Viel Spaß dabei. Und viel Erfolg. Der Stadtarzt ist ein guter Freund von meinem Vater.«

Auch Herr Vögele musste das gehört haben, sah Arno jedoch nur streng an und sagte unverständlicherweise nichts. Einige aus der Klasse buhten, die meisten lachten jedoch, johlten und klatschten weiter.

Pascal schrie quer durchs Zimmer: »Ach, halt's Maul, du selbstgefälliger Köttelkopf!«

Arno wurde knallrot, Herr Vögele auch. Er rief: »Entschuldige dich sofort, oder das gibt eine Strafarbeit!«

»Nö«, sagte Pascal. »Ich hab doch recht.«

Und er bekam eine Strafarbeit und zusätzlich Nachsitzen aufgebrummt, aber er lächelte nur. Tim auch. Der Ärger über Pascal hatte sich in Luft aufgelöst.

Nach einem raschen Mittagessen fuhr Oma mit Tim und Blackbeard zu Dr. Brandner. Seine Praxis lag gleich hinter dem Rathaus. Dort hatten schon dessen Mutter und ihr Vater und Großvater praktiziert, und wahrscheinlich zehn weitere Generationen. Über all diese Jahre hinweg hatte die Familie die Bezeichnung Stadtarzt behalten. Immer wenn etwas offiziell zu klären war, wurde Dr. Brandner gerufen, kein Amtsarzt von außerhalb.

»Ist der auch Tierarzt?«, fragte Tim, bevor sie die Praxis betraten. Laut dem polierten Bronzeschild an der Tür hatte er Montagnachmittag nur nach Vereinbarung geöffnet.

»Nicht dass ich wüsste«, sagte Oma.

»Warum darf er sich dann Blackbeard anschauen?«

»Das kann ich dir nicht sagen.«

»Arno hat gesagt, er ist ein guter Freund von seinem Vater. Stimmt das?«

»So so.« Oma kniff die Lippen zusammen und sah Tim an. »Ich weiß es nicht. Am besten, du fragst ihn das selbst.«

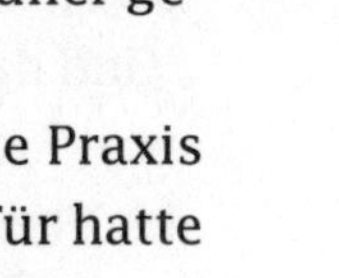

Außer ihnen war kein Patient hier. Trotzdem bat die Sprechstundenhilfe sie, im Vorraum Platz zu nehmen. Tim ließ sich auf einen der hellgrauen Plastikstühle sinken, Blackbeards Transportkiste auf dem Schoß. Oma setzte sich neben ihn. Die Sprechstundenhilfe sah immer wieder verstohlen zu ihnen herüber.

»Dauert es noch lange?«, fragte Oma.

»Nur ein paar Minuten.«

Oma blätterte nicht wie sonst in einer Illustrierten, und Tim starrte die ganze Zeit zu Blackbeard in die Transportkiste. Das Kaninchen kratzte nervös auf dem Boden herum, als könnte es sich in die Freiheit buddeln. Das Titanbein klang dumpfer als die anderen drei Beine, weil es keine echten Krallen aus Horn besaß.

Plötzlich fragte sich Tim, was geschehen würde, wenn Dr. Brandner das Bein zu einem Betrug erklären würde. Würde Tim disqualifiziert werden? Würde Dr. Brandner das Bein sofort abnehmen? Bei dem Gedanken daran wurde es Tim flau im Magen. Das würde er nicht zulassen, Blackbeard war glücklich mit dem Bein.

Und dann? Was dann? Wäre Tim dann auch ein Kneifer wie sein Vater? Alle Hoffnung auf ein gutes Rennen sickerte aus Tim heraus. Wenn Dr. Brandner ein Freund von Arnos Vater war, würde er das Bein bestimmt sofort wegoperieren. Wahrscheinlich tat er es sogar ohne Betäubung. Noch immer hatte Tim Arnos höhnisches Lachen im Ohr. Seine Füße zuckten, er wollte aufspringen und mit Blackbeard davonlaufen. Einfach fort, aber er wusste nicht, wohin. Er dachte an die Keltenschanze, an die Werkstatt des alten Schwarzenbachers, aber er konnte sich hier wie da nicht ewig verstecken, und Blackbeard auch nicht.

Und würden sie ihn dann nicht erst recht Kneifer nennen?

Er blieb sitzen, aber im Stillen schwor er sich, auf der Stelle abzuhauen, wenn Dr. Brandner mit einer Operation drohte.

Er sah zur Uhr. Der Sekundenzeiger bewegte sich viel zu langsam. Die Sprechstundenhilfe linste erneut herüber, Blackbeard kratzte in der Kiste. Die Fotos an den weißen Wänden zeigten Gewinner des Rennens aus den letzten hundert Jahren. Tim hatte sie bei früheren Besuchen immer gern betrachtet, jetzt sah er nicht hin. Er wusste aber, dass das in der Mitte Brandners Großvater mit einem weißen Kaninchen zeigte. Endlich wurden sie eingelassen.

Dr. Brandner trug eine randlose Brille. Sie saß tief auf der krummen Nase, und er blickte über sie hinweg, als würde er sie gar nicht brauchen. Dafür neigte er den Kopf weit nach vorn, und weil er einen sehr langen Hals hatte, musste Tim bei dem Anblick an einen Geier denken. Sein Arztkittel stand wie immer offen, es wirkte, als sei er ständig in Eile. Wer in Eile war, musste wichtig sein. Die Haare färbte er sich silbergrau, obwohl er höchstens vierzig Jahre alt war. Bene behauptete, er wolle dadurch weiser wirken. Dr. Brandner schüttelte Tim und Oma die Hand. Sein Griff war fest und kurz.

»Stimmt es, dass Sie ein Freund des Bürgermeisters sind?«, fragte Tim, bevor der Arzt mehr als die Begrüßung herausgebracht hatte.

»Wer sagt das?«

»Sein Sohn Arno.«

»Tim«, mischte sich Oma ein. »Deswegen musst du dir keine Sorgen machen.« In ihrer Stimme schwang ein leichter Tadel mit. Dabei hatte sie doch gesagt, er solle fragen.

»Der Herr Doktor würde sein Urteil sicher nicht von einer Freundschaft abhängig machen. Seine Ehre als Mediziner steht auf dem Spiel.«

»Was hat der Arno denn genau gesagt?«, fragte Dr. Brandner mit gerunzelter Stirn.

»Wortwörtlich weiß ich es nicht mehr«, sagte Tim. »Aber er war der Meinung, Sie würden Blackbeard ausschließen, weil sie ein Freund seines Vaters sind. Er macht doch auch mit beim Rennen.«

»So so, das glaubt er also«, brummte Dr. Brandner wenig erfreut. »Ich würde eher sagen, wir sind Bekannte, keine Freunde.«

Tim musste Blackbeard aus der Kiste holen und auf die graue Liege mit dem Plastikbezug setzen. Blackbeard duckte sich verängstigt und legte die Ohren an.

»Ganz ruhig«, murmelte Tim. »Dir passiert schon nichts.«

Dr. Brandner hielt Blackbeard fest und griff nach dem Titanbein. Er wackelte daran, um den Sitz zu prüfen, und betrachtete den Übergang zwischen Haut und Titan durch eine Speziallupe, die er sich vor das rechte Auge schnallte. Von oben bis unten hörte und klopfte er es ab. »Ist da ein Motor drin?«

»Nein. Nur eine Federkonstruktion.«

Dr. Brandner pfiff anerkennend. »Ist sehr genau. Die Gelenke, die Kraftübertragung aus der oberen Muskulatur, alles stimmt. Hast du das gebaut?«

Tim schüttelte den Kopf.

»Dein Opa? Er war doch Uhrmacher, oder?«

»Ist ein Geheimnis«, sagte Tim.

»So so.« Dr. Brandner lächelte und ließ Blackbeard noch einmal über den Boden hoppeln. Dabei achtete er genau auf den Bewegungsablauf. Dann ging er hinüber zum Schrank, in dem er die Spritzen aufbewahrte. Tim erinnerte sich von einer Impfung her daran. Möglichst unauffällig spannte er die Muskeln an und machte sich bereit, Blackbeard zu schnappen und davonzustürmen, sollte Dr. Brandner ihn betäuben wollen. Egal wohin, erst einmal raus, nur weg. Alles andere würde sich dann ergeben.

Aber Dr. Brandner nahm nur einen Stift aus einer anderen Schublade und kritzelte etwas auf einen Block. Dann riss er eine Seite ab und reichte sie Tim. »Pack dein Kaninchen wieder ein. Und gib das der Sprechstundenhilfe. Sie druckt dir ein Attest aus, dass du beim Rennen antreten darfst.«

»Danke!« Tim strahlte, nahm Blackbeard auf den Arm und drückte ihn fest an sich. Dabei zerknitterte er das Attest an einer Ecke. Als er es erschrocken hochhielt, beruhigte ihn Dr. Brandner: »Keine Angst, das gilt auch so.«

»Ja, danke.« Oma lächelte Dr. Brandner an, und der Arzt lächelte zurück.

»Übrigens«, sagte er noch, als Tim schon an der Tür war. »Mit dem Attest darfst du auch an der Villa trainieren. Meine Bedenken von damals hat das neue Bein vollständig beseitigt.«

Tim wollte es sofort seinen Freunden erzählen, aber Oma beschloss, das müsse gefeiert werden, und ging mit ihm Eis essen. Da fiel ihm endlich wieder ein, was er Oma schon längst hatte fragen wollen. »Warum bekommen Mädchen nur Zwergkaninchen?«

»Das war ein Kompromiss«, sagte Oma und steckte den Löffel in ihren Eisbecher. »Bis vor etwa fünfzig Jahren haben überhaupt nur Jungen ein Kaninchen bekommen, so

war es Tradition. Aber die Mädchen wollten das nicht mehr hinnehmen und haben um die Teilnahme zu kämpfen begonnen. Die Traditionalisten haben gesagt, was sie immer sagen: Das habe es noch nie gegeben. Und sie beriefen sich auf den genauen Wortlaut der Sage, in ihr hätten nun einmal zwei Jungen das Kaninchen besessen, keine Mädchen. Viele Frauen hielten dagegen, dass es beim Rennen heutzutage in erster Linie darum ging, dass man ein Teil der Gemeinschaft wurde, und Mädchen und Frauen seien doch sehr wohl ein Teil der Gemeinschaft. Warum sie also ausschließen? Nach langem Hin und Her gaben die Traditionalisten ein Stück weit nach. Sie sagten, wenn es nur darum ginge, dabei zu sein, würden auch Zwergkaninchen reichen. So war gesichert, das auch fortan nur Jungen gewannen. Die Frauen erklärten sich einverstanden, und so haben wir jetzt eine neue Tradition, die sich festgesetzt hat.«

»Aber ist das nicht unfair?«

»Für das Rennen selbst, fürs Gewinnen, ja«, sagte Oma und aß nun doch von ihrem Eis, damit es nicht schmolz. »Aber ich halte das Dabeisein für das Wichtigste. Und vergiss nicht, die Regel geht in beide Richtungen: Kein Junge darf sich ein Zwergkaninchen aussuchen, auch kein so cooles wie das von Lissy.« Sie zwinkerte. »Bei den Kaninchen geht es um mehr als um das Rennen. Ihr müsst zueinander passen.«

»Trotzdem ist es unfair, wenn man nicht gewinnen kann«, beharrte Tim. »Darum geht es doch beim Rennen.«

»Nein, mein Junge. Es geht ums Dabeisein. Glaub mir, ich durfte nicht mitmachen, ich weiß, wovon ich rede.«

Tim nickte. Aber er war überzeugt, dass Lissy mit der

Antwort nicht zufrieden wäre. »Und Mama? Wie hat Mama eigentlich abgeschnitten?«

»Sie wurde Siebenunddreißigste. Selbst hat sie aber immer gesagt, dass sie unter den Mädchen Vierte geworden ist.«

Im Laufschritt schob Tim sein Rad den Wall der Keltenschanze hinauf. Wie vermutet fand er Pascal und Lissy an der Rennstrecke.

»Alles okay!«, brüllte er oben auf dem Wall. »Blackbeard ist kein Betrüger!«

Die beiden jubelten laut, Pascal sogar noch lauter als Lissy. Er schrie Blackbeards Namen und stieß die geballte Faust in den Himmel. Es war, als hätte es ihren Streit nie gegeben.

Als Tim näher kam, sah er, dass Pascal eine blutverkrustete Schramme über der rechten Schläfe hatte. Sie war dick geschwollen.

»Was ist passiert?«, fragte er und schnallte Blackbeard von seinem Sitz.

»Jakob.« Pascal spuckte aus. »Er hat mir nach dem Nachsitzen aufgelauert und mir eine halb volle Flasche an den Kopf geschmissen. Dabei hat er geschrien: Zugezogene habe hier gar nichts zu sagen. Dann ist er abgehauen.«

»So ein Köttelfresser!«, fluchte Tim.

»Es hat gerade erst aufgehört zu bluten«, sagte Lissy.

»Und Arno?«, fragte Tim.

»War nirgendwo zu sehen.« Pascal spuckte noch einmal aus. Sein Unterkiefer zitterte vor unterdrückter Wut. »Wir müssen die beiden im Großen Rennen besiegen. Wir müssen einfach. Das stopft ihnen das Maul.«

»Wir können aber nicht alle gewinnen.«

»Das ist vollkommen egal. Nur muss es einer von uns schaffen. Zugezogener, Krüppler oder Lumpenmädchen, keinen von uns wollen die als Sieger. Und wenn ich nur Zehnter werde, will ich, dass Jakob höchstens Elfter wird.«

»Letzter«, schlug Lissy vor.

»Ja, Letzter.« Pascal nickte grimmig. »Letzter ist am besten. Wichtig ist jetzt nur, dass wir trainieren wie bekloppt. Zusammen. Wenn wir uns gegenseitig anspornen, kann es einer schaffen.«

Tim erzählte, dass er sogar wieder zur Villa durfte, aber das wollten sie nicht. Sie würden nicht angekrochen kommen, nur weil sie jetzt eine offizielle Erlaubnis hatten. Ihre inoffizielle Trainingsstrecke war ihnen viel lieber.

»Übrigens hattest du recht«, sagte Pascal, nachdem sie das erste Rennen hinter sich hatten.

»Ich weiß«, sagte Tim grinsend. Dann erst fragte er: »Womit denn?«

»Mit Louis. Das Zeug, das er verkauft, ist nur Traubenzucker. Der teuerste Traubenzucker der Welt.«

Verschwunden

Das Attest von Dr. Brandner beruhigte zumindest die Erwachsenen. Sie waren es schließlich gewöhnt, auf die Worte eines Arztes zu hören. Tim vermutete, viele Menschen gingen nur deshalb nicht gern zu einem Arzt, weil der ihnen Vorschriften machen durfte: treib Sport, iss dies, aber trink das nicht.

»Geschickter Schachzug«, sagten jetzt viele zu Blackbeards Bein – mal anerkennend, mal eher vorwurfsvoll. Niemand sprach mehr offen von Betrug, höchstens von »guter Arbeit, vom mechanischen Standpunkt aus betrachtet«.

Nur der kauzige Fabian Duncelwert beschwerte sich: »Früher gab's das nicht! Da war kein so Wischiwaschi, wir haben keine Krücken oder falschen Beine gehabt. Basta!«

Der eine oder andere schaute Tim auf der Straße noch immer missmutig an, aber missmutige Gesichter hatte es auch vor der Ersten Beschnupperung genug gegeben. Opa ließ sich die Haare nun von Oma schneiden, und Oma ging nicht mehr zum Bäcker Weber einkaufen, obwohl auch der Sedlmayr ihr keine Spitzbuben mehr schenkte.

Unter den Zehnjährigen dagegen beruhigte sich nichts. Im Gegenteil: Jakob knackte mit den Knöcheln, wann immer er Tim begegnete, und Arno zischte ihm schon am

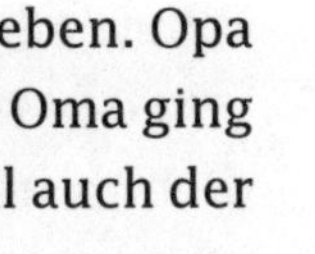

Dienstag in der ersten Stunde zu: »Ich mach dich fertig beim Rennen, Krüppler.« Und er spuckte ihm eine vollgespeichelte Papierkugel in den Nacken.

Tim schlug nach ihr wie nach einer Fliege und raunte dann in Richtung Carsten: »Jetzt hab' ich einen offiziellen Stempel, dass ich kein Betrüger bin. Alles nach den Regeln. Da schaust du, was?«

Carsten presste die Lippen aufeinander und starrte stur geradeaus zur Tafel, obwohl der Vögele noch gar nichts hingeschrieben hatte.

»Du sagst ja gar nichts mehr«, bohrte Tim weiter. »Hat's dir die Sprache verschlagen?«

Carstens Kinn zitterte.

»Alles nach den Regeln«, wiederholte Tim. Er hatte nicht vergessen, dass Carsten gedroht hatte, eine Regel zu finden, um ihn auszuschließen. Die offizielle Starterlaubnis schmierte er ihm darum extra dick aufs Brot.

Carsten fuhr herum, in seinen Augen stand kochende Wut. »Vielleicht hast du den Stadtarzt bestochen. Du wolltest Bene und mich zum Betrügen anstiften, für mich bleibst du ein Betrüger.«

»Gut, dass deine Meinung nicht zählt«, flüsterte Tim. »Ich darf nämlich antreten.«

»Das werden wir noch sehen«, knurrte Carsten und drehte sich wieder weg.

In der Pause kam Bene zu Tim herüber. »Gut, dass sie dich mitmachen lassen«, sagte er und grinste vorsichtig. »Dann kann ich dich wenigstens schlagen.«

»Mich schlagen? Du wirst ein Fernglas brauchen, um meine Staubwolke von hinten zu sehen«, gab Tim zurück. Auch er grinste.

»Wer kriecht, wirbelt keinen Staub auf. Pass du besser mal auf, dass dein Kaninchen nicht mit dem falschen Bein an dem Magneten hängen bleibt, den ich am Start verbuddel.«

Tim lachte, aber dann ging Bene wieder zu Carsten zurück, der mit Mario Zech auf der anderen Seite des Schulhofs stand.

Am Ende der Woche wurde Christian Hoffmann aus der Parallelklasse erwischt, wie er seinem Kaninchen ein Bein absägen wollte, um ein mechanisches Superbein anzuschrauben. »Damit ist er viel schneller, und das ist heutzutage ja kein Betrug mehr.«

Rektorin Schuster ließ ein gewaltiges Donnerwetter auf ihn nieder. Sie hörte erst auf, als er anfing zu weinen. In der Pause machten dann seine Klassenkameraden weiter und beschimpften ihn als Flennhenne.

»Das ist unerträgliche Kaninchenquälerei!«, tobte auch Herr Vögele in Tims Klasse. Seine Augen blitzten, und er fuchtelte mit dem rechten Zeigefinger durch die Luft wie mit einer Waffe. »Was für ein Glück, dass seine Schwester ihn rechtzeitig erwischt hat, als er das Kaninchen im Werkraum in den Schraubstock klemmen wollte. Das ist doch verrückt!« Sein Blick irrte über die Klasse hinweg, dann fasste er Tim ins Auge. »Da siehst du, was du angerichtet hast, Tim.«

»Ich?«, rief er entsetzt.

»Was meinst du denn, wie Christian überhaupt auf die Idee gekommen ist? Wer hat denn mit den künstlichen Beinen angefangen?«

»Aber ich habe Blackbeard nichts getan!«, protestierte Tim und schnappte nach Luft. Der Vorwurf war voll-

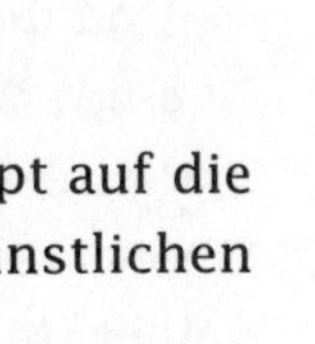

kommen ungerechtfertigt! »Ich hab ihm doch kein Bein abgeschnitten!«

»Nein«, gab Herr Vögele zu und musterte ihn einen Moment lang. Ganz langsam senkte er die Hand mit dem ausgestreckten Zeigefinger. »Nein, natürlich nicht. Es ist nur so, dass unser Verhalten immer Konsequenzen nach sich zieht. Du magst sicher Gründe für dein Tun gehabt haben, aber ohne dein Vorbild wäre Christian nie auf die Idee mit dem Superbein gekommen.«

»Ich habe nie gesagt, dass Blackbeard ein Superbein hat! Ich wollte doch nur, dass Blackbeard nicht mehr der Krüppel sein muss. Ich würde niemals ein Kaninchen verkrüppeln!«

»Wie heißt das?«

»Was?«, stammelte Tim, von der Frage vollkommen überrascht.

Herr Vögele atmete tief durch. »Zum einen heißt das *wie bitte,* nicht *was*. Und zum anderen *Kaninchen mit Behinderung*. Das K-Wort möchte ich nicht mehr hören, schon gar nicht von dir.«

»Gut«, platzte Tim heraus. Darum ging es jetzt doch gar nicht; das Gerede seines Lehrers brachte alle seine Gedanken durcheinander. »Es ist kein Superbein. Dr. Brandner sagt das auch. Mir wäre es lieber, Blackbeard hätte vier echte.«

»Und du wolltest vor Christian nicht ein bisschen angeben mit dem Bein?«

»Nein!«

»So so.« Herr Vögele nickte ganz langsam und kaute auf seiner Unterlippe herum. »Na gut.« Er ließ den Blick über die Klasse schweifen. »Hat einer von euch anderen gesagt, Tims Kaninchen besäße ein Superbein?«

Natürlich meldete sich niemand. Auch nicht Arno und all die anderen, die Blackbeard vom Rennen hatten ausschließen wollen. Bestimmt war es einer von ihnen gewesen, da war Tim sicher. Die hatten doch immer gesagt, dass er sich unerlaubte Vorteile verschaffte. Aber Arno fragte Herr Vögele natürlich nicht, er war schließlich immer pünktlich, Bürgermeistersohn und großer Favorit. Andererseits traute Tim es Arno auch nicht zu, irgendwas an Blackbeard »super« zu nennen.

»Meinetwegen«, sagte Herr Vögele und warf Tim noch einen letzten, nicht mehr ganz so unfreundlichen Blick zu. »Vielleicht war es jemand aus der 4a. Das sollte auch gar nicht das Thema sein. Eigentlich wollte ich euch daran erinnern, dass es beim Großen Rennen gewisse Traditionen gibt. Zu denen gehören auch bestimmte Bestrafungen, die hier in der Schule längst unangemessen wären, aber dort draußen haben sie sich gehalten ...«

Er sprach es nicht aus, aber jeder wusste, dass er vom Tunken sprach. Gespannte Stille senkte sich über die ganze Klasse. Noch nie hatte ein Lehrer das Tunken angesprochen. Tim blickte zu Pascal, der ihn fragend ansah. Er zuckte mit den Schultern.

»Damals, zu meiner Zeit«, fuhr Herr Vögele fort, »hätte man sich jemanden, der sein Kaninchen verstümmelt, ernsthaft vorgeknöpft. Sehr ernsthaft. Das sage ich nicht wegen Christian. Seinem Kaninchen ist nichts passiert, und er wird es nie wieder versuchen. Er hat seine Lektion gelernt, denke ich. An diese Traditionen erinnere ich nur, falls einer von euch tatsächlich so unvernünftig sein sollte, auf eine ähnliche Idee zu kommen. Ich kann mir gut vorstellen, dass sich in dieser Hinsicht wenig geändert hat

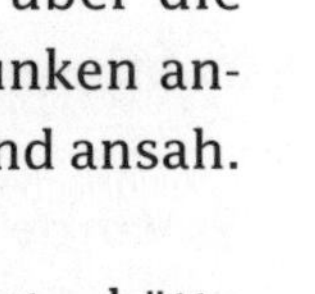

seit damals. Für Kaninchenverstümmler hat keiner Verständnis.«

Erst nach dieser eindringlichen Rede begann der richtige Unterricht in Kaninchenkunde. Herr Vögele erzählte ihnen davon, wie im Jahre 1912 der Kaiser das Große Kaninchenrennen hatte verbieten wollen, weil es angeblich das Fliehen vor dem Feind und Feigheit verherrlichen würde. Doch die hochnäsigen Beamten, die mit dieser Bekanntmachung extra nach Niederrhode kamen, wurden kurzerhand in die Flucht geschlagen. Zwei Dutzend Gewinner schrien ihnen hinterher: »Wer ist hier feige? Das unbekannte Kaninchen ist nicht geflohen, sondern in die bedrohte Stadt heimgekehrt, um alle anderen zu warnen. Seine Haut für andere zu riskieren, darum geht es beim Rennen!«

»Und ums Gewinnen«, hatte der Gewinner vom Vorjahr geschrien, ein schlaksiger Junge mit abstehenden Ohren. Aber den hatten die Beamten schon nicht mehr gehört, so schnell waren sie gerannt. Und der Kaiser im fernen Berlin nahm sein Verbot zurück.

Es wurde Juni. Egal, ob die Sonne am Himmel brannte oder Regen herabprasselte, Tim und seine Freunde verbrachten immer mehr Zeit in der Keltenschanze. Sie übten mit den Kaninchen, was sie nur üben konnten: rennen und reden, schnelle Richtungswechsel, das Springen über Hindernisse und ihr Überklettern, das Buddeln auf Kommando und immer wieder das gegenseitige Vertrauen. Nebenbei gewöhnten die Kaninchen sich an die vielen Düfte im Wald und den lockeren Boden.

Sie sammelten Brennnesseln und verbrannten sich dabei

die Hände. Aus den Nesseln machten sie Heu, weil gutes Brennnesselheu den höchsten Eiweißgehalt hatte. Eiweiß war wichtig für die Muskulatur.

Sie lernten alles über gesunde Kaninchenernährung und stellten abwechslungsreiche Menüs zusammen. Weil Tim überzeugt war, dass nicht nur die richtigen Nährstoffe und Training wichtig waren, sondern auch Glück, suchte er jeden Tag nach vierblättrigen Kleeblättern und verfütterte sie an Blackbeard. Lissy tat das Gleiche für Goliath.

»Ich bin nicht abergläubisch«, schnaubte Pascal, aber drei Tage später sammelte er auch welche.

Am Freitag vor den Pfingstferien schaute Lissy am Trimmdich-Pfad vorbei, wo drei Mädchen und zwei Jungen mit ihren Vätern und Kaninchen trainierten. Grinsend verkündete sie später den anderen: »Vor denen braucht ihr keine Angst zu haben. Und gegen den einen Jungen hat sogar Goliath eine Chance.«

Goliath, Blackbeard und Fersengeld wurden ebenso gute Freunde wie Tim, Lissy und Pascal.

Am Dienstag in der zweiten Woche der Pfingstferien wachte Tim sehr früh am Morgen auf. Draußen tschilpten lautstark irgendwelche Vögel, aber das hatte ihn nicht geweckt. Er hatte schlecht geträumt, von einem wankenden, knirschenden Geisterhaus voller Gestalten aus den Schauerwerken. Nur waren sie aus echtem Fleisch und Blut und Ektoplasma gewesen, nicht mechanisch. Ein Fensterladen hatte quietschend im Wind geklappert, wieder und wieder hatte er gegen die rissige Wand geschlagen, und Tim musste in dem umherwogenden Monstergetümmel irgendetwas finden, er wusste nur nicht, was. Verzweifelt hatte er sich hierhin und dorthin gekämpft, angelacht von

hundert Fratzen und einem rotnasigen Clownsgesicht. Jetzt schien von draußen die Sonne herein, und der Traum verblasste beinahe sofort.

Tim zog die Vorhänge zurück und sah in den blauen Himmel. Ganz am Horizont hingen zwei kleine Wolken. Ihre Bäuche waren grimmig grau.

Hastig schlüpfte er in die kurze Hose und das T-Shirt von gestern und lief barfuß in die Küche hinunter. Es war niemand da. Das Kaninchen sprang stumm aus Opas Wanduhr und schlug sechs Haken. Sechs Uhr. Warum war er so früh aufgewacht?

Tim stellte seinen Kaninchenbecher und das Kakaopulver auf den Tisch und holte die Milch aus dem Kühlschrank. Doch bevor er selbst frühstückte, würde er Blackbeard etwas bringen. Und Fersengeld auch – nicht dass sich Pascal wieder beschwerte. Am besten ließ er die beiden gleich ins Freigehege.

Mit zwei Schüsseln Futter im Arm ging er zum Stall hinaus.

»Morgen, Blackbeard«, rief er und öffnete die Tür. Sonst erwartete ihn Blackbeard immer mit aufgerichteten Ohren, jetzt zeigte er sich nicht. Es war wohl selbst für ihn zu früh.

»Schlafmütze!« Tim lachte und stellte die Schüsseln vorn in den Stall. Niemand kam aus dem hinteren Teil angehoppelt, kein Blackbeard und kein Fersengeld. Tim steckte den Kopf hinein. Er konnte die Kaninchen noch riechen, aber sie waren fort. Hastig zog er den Kopf wieder heraus und blickte zum Freigehege. War Opa doch schon wach und hatte sie rausgelassen? Oder hatte Tim etwa gestern vergessen, sie reinzutun?

Nein.

»Blackbeard!«

Doch der ganze Garten war verlassen, von beiden Kaninchen keine Spur.

»Blackbeard! Fersengeld!«

Voller Angst rannte Tim am Zaun entlang und suchte nach einem frisch gebuddelten Tunnel, der darunter hindurchführte. Er fand keinen.

»Blackbeard!«

Die Stalltür war verschlossen gewesen, auch dort hatten sie nicht hinausgekonnt.

Oben ging ein Fenster auf, und Opa steckte verschlafen den Kopf heraus. »Was soll der Lärm, Tim? Wenn du schon in aller Herrgottsfrühe trainieren willst, kannst du das nicht ...«

»Blackbeard ist weg!«

»Was?«

»Blackbeard ...« Tim verstummte. Auch in der Nachbarschaft öffneten sich zwei Fenster. Er brauchte jetzt nicht auch noch Geschimpfe wegen des frühen Lärms.

»Ich komme.« Opa knallte das Fenster zu.

Tim lief zum Stall, um noch einmal die Tür zu überprüfen und dann jede Wand. War irgendwo ein Stück herausgebrochen? War Blackbeards Bein so kräftig, dass es Holz zertrümmern konnte?

Auf dem Boden vor dem Stall lag ein zerknitterter Flyer vom Zirkus Stella aus dem vorletzten Jahr. Langsam hob Tim ihn auf. Gestern war er ganz bestimmt noch nicht da gewesen. Oben auf der Vorderseite stand: *Letzte Abschiedsveranstaltung zum Großen Kaninchenrennen!* Darunter riss der Löwe Rex sein Maul so weit auf, dass er die ganze

Schrift zu verschlingen drohte. Es war der Löwe, an den der Bauer Herbst Blackbeard hatte verfüttern wollen, und irgendwer hatte ein unbeholfenes Strichkaninchen zwischen die Zähne gezeichnet, runder Bauch, runder Kopf, zwei lange geknickte Ohren. Tim wurde schrecklich übel, und er sackte in die Knie.

»Was ist mit Blackbeard?« Opa stand im Schlafanzug neben ihm und legte die Hand auf seine Schulter.

»Er ist weg.«

»Das kann doch nicht sein!«

»Aber ... Ferse auch.«

»Was?« Opa guckte in alle Richtungen. »Komm mit rein, bevor dich jemand hört.«

Tim wunderte sich kurz, warum Opa das wichtig war, sie sprachen doch leise genug, um niemanden zu wecken. Aber eigentlich ging ihm gerade anderes durch den Kopf. »Ich muss Pascal anrufen. Sofort.«

Auf dem Weg zum Telefon zeigte er Opa den Flyer. »Der Bauer Herbst hat ihn doch geholt.«

»Und einen alten Flyer zurückgelassen? Das erscheint mir ...«

»Er wollte Blackbeard verfüttern! Und die Zeichnung ist eindeutig, schau doch! Als er den Zirkus bei sich aufgenommen hat, hat er bestimmt auch alle übrigen Flyer bekommen.«

»Jeder in der Stadt hat so einen Flyer bekommen«, sagte Opa. »Er beweist nur, dass irgendwer heute Nacht hier war.«

Tim wählte und fragte: »Und wer hat ihn bis heute aufgehoben? Wer kritzelt so was da rein?«

Opa brummte etwas Unverständliches. Oma kam herunter

und wollte wissen, was los war. Opa erklärte es ihr, weil Tim am Telefon hing.

Er musste es ewig klingeln lassen, bevor jemand ranging.

»Hansen. Hallo?«, meldete sich Pascals Mutter. Sie klang verschlafen, besorgt und verärgert zugleich.

»Hallo, hier ist Tim. Kann ich Pascal sprechen?«

»Tim? Weißt du, wie spät es ist?«, sagte Frau Hansen. »Pascal schläft. Du bist viel zu früh.«

Das hatte noch nie jemand zu Tim gesagt. Er drängte: »Bitte! Es ist dringend!«

»Was ist denn los?«

»Ähm, Ferse …« Tim brach ab. Sie durfte ja gar nichts von dem Kaninchen wissen. Lahm sagte er: »Mein Kaninchen ist fort.«

»So? Hier ist es nicht.« Verärgert legte sie auf.

Sofort begann Tim erneut zu wählen, aber Opa nahm ihm das Telefon aus der Hand. »War das seine Mutter?«

»Ja.«

»Wem willst du eigentlich noch alles erzählen, dass Blackbeard verschwunden ist?«, knurrte Opa.

»Pascal muss es erfahren …«

»Ja, Pascal, sonst keiner«, sagte Opa. »Sonst kannst du gleich eine Anzeige in die Zeitung setzen. Haben dich die Nachbarn gehört?«

»Meinst du, die haben was gesehen?«, fragte Tim hoffnungsvoll. Es konnte Zeugen geben, daran hatte er noch gar nicht gedacht.

»Nein.« Opa sah ihn ernst an. »Du weißt schon, was mit jemandem passiert, der sein Kaninchen verliert?«

Tim erschrak. Vor lauter Sorge um Blackbeard hatte er

nicht daran gedacht. Wer sein Kaninchen verlor, wurde getunkt. Er schluckte und nickte langsam.

»Also schrei das nie wieder herum. Und bring die beiden zurück, bevor irgendwer das rausfindet.«

Flucht und Suche

Tim raste mit dem Rad zum Herbsthof. Egal, was Opa sagte, das war der einzige Hinweis, den er hatte. Für einen Umweg zu Pascal, um ihn mit gegen das Fenster geworfenen Steinchen zu wecken, blieb keine Zeit. Tim wusste nicht, wann Löwen gefüttert wurden. Im Zoo um 14:00 Uhr, aber das nur, weil da Menschen zusehen sollten. Hier wollte der Herbst sicher keine Zeugen, und die meisten Kühe bekamen jetzt ihr Frühstück. Warum also nicht auch die Löwen?

In Rekordzeit sauste Tim durch die leeren Straßen, legte sich gefährlich tief in die Kurven und ließ endlich die letzten Häuser des Städtchens hinter sich. Er jagte in einen Feldweg und legte gut zweihundert Meter später und direkt hinter dem Herbsthof eine Vollbremsung hin. Hastig kettete er das Rad an den nächstbesten Baum. Von dort zwängte er sich durch die Hecke auf das Gelände. Er konnte ja schlecht klingeln und direkt fragen: »Haben Sie mein Kaninchen geklaut?«

Herbst würde ihn hochkant rauswerfen und Blackbeard und Fersengeld sofort verfüttern, damit alle Spuren seines Kaninchenraubs beseitigt wären. Höchstens das Titanbein könnte man beim Röntgen dann noch im Magen des

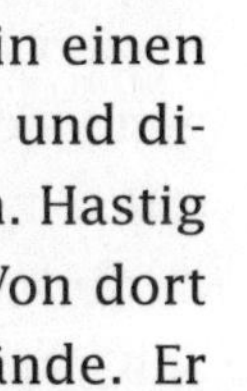

Löwen erkennen, aber das wäre zu spät. Er musste die beiden Kaninchen unbedingt vorher finden.

Gebückt huschte Tim aus der Hecke und hinter den ersten Zirkuswagen. Er hatte immer gedacht, dass jemand, der einen ganzen Zirkus bei sich aufnahm, ein netter Mensch sein musste. Warum sollte er es sonst tun?

Er ist doch nett zu seinem Löwen, besorgt ihm Frischfutter, sagte eine fiese Stimme in Tims Kopf. Sofort schob er sie beiseite und schlich sich zwischen die alten Zirkuswagen, von denen längst die bunte Farbe abblätterte. Sterne und Tiergesichter verloren sich stückchenweise. Drüben im Kuhstall muhte es, und Hufe schlugen unruhig gegen Eisen und Beton. Klassische Musik drang aus einem offenen Fenster, und dazu die laute Stimme von Herbst. Das bedeutete, dass Tim hier draußen sicher war, zumindest für den Moment.

Hier roch es anders als auf anderen Höfen, strenger und nach Raubtier.

Aus dem Zirkuszelt klang das Tröten eines Elefanten. Der erste Wagen war leer, die weißen Pferde waren längst in den normalen Stall umgezogen. Im nächsten schlängelte sich eine riesige Boa auf dem Boden und stierte Tim mit schwarzen Augen an. Erschrocken wich er zwei Schritte zurück, zu spät bemerkte er die dicke Glasscheibe, die die Schlange gefangen hielt. Mit dem Rücken stieß er gegen den nächsten Wagen. Etwas brummte, und Tim sprang wieder nach vorn und riss den Kopf herum.

Ein zotteliger Bär schlug seine Tatze gegen das Gitter, das Tim eben noch berührt hatte. Der Bär grinste und wiegte den Kopf im Takt der Kuhstallmusik hin und her. Auf dem Boden hinter ihm lagen angeknabbertes Grünzeug und ein blutiger Knochen, so lang und dick wie ein Unterarm. Tims Herz raste, und er atmete tief durch, um sich zu beruhigen. Der Knochen war viel zu groß, um von einem Kaninchen zu stammen. So richtig beruhigend war diese Feststellung dennoch nicht.

Ab jetzt hielt Tim Abstand zu jedem Käfig. Zwei Affen lachten ihn an, ein dritter hielt sich die Augen zu. Endlich fand er den Wagen des Löwen. Rex wandte den Kopf zu Tim und leckte sich gemächlich über die Lippen. Sein Gebiss war gewaltig. Vor seinen Pranken lag ein Knochen, doppelt so groß wie der im Bärenkäfig. Auch der stammte ganz sicher nicht von einem Kaninchen. Erleichterung überflutete Tim. Wenn Blackbeard hier war, war er noch am Leben. Rex hatte etwas anderes gefrühstückt.

Tim eilte zur Rückseite der Scheune, wo zwei Dutzend Kaninchenställe aufgestapelt waren. Es war eine Privatzucht, die meisten stammten wahrscheinlich von Herbsts Rennkaninchen ab. Hastig blickte Tim durch jedes Türgitter, aber nirgendwo blinkte ein Titanbein auf, nirgendwo war auch nur ein Anzeichen von Blackbeard oder Ferse zu sehen. Er hatte so viel Angst um Blackbeard, dass er seinen Namen herausbrüllen wollte. Aber er biss sich auf die Lippe und pirschte lautlos an der Scheunenwand entlang zur Tür. Vielleicht war Blackbeard dort drinnen versteckt. Wie erwartet war die Tür offen, und er konnte hineinschlüpfen. In der Scheune gab es aber nur Heu und Stroh und das Futter für die Pflanzenfresser, obwohl er in jeder Ecke suchte. Er lauschte auf die Geräusche aus dem angrenzenden Stall – es war ruhiger geworden. Plötzlich tuckerte draußen der Motor eines Traktors, und Tim linste durch eine Ritze in der Bretterwand.

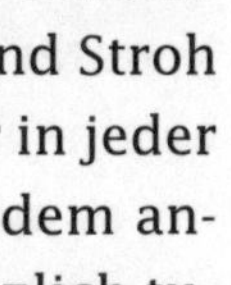

Das Tor zur Halle gegenüber stand offen, ein Traktor rollte heraus. Das Tuckern erstarb. Herbst kletterte vom Sitz herunter und öffnete die Motorhaube. Er fluchte. Das hieß, er war wohl für eine Weile mit der Reparatur beschäftigt.

Tim schlich zur Tür, die von der Scheune in den Stall führte, und drückte vorsichtig dagegen. Zum Glück gab sie geräuschlos nach. Leise schob er sich hindurch. Einige Kühe wandten ihm neugierig die Köpfe zu, eine muhte, die anderen kauten weiter vor sich hin. Sie alle hatten Berge von Futter vor sich, Herbst musste nicht so bald wiederkommen. Durch eines der geriffelten Fenster warf Tim einen weiteren Blick hinaus. Noch immer hantierte der Bauer am offenen Motor herum.

Tim huschte weiter in eine Nebenkammer des Kuhstalls, in der die Melkmaschine und Milchkannen gelagert wurden. Daran schloss ein Raum an, in dem zwei riesige Kühlschränke und drei Gefriertruhen standen. Auf eine hatte jemand mit schwarzem Marker groß *Rex* geschrieben.

Tim erstarrte. Für einen ewig langen Moment setzte sein Herzschlag aus, dann setzte er wieder ein, laut und rasend. Vor Angst zitternd riss Tim die Klappe auf. Ein Hauch Kälte schwappte ihm entgegen. Oben lagen eisharte Fleischstücke, die alle größer waren als ein ganzes Kaninchen. Tim wusste, dass Blackbeard oder Ferse hier unmöglich sein konnten, niemand schlachtete ein Tier so schnell und fror es ein. Trotzdem wühlte er voller Panik in den Vorräten, bis er auf den Boden stieß. Er musste sich einfach vergewissern. Mit jedem Griff wurden seine Hände kälter, kleine Eiskristalle schmolzen auf seiner Haut und sickerten hinein. Nicht ein einziges Kaninchen war in der Truhe.

»He da!«, schrie auf einmal eine Stimme hinter ihm. »Spinnst du?«

Tim zuckte vor Schreck zusammen und wirbelte herum. Dabei stieß er mit dem Ellbogen das riesige Schenkelstück zu Boden, das er ganz nach oben geschichtet hatte. Bevor er davonlaufen konnte, hatte ihn eine kräftige, ölverschmierte Hand am Oberarm gepackt. Nur wenige Zentimeter vor seinem Gesicht funkelten die zornigen Augen des Herbstbauern, der große Mund stand offen, ein Speichelfaden klebte auf der Unterlippe. Der Bauer war so nah an Tims Gesicht, als wollte er jeden Moment zuschnappen. Seine hängenden Wangen erinnerten an einen äußerst schlecht gelaunten Jagdhund.

»Was machst du hier?«, schrie Herbst, und Wutspeichel regnete auf Tim herab.

»Sie wollten Blackbeard an Rex verfüttern!«, blaffte Tim. Die Angst um sein Tier war größer als die vor dem Bauern.

»Welchen Blackbeard?«

»Mein Kaninchen!«

»Ja, ja.« Herbst stieß ein ungläubiges Schnauben aus und sah ihn misstrauisch an. »Und deshalb klaust du mein Fleisch? Oder bist du einer von denen, die Rex vergiften wollen?«

»Was? Nein!«

»Was dann?«

Tim schwieg. Er hatte schon viel zu viel gesagt. Auf keinen Fall durfte er verraten, dass Blackbeard verschwunden war. Herbst sah so zornig aus, als würde er ihn mit größtem Vergnügen eigenhändig jeden Wasserfall der Welt hinunterstoßen, auch die gewaltigen Niagarafälle.

»Du wirst schon noch reden.« Herbst bückte sich nach

dem riesigen Stück Fleisch und warf es mit der Linken zurück in die Gefriertruhe, als würde es nichts wiegen. Wütend knallte er den Deckel zu. Dabei ließ er Tim nicht los. Er zog ihn durch den Stall nach draußen und in Richtung Traktor.

»Lassen Sie mich los!« Tim hatte sich endlich von seinem Schreck erholt und stemmte die Füße in den Boden. Er zerrte an seinem Arm, um sich zu befreien. Herbsts Hand war rutschig wegen der Schmiere, aber sein Griff war trotzdem zu fest.

»Sag, was du hier wolltest!«

»Sie wollten mein Kaninchen verfüttern!«

»So ein Unsinn! Rex frisst gar keine Kaninchen!«

»Aber Sie haben es gesagt!«

»Was? Wann sollte ich ...?« Plötzlich änderte sich Herbsts Gesichtsausdruck. Er wirkte verblüfft. »Das hast du ernst genommen? Das war ein Scherz.«

»Ein Scherz?«

»Ja. Ich hatte schlechte Laune und wollte mich aufheitern.«

»Aufheitern?«, stieß Tim hervor.

»Loslassen!«, brüllte eine Stimme von der Straße. Es war Pascal, der mit seinem Rad in den gekiesten Hof gebrettert kam und auf sie zuraste.

Tim und Herbst erstarrten. Direkt vor ihnen legte Pascal ein Vollbremsung hin, sodass ein ganzer Schwall Steinchen in ihre Richtung spritzte.

Herbst war so überrascht, dass sich sein Griff lockerte. Tim nutzte die Chance und riss sich los. Kaum frei, rannte er davon. Pascal wendete im selben Moment und trat so fest in die Pedale, dass sein Hinterrad fast durchdrehte.

Gemeinsam flohen sie. Jetzt machten sich alle Trainingsstunden bezahlt, Tim flog nur so dahin und hielt mit Pascals Rad Schritt.

Herbst stürmte ihnen jedoch nicht hinterher, sondern lachte nur laut und dröhnend. Trotzdem blieben sie erst zwei Straßen weiter stehen.

»Woher wusstest du ...?«, fragte Tim keuchend.

»Dein Opa. Dein Anruf hat mich geweckt, und ich habe meine Mutter gefragt, wer das war, und sie hat dich beschimpft und ist wieder ins Bett. Also hab ich zurückgerufen, aber du warst schon weg. Dein Opa hat mir alles erzählt, und ... hat der Herbst unsere Kaninchen?«

»Nein.«

»Wer dann?«

Ja, wer dann?

»Carsten hat mir Rache geschworen«, überlegte Tim laut. »Und er will nicht, dass Blackbeard antritt, weil wir in seinen Augen Betrüger sind.«

»Und Fersengeld?«

»War zufällig auch da. Du bist mein Freund, vielleicht reicht ihm das«, sagte Tim, auch wenn er davon nur halb überzeugt war. »Komm mit.«

Sie holten sein Rad und rasten zu Bene. Vielleicht hatte Carsten oder irgendwer sonst die Kaninchen auch einfach laufen lassen. Aber das glaubten sie nicht. Wenn dieser Irgendwer sichergehen wollte, dass man die Kaninchen nicht fand, musste er sie verstecken. Und das nicht zu Hause, wo Eltern oder Geschwister darauf stoßen konnten.

Während sie quer durch Niederrhode hetzten, erwachte der Ort zum Leben. Hier und da wurden Jalousien hoch-

gezogen, nicht mehr nur bei den Bäckern und Bauern. Auch in der Küche von Benes Eltern brannte Licht.

Sie verbargen die Räder im hohen Gras einer angrenzenden Wiese, und Tim führte Pascal in das Versteck auf dem Scheunenboden, das früher einmal auch ihm gehört hatte. Neben der Totenkopffahne hing nun auch ein großes Paragrafenzeichen, ansonsten hatte sich nichts verändert.

Das war Carstens Idee, dachte Tim, *Bene ist einfach zu gutmütig.*

Sie krochen in jede Ecke, fanden aber keine Spur von einem Kaninchen. Auch keine Transportkiste, nichts.

»Und jetzt?«, fragte Pascal.

»Sehen wir überall nach.«

Getrieben von der Angst um ihre Kaninchen wetzten sie weiter. Sie mussten jedes Versteck abklappern, das sie kannten, und zwar schnell.

»Was, wenn sie tot sind?«, fragte Pascal bang, während sie Richtung Spielplatz sausten. »Wenn sie jemand umgebracht hat, damit wir nicht antreten können?«

»Niemand tötet ein Kaninchen!«, sagte Tim bestimmt. Das hatte es in den letzten vier Jahrhunderten nicht gegeben. Aber er war auch überzeugt gewesen, dass niemand je ein Kaninchen entführen würde.

»Der Herbst wollte sie verfüttern!«, widersprach Pascal.

»Das war nur ein Scherz«, sagte Tim, obwohl er nicht wusste, ob er dem Bauern wirklich glauben sollte.

»Toller Scherz!«, schimpfte Pascal.

Sie erreichten den Spielplatz und suchten in einer gewaltigen hohlen Eiche dahinter, die mit zwei Stahlrohren verstärkt wurde. Sie krochen in den alten Bunker im Wald und überprüften den trockenen Kanal, in dem sie ihr erstes

Trainingsrennen abgehalten hatten. Sie kletterten in das Baumhaus, das Jakob in einer Esche am Ufer der Isach errichtet hatte, und über das verschlossene Tor zur alten Kiesgrube. Sie schauten einfach überall, wo man keine Kaninchen vermuten würde, wo niemand sie suchen würde, aber sie fanden nichts.

Es wurde immer später. Bald war es Mittag, ihre Mägen knurrten lauter als Hasenhiebers Hunde, aber sie gaben die Suche nicht auf. Immer mehr Kinder zogen durch die Straßen. Sie waren in kleinen Gruppen unterwegs und hatten keine Kaninchen dabei, sondern Stöcke und Steinschleudern und ein Lichtschwert aus Plastik. Ihre Rufe verrieten, dass sie etwas suchten, und Tim war klar, dass er und Pascal dieses Etwas waren.

Es wurde eng. Sie mussten Blackbeard und Fersengeld unbedingt finden, bevor sie selbst gefunden wurden. Eilig schlossen sie ihre Räder an einem Zaun an und nahmen ab jetzt nur noch Gassen und Schleichwege. Zu Fuß konnten sie sich leichter verstecken, sobald sie ihre Verfolger hörten. Dann drückten sie sich in Hecken, duckten sich hinter Mülltonnen oder Bäume oder sprangen über Zäune in fremde Gärten.

Sie suchten auf der Rückseite des Rathauses, weil dort Arnos Vater arbeitete, und an den Schauerwerken, weil dort Jakobs Eltern ihr Geld verdienten. Sie sahen auf das Flachdach der Fahrschule von Carstens Vater, und dann liefen sie einer Horde ihrer Verfolger in die Hände.

»Krüppler, wo ist dein Krüppel?«, schrien ein Dutzend Stimmen.

Tim und Pascal drehten sich um und rannten. Kies und Dreck flogen hinter ihnen her, ein geschleuderter Stock

streifte Pascals Bein. Sie wurden quer durch Niederrhode gehetzt, hierhin und dorthin. Egal, um wie viele Ecken sie rannten, irgendwer behielt sie im Auge, sie bekamen keine Verschnaufpause und keine Möglichkeit, sich zu verstecken. Was immer sie auch versuchten, sie konnten ihre Verfolger nicht abschütteln. Mehr und mehr Jungen und Mädchen schlossen sich der Meute an, und Tim und Pascal gerieten mehr und mehr außer Puste. Sie waren seit Stunden unterwegs, sie konnten nicht mehr, und dennoch liefen sie weiter. Und dann, in der Gasse zwischen Kirche und Friedhof, zwischen zwei hohen Mauern, kamen ihnen plötzlich ein paar Verfolger entgegen. Die mussten eine Abkürzung genommen haben, Tim wusste nicht wo, sie hatten zu viele Haken geschlagen. Jetzt waren er und Pascal eingekesselt, es gab kein Entkommen, und Tim hatte auch keine Kraft mehr zu kämpfen. Als er zu Pascal rübersah, erkannte er, dass auch er am Ende war. Heftig atmend standen sie nebeneinander, den Rücken einer Mauer zugewandt. Ganz vorne in der Meute waren auch Arno, Jakob und Carsten, und alle drei grinsten.

»Ich hab sie als Erster gesehen. Ich war's, ich«, sagte Mario Zech aufgeregt zu Arno. Er wirkte wie ein Dackel, der um ein Leckerli bettelte.

Arno beachtete ihn nicht. Mit dem üblichen überheblichen Grinsen trat er auf Tim und Pascal zu. »Und? Wo ist dein Krüppel?«

»Daheim«, log Tim. Er hoffte, mit dieser Lüge Zeit zu gewinnen. Wollten sie ihm das Gegenteil beweisen, mussten sie erst mit ihm zurückgehen, und vielleicht konnten er und Pascal sich unterwegs losreißen. Eine andere Chance sah er nicht.

»Ach ja?« Arnos Augen funkelten. Nicht einen Moment schien es, als würde er Tim glauben. In diesem Augenblick erkannte Tim, dass Arno wusste, dass Blackbeard nicht in seinem Stall war. Und damit wusste er auch, wer die Kaninchen gestohlen hatte. Eigentlich hätte er gleich darauf kommen müssen.

»He, Zugezogener?«, fragte Jakob höhnisch. »Wo ist dein Karnickel?«

Pascal schwieg, er sagte nicht »daheim«, so wie Tim. Auf keinen Fall wollte er zu seiner Mutter geschleift werden.

»Schweigen ist auch eine Antwort«, sagte Arno. »Ihr werdet getunkt.«

»Wo ist Blackbeard?«, knurrte Tim. Jetzt war es auch schon egal.

»Wenn du es nicht weißt, wer dann?« Arno hob eine Braue und lächelte.

»Tun-ken! Tun-ken! Tun-ken!«, rief Jakob und stieß die Faust bei jeder Silbe in die Luft wie bei einem Rockkonzert. Fast alle fielen mit ein.

»Tun-ken! Tun-ken! Tun-ken!«, schrien sie und stießen Fäuste und Stöcke in die Luft.

Unzählige Arme griffen nach Tim und Pascal, die ganze Horde verschluckte sie, nahm sie gierig in ihre Mitte und zerrte und stieß sie in Richtung Sägewerk. Egal, wie sehr Tim und Pascal strampelten und sich zu wehren versuchten, es half nichts, sie wurden einfach mitgerissen.

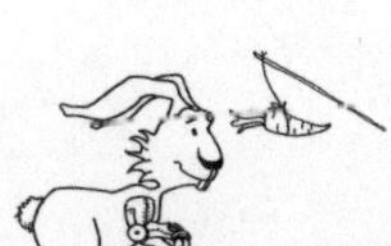

Tosende Wasser

»Wollt ihr vielleicht auch zusammen getunkt werden? Wenn schon eure Kaninchen zusammen verschwunden sind?«, fragte Arno höhnisch, als sie am Wasserfall hinter dem Sägewerk angekommen waren. Er musste laut sprechen, um das Tosen zu übertönen.

Niemand hatte sie unterwegs aufgehalten, im Gegenteil, noch mehr Jungen und Mädchen hatten sich ihnen angeschlossen. Keine Erwachsenen, aber alle Zehnjährigen und ein paar Ältere und Jüngere. Auch Lissy war gekommen, jubelte aber nicht.

»Sie sind nicht verschwunden«, protestierte Tim. »Sie wurden entführt!«

»So so, entführt.« Arnos Lächeln wurde breiter. »Klingt eher, als würdest du nicht zugeben wollen, dass du Mist gebaut hast. Kneifen liegt eben im Blut, was?«

Einige johlten.

Tim starrte Arno wütend an. Das Tunken war nicht gerecht, und Arno wusste es. Das hatte nichts mit Kneifen zu tun.

»Also?«, hakte Arno nach. »Zusammen oder getrennt?«

Tim antwortete nicht. Auch Pascal schwieg. Er wartete wohl darauf, was Tim sagen würde. Sein Unterkiefer zitterte.

»Getrennt«, entschied Tim schließlich. Helfen konnten sie sich im Sturz sowieso nicht, nur die Köpfe aneinanderschlagen und sich gegenseitig behindern.

»Dachte ich's mir«, sagte Arno. »Also zusammen.«

Einige lachten, aber nicht alle. Carsten sah Arno ablehnend an. Wahrscheinlich hatte der gerade gegen eine Anstandsregel verstoßen, weil er Tims Wunsch abgelehnt hatte.

»Warum fragst du überhaupt, wenn du dann eh machst, was du willst?«, blaffte Pascal.

»Damit ich weiß, was ihr nicht wollt, Klugscheißer«, erwiderte Arno. »Wie soll ich denn sonst rausfinden, was ich will?«

Wieder lachten einige, ein paar wenige murrten. Lissy rief: »Hinterhältiger Köttelkopf!«

Jakob sah sie böse an, die Mädchen neben ihr rückten von ihr ab.

»Wartet.« Arno hob die Arme und ließ den Blick über die Menge schweifen. Inzwischen waren es bestimmt vierzig Mädchen und Jungen. »Heißt das Murren, dass ein paar von euch nicht damit einverstanden sind, was mit den beiden geschieht? Dann frage ich euch. Wieso?« Laut rief er das Wort der Menge entgegen, ließ jedoch keine Zeit für eine Antwort. »Das Große Kaninchenrennen hat Tradition. Eine große Tradition, der wir alle verpflichtet sind. Sie verlangt, dass jeder, der sich nicht gut um sein Kaninchen kümmert, getunkt wird. Dieses Tunken soll eine Strafe sein, kein Badeausflug. Wir reden schließlich von *Kaninchenverlierern!* Und nicht nur das. Hier steht der Sohn eines Kneifers, dessen Vater schon die Tradition des Rennens mit Füßen getreten hat, und ein Zugezogener, der dankbar sein sollte, überhaupt mitmachen zu dürfen. Aber fügt er sich ein? Nein! Er verschlampt sein Kaninchen! Wieso sollten wir also gerade bei den beiden eine Ausnahme machen oder ihre Wünsche erfüllen? Wieso?«

Niemand antwortete, obwohl Arno diesmal eine kurze Pause machte. Manche sahen zu Boden, viele nickten grimmig. Das Reden musste Arno von seinem Vater gelernt haben.

»Das Tunken ist kein Wunschkonzert! Deshalb sage ich: In den Wasserfall mit ihnen! Und zwar so, wie sie es sich *nicht* wünschen. Nichts anderes haben sie verdient!«

»Tunken!«, schrie Jakob und hämmerte mit der rechten Faust in die Luft. »Tun-ken! Tun-ken!«

»Tun-ken!«, fielen die anderen mit ein. »Tun-ken! Tun-ken!«

Lissy biss sich mit verschränkten Armen auf die Lippe und sah Tim und Pascal voller Mitleid an. Tim hatte schreckliche Angst, aber er würde nicht um Gnade betteln. Dafür war er zu stolz. Die Wahrheit wollte sowieso niemand hören.

Arno befahl, ihnen die Hände auf den Rücken zu binden, und sofort griffen mehrere Jungen zu. Das Seil schnitt Tim ins Handgelenk, und auch Pascal verzog das Gesicht, als Jakob den Knoten noch einmal festzurrte. Anschließend wurden ihre Fußgelenke gefesselt. Traditionell ließ man zwischen den Knöcheln zwei Handbreit Luft, damit der Getunkte zwergenhaft kleine Schritte nach Hause machen konnte, wenn er sich aus dem Wasser gekämpft hatte.

»Wer ist der Kleinste hier?«, rief Arno, und ein winziges Mädchen meldete sich. Sie sah aus, als würde sie noch gar nicht zur Schule gehen.

»Schön, dass du da bist«, sagte Arno. »Magst du uns helfen?«

Sie strahlte und nickte begeistert.

»Dann miss mal zwei Handbreit Seil zwischen den Füßen ab.«

»Köttelkopf«, knurrte Tim.

»Niemand hat gesagt, dass es eure Hände sein müssen. Je kleiner, desto besser.«

Als Tim und Arno fest verschnürt waren, beugte sich Arno grinsend zu Tims Ohr herab und flüsterte, sodass niemand sonst ihn verstehen konnte: »Na? Hat der kaninchenverschlingende Löwe dir Angst gemacht?«

Wütend zerrte Tim an seinen Fesseln, aber die saßen fest. Wie hatte er nur so blöd sein können, bei der Entführung nicht sofort an Arno zu denken?

»Dann mal los!« Arno richtete sich wieder auf.

Tim und Pascal wurden in ein langes knallgelbes Schlauchboot gesetzt. Es war mit zwei Sicherheitskarabinern an dem dicken grauen Seil befestigt, das hier über die Isach führte. Alles war also geplant gewesen! Jakob stieg vorn zu ihnen hinein, hinten befahl Arno Mario dazu.

»Ich?« Mario klang überrascht und unsicher.

»Du hast doch gesagt, dass du sie als Erster gesehen hast«, sagte Arno.

»Ja, schon ...«, druckste Mario herum. Schon immer hatte er Angst gehabt, vor fremden Augen etwas verkehrt zu machen. Er war ein Petzer, der aber nicht wollte, dass andere über ihn redeten und urteilten. Wahrscheinlich bereute er, sich vorhin so in den Vordergrund gedrängt zu haben.

»Los jetzt!«, befahl Arno, und Mario gehorchte, weil er letztlich immer gehorchte.

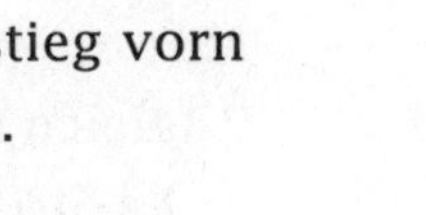

Jakob und Mario zogen das Boot quer zur Strömung in die Flussmitte. Obwohl es am Seil gesichert war, schwankte es bedenklich auf und ab. Nur drei, vier Meter vor ihnen stürzte die Isach an einem Felsen vorbei in die Tiefe.

Pascal bewegte die Lippen, es waren wohl gemurmelte Flüche und Schimpfwörter, die das Tosen verschluckte. Tim schwieg beharrlich. Er würde nicht betteln, nicht jammern und schon gar nicht flennen. Er würde keinem die Möglichkeit geben, über ihn zu lachen oder zu spotten. Kurz sah er zu Mario und beschloss, doch was zu sagen: »Na, willst du mit runterkommen?«

»Spinnst du?« Marios Augen weiteten sich.

»Halt's Maul!«, befahl Jakob.

Tim lachte. »Was willst du machen, wenn ich's nicht tue? Mich über Bord werfen?« Er wippte mit seinem Oberkörper vor und zurück, damit das Boot noch stärker wankte. Wasser schwappte herein.

»Wir kentern!«, kreischte Mario voller Panik.

Jakob und Pascal fluchten laut. Doch bevor das Boot kippte, wurde Tim von Jakob kurzerhand rausgeworfen. Zugleich schmiss Mario Pascal aus dem Boot.

Die Strömung packte sie und riss sie mit sich fort. Tim blieb keine Zeit, sich auf den Sturz einzustellen. Er stieß mit der Schulter gegen den oberen Felsen und wurde über die Kante des Wasserfalls gespült. Dabei spürte er einen heftigen Schlag gegen den rechten Oberschenkel.

Neben ihm fiel Pascal.

Sie schrien beide. Gleichzeitig wie Synchronspringer prallten sie unten auf dem Fluss auf. Wasser schwappte in Tims Mund und erstickte den Schrei. Sein Oberschenkel brannte, er wurde in die Tiefe gedrückt, die Strömung wirbelte ihn herum, sein Kopf schmetterte gegen Pascals Knie, seine Hände schrammten etwas Hartes, Scharfkantiges entlang. Er überschlug sich, die Füße stießen gegen Stein, seine Nase lief voll, er wusste nicht mehr, wo oben war und wo unten. Er schlug mit den Beinen, berührte Fels und stieß sich daran ab. Fels musste unten sein, er musste in die andere Richtung. Endlich durchbrach er die Oberfläche der Isach und japste nach Luft und Licht.

Er hatte es geschafft!

Er lebte.

Irgendwas drückte auf seine Ohren, er hörte noch immer alles dumpf wie durch Watte. Hastig blickte er sich nach Pascal um, aber er konnte ihn nirgendwo entdecken. Gischt wirbelte um ihn her.

»Pascal?«

Keine Antwort.

»Pascal!«

Ohne zu zögern, stieß er den Kopf wieder unter Wasser, sah nach rechts und links. Da vorn war ein zappelnder Schemen, der einfach nicht zur Oberfläche kam. Panisch zerrte Tim an seinen Fesseln, und sie lockerten sich. Sie mussten beschädigt worden sein, als er vorhin gegen das Scharfkantige gestoßen war. Erleichtert riss er noch heftiger an ihnen und bekam die Hände frei. Mit aller Kraft warf er sich in die Tiefe und kraulte gegen die wild umherwälzenden Fluten an.

Der Schemen war wirklich Pascal. Blasen blubberten aus seinem Mund, das Seil zwischen seinen Füßen hatte sich an einem groben verbogenen Haken verfangen, der aus einem Stück Beton ragte. Bauschutt. Wer warf so etwas in die Isach?

Verzweifelt packte Tim Pascals Füße und zerrte daran. Die Strömung zog in die andere Richtung. Tims Augen brannten, er schluckte Wasser, klammerte sich mit der Linken am Schutt fest und hörte nicht auf, mit der Rechten an der Fessel zu zerren. Endlich, seine Muskeln begannen schon zu zittern, konnte er die Fessel aus dem Haken lösen. Gemeinsam tauchten er und Pascal auf.

Pascal schnappte nach Luft, wieder und wieder, und würgte Wasser hinaus.

»Pascal!«, schrie Lissy und sprang herbei.

Alle anderen standen wenige Meter entfernt und glotzten nur.

Tim, der die Hände frei hatte, half Pascal ans Ufer, bevor sie auch über den zweiten, nur hüfthohen Wasserfall gespült wurden. Pascals Augen waren rot und quollen hervor. Keuchend blieben die beiden nebeneinander liegen. Pascals Füße hingen noch im Fluss, er hatte keine Kraft mehr, sie herauszuziehen. Er röchelte, keuchte und spuckte.

Lissy kauerte sich neben sie. »Alles okay?«

Arno sagte scharf: »Wer einem Getunkten hilft, wird selbst getunkt.«

»Das gilt nur, bis sie aus dem Wasser sind!«, rief Lissy über die Schulter zurück.

»Alles okay«, sagte Tim schwer atmend und grinste sie schief an. »Wir schaffen das.«

Aber erst einmal blieben sie liegen.

Die Meute löste sich langsam auf. Niemand schrie mehr laut nach Tunken. Irgendwer lachte darüber, wie Mario gekreischt hatte.

Tims rechter Oberschenkel brannte noch immer. Er war fast auf der ganzen Länge blutig aufgeschürft. Tim biss die Zähne zusammen und löste Pascals Handfesseln, dann befreiten sie jeweils ihre eigenen Füße.

Beide hatten am ganzen Körper tiefe Kratzer, und bald würden sich die ersten Blutergüsse zeigen. Über Tims rechtem Auge wuchs eine gewaltige Beule. Pascals Unterlippe blutete, und sein rechter Knöchel schwoll an. Als er aufzutreten versuchte, zuckte er vor Schmerz zusammen, ging in die Knie und schrie. Er ließ sich wieder zu Boden sinken.

»Stütz dich bei mir auf«, sagte Tim.

»Nein! Es muss allein gehen. Wie soll ich sonst Ferse finden? Wir müssen Ferse suchen!« Pascal presste die Augen zusammen, damit er nicht losheulte.

»Das mach ich. Ich werde ihn für dich finden«, versprach Lissy. Sie legte ihm die Hand auf den Oberarm.

»Aber ich muss das tun, er ist mein Kaninchen.« Pascal sah elend aus. Ihm musste alles wehtun, aber viel schlimmer traf es ihn, dass er nicht weiter nach Fersengeld suchen konnte.

Tim verstand das, ihm ging es mit Blackbeard genauso. Und dann schoss ihm ein Gedanke durch den Kopf, und er lächelte. »Ich glaub, ich weiß, wo er und Blackbeard sind.«

»Was? Wo?« Pascal richtete sich halb auf, zuckte jedoch gleich wieder zusammen.

»In der Singenden Villa.« Es war ihm ganz plötzlich eingefallen, weil er jetzt wusste, dass Arno die Kaninchen gestohlen hatte. Arno, der damit geprahlt hatte, einen Schlüssel für die Villa zu haben. Dort war es leicht, ein Kaninchen zu versorgen, weil alles da war: Ställe, Futter, Streu. Das war viel sinnvoller als irgendwelche Baumhäuser oder

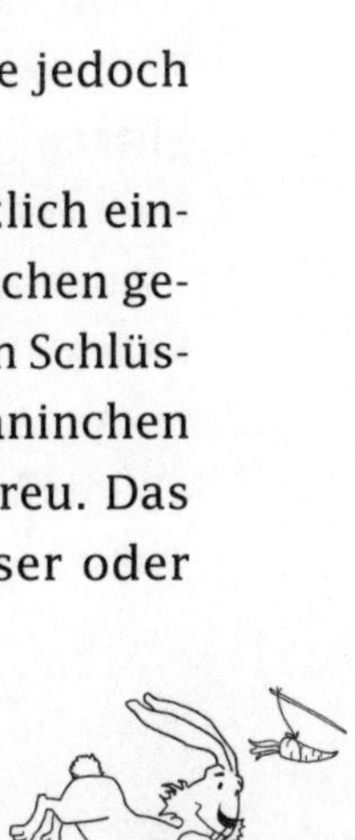

abgelegenen Bunker, wo man auffallen würde, wenn man zweimal am Tag mit Futter aufkreuzte. Als sie vorhin gesucht hatten, waren sie das völlig falsch angegangen. Ein Kaninchen fiel unter Kaninchen am wenigsten auf. Und der Hasenhieber hatte Arno ja schon dabei geholfen, Tim von der Trainingsstrecke zu verbannen.

»Du hast recht«, sagte Pascal hoffnungsvoll. »Ganz bestimmt hast du recht.«

Tim und Lissy zogen ihn hoch und nahmen ihn in die Mitte. Sobald er seine Arme um ihre Schultern gelegt hatte, humpelten sie zusammen zu ihm nach Hause.

Leichter Wind kam auf, und die Wolken am Horizont wuchsen. Aber das kümmerte sie nicht, sie hatten das Tunken überlebt. Und wenn Tim recht hatte, würden sie auch ihre Kaninchen zurückbekommen. Dann würde alles gut werden.

Unterwegs überlegten sie sich, was sie Pascals Mutter erzählen würden.

»Höchstens die halbe Wahrheit«, sagte Lissy.

»Höchstens ein Viertel«, verlangte Tim, während Pascal nur die Zähne zusammenbiss und schwieg. »Nichts von Ferse, nichts vom Tunken.«

»Wir sagen einfach, es war Pech«, bestimmte Lissy. »Eine Bootsfahrt über einen winzigen Wasserfall, uns ist das glitschige Paddel aus den Händen gerutscht und … einfach Pech.«

Aber als Pascals Mutter die Tür öffnete, brachten sie kaum etwas heraus.

»Was ist passiert?«, rief sie entsetzt, und Lissy murmelte: »Bootsfahrt.«

»Ist nicht so schlimm, wie es aussieht«, beteuerte Tim,

aber die Beule über seinem Auge war inzwischen ziemlich groß und die Schürfwunde auf dem Bein auch deutlich zu erkennen.

»Du musst ins Krankenhaus, sofort!« Frau Hansen stützte Pascal und ging mit ihm ins Haus. Tim und Lissy schickte sie nach Hause. Als die Tür hinter ihnen ins Schloss fiel, hörten sie Frau Hansen noch durch die dicke Tür zetern: »Du hältst dich ab jetzt vom Fluss fern! Nie wieder gehst du ins Wasser!«

Oma musste am Fenster gewartet haben, sie eilte Tim an der Tür entgegen, presste ihn fest an sich und schluchzte stumm. Dann war auch Opa da, packte ihn und drückte ihn an sich, obwohl er nach dem Kneifer nun auch noch die Schande eines Getunkten in der Familie hatte. Trotzdem wollte Opa ihn nicht loslassen, bis Tim endlich sagte: »Vorsicht, mein Bein.«

Mehr musste er nicht sagen, sie wussten ja, warum er so zugerichtet war. Oma säuberte die große Schürfwunde und trug eine Salbe auf, die sich wie ein durchsichtiger Film über die offene Haut legte. Dann kochte sie Tim seine geliebten Spaghetti Bolognese.

»Und Blackbeard?«, fragte Opa mit belegter Stimme.

»Den hole ich nachher zurück. Ich glaube, ich weiß, wo er ist.«

Opa nickte. Er wirkte stolz.

Nach dem Abendessen dröhnte ein heftiger Donnerschlag so laut, dass die Fensterscheiben wackelten. Regen prasselte wie verrückt vom Himmel, und Tim schlich sich aus dem Haus, um sich mit Lissy in der Dunkelgasse zu treffen. Er eilte zu spät und zu Fuß durch den Regen, weil sein

Rad noch immer am anderen Ende der Stadt festgekettet war. Er hinkte leicht, das Bein hatte unter der Salbe zu jucken begonnen. Die Wolken hingen so tief und waren so dunkel, dass es fast schien, als sei schon die Dämmerung hereingebrochen. Das war ein Glück, denn bei so einem Wetter würde niemand an der Villa trainieren.

Lissy wartete schon. Sie war genauso durchnässt wie er.

»Hat es geklappt?«, fragte Tim schnell, bevor sie sich über seine Verspätung beschweren konnte.

»Ja.« Lissy war am Nachmittag mit einer Freundin hier gewesen. Viele hatten sie feindselig angestarrt, weil sie bisher mit Tim und Pascal trainiert hatte. Arno hatte getönt, da sei wohl jemand zur Vernunft gekommen und hätte sich endlich von den Getunkten abgewandt. Sie hatte nichts geantwortet, aber die anderen hatten sie in Ruhe gelassen. Nach einer Weile hatte sie den Hasenhieber gebeten, auf die Toilette zu dürfen, und dann heimlich den Riegel am hintersten Fenster im Erdgeschoss geöffnet. Nun konnte man es jederzeit von außen aufdrücken.

»Hast du da drin Blackbeard gesehen?«, fragte Tim.

»Nein. Aber ich hatte auch keine Zeit zum Gucken, der Hasenhieber hat hinter mir hergeschnüffelt.«

Im Schutz einer dichten Baumkrone halfen sie sich gegenseitig über die Mauer. Dann huschten sie durch den Park zur Villa. Der Platzregen hatte kleine Hindernisse auf der Rennstrecke umgerissen, die Kaninchen im Freigehege hatten sich alle in die Häuschen verzogen. Hier steckte Blackbeard sicher nicht, jeder würde ihn sofort an seinem Titanbein erkennen.

Tim warf beim Vorbeihuschen einen kurzen Blick auf die Top-Ten-Liste der Trainingsbesten, die unter einem kleinen

Vordach an der Wand hing. Arno belegte mit Killer alle zehn ersten Plätze. Deutlicher konnte man kaum Favorit sein.

Leise trat er neben Lissy, die gerade vorsichtig gegen das Fenster stieß. Es schwang nach innen auf, der Hasenhieber hatte den umgelegten Griff tatsächlich nicht bemerkt. Hastig sahen sie sich um und kletterten hinein. Hinter sich schlossen sie das Fenster wieder.

Drinnen war es wegen des Unwetters düster, aber sie wagten nicht, Licht zu machen. Wie zuvor besprochen, trennten sie sich und suchten aufmerksam Reihe um Reihe der zahlreichen Ställe ab. Tim den Bereich an der Wand, Lissy den vorderen. Es war schwierig, etwas zu erkennen, die hinteren Ecken der Ställe lagen fast völlig im Dunkeln. Weil Blackbeard seine Stimme kannte, flüsterte Tim an jeder Tür: »Blackbeard! Fersengeld!«

Auch Lissy flüsterte die Namen. »Fersengeld! Blackbeard!«

Aber sie stießen nur auf fremde Kaninchen, die neugierig angehoppelt kamen und auf Futter hofften.

Durch die Decke drang ein dumpfes Kläffen. Hatten die grimmigen Hunde sie gehört oder gerochen? Einen Moment lang verharrten Tim und Lissy auf der Stelle, sahen sich quer durch den Raum bang in die Augen und lauschten. Niemand kam die Treppe heruntergeeilt. Der Hasenhieber nahm das Bellen wohl nicht ernst. Noch nicht.

Sie nickten sich zu, und schon eilte Tim weiter von Stall zu Stall. Als er alle Ställe im hinteren Bereich abgelaufen war, hatte er Blackbeard nicht gefunden. Auch Lissy hatte keinen Erfolg. Das konnte Tim einfach nicht glauben und fing an, auch die Ställe im vorderen Bereich zu überprüfen.

»Glaubst du, ich bin blind?«, fragte Lissy verärgert.

»Nein. Schau du noch mal in meine Ställe. Blackbeard muss hier irgendwo sein.«

Aber sie fanden ihn auch jetzt nicht. Dabei war Tim so sicher gewesen. Verzweifelt suchten sie noch ein drittes Mal, aber wieder vergeblich.

»Blackbeard!«, rief Tim nun lauter.

»Pssst«, zischte Lissy.

Oben kläfften die Hunde.

»Hast du das gehört?«, fragte Tim.

»Klar habe ich die Hunde gehört«, schimpfte Lissy. »Also sei ruhig!«

»Nicht die Hunde. Dieses *Klack*. Das klang wie Blackbeards Bein, wenn er es gegen Holz schlägt.«

Lissy schüttelte den Kopf und warnte ihn: »Ruf bloß nicht noch mal.«

»Aber ...«

»Nein. Die Hunde dürfen uns nicht hören.«

»Da war wirklich was. Ich hab' mir das nicht eingebildet.«

»Es könnte alles Mögliche gewesen sein. Warum sollte ...?« Sie unterbrach sich selbst. Auf ihrem Gesicht dämmerte eine Erkenntnis. »Natürlich. Der Hasenhieber hat Arno gar nicht geholfen. Nicht bei einem Betrug, der dafür sorgt, dass Unschuldige getunkt werden. Aber Arno hat sie trotzdem hier versteckt.«

»Wo? Meinst du, einer der Ställe hat eine Geheimkammer?« Tim dachte an zahllose Abenteuergeschichten und Krimis mit Geheimfächern im Boden von Kisten oder in der Rückseite von Schränken.

»Nein. Ich glaube eher, er ist irgendwo dort.« Lissy deutete zu den Vorräten an Futter und Stroh hinüber. »Ruf da drüben nach Blackbeard. Aber leise.«

Sie schlichen die Schränke und Regale entlang, in denen sich Kisten, Kartons, Fressnäpfe, Tüten und hundert andere Dinge stapelten, und an den aufgetürmten Strohballen vorbei. Jeden dritten Schritt rief Tim leise: »Blackbeard.«

Dann hielten sie den Atem an und lauschten. Sie hörten nichts und nichts und wieder nichts.

»Blackbeard!«

Nichts.

»Blackbeard!«

Nichts.

»Blackbeard!«

Klack.

»Da! Hast du das gehört?«

»Ja. Von da.«

Aufgeregt grub Tim seine Hände zwischen die Strohballentürme, auf die Lissy deutete. Sie stand direkt neben ihm und stützte die wankenden Ballen, damit die nicht umkippten und sie unter sich begruben. Tim schob seine Arme so weit hinein, bis sein Gesicht gegen das stachlige Stroh stieß und er Halme in Mund, Nase und Ohren bekam. Es war egal. Schützend kniff er die Augen zu und tastete weiter im Spalt zwischen den Ballen nach oben und unten.

»Blackbeard!«

Klack.

Tims Fingerspitzen berührten etwas Hartes, glatt geschliffenes Holz. Er bekam eine Kante zu fassen. Laut jubelte er: »Da ist was!«

»Pssst!«, zischte Lissy.

Oben kläffte wieder ein Hund, und der Hasenhieber schrie so laut, dass sie ihn hören konnten: »Halt endlich die Klappe! Das ist mein Steak!«

Mühsam zog Tim eine kleine hölzerne Transportkiste aus dem Stroh hervor. Hoffnungsvoll lugte er durch die Gittertür hinein, und tatsächlich kauerten darin Blackbeard und Fersengeld dicht beieinander und fiepten verärgert. Sie sahen hungrig aus, die Kiste war voller Dreck und Stroh. Glücksschauer überliefen Tims Körper, und er drückte die Kiste vor Freude fest an sich.

»Alles wird gut«, raunte Tim den beiden zu. Er hatte einen Kloß im Hals und konnte kaum reden.

Sie beschwerten sich weiter, aber jetzt blieb keine Zeit für eine richtige Begrüßung und Umarmungen, der Hasenhieber konnte jederzeit herunterkommen. Hastig kletterte Tim mit Lissy aus dem Fenster, sie drückte es wieder zu, und dann rannten sie nebeneinander zur Mauer. Die Transportkiste hielt Tim dabei fest umklammert. Gemeinsam schafften sie sie hinüber und liefen nach Hause. Noch immer regnete es, aber es hatte aufgehört zu donnern.

Gebrochen

Am nächsten Morgen war der Himmel wieder blau, und Tim trug Blackbeard und Fersengeld ins Freigehege. Über Nacht hatte er sie mit in sein Zimmer genommen und direkt neben sein Bett gepackt. Er würde nicht zulassen, dass sie noch einmal entführt wurden.

Weil er endlich sein Rad holen musste, ließ er sich von Opa hoch und heilig versprechen, die Kaninchen nicht einen Moment aus den Augen zu lassen, während er weg war. Opa gab ihm sein Wort, klappte den Campingstuhl auf dem Posten mitten im Gehege auf und legte sein Fernglas daneben.

»Und wenn du aufs Klo musst?«, hakte Tim nach.

»Löst mich Oma ab.«

»Gut.«

Blackbeard hoppelte vorsichtig über das Gras. Er machte keine großen Sprünge und fauchte verärgert vor sich hin. Die Gefangenschaft hinter dem Strohballen hatte sichtlich Spuren hinterlassen. Fersengeld wirkte nicht ganz so mitgenommen, und Tim hoffte, dass sich Blackbeard auch bald wieder erholen würde.

»Ich komme gleich wieder«, versprach Tim, strich Blackbeard liebevoll über den Kopf und hinkte los. Sein Bein

juckte, die tieferen Kratzer auch, und über dem Knie und auf dem Schulterblatt bildeten sich schmerzhafte Blutergüsse. Wenigstens spürte er die Beule über dem Auge nicht.

Bei den Rädern angekommen, kettete er beide los. Gemächlich schob er sie zu Pascal.

Seine Mutter ließ ihn herein, packte ihn an den Schultern und dankte ihm überschwänglich für das Rad und dass er ihren Sohn am Vortag gestützt hatte.

»Es tut mir leid, dass ich gestern so unfreundlich war«, sagte sie. »Ich hab mir einfach Sorgen gemacht.«

Tim nickte, weil er nicht wusste, was er zu so viel Überschwang sagen sollte.

»Er ist in seinem Zimmer oben und freut sich über Besuch«, sagte Frau Hansen.

Tim wetzte hinauf.

»Wie geht's dir?«, fragte er und schloss die Tür hinter sich.

»Besser«, sagte Pascal. Er lag angezogen auf seinem Bett und drückte Tim einen fetten schwarzen Marker in die Hand, damit er als Erster auf dem Gips unterschrieb. Der Knöchel war gebrochen, aber nicht kompliziert, das hatte Pascal ihm schon gestern am Telefon verraten, als Tim wegen der Rettung der Kaninchen angerufen hatte. »In vier Wochen soll ich wieder ohne Hilfe gehen können, in sechs Sport machen. Zum Rennen bin ich topfit. Wie geht's Ferse?«

»Gut«, sagte Tim. »Er steckt es besser weg als Blackbeard.«

»Wieso? Was ist mit Blackbeard?«

»Ich weiß nicht. Er wirkt komisch.«

Abwechselnd beschimpften sie Arno wüst, und weil sie

schon dabei waren, auch noch Jakob, Mario und Carsten. Dann verabschiedete sich Tim, um nach Blackbeard zu sehen.

Zu Hause tobte Fersengeld durch die Sonne, aber Blackbeard bewegte sich kaum. Missmutig kratzte er an seinem Titanbein herum. Tim kniete sich zu ihm und nahm ihn auf den Arm. Blackbeard stieß die Schnauze gegen sein Kinn, es wirkte wie eine Aufforderung. Vorsichtig bewegte Tim das Titanbein. Es klemmte.

»Tut das weh?«

Aber darauf konnte Blackbeard nicht richtig antworten. Er schimpfte nur leise.

Tim rief nach Opa und lief ihm entgegen. Der sah sich das Bein an und sagte: »Da ist etwas kaputt.«

»Kannst du es reparieren?«, fragte Tim. Immerhin war Opa Uhrmacher.

»Ich kann es versuchen. Aber ich hab es nicht gebaut, ich kann es dir nicht versprechen. Ich will ja nichts falsch machen. Nicht bei ihm.« Opa strich Blackbeard über den Kopf. In seinem Blick lag nichts mehr von der Enttäuschung, die Tim am Tag der Kaninchenweihe gesehen hatte, sondern nur noch Zuneigung. »Kannst du nicht den komischen Kauz fragen? Von dem hast du es doch.«

Also schnallte Tim Blackbeard auf den Fahrradsitz und fuhr langsam zum alten Schwarzenbacher. Bei jedem Tritt tat ihm der Oberschenkel weh. Auf halber Strecke überholte ihn Bene und schrie ihm über die Schulter eine typische Trainingsbeleidigung zu: »Du fährst, als hättest du eine Zone 20 eingebaut!«

Statt zu antworten, biss Tim die Zähne zusammen, weil gerade ein stechender Schmerz in sein Bein fuhr.

»He, warum trainierst du überhaupt?« Benes Lachen verstummte. Er bremste und ließ Tim herankommen. Dabei entdeckte Bene Blackbeard, und sein Kiefer klappte nach unten. »Das ... das ist doch ...«

»Ja«, sagte Tim grimmig und hielt ebenfalls an.

»Alle sagen, du bist getunkt worden, weil du ihn verloren hast.«

»Ich hab ihn nicht verloren, er wurde entführt.«

Bene wirkte verwirrt. »Carsten hat erzählt, das wäre nur eine Lüge von dir gewesen, um nicht getunkt zu werden.«

»Sieht er wie eine Lüge aus?« Wütend deutete Tim auf Blackbeard.

»Nein«, gab Bene zu.

»Wer ist dann also der Lügner?«

Bene zögerte. »Ich weiß nicht, ich war doch nicht dabei. Vielleicht hat Carsten sich nur geirrt.«

»Das hat er ganz sicher«, knurrte Tim und trat wieder in die Pedale. Er konnte es nicht mehr hören, dass Bene wieder und wieder Carsten verteidigte.

»He!«, rief Bene ihm hinterher. »Wer hat ihn entführt?«

»Rate mal!«, rief Tim, ohne sich umzudrehen.

Aber das tat Bene nicht, zumindest nicht laut. Auch stürmte er nicht wieder an Tim vorbei. Wahrscheinlich raste er direkt zur Singenden Villa, um allen dort zu erzählen, dass Blackbeard zurück war. Schade, dass Tim nicht mitkommen konnte. Er hätte gern Arnos entsetztes Gesicht gesehen. Allein bei der Vorstellung daran huschte ein kurzes Lächeln über seine Züge.

Als Tim an der Tür der Mechanikerwerkstatt klingelte, Blackbeard im Arm, war das Lächeln längst wieder einer sorgenvollen Miene gewichen.

Der alte Schwarzenbacher öffnete, und seine eisblauen Augen strahlten. »Tim! Schön, dich zu sehen, komm rein.«

Tim trat ein.

»Alles in Ordnung?«, fragte der alte Schwarzenbacher und deutete auf die Beule über Tims Auge.

»Blackbeards Bein ist kaputt.« Mit hastigen Worten erzählte er von der Kaninchenentführung, während sie in die Werkstatt gingen. »Können Sie das reparieren?«

»Zeig her«, sagte der alte Schwarzenbacher, und Tim hielt ihm Blackbeard entgegen. Er ließ ihn jedoch nicht los, das kleine Herz raste zu sehr, das konnte er in seiner Handfläche deutlich spüren.

Vorsichtig griff der alte Schwarzenbacher mit Daumen und Zeigefinger nach dem Titanbein. Die faltige Hand zitterte kein bisschen. Bedächtig bewegte er das Gelenk, es hakte. Mit gerunzelter Stirn öffnete er die Schutzklappe unter dem Knie, hinter der die Mechanik lag. »Dachte ich mir. Die Feder ist gebrochen. Das sieht aus, als hätte das wer mit Absicht gemacht. Mit einem Schraubenzieher oder Stechbeitel oder einem anderen spitzen Gegenstand.«

»Was?«, stieß Tim hervor.

»Allein hat Blackbeard das nicht geschafft.« Der alte Schwarzenbacher sprach leise, doch er wirkte grimmiger als alle Unverworteten in der Werkstatt zusammen.

»Aber er wird wieder?«, fragte Tim bang.

»Ja.« Der alte Schwarzenbacher zog wie schon bei der Titanbeinoperation einen Fahrradsitz aus dem Schrank, befestigte ihn an der Werkbank und schnallte Blackbeard darauf. Das Titanbein sicherte er mit zwei Gurten, sodass es keinen Millimeter Luft hatte. Blackbeard fauchte, und Tim wollte ihm nicht von der Seite weichen.

»Du kannst mir helfen«, sagte der alte Schwarzenbacher.

»Wie?«

»Pass auf, dass die Schutzklappe nicht zufällt.«

Das tat Tim. Er hielt sie mit einer Pinzette auf und wagte kaum zu atmen, um ja nicht zu stören. Gebannt beobachtete er, wie der alte Schwarzenbacher mit ruhigen Händen die kaputte Feder löste. Tim nahm sie ihm mit seiner freien Hand ab und reichte ihm die neue. Blackbeard hatte aufgehört, den Kopf hin und her zu werfen, und verharrte stocksteif im Sitz.

Ruhig, Blackbeard, ganz ruhig. Alles wird gut, dachte Tim, als könnte er die aufmunternden Gedanken auf sein Kaninchen übertragen. Laute Worte wagte er nicht. Mit den Augen folgte er jeder Bewegung des alten Schwarzenbachers. Sein Gesicht war ruhig, es verriet nichts. Wenn er ein Werkzeug verlangte, reichte Tim es ihm sofort. Er hielt ein Gewinde fest, während der alte Schwarzenbacher eine Mutter daraufschraubte, und half beim Reinigen einer Federkerbe mit einer Stecknadelspitze. Tim schwitzte, obwohl er sich kaum bewegte.

Es dauerte keine halbe Stunde und doch eine Unendlichkeit, bis die Operation beendet war. Der alte Schwarzenbacher lächelte und ließ Tim das Gelenk ölen, bevor er es losband. Blackbeard rümpfte die Nase über den Geruch. Tim drückte ihn fest an sich, kraulte ihn hinter den Ohren und setzte ihn auf den Boden. Nach zwei vorsichtigen Hopplern fasste Blackbeard wieder Zutrauen in sein Bein und lief fröhlich durch die Werkstatt.

»Danke«, sagte Tim, ohne den Blick von Blackbeard zu wenden.

»Bitte.« Der alte Schwarzenbacher holte zwei Flaschen

Cola aus dem Kühlschrank und drückte Tim ungefragt eine in die Hand. »Du hast dich lange nicht mehr blicken lassen.«

»Na ja, die Leute haben mich wegen dem Bein für einen Betrüger gehalten. Und ich wollte nicht, dass Sie da mit reingezogen werden.«

Der alte Schwarzenbacher lachte. Er lachte so schallend, dass sich Blackbeard umdrehte und die Ohren aufstellte. »Ich glaube nicht, dass mein Ruf noch groß leiden kann. Besonders gut ist er nicht, oder?« Er zwinkerte.

Tim schüttelte den Kopf, zögerlich lachte er auch. »Das stimmt.«

Der alte Schwarzenbacher wurde wieder ernst. »Weißt du, wer Blackbeard das angetan hat?«

»Arno Messmann«, stieß Tim hervor und fühlte Wut in sich aufwallen.

»Der Junge vom Bürgermeister?«

»Ja.« Tim beobachtete Blackbeard, der neugierig die Werkstatt erkundete. Jede Bewegung war wieder leicht und flüssig. »Er hasst meinen Vater, aber ich weiß nicht, warum.«

»Ich glaube nicht, dass er deinen Vater hasst.«

»Doch!«, fuhr Tim auf. »Er nennt ihn dauernd Kneifer.«

»Aber er sagt es nicht zu deinem Vater. Er sagt es zu *dir*.«

Tim starrte ihn an. »Wollen Sie damit sagen, dass er mich hasst?«

»Ich weiß nicht, ob hassen ein zu starkes Wort ist, aber ja.«

»Aber ich habe ihm nichts getan!«

»Du hast deinem Kaninchen ein viertes Bein besorgt. Du hast etwas verändert. Und solche Veränderungen tun

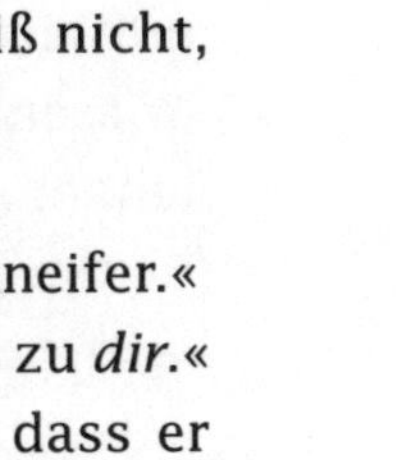

meistens den Leuten weh, die gerade erfolgreich oder mächtig sind. Er ist der große Favorit, und du warst mit dem Dreibein der große Außenseiter. Weil du dich damit nicht abgefunden hast, bist du eine Bedrohung für ihn. Darum hat er auch versucht, das Bein zu zerstören.«

Tim runzelte die Stirn. Hatte der alte Schwarzenbacher wirklich recht? Arno war eigentlich immer gemein. Nicht nur zu ihm; er hatte einfach zu viel Spaß daran, Schwächere und alle, die ihm nicht in den Kram passten, zu ärgern. So wie Pascal, der neu hergezogen war, oder Lissy, weil ihre Eltern arm waren. »Aber er hat damit schon angefangen, als Blackbeard noch ohne Chance war. Sogar schon vor der Ersten Beschnupperung.«

»Dann plappert er vielleicht doch einfach nur nach, was andere sagen.« Der alte Schwarzenbacher zuckte mit den Schultern. »Er selbst hat deinen Vater ja nie getroffen, er war damals nicht dabei.«

»Und darum muss ich das Rennen für meinen Vater gewinnen! Damit das niemand mehr nachplappern kann. Damit ihn niemand mehr Kneifer nennt!« Tim atmete heftig. »Wissen Sie, wie das ist? Ich weiß es. Weil sie mich Krüppler nennen, so wie sie ihn Kneifer genannt haben. Ich muss für ihn gewinnen, weil wir gleich sind. Ich bin wie mein Vater.«

»Ja, in manchem ähnelt ihr euch«, sagte der alte Schwarzenbacher bedächtig. »Aber hier unterscheidet ihr euch. Dein Vater war in einer ähnlichen Lage wie Arno ...«

»Mein Vater war nicht wie Arno!«, brach es aus Tim heraus. Wie konnte er es wagen, seinen Vater mit Arno zu vergleichen?

»Dein Vater ...«

»Er hat nie ein Kaninchen entführt! Er hat niemanden Krüppler genannt! Er hat ...« Tim wusste nicht, was sein Vater getan hatte, aber das hatte er bestimmt nicht. Niemals!

»Nein, natürlich nicht. Aber hör mir zu!« Der alte Schwarzenbacher hob die Stimme, weil Tim schon wieder Luft holte. »Wie Arno war er der große Favorit, und du bist ein Außenseiter. Du trägst deinen Schimpfnamen seit der Weihe, dein Vater bekam ihn erst nach dem Rennen. Du und Blackbeard wurdet davor gejagt, er erst danach.«

»Trotzdem war er kein Arno«, beharrte Tim, weil ihm der Unterschied, von dem der alte Schwarzenbacher sprach, nicht wichtig war. Was spielte es denn für eine Rolle, *wann* man beschimpft wurde? »Er war doch Ihr Freund! Warum haben sie mir denn geholfen, wenn Sie nicht wollen, dass ich gewinne?«

»Selbstverständlich will ich das!«, sagte der alte Schwarzenbacher mit Nachdruck. »Aber es ist mir nicht wichtig, ob du damit alte Rechnungen begleichst. Denn egal, ob du gewinnst oder nicht, du kannst nicht mehr ändern, was deinem Vater passiert ist. Du kannst nicht ungeschehen machen, dass er nicht angetreten ist. Warum bist du so wütend auf Arno und willst ihn besiegen? Weil er das alte Schimpfwort für deinen Vater benutzt, oder weil er Blackbeard entführt und sein Bein beschädigt hat? Weil er dich und Pascal hat tunken lassen?«

»Für das, was er Blackbeard angetan hat«, sagte Tim ganz ruhig und entschlossen. »Weil er glaubt, dass er das darf, nur weil er Favorit und Bürgermeistersohn ist.«

»Genau deshalb muss er lernen zu verlieren. Denn darum geht es im Rennen, das habe ich dir gesagt.« Der alte

Schwarzenbacher sah ihn freundlich an. »Und du hattest recht. Du und dein Vater, ihr seid euch ähnlich. Nicht wegen der Beschimpfungen, sondern weil ihr euch um eure Kaninchen sorgt.«

Am Montag nach den Pfingstferien hatte sich die Stimmung an der Schule geändert. Viele, die vor fünf Tagen noch laut »Tunken!« geschrien hatten, als Tim und Pascal den Wasserfall hinabgestoßen wurden, konnten ihnen jetzt nur schwer in die Augen blicken.

Carsten dagegen beharrte trotzig darauf, dass es richtig gewesen war. »Als man sie erwischt hat, waren ihre Kaninchen verschwunden. Das ist die entscheidende Tatsache. Wenn man im Falle von Krankheiten verantwortlich gemacht werden kann, dann doch erst recht bei einer Entführung. Mit einem ordentlichen Schloss und einer Hightech-Alarmanlage wäre das nicht passiert … Außerdem klang es wie eine Lüge.«

»Man hätte warten können«, sagte Bene. »Wenn die Kaninchen nach drei Tagen nicht wieder aufgetaucht wären, hätte man sie immer noch tunken können.«

»Regel ist Regel. Und da ist nicht von einer Gnadenfrist die Rede.«

Damit mochte Carsten im wortwörtlichen Sinn recht haben, trotzdem fühlten sich viele unwohl, weil sie Tim und Pascal nicht geglaubt hatten. Es schien nicht richtig zu sein, ihnen die Schuld zu geben statt dem Entführer.

Arno zeigte keine Gewissensbisse. Gegenüber Tim dröhnte er lautstark: »Von wegen entführt, das behauptest du. Aber Zeugen hast du keinen einzigen, nicht einmal für das mysteriöse Wiederauftauchen der Kaninchen. Deine kleine

Freundin gilt nicht, die würde für dich lügen. Wie können wir also sicher sein, dass du den Krüppel nicht selbst versteckt hast, um andere zu beschuldigen?«

»Ja, klar«, fauchte Tim. »Ich habe also mein eigenes Kaninchen versteckt, damit ihr mich tunken dürft. Und das von meinem besten Freund gleich mit, weil der sich unbedingt mal den Knöchel brechen wollte. Glaubst du nicht, dass das ziemlich bescheuert klingt?«

Arno zuckte mit den Schultern. »Es ist dein Plan. Warum sollte der nicht bescheuert sein?«

»Stinkiger Köttelkopf!«, schrie Tim und stürzte sich auf ihn. Er ertrug dieses selbstgefällige Gehabe nicht mehr! Für das, was Arno Blackbeard angetan hatte, wollte er ihm das herablassende Lächeln aus dem Gesicht prügeln. Aber Pascal und Lissy hielten ihn zurück und zerrten ihn fort, obwohl das Pascal mit seinen Krücken ganz schön schwerfiel.

»Ja, verzieh dich besser!«, rief Arno ihnen hinterher. »Versteck dich, wie du es mit dem Krüppel getan hast!«

Tim versuchte sich loszureißen, aber Lissy zischte ihm ins Ohr: »Beim Rennen. Zeig's ihm beim Rennen. Hier kriegst du nur Probleme.«

Frau Schuster schlenderte herbei und bewies damit wieder mal ihren ausgeprägten Riecher für Ärger. Tim gab nach. Ja, er würde es Arno beim Rennen zeigen.

Alle halbe Stunde klopfte irgendwer Tim oder Pascal auf die Schulter und sagte: »Hauptsache, die beiden Kaninchen sind wohlbehalten zurück.«

Die wenigsten wollten herausfinden, wer die Kaninchen entführt hatte. Wahrscheinlich hatten sie Angst, dass Arno dahintersteckte, und mit ihm wollte sich niemand anlegen.

Noch immer gab er den Ton an. Aber der Ton war ein klein wenig leiser geworden.

Bene hing zwar weiterhin mit Carsten herum, zeichnete aber trotzdem eine schwarze Totenkopffahne auf Pascals Gips. »Das ist viel cooler als mein Name. Und die passt zu dir, ich bin da noch nie gefesselt runter.«

»Wo?«, fragte Pascal.

»Den Wasserfall.«

»Du wurdest auch schon getunkt?«

»Nein. Ich bin mal mit dem alten Schlauch aus einem Traktorreifen runtergefahren. Ich wollte wissen, wie das ist, hab mich aber nicht getraut, mich zu fesseln.«

»Wenn du noch mal willst, kann ich das Fesseln gern übernehmen.«

Bene lachte und klopfte mit dem Stift auf den Gips. »Nein, nicht vor dem Rennen. Ich will da ohne Krücken antreten.«

»Ich auch«, sagte Pascal.

Tim und Lissy, die danebenstanden, nickten zustimmend.

Die Sommerferien kamen mit Riesenschritten näher. Jeder, der sich auch nur die kleinsten Chancen beim Rennen ausrechnete, trainierte von Tag zu Tag verbissener und verhöhnte seine Gegner immer lauter, nur nicht Arno und Jakob – bei ihnen traute sich niemand. Wer nicht freiwillig trainierte, wurde von den Eltern dazu angetrieben.

Aus Freunden wurden Konkurrenten.

Pascal bekam den Gips abgenommen und stellte ihn wie einen Pokal auf seinen Schrank. Seine Mutter sagte, der würde nur Staub fangen, aber sie bestand nicht darauf, dass er ihn fortwarf. Die Namen auf ihm zeigten immerhin, dass Pascal irgendwie doch endlich angekommen war in Niederrhode, sagte sie. Aber wahrscheinlich zeigten sie vor allem, dass sehr viele Leute einfach ihre Namen irgendwo hinschmieren wollten. Mit einer Klotür wollte ja auch niemand befreundet sein, und doch waren viele voll mit Namen und Nachrichten.

Eine Mutter kündigte vor der Klasse 4a Ferienkurse für Mädchen an, wie man Kaninchen die schönsten Schleifen ins Fell binden konnte, obwohl es so kurz war. Lissy schrie wütend: »Das macht die Kaninchen langsamer, weil der Luftwiderstand größer wird!« Daraufhin meldete sich niemand an, und die Tochter streckte Lissy die Zunge raus.

Louis Müller verkaufte immer größere Mengen Traubenzucker, Susi Hoffmann immer mehr Nasentropfen. Pascal entdeckte in der Stadtchronik alte Futterrezepte aus den letzten hundertfünfzig Jahren, die schnellere Kaninchen versprachen. Er kopierte sie, hatte dann aber doch Angst, die seltsamen Mischungen an Fersengeld zu verfüttern.

»Die Stadtchronik, das ist es«, rief Lissy. Sie erinnerte sich daran, dass in einer alten Fassung der Sage vom unbekannten Kaninchen die Keltenschanze erwähnt wurde. Daher war sie ihr bekannt vorgekommen. »Das Kaninchen hat das Gras aus der Keltenschanze gefressen.«

Aufgeregt suchten sie nach der Stelle im Buch, konnten sie aber nicht wiederfinden. Trotzdem waren sie überzeugt, dass Blackbeard, Fersengeld und Goliath dasselbe fraßen wie das sagenhafte Kaninchen, und das konnte nicht verkehrt sein.

In den letzten Schulwochen gab Herr Vögele ihnen keine Hausaufgaben mehr auf, nur noch die nachdrückliche

Anweisung, täglich zu trainieren. »Ich will, dass einer aus dieser Klasse gewinnt, ja?«

Arno nickte selbstgefällig. Die meisten nickten, aber viele sahen dabei Arno an. Tim und Pascal nicht.

Auf dem Heimweg nach der Schule besuchte Tim manchmal den alten Schwarzenbacher. Irgendwann brachte er auch Lissy und Pascal mit, und sie kümmerten sich nicht darum, ob sie dabei gesehen wurden. Sollten die Leute doch tratschen.

Zu Beginn der Ferien war Pascals Knöchel ausgeheilt, und er konnte wieder richtig rennen. Wieder und wieder rannte er mit Fersengeld durch die Keltenschanze. Gegen Tim und Blackbeard, gegen Lissy und Goliath, und einfach nur so, weil das Rennen ihn glücklich machte.

Wie jedes Jahr fuhr keine Niederrhoder Familie mit einem zehnjährigen Kind in den Urlaub, höchstens in ein Trainingslager.

Gregor Mayr aus der 4a schnallte seinem Kaninchen spezielle Sprungfedern unter die Pfoten, schließlich war nur das Verstümmeln der Tiere verboten, aber keine Spezialbeine. Das Kaninchen hopste unkontrolliert durch die Gegend und wurde fast vor das Auto seiner Mutter geschleudert, als die von der Arbeit nach Hause kam. Am nächsten Morgen hatte Gregor noch immer rote Ohren und sein Kaninchen keine Sprungfedern mehr.

Tim, Pascal und Lissy sprangen mit ihren Kaninchen jetzt jeden Tag quer durch den Wald, um sie an das freie Laufen zu gewöhnen. Ununterbrochen sprachen sie mit ihnen, feuerten sie an, lockten sie, schmeichelten ihnen und hörten ihnen zu, indem sie auf die Körpersprache der Kaninchen achteten. Häufig trieben sie sich dabei in der

Gegend herum, in der das Große Rennen beginnen würde. Manchmal trafen sie dort auf andere, aber niemand trat ernsthaft gegeneinander an. So verlockend das auch war, das Große Rennen zu gewinnen war verlockender. Keiner wollte seine Stärken – oder Schwächen – offenbaren.

In der letzten Ferienwoche buddelte Goliath eine alte Axt aus, die wahrscheinlich bei den gewalttätigen Rennen im 18. Jahrhundert vergraben worden war. Der Stiel war verrottet und die Klinge stumpf, aber Lissy nahm sie als Glücksbringer mit nach Hause und hörte nicht auf, Goliath stolz als feinste Spürnase der Welt zu bezeichnen. »Er findet Spuren, die weit über zweihundert Jahre alt sind.«

Als die Schule wieder begann, waren es noch fünf Tage bis zum Großen Rennen. Niemand dachte an Unterricht, alle fieberten dem Samstag entgegen.

Das große Rennen

Tim hatte jeden Wecker im ganzen Haus gestellt, um ja nicht zu verschlafen. Und dann wachte er vor Aufregung noch vor dem ersten Klingeln auf. Er zog sich an und betrachtete Rübenzahls Namensschild. Jetzt wurde es ernst.

Er stieg die Treppe hinunter und brachte Blackbeard eine große Portion zu fressen. Langsam strich er ihm über die Stirn und das glänzende Titanbein. Opa hatte es gestern noch einmal poliert und mit all der Sorgfalt geölt, die ihn als Uhrmacher ausgezeichnet hatte. Die Sonne löste sich langsam vom Horizont, der Himmel war klar und blau. Es würde ein warmer Septembertag werden, aber noch fröstelte Tim.

Er ging zurück ins Haus und fädelte neue, extradicke Schnürsenkel in seine alten Turnschuhe, die sich in unzähligen Trainingsläufen bewährt hatten, bei schlammigem, rutschigem und trockenem, hartem Untergrund. Er wollte sichergehen, dass die Bänder beim Rennen nicht rissen.

Am Frühstückstisch bekam Tim keinen Bissen herunter.

»Ich bin stolz auf dich«, sagte Opa feierlich. Seine Stimme zitterte, wie sie es nur manchmal getan hatte, als er von Tims Vater gesprochen hatte. »Richtig stolz. Als du damals Blackbeard gewählt hast, hätte ich nie gedacht, dass du auch nur die kleinste Chance hast. Aber jetzt, wenn ich ihn mit dem Titanbein durch den Garten rennen sehe, wenn ich sehe, wie aufgeweckt er ist, weiß ich, das es möglich ist. Du und Pascal seid die Ersten in fast vierhundert Jahren, die getunkt wurden und trotzdem antreten. Du hast das alles weggesteckt, jeden Rückschlag, jede Beleidigung, und bist immer wieder aufgestanden. Das ist die Einstellung, mit der man ein Großes Rennen gewinnt. Ich weiß, dass du es schaffen kannst. Du kannst für deinen Vater gewinnen! Du kannst den ganzen Schwätzern das Lästermaul stopfen!«

»Alfred!«, fuhr Oma dazwischen. »Nicht in dem Ton.«

»Ja ja, schon gut. Du hast ja recht. Tim kann sie alle zum Schweigen bringen. So besser?«

Oma nickte knapp und sah zu Tim. »Aber wir haben dich auch lieb, wenn du nicht Erster wirst. Das weißt du, ja?«

»Klar«, sagte Tim mechanisch. Für ihn klang es, als würde Oma ihm nach allem noch immer nicht den Sieg zutrauen.

»Und iss was«, sagte Oma. »Du brauchst deine Kraft.«

»Sportlerfrühstück«, dröhnte Opa launig, holte vier rohe Eier aus dem Kühlschrank und schlug sie in einen Krug. Das hatte er nicht mehr getan, seit er aufgehört hatte, Tim zu trainieren. »Salz und Pfeffer?«

»Nein.« Tim nahm den Krug, dachte lächelnd an eine kühle Cola und kippte die glibbrige Masse mit geschlossenen Augen herunter. Es war egal, dass es eklig schmeckte.

Oma verzog das Gesicht und sah weg.

Nach dem Frühstück schlüpfte Opa in seinen guten Anzug, und Oma zog eine elegante Hose an, weil man mit einem Rock nicht so gut zum Start im Wald stapfen konnte.

»Willst du nicht im Ziel warten?«, fragte Tim.

»Wäre dir das lieber?«

»Ja.«

»Gut«, sagte Oma. Die Hose behielt sie trotzdem an.

Tim setzte Blackbeard in eine Transportkiste und Fersengeld in eine andere. Eine rechts, eine links in der Hand, ging er mit seinen Großeltern zum Stadion hinter der Schule. Niemand nahm beim Großen Rennen das Auto, dafür gab es bei Weitem nicht genug Parkplätze.

Wieder einmal war ganz Niederrhode gekommen und hatte sich herausgeputzt. Nur die Teilnehmer am Rennen trugen Sportkleidung. Überall wurde gelacht und gewunken, alle paar Meter wurden ausgestreckte und gedrückte Daumen in die Höhe gereckt. Immer wieder erklang über die Köpfe hinweg ein: »Viel Glück!«, aber nicht immer war klar, wer damit gemeint war.

Tim und seine Großeltern warteten auf Pascal. Als Treffpunkt hatten sie den Flutlichtmast beim Stadioneingang ausgemacht, da das Schiedsrichterzelt nicht weit von dem Mast entfernt war. Dort wurden die Startnummern ausgegeben, der Kaffee für die Helfer und die Erste-Hilfe-Kästen, falls nötig. Tim blickte abwechselnd auf die Uhr und in die herbeiströmende Menge. Pascal war schon sieben Minuten zu spät und nirgendwo zu sehen.

Tim entdeckte den alten Schwarzenbacher, der sich einen Weg durch die Menge bahnte. Verwunderte Blicke trafen ihn, manch einer wich ihm aus, keiner grüßte ihn. Tim winkte ihn herbei, und er kam herüber. Opa und Oma begrüßten ihn freundlich, Oma strahlte sogar über das ganze Gesicht.

»Ich war nicht sicher, ob Sie kommen würden«, sagte Tim.

»Warum das? Ich muss euch doch rennen sehen.« Er zwinkerte und verabschiedete sich, um sich einen Platz in der letzten Kurve vor dem Ziel zu suchen. Das Stadion war von einer Art Wall umgeben, in den ein gutes Dutzend Sitzreihen aus Beton und Holz eingelassen waren. Viele Plätze waren schon besetzt, auf der Zielgeraden fast alle.

Tim stieg auf den Verteilerkasten neben dem Mast und hielt Ausschau nach Pascal. Plötzlich fürchtete er, dass seine Mutter ihn nicht herkommen ließ. Was, wenn sie stinksauer war, weil sie Fersengeld versteckt hatten, und Pascal Hausarrest und ein Startverbot aufbrummte? Spätestens heute musste Pascal ihr gegenüber ja mit der Wahrheit rausrücken.

Arno schritt vorbei, um sich seine Nummer abzuholen. Er war eingerahmt von seinen Eltern. Sein Vater zischte: »Wehe, du versagst, Junge. Dann ziehe ich dir das Honorar der Trainer vom Taschengeld ab. Es geht hier auch um meinen Ruf und meine Wiederwahl.«

»Ja, Vater«, sagte Arno ergeben.

»Dein Vater ist nur Bürgermeister geworden, weil er sein Rennen gewonnen hat«, betonte Arnos Mutter. »Und heute steht deine Zukunft auf dem Spiel. Also streng dich an!«

»Ja, Mutter.«

Kurz darauf eilte Carsten mit seiner Mutter vorbei. Er trug ein T-Shirt mit § darauf und sah Tim nicht an. Bene dagegen winkte Tim kurz zu, er hatte die linke Hand verbunden. Ein Teilnehmer nach dem anderen lief zum Zelt, nur Pascal zeigte sich nicht.

»Komm wieder runter, sonst fällst du noch«, sagte Oma, obwohl Tim fünf Minuten lang nicht vom Verteilerkasten gestürzt war. Trotzdem ließ er sich zu Boden gleiten.

»Willst du schon mal allein gehen?«, fragte Opa. »Wir schicken Pascal dann nach.«

»Nein.«

Als Lissy mit ihrem Vater und ihrer Schwester vorbeikam, löste sie sich kurz von ihnen, sprang zu Tim und murmelte: »Ich hab eine Überraschung für Carsten, die wird dir gefallen. Aber für dich konnte ich leider nichts tun.«

Bevor er etwas erwidern konnte, war sie schon wieder bei ihrer Familie. Ihr Vater sah müde und ungeduldig aus, ihre Schwester aufgeregt.

Was hatte sie damit gemeint?

Und endlich tauchte auch Pascal auf. Seine Mutter lächelte in alle Richtungen, nickte hier und grüßte da, als hätte sie alle Zeit der Welt. Pascal wirkte nervös und drängte sie zu Tim. Sie schüttelte Tim und seinen Großeltern die Hand. »Das ist ja richtig aufregend hier. Pascal hat kaum gefrühstückt, obwohl er … Oh, du hast sogar zwei Kaninchen, Tim? Ist das erlaubt?«

»Nein«, sagte Tim unsicher und sah Pascal an.

Pascal deutete auf seine Mutter und schüttelte den Kopf.

»Nur … ähm … zum Training«, stammelte Tim.

Fersengeld drückte seinen Kopf freudig an das vordere Gitter, um Pascal zu begrüßen.

»Lustig, der sieht fast so aus wie der, den Pascal damals gewonnen hat«, sagte Frau Hansen. »Wenn ich nicht wüsste, dass der verschwunden …«

»Tim ist spät dran«, sagte Pascal hastig, packte Fersengelds Kiste und rannte los, Tim im Schlepptau. »Ich helf ihm schnell.«

»Pascal!«, rief ihm Frau Hansen hinterher.

»Viel Glück, Jungs!«, rief Oma. »Ich klär das mit deiner Mutter.«

»Was klären Sie?«, fragte Frau Hansen. Es klang, als würde ihr langsam etwas dämmern. Und es klang ganz und gar nicht erfreut.

Mehr verstand Tim nicht, die weiteren Worte wurden vom Lärm der fröhlichen Menge verschluckt.

»Das gibt Ärger«, raunte er Pascal zu.

»Ja, aber hinterher kann sie mir nicht mehr verbieten anzutreten.«

Seite an Seite stürzten sie in das Zelt.

»War ja klar, wer als Letzter kommt«, begrüßte sie Herr Vögele, der zusammen mit Frau Schuster die Nummern ausgab. Dann machte er zwei Haken auf der Liste und drückte Tim die Dreizehn in die Hand und Pascal die Sieben.

Das Stadion lag ganz am Rand von Niederrhode. Stadtauswärts kam eine Wiese, an die sich direkt der Wald anschloss. Dorthin führten die beiden Lehrer und der Hasenhieber die versammelten Jungen und Mädchen. Sie machten einen kleinen Bogen und nutzten Forstwege abseits der Rennstrecke. Die war wie jedes Jahr über Nacht von den Schauerwerken ein wenig aufgemotzt worden. Manchmal konnte Tim durch die Bäume die Absperrung am Streckenrand erahnen. Hier und da standen eine Handvoll Zuschauer und Angestellte der Schauerwerke, die nachher darauf achten sollten, dass es fair zuging.

Die rohen Eier rumorten in Tims Magen. Pascal und Lissy liefen neben ihm, aber er wusste nichts zu sagen. Vor Anspannung waren seine Finger ganz verschwitzt, und er drückte die Transportkiste mit Blackbeard fest an seine Brust. Sein Herz schlug laut, er hatte plötzlich Angst zu

verlieren, zu versagen, zur Lachnummer zu werden. Er hatte Angst, Blackbeard würde unterwegs sein Bein verlieren, oder ein neuer Amtsarzt würde plötzlich am Start warten und es verbieten und Blackbeard abnehmen. Alles, was schiefgehen konnte, ging in seinem Kopf schief. Er würde Letzter werden. Oder mit Glück Vorletzter. Er hatte Panik, Opa zu enttäuschen. Und den alten Schwarzenbacher auch. Er fürchtete, Arno würde triumphieren.

Auch am Start warteten schon Zuschauer, vor allem ältere Jungs. Sie würden auf den Forstwegen zurückeilen und so rechtzeitig im Stadion sein, um auch die Ankunft mitzuerleben.

Bis zum Ziel waren es von hier genau 3124 Meter, so weit, wie das unbekannte Kaninchen der Sage nach gerannt war. Da Kaninchen aber selten geradeaus stürmten, sondern ständig Haken schlugen, würden sie am Ende wohl die doppelte oder dreifache Entfernung zurückgelegt haben. Hier war die Rennstrecke etwa hundert Meter breit, unterwegs würde das immer mal schwanken. Auf der Startlinie waren im Abstand von einem knappen Meter über sechzig Gitterboxen nebeneinander aufgestellt. Sie waren für die Kaninchen und von links nach rechts durchnummeriert. Das hieß, die Jungen starteten links, die Mädchen rechts, jeweils hinter den Boxen. Die Klappen an ihrer Vorderseite konnten auf »Los!« per Fernsteuerung alle gleichzeitig geöffnet werden.

Die Box mit der Nummer 13 öffnete sich genau vor einem dicken Buchenstamm. Durchstarten war hier für Blackbeard nicht möglich.

»So ein Pech aber auch«, sagte Mario Zech, der mit der Nummer 12 direkt neben Tim startete. Er klang nicht besonders mitleidig. Sein Kaninchen war in allen Farben gescheckt.

Tim glaubte nicht, dass es ein Zufall war, dass gerade er den schlechtesten Startplatz bekommen hatte. Aber es nahm ihm nicht die Hoffnung, im Gegenteil: Egal, wer das getan hatte, er wollte ihn unfair stoppen. Und das bedeutete, er nahm Tim ernst und hielt ihn für seinen härtesten Gegner.

Tim blickte an der Reihe entlang zur Nummer 24. Arno sah zu ihm und feixte. Tim grinste lässig. Sein Selbstvertrauen war zurück.

Er ließ den Blick über den ersten Abschnitt der Strecke schweifen und versuchte, den geschicktesten Weg am Baum vorbei abzuschätzen. Ein paar Meter vor Carstens Box stand ein Verkehrsschild im Wald: Höchstgeschwindigkeit 10 km/h. Tim lachte und suchte Lissys Aufmerksamkeit. Sie winkte ihm zu. Bestimmt zwinkerte sie auch, aber das konnte er auf die Entfernung nicht erkennen. Das Schild musste die Überraschung für Carsten sein, die sie vorhin angekündigt hatte. Tim wusste nicht, wie sie das geschafft hatte, wo doch heute Nacht die Schauerwerke die Strecke vorbereitet hatten, aber er pfiff noch einmal bewundernd durch die Zähne. Obwohl ihr Vater für die Schauerwerke arbeitete, war es beeindruckend.

»Setzt eure Kaninchen in die Boxen!«, befahl der Hasenhieber mit lauter Stimme.

Tim nahm Blackbeard aus der Transportbox, drückte ihn an sich und flüsterte ihm ins Ohr. »Lauf, wie du noch nie gelaufen bist. Das ist dein Tag, deiner allein. Heute kannst du es deinem Entführer zeigen. Und allen, die dich Krüppel genannt haben.«

Blackbeard stupste ihn mit der Schnauze gegen die Wange, er hatte verstanden. Als das Kommando kam, ließ Tim ihn von seinem Arm in die Startbox hoppeln. Automatisch verschlossen sich alle Türen.

Frau Schuster stellte sich mit einem Megafon vor die Startreihe. »Ihr alle kennt die Regeln, doch die Tradition verlangt, dass ich sie noch einmal kurz verkünde: Das Kaninchen, das als Erstes das Ziel erreicht, hat gewonnen. Die Zeit, wann der Sieger und ihr alle eintrefft, ist zweitrangig. Ihr dürft dem Kaninchen die Richtung weisen, es locken und antreiben, es aber nicht tragen, werfen, ziehen oder sonst wie fortbewegen. Verlässt ein Kaninchen die Strecke, muss es sie auf derselben Höhe wieder betreten, dann darf es weiterrennen. Keine Waffen, kein Steinewerfen, keine Prügelei. Berührungen in engen Kurven können passieren, aber nehmt Rücksicht. Verstöße werden mit Disqualifikation bestraft. Und vergesst nicht, es gibt genug Streckenposten, die euch im Blick haben. Manche auch mit Kamera. Und jetzt: viel Glück euch allen. Ein spannendes und faires Rennen.«

Alle applaudierten, die Zuschauer jubelten laut und pfiffen begeistert, während die Rennteilnehmer versunken ins Leere starrten. Die Kaninchen schlugen unruhig gegen die Gitter. Frau Schuster gab die Strecke frei.

»Auf die Pfoten!«, rief der Hasenhieber, der auf einem Podest neben Startplatz eins stand. Als städtischer Züchter durfte er jedes Jahr den Start vornehmen.

Tim versuchte, die Gedanken an alle anderen auszublenden, er konzentrierte sich ganz auf Blackbeard und sich selbst. Startbereit legte er die Hände auf der Box ab. Sie zitterten.

»Fertig!«

Tim spannte die Muskeln an.

»Los!«

Die Boxen sprangen scheppernd auf. Tim klopfte oben aufs Dach, und Blackbeard wand sich hinaus, umkurvte die Buche und stürmte los. Fast alle Kaninchen lagen vor ihm, nur nicht die Nummer 15, sie hatte zwei schnelle Haken geschlagen und rannte in entgegengesetzter Richtung tiefer in den Wald hinein.

»Turbostar! He, Turbostar!«, rief Gregor Mayr mit der 15 und stürzte hinterher, um Turbostar zur Rückkehr auf die Strecke zu bewegen.

Carsten rannte nicht, er ging nur etwas flotter als ein Spaziergänger und schrie: »Zone zehn! Zehn km/h, ihr Betrüger! Zehn!«

Keiner reagierte.

»Ihr werdet alle disqualifiziert!«

Tim wetzte lachend an ihm vorbei.

»Ach, zum Köttel noch mal!«, fluchte Carsten und rannte ebenfalls los.

Das Große Rennen war das chaotischste Rennen der Welt, niemand auf der Strecke konnte den Überblick bewahren. Die Kaninchen schlugen Haken und stoben durcheinander nach links und rechts, nach vorn und zurück. Es gab keine Bahnen wie in einem Stadion, nur eine grobe Richtung, der die meisten folgten, wenn man sie ihnen zeigte.

Kaninchen waren Sprinter, keine Langstreckenläufer, deswegen tauchten sie nach einem kurzen Spurt gern mal unter eine Wurzel, die aus der Erde ragte, oder kauerten sich in eine Kuhle. Und so standen überall Mädchen und Jungen auf der Strecke, die ihre Tiere wieder antrieben und jene

vorbeilassen mussten, die sie gerade noch überholt hatten. Manche lockten, manche flehten, manche bettelten, mache drohten, manche schrien, manche klatschten aufmunternd in die Hände, und manch einer stapfte mit dem Fuß auf die Erde, um sein Kaninchen zu erschrecken.

Jakob brüllte sein Kaninchen lautstark voran und sprang ihm mit fuchtelnden Armen hinterher. Er schien noch immer überzeugt zu sein, es durch Furcht zur größten Leistung treiben zu können. Tatsächlich rasten die beiden an allen anderen vorbei und zogen ein paar Meter davon. Doch was auf der umgitterten Trainingsstrecke geklappt hatte, ging hier im Freien nicht lange gut. Plötzlich schlug das Kaninchen einen Haken und stürmte in wilder Flucht von der Strecke.

»Komm zurück, Graf!«, brüllte Jakob. Aber Graf dachte nicht daran, sich von dem wilden Geschrei anlocken zu lassen. Er floh weiter, fand problemlos eine Lücke zwischen den wenigen Zuschauern und tauchte unter dem Absperrband hindurch. Jakob rannte hinterher, die Zuschauer grölten vor Freude. Noch bevor Jakob mit Graf ganz zur Strecke zurückgekehrt war, lief Tim mit Blackbeard an der Ausbruchsstelle vorbei.

Manche Läufer kickten Äste und Tannenzapfen nach fremden Kaninchen, um sie zu verängstigen, oder brüllten sie im Vorbeilaufen an. Ein Zapfen prallte gegen Tims Ohr, und er bekam den Ellbogen von Mario Zech in die Rippen, als der an ihm vorbeistürmte. Kurz darauf zog er wieder an Mario vorbei und gab ihm einen Rempler mit der Schulter mit. Das alles war zu harmlos, um zu einer Disqualifikation zu führen.

Bene versuchte es dagegen mit einer List. Er hatte die

Taschen voller Frischfutter und warf es jedem Kaninchen vor die Schnauze, das sich gerade geduckt hatte. Jetzt war es gleich noch viel verlockender, sitzen zu bleiben.

Überall wurden Namen gerufen oder gesäuselt.

»Komm!«

»Los!«

»Weiter!«

»Schneller!«

Tim achtete nur mit halbem Ohr darauf, aber einmal glaubte er, Pascals Stimme recht nah zu hören. Jakobs Gebrüll war wohl bis nach Niedderhode zu vernehmen. Tim konzentrierte sich auf Blackbeard, lief mit ihm im Zickzack voran, mal einen kleinen Hügel hinauf, dann wieder in eine Senke hinab. Er deckte ihn gegen die seltener werdenden Wurfgeschosse und redete ständig auf ihn ein, um ihm mit der vertrauten Stimme Orientierung zu geben. Das Feld zog sich immer weiter auseinander, dabei waren erst höchstens fünfhundert Meter geschafft.

Blackbeard hielt sich großartig, die meisten Rufe, die an Tims Ohr drangen, kamen von hinten. Vor sich sah er zwischen den Stämmen nur wenige Pärchen rennen, Arno konnte er unter ihnen nicht entdecken. Tim lag also vor Arno! Das spornte ihn weiter an, und er setzte wild entschlossen über ein Gestrüpp hinweg, unter dem Blackbeard hindurchsauste.

Blackbeard rannte mit ausgelassener Freude, er stürmte voraus, und immer, wenn er sich wieder hinkauerte, wandte er sich zu Tim um. Dabei schien er zu grinsen und zu fragen: *Wo bleibst du Krücke denn?*

»Weiter!«, rief Tim, und sie schlossen Meter um Meter zu den Führenden auf. Bald schon stürmten sie an dem

fluchenden Holger Schmieder aus der 4a vorbei, dessen Kaninchen in einen verlassenen Fuchsbau gekrochen war und nicht wieder auftauchte.

»Ich zähl bis drei! Sonst gibt es heute kein Abendessen!«, drängte Holger, und Tränen der Wut und Verzweiflung liefen ihm über die Wangen.

Tim verkniff sich ein Lachen und rannte weiter und weiter. Er wusste nicht, wie viel Zeit vergangen war, Zeit spielte auf der Rennstrecke keine Rolle. Sekunden und Minuten waren egal, alles, was zählte, war der Abstand zu den anderen.

Plötzlich tauchte vor Blackbeard ein mechanischer Räuber auf. Er schnellte hinter einer alten Eiche mit mächtigem, gespaltenem Stamm hervor und drosch lachend die eisernen Fäuste gegeneinander. Es schepperte furchtbar laut, und das Scheppern hallte im Eichenspalt so dröhnend wider, dass alle Vögel im Umkreis kreischend aufstoben. Panisch schlug Blackbeard einen Haken und raste seitwärts davon. Er kreuzte den Weg von Killer und Arno, die damit an ihnen vorbeizogen. Tim hatte nicht geahnt, wie nah sie ihnen gewesen waren. Hastig kickte Arno Blackbeard einen Ast hinterher und rief höhnisch: »Schisserkrüppel!«

»Blackbeard!« Tim ignorierte Arno, obwohl er ihm liebend gern ein Dutzend Äste an den Kopf geworfen hätte, und eilte seinem Kaninchen hinterher. Lockend rief er immer wieder seinen Namen, um mit den vertrauten Silben seine Aufmerksamkeit zu bekommen. »Ruhig, Blackbeard! Ruhig.«

Hinter sich hörte er Jakob seine wilden Anfeuerungen brüllen, und er wusste, auch der war nun an ihnen vorbei.

Blackbeard rannte weiter in die falsche Richtung, schlug

einen Haken, einen zweiten und dritten. Dann wirbelte er endlich herum und stellte die Ohren auf, zum Glück noch gerade vor der Absperrung. Tim beruhigte und lockte ihn, und nach wenigen Sekunden sprang Blackbeard wieder los.

Weiter und weiter ging es, vorbei an höhnenden Räubern, kichernden Hexen und heulenden Werwölfen aus den Schauerwerken und über eine schmale Brücke hinweg, die über ein Rinnsal führte. Längst rannte jeder für sich, das ganze Feld war weit auseinandergezogen. Tim hatte Pascal und Lissy aus den Augen verloren, auch Carsten, Bene und Mario. Von allen Gegnern interessierte ihn in erster Linie Arno, der irgendwo vor ihm rannte. Jakob auch, aber Arno war der, den er unbedingt besiegen wollte.

Der Wald wurde mit einem Mal dichter, überall wucherte Unterholz. Blackbeard wetzte weiter, Tim hielt sich die Unterarme schützend vor das Gesicht und stürzte hinterher. Dünne Äste schlugen ihm gegen die nackten Arme und Beine und hinterließen brennende Striemen, aber Tim kümmerte das nicht. Alles, was ihn kümmerte, war Arnos Vorsprung zu verkürzen. Die Hälfte des Rennens war bestimmt schon vorbei.

Kaum hatte er das dichte Unterholz hinter sich gelassen, versperrte ein brusthoher Zaun in einer flachen Senke die Strecke auf ganzer Breite. Als Tim dort ankam, suchten drei Jungen verzweifelt nach einem Durchgang, der irgendwo sein musste, denn Arno war bereits auf der anderen Seite und zwanzig Meter weiter. Jakob hing mit den anderen noch fest.

»Such!«, brüllte Jakob seinen Graf mit sich überschlagender Stimme an, und der raste erschrocken davon, wieder

zurück ins Unterholz. Ein anderes Kaninchen floh quer von der Strecke, sein Junge jagte fluchend hinterher.

Ohne zu zögern, kletterte Tim über den Zaun, hier musste man sein Kaninchen locken, nicht antreiben. Was dann passierte, hatte er ja gerade gesehen.

»Komm, Blackbeard, komm«, gurrte Tim, als er drüben war, und suchte angestrengt nach dem Durchgang. Der Boden unter dem Zaun war gewellt, und Blackbeard sprang sofort in eine Vertiefung. Er buddelte und quetschte sich rasch hindurch.

»Sehr gut, sehr gut«, lobte Tim, und sie rannten weiter, jetzt wieder hangaufwärts. Arno war zwischen den Bäumen kaum noch auszumachen, aber sie mussten ihn einfach einholen. Tim wusste nicht, ob Arno an erster Stelle lag, oder wie viele andere noch vor ihm rannten. Andere waren egal, nur Arno durfte nicht vor ihnen ins Ziel kommen. Nicht Arno!

Aber so sehr sich Tim auch anstrengte, er und Blackbeard konnten den Abstand nicht verringern. Mal sah er Arno und Killer, dann wieder nicht. Die Beine wurden ihm schwer, er keuchte, das Auf und Ab und die ständigen Tempowechsel hatten Kraft gekostet. Bis zum Stadion war es nicht mehr weit.

Und dann feuerte ein Piratenzombie der Schauerwerke mitten auf dem Weg eine Kanone ab. Ihr dröhnendes Donnern musste bis ins Stadion zu hören sein und die baldige Ankunft der Ersten verkünden. Doch erst einmal verzögerte es diese Ankunft, denn Blackbeard duckte sich erschrocken dicht an den Boden, während Arnos Kaninchen zur Seite ausbrach und Haken schlagend mal hierhin und mal dorthin floh.

Das war die Chance!

Aufgeregt plapperte Tim auf Blackbeard ein. »Heb deinen Hintern, Junge, los! Du wirst doch vor keinem Piratenkollegen Angst haben, oder?«

Blackbeard richtete sich auf und schüttelte den Kopf, als hätte er alles verstanden.

»Na, dann auf!«, drängte Tim. »Blackbeard, los!«

Und Blackbeard rannte.

Ganz am Rand der breiten Rennstrecke hatte Arno sein Kaninchen zur Umkehr gebracht und lief jetzt fast gleichauf mit Tim, wenn auch dreißig Meter weiter links. Hinter ihnen schrie irgendwer sein Kaninchen voran, aber keiner der beiden drehte sich um.

Sie näherten sich dem Waldrand, die Bäume standen nun lichter, die Strecke wurde immer schmaler, ein Nadelöhr, bevor es über eine kurze Wiese zum Stadion ging. Die Absperrungen rechts und links waren plötzlich nur noch wenige Meter voneinander entfernt. Hier bestanden sie aus massiven Planken und bildeten zwei kurz aufeinanderfolgende S-Kurven. Das aufgeregte Gebrabbel der wartenden Menge wurde vom Ziel herübergetragen.

Tim atmete schwer, auch Arno keuchte. Sie waren sich inzwischen so nahe, dass Tim sehen konnte, wie Arnos Gesicht vor Entschlossenheit verzerrt war. Seine Haare waren durcheinander, die Augen weit aufgerissen. Nebeneinander bogen sie in die vorletzte Kurve, die Kaninchen ein paar Meter vor ihnen. Schwer prallten ihre Füße auf den harten Boden.

Plötzlich machte Arno zwei Sprünge zur Seite und rammte im vollen Lauf gegen Tims Schulter, stieß ihn in Richtung einer knorrigen Esche. Tim taumelte und wurde fast gegen

den mächtigen Stamm geschleudert. Mit letzter Kraft konnte er sich gerade noch daran vorbeiwinden, trotzdem stürzte er. Noch im Fallen schrie er: »Lauf, Blackbeard!«

Arno lachte meckernd.

Der Schauerwerker am Streckenrand, der für die Überwachung der Fairness zuständig war, sagte ungerührt: »Erlaubter Bodycheck.«

Tim knallte auf den Rücken, sein Hinterkopf schlug gegen eine Wurzel, und für einen Moment blieb ihm die Luft weg. Er sah einen roten Fleck vor Augen. Ein kurzes Blinzeln später begriff er, dass der Fleck keine Einbildung war. Er war keine Folge des Schwindelgefühls, sondern ein knallroter Ballon, der jenseits des lichten Laubs hoch oben am Himmel schwebte. Er leuchtete hell in der Sonne, so hell wie der Ballon seines Vaters auf dem letzten Bild in Omas Album.

Tim rappelte sich auf, biss die Zähne zusammen und rannte mit Schmerzen weiter. Blackbeard würde es nicht allein schaffen. Mit dröhnendem Schädel stürmte er aus dem Wald.

Irgendwo hinter ihm brüllte Jakob: »Lauf, Graf, lauf, du faule Sau!«

Dann hörte Tim auch Pascals Stimme. »Los, Ferse!«

Aber darauf durfte er nicht achten, er musste Arno einholen, den betrügerischen, hinterhältigen Köttelkopf! Warum nur hatte er sich von Arno überraschen lassen? Er hätte es doch wissen müssen.

Jetzt hatte Arno wieder vierzig, fünfzig Meter Vorsprung. Vor ihm war niemand zu sehen, und das hieß wohl, er rannte dem Sieg entgegen.

Doch sein Kaninchen Killer schien die offene Wiese nicht

zu mögen. Es rannte im Zickzack, als wollte es den Schatten von Vögeln ausweichen. Für einen Augenblick bildete sich Tim ein, auch den Schatten des roten Ballons zu erkennen, aber dafür flog er eigentlich zu hoch.

Tim raste an Blackbeard vorbei, der wie alle Kaninchen ohne Anfeuerung nicht rannte, und rief: »Komm mit!«

Blackbeard heftete sich tatsächlich an seine Fersen, sprang ohne Angst über die Schatten hinweg und neben Tim her. Meter um Meter holten sie auf, und Blackbeard setzte sich mit langen Sprüngen wieder vor Tim. Als sie ins Stadion stürmten, hatten Arno und Killer nur noch knapp zwanzig Meter Vorsprung.

Beim Einbiegen ins Stadium konnte Tim gefahrlos einen raschen Blick zurückwerfen. Jakob und Pascal waren ihnen weiter auf den Fersen, doch dahinter klaffte eine gewaltige Lücke. Die nächsten verließen gerade erst den Wald.

Das Stadion tobte. Selten ging es nach einem langen Rennen noch so knapp zu wie heute. Tim hörte nicht, wem sie zujubelten, er hatte nur ein dröhnendes Rauschen im Ohr. Ein Brüllen, ein Tosen und Schreien, aber er konnte nichts verstehen.

Rechts und links der Laufbahn waren massive Absperrungen angebracht, sodass kein Kaninchen die Bahn verlassen konnte. Blackbeard kannte das vom Training in der Keltenschanze. Es war, als würde ihn die Erinnerung daran noch einmal anspornen, und er hetzte los.

»Ja, lauf!«, schrie Tim begeistert und setzte alles daran, ihm zu folgen. Noch eine halbe Stadionrunde.

In der letzten Kurve raste Blackbeard an Arno vorbei und schloss ganz langsam zu Killer auf, der ein paar Meter vor Arno rannte. Tim holte alles aus sich heraus. Er musste

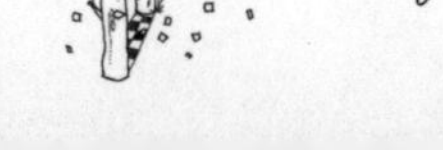

bei Blackbeard sein, wenn der ihn brauchte. Zu Beginn der Zielgeraden schloss er zu Arno auf, der keine Kraft mehr für einen Schlussspurt zu haben schien. Tim setzte zum Überholen an.

Wieder versuchte Arno zu rempeln, er sprang mit Wucht gegen Tims Schulter. Es war ein letzter verzweifelter Versuch, die Führung nicht zu verlieren. Diesmal hatte Tim damit gerechnet und hielt mit aller Kraft dagegen. Kurz strauchelte er, fiel aber nicht.

Das Stadion schrie auf. Jubel, Pfiffe, Buhrufe, Namen, Schimpfworte, Flüche, Anfeuerungen, alles dröhnte durcheinander.

Tim ruderte mit den Armen, fand den Rhythmus wieder und raste weiter, an Arno vorbei, den Blick stur auf Blackbeard gerichtet.

»Lauf!«, schrie er.

Arno fiel zurück und ließ nur ein Keuchen hören.

Blackbeard zog mit einem gewaltigen Satz an Killer vorbei, das Titanbein blitzte in der Sonne. Vergeblich mühte Killer sich aufzuholen, Blackbeard schien zu fliegen. Mit nur zwei Körperlängen Vorsprung stürmte er über die Ziellinie. Das war der knappste Vorsprung, von dem Tim jemals gehört hatte, und er hatte in seinem Leben sehr viele Renngeschichten gehört.

Tim riss die Arme hoch und stürzte ins Ziel. Dort fiel er erst auf die Knie, dann legte er sich ganz hin. Er hatte keine Kraft mehr, sein Herz raste, und er spürte, dass sein Knie blutete, wahrscheinlich vom Sturz an der Esche. Er drehte den Kopf zur Rennstrecke und sah gerade noch, wie Fersengeld das Duell gegen Jakobs Graf gewann und mit schlappenden Ohren als Dritter über die Ziellinie wetzte. Arno hatte sich das Shirt über das Gesicht gezogen und kauerte mit gesenktem Kopf am Rand der Strecke. Wütend drosch er auf den Boden ein, Killer irrte verloren herum.

Dann war Blackbeard plötzlich wieder bei Tim und leckte ihm vergnügt über die Nase. Tim packte ihn und setzte sich das Kaninchen auf die Brust, die sich noch immer heftig hob und senkte. Leise sagte er: »Wir haben es geschafft. Wir haben es wirklich geschafft.«

Glücklich schloss er für einen Moment die Augen, Blackbeard fest umschlungen. Auch das kleine Herz des Kaninchens raste wie verrückt. Dann sah Tim wieder in den Himmel, der rote Ballon war verschwunden. Der Lärm im Stadion ebbte ab.

Langsam rappelte er sich auf.

Pascal umarmte ihn, jubelte ihm ins Ohr und schlug ihm auf den Rücken, bis er zusammenzuckte, weil Pascal eine wunde Stelle traf. Gemeinsam wandten sie sich dem Zieleinlauf zu, Blackbeard und Fersengeld auf dem Arm. Noch immer außer Atem warteten sie auf Lissy, während ein Junge nach dem anderen mit seinem Kaninchen eintrudelte, auch Bene und eine Weile später Carsten. Bis zu den Zwergkaninchen würde es wie immer noch ein wenig dauern. Noch fehlten ein paar der Jungen, unter ihnen auch Mario, Holger Schmieder und Martin Mayrhofer.

Da bog Mario keuchend ins Stadion ein. Seine Schritte waren schwer, das Gesicht rot, und sein Kaninchen rannte im Zickzack. Ihm direkt auf den Fersen folgte Lissy. Ein überraschtes Raunen ging durch die Zuschauer.

»Lissy, lauf!«, schrie Tim. Seine Stimme überschlug sich fast.

»Goliath!«, brüllte Pascal begeistert. Er brüllte so laut, dass Fersengeld seine Ohren wegdrehte und ihn vorwurfsvoll ansah.

Irgendwer im Rund nahm den Schrei auf, dann noch einer und noch einer. Der Lärmpegel schwoll erneut an, das Stadion kochte plötzlich wieder, als ginge es um den Sieg. Überall sprangen Mädchen und Frauen auf, auch die Mütter und Schwestern von anderen Teilnehmern. Bis sie schließlich alle standen oder sogar auf der Stelle hüpften.

»Lissy, lauf!«, schrie das halbe Stadion.

Die ersten Männer und Jungen standen plötzlich auch, mitgerissen von der Begeisterung und Lissys leidenschaftlichem Lauf. »Goliath!«

Niemand blieb mehr sitzen, alle feuerten Lissy und Goliath aus Leibeskräften an. Und die beiden wurden davongetragen, sie blieben an Mario und Blitz dran. Tim brüllte, was seine ausgepumpten Lungen noch an Luft hergaben.

Auf der Zielgeraden stürmte Goliath an dem doppelt so großen Blitz vorbei. Der Jubel auf den Rängen schwoll zu einem wilden Tosen und Kreischen an, und Goliath blieb bis ins Ziel vor ihm. Dass Lissy ganz knapp hinter Mario über die Linie taumelte, spielte keine Rolle mehr. Sie hatte einen Jungen besiegt. Japsend fiel sie Tim und Pascal in die Arme, für alles andere fehlte ihr die Kraft. Blackbeard und Ferse sprangen rechtzeitig zu Boden und zu Goliath hinüber, der auf dem Rasen neben der Laufbahn kauerte und sich aufmerksam umsah.

Genau genommen hatte Lissy mehr als einen Jungen besiegt, denn nach ihnen kamen noch fünf weitere ins Ziel.

Als sich Lissy wieder allein auf den Beinen halten konnte, verließen die drei lachend und noch immer Arm in Arm den Bereich für Läufer. Die Kaninchen hoppelten friedlich über den Fußballplatz in der Mitte und grasten. Draußen wurden die drei Freunde sofort auseinandergerissen. Oma fiel Tim um den Hals. Sie umarmte und schüttelte ihn wild und wollte nichts mehr von vierten Plätzen wissen. »Gewonnen! Gewonnen!«

Opa verdrückte im Hintergrund mehr als nur eine Träne und wirkte zu ergriffen, um laut zu jubeln.

Aus dem Augenwinkel sah er, wie Pascals Mutter ihren Sohn an sich riss, die Wangen vor Stolz gerötet. Keine Verärgerung war mehr in ihrem Gesicht zu erkennen, sie lachte, und ihre Augen glänzten vor Glück. Es wirkte, als wollte sie Pascal nie wieder loslassen.

Neben ihr stemmte Lissys Vater seine Tochter wie einen Pokal in die Luft, und sie reckte die Arme lachend in den Himmel. Er strahlte über das ganze Gesicht, die Müdigkeit schien vollkommen weggewischt.

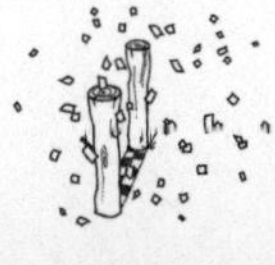

Noch etwas zu sagen

Sie saßen in der Mittagssonne auf dem Marktplatz. Tim, Oma, Opa, Pascal, seine Mutter, Lissy, ihre Familie und der alte Schwarzenbacher teilten sich zusammen einen Biertisch. Tim hatte darauf bestanden, dass der alte Schwarzenbacher sich zu ihnen gesellte und nicht wieder nach Hause ging. »Ohne Ihr Titanbein hätten Blackbeard und ich es nie geschafft.«

Gemeinsam warteten sie auf die Siegerehrung. Am oberen Ende des Marktplatzes war eine Bühne errichtet worden, auf der gerade eine Band in verwegen aussehenden Räuberklamotten spielte. Davor waren zahlreiche Bänke und Tische aufgereiht. Am unteren Ende warteten eine Geisterbahn, ein Hasenscooter und andere Attraktionen auf die Siegerehrung. Erst danach würde der Große Rennmarkt beginnen.

Blackbeard und Fersengeld hatten Tim und Pascal gleich nach dem Rennen zurückgebracht, den lauten Trubel auf dem Markt wollten sie ihnen nicht zumuten, und auch kein stundenlanges Kauern in einer kleinen Transportkiste. Fersengeld würde bei den Köhlers bleiben, obwohl Pascals Mutter hoch und heilig versichert hatte, dass er zu Pascal heimkommen könnte und sie ihn niemals verkaufen würde. Pascal hatte ihr geglaubt, aber niemand wollte die Freunde Blackbeard und Fersengeld trennen.

Tim hatte inzwischen zwei große Cola runtergestürzt, so sehr hatte er geschwitzt. An der dritten nippte er jetzt ab und zu. Ständig kam jemand vorbei, um ihm zu gratulieren, auf die Schulter zu klopfen oder seine Hand zu schütteln.

»Was für ein Lauf!«, rief Bene und klopfte ihm lachend auf den schmerzenden Rücken, bis sich Tim krümmte. Dann sagte er zu Lissy: »Aber mit einem richtigen Kaninchen hättest du ihn besiegt!«

»Goliath ist kein falsches Kaninchen«, sagte Lissy, aber sie grinste stolz.

»Hab ich gesehen. Der Kerl ist cool.«

Carsten gratulierte Tim schmallippig und sehr förmlich, weil man das so machte. Er sah ihm dabei kaum in die Augen und murmelte: »Hätte aber auch schiefgehen können mit dem Bein.«

»Ist es aber nicht.«

»Nein.« Carsten hob den Blick. Einen Moment lang sah es so aus, als wollte er noch etwas sagen, dann drehte er sich um und ging davon.

Tim blickte ihm einen Augenblick stumm nach, dann waren schon die nächsten Gratulanten da.

Der Bäcker Sedlmayr schenkte ihm zwei Spitzbuben und ein ganzes Dutzend Butterplätzchen in Kaninchenform. Das rechte Vorderbein hatte er jeweils mit silbernem Zuckerguss verziert, aber er verriet nicht, ob schon vor dem Rennen oder erst ganz eilig danach.

Der Bauer Herbst legte ihm die Hand schwer auf die Schulter und dröhnte: »So, wie du von meinem Hof gerannt bist, dachte ich mir schon, dass du eine Chance hast.«

Tim nickte und sagte schon fast automatisch: »Danke.«

»Das mit dem Scherz tut mir leid«, sagte Herbst. »Ich würde nie ein Kaninchen verfüttern, ich dachte, das weiß jeder.«

»Jetzt weiß ich es.« Tim grinste. »Ist längst vergessen.«

»Gut.«

Mario wurde von seinen Eltern herbeigeschleift und schüttelte Tim die Hand. Er wirkte unterwürfig wie ein geprügelter Hund. Die Eltern strahlten Tim an, als wollten sie sich bei ihm, dem Gewinner, einschleimen, dann lachten sie Lissy an. »Deinem Cousin hast du es aber gezeigt.« Und sie stießen Mario in den Rücken, damit auch er ihr artig gratulierte.

Arno und Jakob kamen nicht vorbei, aber das hatte Tim auch nicht erwartet. Er war sogar froh darüber, denn er hatte nicht die geringste Lust, den beiden die Hand zu geben.

Aber sonst ließen sich fast alle Zehnjährigen blicken, viele hatten sichtlich ein schlechtes Gewissen und drucksten mit den Glückwünschen herum.

Herr Vögele tönte: »Ich hab ja gleich gesagt, dass es diesmal einer aus meiner Klasse schafft!«

Endlich wurde die Band von der Bühne geschickt, und der Bürgermeister trat ans Mikrofon. Sein weißes Hemd leuchtete in der Sonne. Heute trug er eine goldgelbe Krawatte, das eingestickte Kaninchen war schwarz.

»Was für ein Rennen!«, rief er mit einer Begeisterung, die Tim für Schauspielerei hielt. »So etwas habe ich noch nie erlebt. Herzschlagfinale, sage ich nur! Und das sogar bei beschleunigtem Herzschlag!«

Die Leute auf dem Marktplatz applaudierten und johlten.

»Und jetzt komm hier herauf, Tim!«, rief Bürgermeister Messmann und ließ den Blick schweifen. »Wo steckt der Junge denn? Ein glücklicher, aber nichtsdestotrotz verdienter Sieger!«

Für den Zweitplatzierten, seinen Sohn, hatte er kein Wort übrig, obwohl er ihn noch bei der Kaninchenweihe ausdrücklich erwähnt hatte.

Pascal und Lissy trommelten mit den Händen auf den Tisch, überall wurde gejubelt und Tims Name geschrien, als er sich auf den Weg zur Bühne machte. Langsam stieg er die Stufen zur Bühne hinauf. Das Knie schmerzte, und seine Wangen brannten. Ganz Niederrhode schien auf dem Marktplatz versammelt zu sein und sah zu ihm hoch.

Der Bürgermeister drückte ihm strahlend die Hand. Dabei blickte er Tim nicht an, sondern direkt in die Kamera des Lokalreporters vor der Bühne und in die zahllosen privaten Fotoapparate, die in der Menge klickten. Also tat Tim das auch.

»Ich gratuliere dir aufs Herzlichste im Namen von ganz Niederrhode«, sagte der Bürgermeister förmlich und überreichte ihm einen großen goldenen Pokal mit einem springenden Kaninchen.

»Danke.«

Wieder strahlten sie beide in die Menge, und wieder klickten die Fotoapparate. Tim stemmte den Pokal mit beiden Händen über den Kopf und schrie: »Ja!«

Zum dritten Mal klickten die Fotoapparate, bis Tim seine Trophäe sinken ließ.

»Und? Möchtest du noch etwas sagen?«, fragte Bürgermeister Messmann wie jedes Jahr.

Tim nickte und trat ans Mikrofon, das ihm ein Techniker

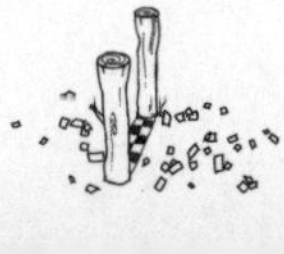

schnell nach unten schraubte. Den schweren Pokal hielt er an einem Henkel mit der Rechten, während der Arm einfach so herabbaumelte. Tim wusste nicht, wohin mit ihm, aber auf keinen Fall würde er ihn aus der Hand geben.

Sonst dankten die Sieger immer irgendwem, meist den Eltern, manchmal älteren Geschwistern. Tim ließ den Blick über die versammelte Menge schweifen und hatte plötzlich einen trockenen Mund. Er wusste nicht, wie er Opa und Oma danken sollte. Er wusste nur, dass er allen von seinem Vater erzählen wollte, ihnen erklären, dass der nicht gekniffen hatte, sondern erpresst worden war, dass er mehr Angst um sein Kaninchen als um seinen guten Ruf gehabt hatte, dass er die Hänseleien aus Freundschaft zu Rübenzahl ertragen hatte, dass er nicht einfach feige gewesen war. Arno und Jakob würden Tim zwar bestimmt weiterhin Kneifersohn nennen, aber es ging um alle anderen.

Tim öffnete den Mund, fand aber keine passenden Worte. Er fand überhaupt keine Worte, er hatte noch nie vor so vielen Leuten geredet.

»Zuerst will ich Pascal danken«, sagte Tim schnell, um Zeit zu gewinnen, und auch, weil Pascal von Anfang an zu ihm gehalten hatte. »Er hat mit mir trainiert.«

Leute klatschten, manche hoben ihre Gläser.

»Und Lissy«, stieß Tim hervor. »Sie hat auch …«

Weiter kam er nicht. Wilder, lang anhaltender Applaus unterbrach ihn. Irgendwer rief: »Lissy!«

Ein anderer rief: »Goliath!«

Tim vergaß, Worte zu seinem Vater zu finden, und wurde von der Begeisterung für Lissy mitgerissen.

»Ja, die beiden hätten auch einen Pokal verdient!« Er hob seinen in die Höhe, wieder antwortete ihm tosender

Applaus. Plötzlich war es leicht, vor so vielen zu reden, weil er wusste, dass sie ihm zuhörten.

»Dabei hat sie Goliath am Anfang gar nicht gewollt«, verriet er. »Natürlich würde sie ihn jetzt gegen nichts und niemanden eintauschen wollen. Weil er einfach cool ist und nicht nur niedlich.«

»Goliath!«, schrie wieder einer in der Menge.

»Ja, Goliath«, nahm Tim den Schrei auf. »Aber eigentlich hat sie am Anfang ein großes Kaninchen gewollt, weil sie richtig mitrennen wollte. Und das ist sie auch! Trotzdem finde ich, das sollte man ihr nicht verbieten. Mädchen sollten auch große Kaninchen kriegen können, und Jungs auch Zwergkaninchen, wenn sie wollen, weil es gibt ja so coole wie Goliath. Jeder hat ihn heute rennen sehen, und Lissy ist total glücklich mit ihm.«

Tim brach ab. Er hatte das Gefühl, sich gerade selbst zu widersprechen, und trotzdem mit beidem recht zu haben. Außerdem wusste er nicht, ob Lissy das mit den großen Kaninchen überhaupt noch wichtig war. Unten auf dem Platz war es still geworden, und Tim atmete tief durch. Wenn er noch über seinen Vater reden wollte, dann jetzt. Langsam öffnete er den Mund. Aber bevor er auch nur eine Silbe herausbrachte, war es vorbei mit der Stille. Ein tosender Applaus erhob sich, und überall erklangen Rufe.

»Jawohl!«

»Lissy!«

»Goliath!«

»Kaninchen für alle!« Plötzlich stand der Bürgermeister wieder neben Tim, griff nach dem Mikrofon und schraubte es auf seine Höhe hoch. Dabei drängte er Tim möglichst unauffällig zur Seite, lächelte unentwegt und rief: »Danke,

Tim! Danke! Noch einen Applaus für Tim, unseren diesjährigen Sieger!«

Zu Lissy und Goliath sagte er nichts, aber unten wurden noch immer ihre Namen gerufen, ebenso wie Tims.

Mit dem Pokal in der Rechten hinkte Tim von der Bühne. Warum hatte er nicht gleich am Anfang über seinen Vater geredet? Jetzt war es zu spät.

Als er seinen Platz erreichte, sprang Lissy auf und umarmte ihn. Dann umarmte ihn auch Oma, und weil dann niemand mehr zurückstehen wollte, umarmten ihn alle nacheinander, sogar Frau Hansen und Lissys Eltern. Nur der alte Schwarzenbacher nicht, der nickte und zwinkerte ihm zu. Seine eisblauen Augen leuchteten.

Opa fragte: »Hat dir deine Oma solche Ideen in den Kopf gesetzt?«

Oma protestierte, und Tim fragte: »Was für Ideen?«

Opa brummte etwas Unverständliches und winkte den nächsten Kellner herbei, um das Essen zu bestellen. »Jetzt wird gefeiert!«

Und das wurde es. Sie schlemmten und lachten, prosteten sich zu und erzählten sich immer wieder verschiedene Szenen aus dem Rennen, meistens den Zieleinlauf, auch wenn alle wussten, wie es ausgegangen war. Aber jeder wollte unbedingt berichten, wie er ihn erlebt hatte.

Irgendwann, als alle anderen im Gespräch waren und nichts mitbekamen, raunte der alte Schwarzenbacher Tim zu: »Das war sehr klug von dir. Ich weiß, dass du eigentlich etwas zu deinem Vater sagen wolltest, aber das kannst du jederzeit tun. Ab heute hören sie dir zu, weil du ein Sieger bist, und das Rennen deines Vaters ist so lange her, da kommt es auf einen Monat mehr oder weniger nicht an.

Aber Lissys Wunsch hatte nur heute offene Ohren. In ein paar Wochen wird ihr sagenhafter Lauf nur noch eine Erinnerung sein, zu schwach, um deswegen Traditionen über den Haufen zu werfen. Heute aber hat sie die Leute mitgerissen, so wie du. Du und sie zusammen, heute konntet ihr wirklich etwas verändern. Nur heute.«

»Eigentlich wollte ich das gar nicht«, gab Tim zu. »Also nicht, dass ich es nicht wollte, aber …«

Der alte Schwarzenbacher lächelte. »Dein Vater wäre stolz auf dich.«

»Stolz? Sie finden nicht, dass ich ihn im Stich gelassen habe?«

»Nein. Ganz und gar nicht. Du hast an eine Freundin gedacht, so wie er an Rübenzahl gedacht hat. Er hätte nicht anders gehandelt.«

Darauf wusste Tim nichts zu sagen. Er nickte nur und war erleichtert. Ja, mehr noch, er war glücklich. Und nicht nur einfach glücklich, sondern so musste das pure Glück sein, das am Ende des Regenbogens, von dem er vor Monaten geträumt hatte.

Nach dem Essen ließen Tim, Pascal und Lissy die Erwachsenen sitzen und rannten zu den Fahrgeschäften hinüber. Sie jagten sich und andere im Hasenscooter, und jeder wollte Tim rammen. Dann rumpelten sie lachend durch die Geisterbahn und flitzten mit dem Räuberexpress so oft im Kreis, bis die Zuckerwatte in ihren Bäuchen rumorte.

Erst lange nachdem es dunkel geworden war, machte sich Tim mit Oma und Opa auf den Heimweg. Sie schlenderten am Standbild des unbekannten Kaninchens vorbei. Tim erinnerte sich noch gut an den kalten Märzmorgen, als Opa ihm erzählt hatte, wie sein Vater zu dem Schimpfnamen Kneifer gekommen war. Damals hatte es geregnet, jetzt war es mild, und die Sterne leuchteten.

Opa deutete auf die Liste der Sieger. »Da wird dein Name …« Dann verstummte er. Keiner hatte heute einen Handwerker gesehen, doch da standen sie schon, ganz am Ende.

TIM KÖHLER * BLACKBEARD

Einen langen Augenblick starrten sie alle darauf. Dann nahmen Oma und Opa ihn in die Mitte, um nach Hause zu gehen. Aber Tim löste sich von ihnen und rannte voraus, weil er wusste, dass Blackbeard auf ihn wartete.